ein Ullstein Buch

ÜBER DAS BUCH:

In der Grauzone zwischen Seekrieg und Sabotage operierten im Zweiten Weltkrieg die britischen Kleinst-U-Boote der X-Klasse: Nur 16 m lang, mit vier Mann Besatzung und geringer Bewaffnung, transportierten sie an der Außenseite ihrer Rümpfe gewaltige Sprengladungen, mit denen sie tief in feindliches Gebiet eindrangen und kriegswichtige Anlagen zerstörten. Der junge Kapitänleutnant David Seaton kommandiert solch ein U-Boot, XE 16. Mit seinen drei Kameraden wagt er sich teils über, teils unter Wasser trotz Sperrnetzen und Ortungsgeräten weit in einen norwegischen Fjord vor, um den Aufbau einer deutschen Raketenbasis zu sabotieren. Obwohl ihn norwegische Widerstandskämpfer aufopfernd unterstützen, gerät er in eine Falle und lernt die Gestapo von ihrer furchtbarsten Seite kennen: ein Himmelfahrtskommando, das für den jungen Kommandanten nicht das einzige bleibt. Denn in der Normandie hat die Invasion begonnen, und hierbei kommt den Kleinst-U-Booten eine kriegsentscheidende Rolle zu.
Ein fairer, spannender Seekriegsroman, der auch die menschlichen Konflikte der auf engstem Raum zusammengepferchten XE-Besatzungen überzeugend schildert.

DER AUTOR:

Alexander Kent nahm am Zweiten Weltkrieg als aktiver Marineoffizier teil und erwarb sich danach einen weltweiten Ruf als Verfasser spannender und authentischer Seekriegsromane. Seine marinehistorische Romanserie um Richard Bolitho machte ihn zum meistgelesenen Autor dieses Genres nach C. S. Forester. Seit 1958 sein erstes Buch erschien, hat er über dreißig Romane veröffentlicht, von denen die meisten auf deutsch bei Ullstein vorliegen bzw. vorbereitet werden. – Alexander Kent, dessen wirklicher Name Douglas Reeman lautet, ist aktiver Segler, lebte mit seiner Frau Winifred jahrelang an Bord seiner Yacht und wohnt heute in Surrey, England. Er ist Mitglied der Royal Navy Sailing Association.

Alexander Kent

Aus der Tiefe kommen wir

Roman

ein Ullstein Buch

ein Ullstein Buch / maritim
Nr. 20574
Herausgegeben von J. Wannenmacher
im Verlag Ullstein GmbH,
Frankfurt/M - Berlin
Titel der bei Hutchinson & Co.
(Publishers) Ltd. of London
erschienenen Originalausgabe:
Surface With Daring
von Douglas Reeman
Aus dem Englischen
von Hans und Hanne Meckel

Deutsche Erstausgabe

Umschlaggestaltung:
Hansbernd Lindemann
unter Verwendung einer
Farbillustration von Chris Mayger

Printed in Germany 1986
Gesamtherstellung:
Elsnerdruck, Berlin
ISBN 3 548 20574 7

April 1986
23.-30. Tsd.

Vom selben Autor
in der Reihe der
Ullstein Bücher:

Die Feuertaufe (3363)
Klar Schiff zum Gefecht (3376)
Die Entscheidung (3402)
Zerfetzte Flaggen (3441)
Bruderkampf (3452)
Der Piratenfürst (3436)
Strandwölfe (3495)
Fieber an Bord (3522)
Nahkampf der Giganten (3558)
Feind in Sicht (20006)
Der Stolz der Flotte (20014)
Eine letzte Breitseite (20022)
Galeeren in der Ostsee (20072)
Kanonenfutter (20144)
Rendezvous im Südatlantik (20318)
Kanonenboot (20302)
Duell in der Tiefe (20339)
Finale mit Granaten (20423)
Wrack voraus! (20437)
Admiral Bolithos Erbe (20485)
Die Ersten an Land, die Letzten zurück (20511)
Unter stählernen Fittichen (20549)
Der Brander (20591)
Ein Schiff soll sterben (20646)

Kent/Mayger:
Bolitho-Bildmappe (20187)

Inhalt

KATHLEEN NATHAN
in Freundschaft gewidmet

Hinweis: Zeichnung eines Kleinst-U-Bootes am Schluß des Buches

Dienstgradvergleich Royal Navy/Kriegsmarine

Captain (RN)	Kapitän zur See
Commander	Fregattenkapitän
Lieutenant Commander	Korvettenkapitän, Kapitänleutnant
Lieutenant	Oberleutnant zur See
Sub Lieutenant	Leutnant zur See
Chief Petty Officer	Oberfeldwebel/Feldwebel
Chief Engineroom Artificer	Obermaschinist
Petty Officer	Unteroffizier/Maat
Royal Naval Reserve (R.N.R.)	Königliche Marine-Reserve, Angehörige der Handelsmarine, also Berufsseeleute, die im Kriegsfall zur Royal Navy einberufen werden
Royal Naval Voluntary Reserve	Angehörige anderer Berufe, häufig Amateursegler, die nach freiwilliger Meldung für die Marine ausgebildet und für die Kriegsdauer eingezogen werden
Air Force	Luftwaffe
Air Marshal	Generalleutnant der Luftwaffe

Anmerkung des Verfassers

Bei den Recherchen für meine Bücher ist mir immer wieder aufgefallen, welch hohes Maß an Tapferkeit einfache Männer und Frauen in Kriegszeiten bewiesen haben.

Nie aber ist mir das so klargeworden wie bei meinen erneuten Recherchen in Norwegen für das vorliegende Buch. Ich sah die Fjorde und Häfen, in die britische Kleinst-U-Boote eingedrungen waren, und konnte mit den Mitgliedern des norwegischen Widerstands sprechen, die damals den Erfolg dieser Unternehmungen überhaupt erst möglich machten.

Rückblickend gesehen, erscheint völlig unvorstellbar, was angesichts ständiger Gefahren und brutaler Vergeltung erreicht wurde.

A. K.

1 Die Männer

Der mit Tarnanstrich versehene Dreitonner drehte sich auf dem engen Weg um die eigene Achse, wühlte schmutzigen Schnee und lose Steine auf und kam zitternd zum Stehen.

Der Fahrer warf einen Blick auf seinen einzigen Mitfahrer und dann auf das graue Steingebäude, das wie eine Wand quer vor ihnen stand. »Da sind wir, Sir. Im trauten Heim«, meinte er vergnügt.

Steifbeinig stieg Lieutenant David Seaton aus dem Lkw, Rükken und Muskeln schmerzten ihn nach der langen Fahrt. Er nahm seinen Koffer vom Fahrer entgegen und nickte. »Danke, daß Sie mich mitgenommen haben.« Eigentlich war der Tarnanstrich bei dem von vorn bis hinten mit Schlamm bedeckten Laster überflüssig, dachte er.

Bis der Bedford sich auf die Hauptstraße zurückmanövriert hatte, blieb Seaton im scharfen Wind stehen. Dann musterte er das graue Gebäude in der Hoffnung auf ein bißchen Bequemlichkeit. Aber es sah nicht danach aus. Neben dem überdachten Portal stand eine kleine, von Sandsäcken umgebene Hütte, aus der ihn eine vermummte Gestalt neugierig ansah.

Seaton nahm seinen Koffer und ging schnell zum Eingang. Müde von der Reise, kam ihm der starke Nordwestwind, der vom Atlantik hereinstand, besonders unerträglich vor.

Er blieb erneut stehen und spähte mit zusammengekniffenen Augen zu dem bleigrauen Wasserstreifen am Fuß des Abhangs hinunter. Umgeben von öden Felshängen, wirkte Loch Striven zwei Tage vor Jahresende mit seinen Schneestreifen und Eisflekken seltsam bedrückend, geheimnisvoll und gefährlich.

Mehrere Fahrzeuge lagen in der Bucht vor Anker. Eines davon, ein Schiff mit hohem Schornstein und altmodischem Rumpf, war von Pontons und Hilfsschiffen umgeben. Halb mit Schnee bedeckt, wirkte es wie festgefroren.

Trotz seiner Beklemmung mußte Seaton lächeln. Das war die H.M.S. *Cephalus,* ein U-Boot-Begleit- und Werkstattschiff. Selbst auf die Entfernung wirkte sie freundlicher als dieses verlassene Gebäude.

Grüßend trat ein Unteroffizier aus der kleinen Hütte.

»Ach, Sie sind's, Sir.« Er grinste. »Schönen Urlaub gehabt?«

Seaton überlegte. Eigentlich hätte er schön sein müssen. Sie alle hatten sich darauf gefreut, dem Krieg zu entkommen, in der Menge unterzutauchen. Aber er dachte an das bombardierte, tapfere, erschöpfte London, an die Weihnachtslieder in den Kneipen, während nahe Bombentreffer die Gläser hinter der Bar erzittern ließen. Also sagte er nur: »Durchwachsen.«

Er schien der erste Rückkehrer zu sein. Die Kameraden, die ihren Urlaub in der näheren Umgebung verbrachten, würden wie immer als letzte zurückkommen.

Im Innern des Gebäudes hing an den feuchten, holzgetäfelten Wänden und dem baumelnden Weihnachtsschmuck ein Hauch von Vergänglichkeit. Seaton stieß eine Tür mit der Aufschrift ›Offiziersmesse‹ auf und sah im Kamin ein paar Scheite brennen. Das mußte in Friedenszeiten ein behaglicher Raum gewesen sein. *Lodge Hotel* hieß es damals, als noch Leute in Tweedanzügen zum Jagen, Fischen oder Wandern hierher kamen. Danach kehrten sie in diesen großen Raum zurück, wo das Kaminfeuer eine Behaglichkeit schuf, die der steinerne Klotz nicht vermuten ließ.

Über dem Kaminsims stand als neues Wappenschild der Name H.M.S. *Syren* und darunter der stolze Wahlspruch: »Aus der Tiefe kommen wir.«

Seaton setzte sich in einen der vielen abgenutzten Ledersessel und streckte die Füße zum Feuer aus.

Eine Tür öffnete sich, ein Steward in weißem Jackett schaute herein. »Tee, Sir? Für die Bar ist es leider noch zu früh.«

»Also Tee«, gähnte Seaton.

Fast 650 Kilometer war er von London bis hierher gereist, mit Eisenbahn, Bus, wieder Eisenbahn, Boot und schließlich dem Bedford-Lkw. Zwei Tage hatte das gedauert, denn schließlich war Krieg.

Seaton musterte die verstaubten Papiergirlanden, die ihm die erregte Stimmung der Vorweihnachtstage in Erinnerung riefen, das trunkene Gelächter und die geröteten Gesichter. Sie waren wohl alle selbst überrascht gewesen, daß sie noch feiern konnten, daß sie überhaupt noch lebten.

Plötzlich merkte er, daß er schwitzte, und stellte fest, daß er noch seinen schweren Mantel trug. Kein Wunder, daß ihn der Steward so seltsam angesehen hatte.

Seaton ging zu einem Wandspiegel und warf Mütze und Mantel auf eine Bank. Einen Moment überprüfte er sein Spiegelbild, wie um sich zu vergewissern, daß er wirklich noch da war.

Er war sechsundzwanzig, fühlte sich aber zehnmal so alt. Ein freundliches, aber blasses Gesicht starrte ihm entgegen, mit dunkelbraunen Augen und ungebärdigem Haar, das er eigentlich während des Urlaubs hatte schneiden lassen wollen. An beiden Mundwinkeln hatten Überanstrengung und Spannung tiefe Falten eingegraben.

Er rümpfte die Nase und wandte sich ab. Zweifellos fing er langsam an zu spinnen.

Der Steward kam mit einem Tablett und warmem Teegebäck zurück. »Frisch von hier«, sagte er stolz. »Habe es selbst besorgt.«

Er goß den Tee ein, und Seaton merkte, wie einsam und gelangweilt der Mann war. Aber ihm war nicht nach Reden zumute. Jedenfalls vorläufig nicht.

Der Steward verließ die Messe und knallte die Tür zu. Verdammte Offiziere.

Seaton setzte sich wieder und blickte auf die leeren Stühle. Die einen würden bald besetzt sein, die anderen . . .

Er schlürfte Tee und dachte an die vergangenen Monate. In zwei Tagen war Silvester. Wie würde sich 1944 von den anderen Kriegsjahren unterscheiden? Enttäuschung und der Wunsch nach einem Umschwung beherrschten ihrer aller Gedanken. Sie hatten so viel durchgemacht und teuer für ihr Überleben bezahlt. Erneut schweiften seine Augen zum Wappenschild.

Syren und das alte Begleitschiff, das in der Bucht vor Anker lag, waren Befehlsstelle und Ausbildungsstützpunkt einer Kleinst-U-Boot-Flottille der Royal Navy.

Anfangs hatten manche geglaubt, dies sei nur wieder so ein verrückter Versuch, das unumgängliche Patt des Kriegsverlaufs hinauszuschieben. Doch Italiener und Japaner hatten Erfolge mit ihren menschlichen Torpedos, den *chariots,* gehabt, und auch die Versuche der Royal Navy, das riesige deutsche Schlachtschiff *Tirpitz* in seinem norwegischen Fjord zu versenken oder kampfunfähig zu machen, waren nicht aus Mangel an Entschlußkraft fehlgeschlagen.

Dann hatte man das X-Boot entwickelt, einen Zwerg, aber dennoch ein richtiges Unterseeboot mit vier Mann Besatzung und zwei starken Sprengladungen, die unter ein entsprechendes Ziel gebracht werden sollten. So war es von Admiralität und Kriegskabinett mit vorsichtigem Optimismus beschlossen worden.

Für David Seaton und viele andere hatte es hier in Loch Striven begonnen. Sie kamen aus allen Teilen der Marine, waren alle Freiwillige, Berufssoldaten wie Reservisten. Zusammengeführt von dem Willen, etwas Entscheidendes zu tun, aus reiner Neugier oder auch nur, weil es sich aufregend anhörte.

Seaton wußte selbst nicht, warum er sich gemeldet hatte. Wie die meisten in der Marine gehörte er als Zeitsoldat zur Royal Naval Voluntary Reserve (R.N.V.R.). Vielleicht war das der Grund, warum es ihn in die geschlossene Gesellschaft der Kleinst-U-Boote zog. Hier gab es keine Förmlichkeiten, man war allein auf sich gestellt, abhängig nur von seiner kleinen Mannschaft.

Er hatte auf einem Zerstörer Dienst getan, war aber schon in den ersten Kriegstagen zu den konventionellen U-Booten versetzt worden. Damals gab es nur Rückzüge – oder strategische Absetzbewegungen, wie die Klugscheißer das nannten. Als junger Wachgänger auf einem U-Boot hatte er erlebt, wie die Strapazen seinen Kommandanten zum alten Mann machten. Er lächelte verkniffen, denn ihm fiel ein, daß dieser damals so alt gewesen sein mußte wie er jetzt. Während die deutschen U-Boote den Atlantik zu ihrem Jagdrevier machten, mußten sich die britischen U-Boote dicht unter der Küste vortasten, in Nord- und Ostsee operieren oder im Mittelmeer Rommels Nachschub zu knacken versuchen. Zu dieser Zeit ging das Schreiben herum, in dem ohne großes Aufsehen Freiwillige gesucht wurden.

Von dem Augenblick an, als er in diesen schrecklichen Steinklotz in Schottland kam, schien Seatons Leben schneller abzulaufen: Ausbildung und Übungen auf einem sechzehn Meter langen X-Boot. Über den Grund der Bucht kriechen, Versteckspielen mit den Kriegskuttern und zwei U-Booten aus dem Ersten Weltkrieg, die dem Stützpunkt fest zugeteilt waren.

Eine Menge Fehler gab es und zu viele Unfälle. X-Boote waren bis auf den Grund getaucht und dort geblieben. Noch am Ende ihrer Ausbildung waren mehrere Männer verunglückt. Dennoch kamen wenig Klagen. Es war eine Welt für sich, erregend und zum Fürchten, sie hielt jedoch ihre exklusiven Bewohner mit stählernem Griff zusammen.

Sie waren nicht länger Zuschauer, sondern Teil einer Aufgabe, ja die Aufgabe selbst. Oder zumindest hatte es zuerst so geschienen.

1943 war ein hartes Jahr gewesen, aber zum ersten Mal hatte

sich die Waagschale zugunsten Großbritanniens und seiner Verbündeten geneigt. Die Wunden von Dünkirchen und Singapur, der Schmerz über die zerbombten Städte und gesunkenen Großkampfschiffe wurde gelindert, als der letzte Soldat aus Rommels einst unbesiegbarer Wüstenarmee aus Nordafrika vertrieben war. Im Sommer hatten die Alliierten einen ersten Vorstoß unternommen, in Hitlers Europa wieder Fuß zu fassen, waren mit der bisher größten amphibischen Operation, dem Unternehmen Husky, in Sizilien gelandet und hatten sich dort festgesetzt.

Seaton und viele seiner Kameraden waren dabeigewesen; zwei Monate später, als die Invasion des italienischen Festlands angesetzt wurde, hatte er sein eigenes Boot bekommen.

In Erinnerung daran tastete er nach seinem Distinguished Service Cross* mit Spange. Nicht schlecht für sechsundzwanzig Jahre, hatte man ihm gesagt.

Und nach dem italienischen Einsatz waren die Übriggebliebenen nach Schottland zurückgerufen worden.

Seaton hatte sofort ein neues, größeres und gerade aus dem Versuchsstadium entlassenes U-Boot bekommen.

Monatelang hatten sie nur an ihr Hauptziel gedacht, nicht mehr an die großen Schwimmdocks und Hafeneinrichtungen, die für den Gegner so wichtig waren. Nur an ein Schlachtschiff, das größte, das je gebaut worden war: die *Tirpitz.*

Mit den Fortschritten in Italien und den eindrucksvollen Vorstößen der Amerikaner im Pazifik wurde klar, daß für die letzte Phase bald jedes größere Kriegsschiff benötigt werden würde. Doch in Scapa Flow und anderen britischen Häfen lagen ständig viele Einheiten gebunden, nur für den Fall, daß *Tirpitz* oder ihr eleganter Gefährte *Scharnhorst* es wagen sollten, aus ihren norwegischen Liegeplätzen in den Atlantik durchzubrechen, wie es der *Bismarck* fast gelungen war. Die wertvollen Truppentransporter und die tief beladenen Versorgungsschiffe aus Kanada und USA wären für ihre starke Bewaffnung eine leichte Beute gewesen, und der Schaden für die Moral und die Verluste an Menschen und Material mußte niederschmetternd sein.

Seaton erinnerte sich an die Erregung, als das Unternehmen angekündigt wurde und das für den Angriff auf die *Tirpitz* ausgesuchte X-Boot letzte Anweisungen erhielt. Es hatte in einem ande-

* britische Tapferkeitsauszeichnung (Anm. d. Übers.)

ren Stützpunkt gelegen, aber jeder in Loch Striven hatte davon gewußt.

Geschützt von Netzen und Hafensperren und allen modernen Abwehrgeräten, lag die *Tirpitz* in ihrem gut verteidigten Fjord. Vielleicht gelang der britische Angriff, und wenn nicht, mußte das nächste U-Boot bereit sein. Seatons Boot und die beiden anderen, die die neue Flottille bildeten, wurden in höchste Bereitschaft versetzt. Sie organisierten Schlepp-U-Boote, Überführungsbesatzungen für die Kleinst-U-Boote, Pläne, Karten und Erkennungssignale. Seaton hatte das Gefühl gehabt, er könne mit verbundenen Augen in einer Jolle den Weg zur *Tirpitz* finden.

Dann kamen Nachrichten, allerdings spärlich: Die X-Boot-Besatzung war offensichtlich in Gefangenschaft geraten oder gefallen. Aber den Berichten der norwegischen Widerstandsbewegung zufolge war die *Tirpitz* beschädigt, und zwar erheblich. Wenn nicht für die ganze Kriegsdauer, so doch lange genug, bis konventionellere Mittel eingesetzt werden konnten, um zu vollenden, was die Kleinst-U-Boote begonnen hatten.

Es hätte ein großer Augenblick sein sollen, doch wegen der Ungewißheit, was aus der Besatzung, aus den vielen vertrauten Gesichtern geworden war, empfanden es alle als Schock.

Macht nichts, sagte jemand. Uns bleibt immer noch die *Scharnhorst.* Die werden wir uns als nächstes vornehmen.

Am Tag nach Weihnachten war dann die Nachricht gekommen: Die *Scharnhorst* gab es nicht mehr. Sie hatte bis zum letzten gekämpft und war in einem arktischen Schneesturm unter dem Geschützfeuer der *Duke of York,* des Flaggschiffs von Admiral Fraser, gesunken. Nur wenige hatten in dem eisigen Wasser überlebt.

Damit war das letzte deutsche Großkampfschiff dahin. Die Kämpfe gingen nun um die Nachschubwege, um die Herrschaft im Kanal, den Schutz der Invasionsschiffe und die Rücktransporte der Verwundeten.

Seaton studierte den Wahlspruch an der Wand: ›Aus der Tiefe kommen wir.‹ Es blieb nicht mehr viel zu tun übrig für die Kleinst-U-Boote. Sein Kopf sank nach vorn, er war eingeschlafen.

Die Bar des *Royal Hotel* war gedrängt voll. Den Bauch gegen die Theke gepreßt, hielt Lieutenant Geoffrey Drake hier einen hart erkämpften Brückenkopf. Rund um ihn drängelten sich lärmend Angehörige aller Teilstreitkräfte und Ränge, und das Bier floß in Strömen.

Der kleine Fischerhafen Port Bannatyne hatte sich nie mehr von dem Schock dieser friedlichen Invasion erholt. Die Boote kamen und gingen, die ganze Bucht war ein U-Boot-Übungsgebiet. Das *Royal Hotel* wurde die beliebteste Kneipe, denn das Bier und die Jovialität des Wirts lohnten den weiten Weg vom Wasser her.

Geoffrey Drake war einen Meter achtzig groß und hatte die breiten Schultern und schlanken Hüften eines Sportlers. Mit seinen blonden Haaren, den ruhigen blauen Augen und dem festen Mund sah er aus wie ein Mann, der viel im Freien lebt. Das goldene Emblem auf seinem Jackett machte ihn als Neuseeländer kenntlich.

»Zwei Halbe, Pete«, rief er. Er drehte sich um und gab einem Sub-Lieutenant, der einen Platz am Tisch freihielt, mit erhobenem Daumen ein Zeichen. »Dauert nicht mehr lange, Dick.«

Als er sich wieder zur Bar wandte, empfand er erneut dieses Schuldgefühl. Dick da zu sehen, so entspannt, mit ganz ruhigem Gesicht, machte ihm alles wieder bewußt. Dabei wußte man nie, woran man mit Dick genau war. Denn Sub-Lieutenant Richard Niven, Royal Navy, wirkte immer so kühl, so zurückhaltend. Aber ihn da sitzen zu sehen . . . Drake fröstelte. Wann hatte es angefangen? Warum, zum Teufel, hatte er es überhaupt geschehen lassen?

Ihm war klar, daß er alles einfach unter den Teppich gekehrt hatte, nach dem Motto: nur nicht hinsehen, es geht schon vorüber.

Anfang des Jahres hatten sie sich in der alten Flottille kennengelernt. Niven war neu bei den X-Booten, ein Taucher ohne jede Fronterfahrung. Drake hatte sein ganzes Leben an der See verbracht und sah in dem Dienst auf U-Booten nur so etwas wie eine Fortsetzung seines bisherigen Lebens. Niven jedoch kannte nur die Navy, er war bereits mit zwölf Jahren ins Royal Naval College eingetreten. In den vergangenen Monaten hatte er sich in schwierigen Situationen bewährt, war aber nach wie vor sehr zurückhaltend.

Drake fühlte den Schweiß unter seinem Hemd kribbeln. Angefangen hatte es wie so oft mit einer freundschaftlichen Geste.

Als die Flottille wegen ihrer Verluste und Versetzungen umorganisiert werden mußte, hatten sie eine Woche Urlaub bekommen. Damals hatte Drake Decia kennengelernt. Ihm war vorher gar nicht klar gewesen, daß Niven verheiratet war; er schien ihm zu jung, irgendwie unfertig.

Decia lebte bei ihrem Vater in Yorkshire. Dort wurde Drake klar, daß ihre Familie sehr reich war. Ihr Vater hatte sich von unten hochgearbeitet, aber jetzt fehlte es Decia an nichts. Er besaß Tuchfabriken, die Großbritannien jetzt mehr denn je benötigte.

Drake hatte beabsichtigt, seinen Urlaub südlich von London zu verbringen, aber Niven wollte ihm offensichtlich für seine Unterstützung danken; da der Neuseeländer keine Angehörigen in Großbritannien hatte, schien ein gemeinsamer Urlaub in Harrogate ganz natürlich.

Allein der Gedanke an Decia machte Drake schon unruhig. Sie war klein und sehr dunkel, mit heiserem Lachen und einer seltsamen Art, jemanden anzusehen: so direkt und prüfend.

Die Gläser schlitterten über die nasse Bar, Drake gab dem Wirt Geld und schob sich mit seinem Bier durch die Menge.

Alle hatten ihn herzlich begrüßt, und es war ein großartiger Urlaub geworden. Und als sie ihn das nächste Mal einluden, hatte er ohne Zögern angenommen. Er wußte, warum, und haßte sich deswegen. Aber er glaubte immer noch, er könne diese Bindung jederzeit beenden. Doch Decia und Niven mußten sich über irgend etwas gestritten haben, jedenfalls war die Beziehung zwischen ihnen gespannt und steif.

Sie hatte Drake zum Ausreiten aufgefordert, und Niven schien darüber fast erleichtert zu sein. Später hatte sie ihm die Bibliothek des großen Hauses gezeigt und war hinaufgeklettert, um ihm ein Buch über einen ihrer Vorfahren, der Wollhandel mit Neuseeland getrieben hatte, zu geben. Dabei war sie gestolpert, und er hatte sie aufgefangen. Noch immer konnte er ihren geschmeidigen Körper fühlen, ihre Brust an der seinen. Die Belustigung in ihren dunklen Augen war plötzlicher Unsicherheit gewichen.

Er hatte sich dabei ertappt, daß er ihre Hand ganz beiläufig berührte, um ihre Reaktion zu prüfen. Sie schien es überhaupt nicht zu bemerken, zog ihre Hand aber auch nicht zurück.

Drake setzte sich an den Tisch und sagte abrupt: »Danach sollten wir aber gehen, Dick. Wir müssen erst noch ein Auto finden, das uns zum Stützpunkt mitnimmt.« Er beobachtete Niven über sein Glas hinweg. Schon vorher war es schlimm gewesen, aber Niven war wenigstens auf einem anderen Boot. Doch vor dem letzten Urlaub hatte der Stützpunktkommandant eines Tages gesagt: »Tom Latham ist befördert worden, ihr braucht also einen neuen Taucher. Dick Niven ist der Glückliche.«

Es war immer schlecht, eine Mannschaft auseinanderzureißen; aber Niven in dem kleinen Boot ständig um sich zu haben, gemeinsam mit ihm jedes Detail durchzugehen und die ganze Zeit zu spüren, wie sehr es ihn nach seiner Frau verlangte, das war die Hölle, dachte Drake.

Er konnte eine Versetzung beantragen, hätte sich aber eher eine Hand abgehackt, als ihren Skipper David Seaton im Stich zu lassen. Wenn der sich nicht nur an einen neuen Taucher gewöhnen mußte, sondern auch noch seine Nummer Eins verlor, dann forderte es das Unheil geradezu heraus.

Offensichtlich lag etwas in der Luft. Ihr Urlaub war um zwei Tage verkürzt worden, und die Navy verschwendete kein Telegramm für nichts und wieder nichts.

Mein Gott, was für ein Schlamassel, dachte Drake.

Richard Niven beobachtete zwei Offiziere der Royal Air Force, die sich mit eiserner Konzentration einem Wettrinken widmeten.

Es würde nicht einfach sein, auf einem neuen Boot anzufangen. Über seinen Kommandanten, David Seaton, wußte er nicht viel, hatte nur von ihm gehört. Daß er überhaupt noch am Leben war, nach allem, was er geleistet hatte, war ein Wunder. Doch als Mensch wirkte er sehr distanziert, in sich zurückgezogen. In dem kleinen Boot würde das jedoch bald anders werden. Niven sah zu Drake hinüber. Der Erste und der Skipper waren eng befreundet, das hatte schon etwas für sich.

Niven schob den Gedanken an seine unmittelbare Zukunft zur Seite. Er beherrschte seine Aufgabe und war für den Beruf eines Marineoffiziers erzogen und ausgebildet worden, nicht nur für einen aufregenden Abschnitt seines Lebens, wie Drake und viele andere.

Plötzlich glaubte er, Decias Stimme zu hören: »Entspannst du dich eigentlich nie, Richard? Kannst du nicht wenigstens für ein paar Stunden vergessen, wer du bist?«

Er seufzte und merkte, daß Drake ihn beobachtete. Obwohl einer der jüngsten Offiziere im Stützpunkt, war er doch einer der ganz wenigen Verheirateten. Eine Kriegsehe, hieß es ... Wütend schüttete er das Bier in sich hinein. Wenn man so dachte, war man bereits halb geschieden. Er mußte die Dinge im richtigen Verhältnis sehen, schließlich konnte der Krieg noch viele Jahre dauern. Und er liebte Decia, sie paßte in die Familie.

Niven dachte an ihre letzte gemeinsame Nacht. An die zornigen Worte, und wie dann ihre Hände in der Dunkelheit tastend und sehnsüchtig zu ihm kamen. Aber er konnte einfach nicht und wußte immer noch nicht, weshalb. Aus Sorge wegen des Rückrufs? Oder aus Angst, der er sich bisher nicht bewußt gewesen war?

Er hatte gespürt, wie sie sich abwandte; ihr Duft hing wie bitterer Hohn auf dem Kissen.

»Laß uns gehen«, sagte er.

Drake sah auf die Uhr. »Die Bar im Stützpunkt hat noch auf.« Er blickte sich um: »Mensch, da ist der alte Alec. Den nehmen wir mit.« Winkend drängte er sich durch die Menge.

Petty Officer Alec Jenkyn sah Drakes Blondschopf über den Zechern auftauchen. Klein und drahtig, mit schmalen Schultern und der für das Maschinenpersonal typischen fahlen Gesichtsfarbe sah Jenkyn mit seinen neunundzwanzig Jahren viel älter aus. Dreizehn Jahre davon hatte er in der Navy verbracht. Während er beobachtete, wie Drake sich zu seinem Tisch vorarbeitete, dachte er an die Zeit, als er von einem normalen Unterseeboot zu den X-Booten versetzt worden war. Seine Freunde hatten ihn dafür verspottet, und auch ihm war es seltsam vorgekommen, mit drei Offizieren in einem Stahlzylinder zusammengepfercht zu sein.

Das würde nicht funktionieren. Konnte gar nicht. Aber es hatte doch geklappt.

Er war gern Mechaniker auf Lieutenant Seatons kleinem Boot und froh, wieder zurück zu sein.

Drake stand in ganzer Länge vor ihm. »He, Alec, wir gehen. Kommen Sie mit?«

Jenkyn nickte. »In Ordnung, Sir.« Argwöhnisch sah er Niven an.

»Das ist Sub-Lieutenant Dick Niven«, meinte Drake beiläufig. »Unser neuer Taucher.«

»Freut mich, Sie kennenzulernen, Sir.«

Plötzlich verwirrt und deshalb wütend über sich selbst, stand Jenkyn auf. Er hatte die geraden Streifen auf Nivens Schultern gesehen: also Berufssoldat wie er selbst, und doch – welch ein Unterschied! Tom Latham, ihr letzter Taucher, war im Zivilleben Autoverkäufer gewesen. Dieser hier stammte aus einer ganz anderen Gesellschaftsschicht. Wenn der mich eines Tages Alec nennt, freß ich 'nen Besen, dachte Jenkyn.

»Schönen Urlaub gehabt?« fragte Drake.

Der Petty Officer suchte unter dem Tisch nach seiner Reisetasche. Ein schöner Urlaub in Südlondons zerbombten Straßen? Mit seiner Mutter an dem wunderhübsch gedeckten Tisch, der jedesmal zitterte, wenn ein Zug in Richtung Clapham Junction vorbeidonnerte? Wie sie es fertigbrachte, diese Festessen von ihren Rationen zuzubereiten und von dem, was er dem Verpflegungsunteroffizier im Stützpunkt abgeluchst hatte, blieb ihm ein Rätsel.

Jenkyn hatte sich zu Tisch setzen und sich über Mutters liebevoll bereiteten Tee hermachen wollen. Doch sie hatte zur alten Uhr auf dem Kaminsims gezeigt und vorwurfsvoll gemeint: »Warte doch, Alec, bis Vater und Jimmy von der Arbeit kommen.«

So war das jedesmal: ein Alptraum, ein quälender, unbarmherziger Alptraum. Denn sein Vater und sein jüngerer Bruder Jimmy waren auf dem Heimweg von der Fabrik bei einem überraschenden Luftangriff getötet worden, in Sekundenschnelle in Fetzen gerissen. Es gab keine Überreste. Das war vor sechs Monaten gewesen, aber Mutter wartete immer noch auf sie. Ihr gestörter Geist konnte es einfach nicht begreifen.

Schöner Urlaub? Es war die Hölle gewesen.

»Ich weiß, wo wir eine Fahrgelegenheit finden, Sir.« Er sah die beiden anderen an.

Drake zwinkerte. »Das wußte ich. Alec kriegt alles hin.«

Jenkyn folgte ihnen zur Tür. Du weißt nicht mal die Hälfte, Kamerad, dachte er.

Draußen war es pechschwarze Nacht, Schneeregen peitschte ihnen ins Gesicht.

An der Bar drinnen hielt ein Artillerieoffizier dem Wirt sein Glas zum Nachfüllen hin. »Scheint ja ein vergnügter Haufen zu sein«, sagte er zum Wirt.

Dieser musterte die Uniform des jungen Offiziers: brandneu wie sein Besitzer. Er dachte an Drake und all die anderen, die schon durch seine Tür herein- und hinausgegangen waren; er durfte nicht wissen, was sie taten.

»Aber sie haben bestimmt auch ihre Sorgen, Sir«, sagte er.

2 Die Technik

David Seaton überquerte das Deck des Mutterschiffs und blickte von der Reling auf die längsseit liegenden Pontons herab. Nach einem zeitigen Frühstück war er gleich an Bord gekommen, doch auf *Cephalus* war der Dienstbetrieb schon in vollem Gang. In den Werkstätten tief unten im Schiff dröhnten Hammerschläge und ratterten Bohrer. Seeleute in Ölzeug versuchten ziemlich erfolglos, die Eis- und Schneedecke der vergangenen Nacht von den Decks zu entfernen.

Unten an der Bordwand lagen zwischen den schweren Pontons fast reglos drei Kleinst-U-Boote, die mit ihren schneebedeckten runden Rümpfen wie tote Wale aussahen.

Vorsichtig ging Seaton zur Fallreepstreppe, um nicht hinzufallen und dadurch ein erstes Gelächter hervorzurufen. Der Offizier vom Tagesdienst, dessen Nase knallrot aus dem wollenen Schal hervorsah, grüßte grinsend. »Wollen Sie an Bord, Sir?«

Seaton nickte. Er wußte selbst nicht genau, warum er gekommen war.

»Es geht das Gerücht, daß ein Einsatz bevorsteht«, meinte der Wachhabende.

»Ich weiß.« Seaton prüfte vorsichtig die erste Stufe. »Aber man hat mir noch nichts gesagt.«

Er tippte mit den Fingern leicht an den Mützenschirm und begann, die Treppe hinunterzusteigen, während der Offizier vom Tagesdienst und die Fallreepswache Haltung annahmen und grüßten. Seaton war Kommandant, und obwohl er von dem hochbordigen Mutterschiff in sein winziges U-Boot hinabstieg, bestimmten Tradition und Brauch, daß er als Kommandant behandelt werden mußte, so seltsam das auch dem Außenstehenden scheinen mochte.

Unten auf den Pontons war es viel kälter. Der Wind trieb eine Reihe Katzenpfötchen an der narbigen Bordwand des Schiffes entlang und drang Seaton bis auf die Haut. Über seinem blauen Bordjackett trug er einen fleckigen Dufflecoat, darunter einen dicken Sweater und an den Beinen seine ledernen Seestiefel. Sie waren alt und abgetragen, hatten alles mit ihm durchgestanden, und deshalb glaubte er, mit seinem Glück sei es vorbei, wenn er sie ausmustere.

Sein Boot, XE 16, lag ganz außen. Daneben XE 17, das Boot von Rupert Vanneck, und XE 19, dessen weltgewandter Kommandant, Gervaise Allenby, es beinahe als seine Privatyacht betrachtete.

Seaton blieb stehen, die Hand auf der um den Ponton laufenden Schutzkette. Noch ein anderes der neuen Kleinst-U-Boote hatte hier gelegen, XE 18. Es hatte draußen im Schlepp eines konventionellen U-Bootes geübt. Die Kleinst-U-Boote mußten mit ihrem begrenzten Brennstoffvorrat sparsam umgehen und auch ihre Besatzung bis zum letztmöglichen Moment schonen. Deshalb wurden sie mit einer Überführungsbesatzung unter Wasser so nahe wie möglich ans Ziel herangeschleppt. Das Übersteigen im aufgetauchten Zustand und in feindlichen Gewässern mußte mit einem Gummiboot so schnell wie möglich vor sich gehen, denn das war der verwundbarste Augenblick für das X-Boot.

Eben dies hatte X 18 unter echten Einsatzbedingungen in einer schweren Regenbö geübt. Plötzlich war wie aus dem Nichts ein heimkehrender Minensucher über dem kleinen Boot aufgetaucht; während das schleppende U-Boot noch dem anderen Schiff wild signalisierte, es solle sich fernhalten, hatte es bereits schrecklich gekracht. Die sofort einsetzende Suche hatte nichts erbracht, nicht mal einen Tropfen Öl. XE 18 war mit seinen vier Mann in die Tiefe gegangen.

Beim Gedanken an sie überlegte Seaton, was *er* wohl getan hätte. Hätte er das Boot geflutet? Oder hätte er mit seinen drei zum Untergang verurteilten Kameraden tatenlos in dem stählernen Sarg gesessen und den Tod erwartet?

Künstlerpech. Das passierte nun mal. Solche banalen Ausdrücke waren stets schnell zur Hand. Doch Seaton wußte, daß durch Nachlässigkeit oder vorübergehend geringere Wachsamkeit mehr Männer getötet wurden als durch Feindeinwirkung.

Er ging zu seinem Boot und sah, daß das achtere Luk offenstand. Während er noch hinschaute, kroch ein Mechaniker, in verschmiertem Kesselanzug mit Werkzeugtasche und Handlampe wie ein Einbrecher wirkend, an Deck.

Beim Anblick des Kommandanten lachte er. »Sauber wie ein

Kinderpopo, Sir. Wir haben gut für Ihr Boot gesorgt.«

Seaton trat auf das schmale Oberdeck und stützte sich am Sehrohrbock ab. Nun fühlte er sich wirklich wieder zu Hause. Vielleicht lag das an Männern wie diesem Mechaniker, an der unbekannten Mannschaft, die sich um alles kümmerte. Er ließ sich durch das runde Luk hinab und schaltete die von dem alten Mutterschiff gespeisten Lampen ein, eine Verbindung, die ihm irgendwie symbolisch schien.

Alt und verbeult wie sie war, konnte *Cephalus* – oder *Old Syphilis,* wie sie liebevoll genannt wurde – in ihren unmodernen Werkstätten fast alles möglich machen.

Die vertrauten Gerüche nach Diesel und Fett, frischer Farbe und feuchtem Metall stiegen ihm in die Nase.

In der kleinen Kommandozentrale war es ziemlich kalt, jedoch nach dem eisigen Wind draußen in der Bucht empfand Seaton es nur als feucht.

XE 16 war etwas größer als die anderen XE-Boote und auch größer als das ursprüngliche X-Boot. Dennoch maß es von seinem schnauzenähnlichen Bug bis zum Ruder nur sechzehn Meter und zwei Meter in der Breite.

Seatons Blick strich über die reglosen Skalen und Schalthebel, über Kreiselkompaß, Ruderrad und Sehrohre. Er setzte sich auf die Koje über dem Kartentisch. Alles hier hatte Kleinstformat. Direkt hinter ihm führte eine wasserdichte Tür in den Maschinenraum, wo Diesel- und Elektromotor sich den knappen Platz mit Ölfiltern und Kühlanlage, mit Pumpen und Brennstofftanks teilten. Jeder Zentimeter mußte genutzt werden. Vor ihm ging es durch eine weitere wasserdichte Tür in die N-&-T-Abteilung, das heißt »Naß« und »Trocken«: eine Schleuse, durch die der Taucher das Boot verlassen und wieder betreten konnte. Eine weitere Tür führte in den nächsten Raum, der gerade so lang war, daß ein Mann darin schlafen konnte. Auch er war vollgepackt mit Proviant, Batterien, Brennstoff und Ballast.

Ein kleines, aber völlig autarkes Fahrzeug.

Während Seaton die Zentrale überprüfte, sah er seine Kameraden im Geiste vor sich.

Geoffrey Drake, ebenso alt wie er, war ein wirklicher Glücksfall. Wenn sie am Leben blieben, sollte er bald sein eigenes Boot bekommen. Er war absolut zuverlässig, und sein Humor verließ ihn selten. Vor dem Krieg war er als Meeresbiologe für die neuseeländische Regierung tätig gewesen, erzählte jedoch jedem, er tue das nur, weil er gern Boot fuhr und schwamm: »Und dafür bezahlen sie mich auch noch.« Drakes einziger Kummer war seine Größe. Das Boot hatte kaum Stehhöhe und wenn, dann nur für Kleinwüchsige. Jenkyn, der Mechaniker, war praktisch der einzige, der ohne sich zu bücken von einem Schott zum anderen gehen konnte.

Seatons Blick wanderte zum Sitz des Rudergängers, wo Jenkyn die meiste Zeit saß und das Boot steuerte: ein guter Mechaniker und auf undefinierbare Weise sehr loyal.

Seaton dachte an den neuen Taucher, Sub-Lieutenant Richard Niven. Er schien in Ordnung zu sein. Seltsam, ein Berufsoffizier in einer solch untergeordneten Rolle, überlegte er. Ein Taucher war an seine Stellung gebunden und verpaßte möglicherweise die vielen schnellen Beförderungen, die sich nur in Kriegszeiten boten. Niven war verheiratet, und anfangs hatte Seaton befürchtet, er sei vielleicht ein Draufgänger mit unglücklichem Familienleben, der auf See einen Ausweg suchte.

Aber Drake war mehrmals bei Niven zu Hause gewesen. Nivens Frau sei ein »tolles Weib«, hatte er gesagt, sie aber in letzter Zeit nicht mehr erwähnt. Das konnte zweierlei bedeuten; entweder hatte Drake sich in sie verliebt oder umgekehrt. Doch im Einsatz würde das bald vorübergehen.

Er blickte auf die Korbhandräder zu beiden Seiten. Im Einsatz führte XE 16 wie ein Packesel an beiden Seiten schwere Sprengladungen mit sich. Sie schmiegten sich halbmondförmig an den Rumpf und enthielten je zwei Tonnen Amatol* sowie einen Zeitzünder. Das reichte, um ein Schwimmdock oder ein Schlachtschiff zum Wrack zu machen. Man machte die Zünder scharf, drehte die Korbhandräder und ließ die Ladungen auf den Meeresboden unter dem Ziel sinken. Und dann nichts wie weg, ehe die Ladung hochging.

Seaton faßte sich an die Stirn und musterte seine Finger: schweißnaß.

Es war im letzten italienischen Hafen gewesen, wo er Sprengladungen unter ein riesiges Dock gelegt hatte. Niemand wußte damals, daß die italienischen Streitkräfte nach dem Beginn der Invasion die Seite wechseln und sich gegen ihre deutschen Verbünde-

* Sprengstoff aus Ammoniumnitrat und Trinitritoluol (Anm. d. Übers.)

ten stellen würden. Aber das Dock war für die Reparaturen aller schweren Überwasserschiffe von größter Bedeutung.

Sekunden nach dem Lösen der beiden Sprengladungen hatte Seaton plötzlich ein metallisches Kratzen gehört. Der Bootsrumpf bebte, als würde er in einen großen Schraubstock eingespannt. Oben hatten die Dockarbeiter begonnen, zur Aufnahme eines beschädigten Kreuzers die Ballasttanks zu fluten. Mit jeder schrecklichen Sekunde sank das Dock nun tiefer und drückte das kleine Unterseeboot dem Meeresboden entgegen, um es in den Schlamm zu stampfen, wo es hilflos neben den beiden scharfen Ladungen liegen würde.

Unter heftigem Stoßen und Schrammen, von der einen zur anderen Seite schwankend, hatte Seaton das Boot freimanövriert. Weshalb niemand sie gehört oder gesehen hatte, als sie die Oberfläche durchbrachen, um ihren Standort zu bestimmen, das konnte er immer noch nicht begreifen. Tom Latham, Nivens Vorgänger, hatte nur heiser gesagt: »Gott spart uns wohl für etwas wirklich Gefährliches auf.«

Tat er das wirklich? Dann konnte dieser Urlaub leicht sein letzter sein.

Obwohl Schotte von Geburt, hatte Seaton die meiste Zeit seines Lebens in England verbracht. Vor dem Krieg war er Stellvertreter des Verwalters auf einem großen Gut in Hampshire gewesen. Seltsam, wenn man sich das jetzt überlegte: Latham hatte Autos verkauft, Drake Tiefseeforschung getrieben, Niven und Jenkyn hatten die Marine zu ihrem Beruf gemacht. Er selbst hatte über Land und Vieh gewacht, Bäume gepflanzt und sich um die Katen der Landarbeiter gekümmert. Als er sich freiwillig zur Marine meldete, hatte der zuständige Offizier denn auch verächtlich geschnaubt: »Warum sind Sie eigentlich nicht zur Kavallerie gegangen?«

Der Krieg hatte alles verändert. Bei einem Besuch auf dem alten Gut, Monate später, wurde ihm klar, daß nichts wieder so sein konnte wie früher. Wie Seaton ausgebildet worden war, um an die Stelle des Verwalters zu treten, so hatte der Mann, dessen Familie das Gut seit Generationen gehörte, alle Hoffnungen auf seinen Sohn gesetzt. Doch dieser war bei Dünkirchen gefallen, und danach hatte der alte Herr alles verkauft und war fortgezogen.

Seatons eigener Vater hatte nach seiner Scheidung eine Reihe von Verhältnissen mit jungen Mädchen gehabt und erklärt, daß er jetzt erst zu leben beginne. Und das versuchte er immer noch. Aber er trank zu viel und war erheblich gealtert. Bei seinem letzten Urlaub hatte er Seaton wirklich leid getan. Die Mädchen, die er aushielt, lachten nicht mit ihm, sondern über ihn.

Seaton schlug das Luk zu und sah auf die Uhr. Es wurde langsam Zeit für die Sitzung, und er mußte sich noch ein Boot zum Übersetzen besorgen. Doch das leicht stampfende U-Boot hielt ihn weiter fest. Hier war er zumindest sein eigener Herr, dachte er. Jedenfalls beinahe.

In der engen Gemeinschaft lernte man die Kameraden wirklich kennen, nicht nur oberflächlich, wie manche der gelackten Herren in den Messen der großen Schiffe. Hier war kein Raum für Trug und Schein. Seaton machte auf dem Absatz kehrt und ging zum Fallreep des Mutterschiffs.

Captain Clifford Trenoweth lehnte sich in seinem Ledersessel zurück und verschränkte gemütlich die Hände über dem Bauch.

Er war breit und gewichtig, hatte rotblondes, wenn auch stark gelichtetes Haar und strahlend blitzende Augen. Ein fröhlicher Mensch, fand er es als Kommandant zuweilen hart, Polizeichef, Scharfrichter und Repräsentant von HMS *Syren* zu sein.

Im Ersten Weltkrieg hatte er sich einen Ruf als U-Bootsmann erworben und war in der Zwischenkriegszeit die Rangleiter langsam aufwärts geklettert. Kurz vor seiner Beförderung zum Commander hatte er bei dem Versuch, auf einem brennenden Frachter einen eingeschlossenen Seemann zu retten, ein Bein verloren.

Aber HMS *Syren,* das frühere *Lodge Hotel,* konnte einen Mann wie Trenoweth gut brauchen. Jemanden, der die Freiwilligen ausbilden und begeistern, ihnen beibringen konnte, wie man Kleinst-U-Boote fuhr, wie man das alles durchhielt und wie man notfalls ohne großes Aufheben starb. Der Posten, der dem Kommandanten anfangs als »besser denn nichts« erschienen war, nachdem man ihn als dienstuntauglich aus der Navy entlassen hatte, erwies sich als Glücksfall für alle. Der Stützpunkt, das Mutterschiff und seine Begleitschiffe, die zwei Ausbildungs-U-Boote und die X-Boote selbst verliehen ihm eine Selbstachtung, an die er noch vor wenigen Jahren nicht zu glauben gewagt hätte.

Trenoweth sah sich in seinem dunkel getäfelten Büro um und hörte draußen die Stimme eines Mannes und ein leises Frauenlachen. Das waren Edgecombe, sein Operationsoffizier, und Second Officer* Helen Dennison, ein erfreuliches Geschöpf, Sekretärin, Fernmeldeoffizier und zudem Trenoweth' Geheimwaffe gegen störende Späher aus der Admiralität oder Whitehall.

Einer von diesen, Captain Venables, war jetzt hier, der Anlaß für all die Aufregung, die Fernsprüche und den schließlichen Rückruf. Als hätte das nicht noch Zeit gehabt. Jedermann auf dem Stützpunkt, selbst der alte »Zwölfender«, der die Heizungskessel betreute, hatte einen längeren Urlaub mehr als verdient.

Trenoweth runzelte die Stirn. Venables war so ganz anders als er selbst, wirkte mehr wie ein geistlicher Herr als ein Seemann, und artikulierte sich mit den gleichen hochklingenden, falschen Tönen, wie man sie bei Staatsfeierlichkeiten hörte. Doch er war wichtig. Sein Gefolge und die Dringlichkeit seiner Fernschreiben bewiesen es.

Die Stimmen vor der Tür verstummten, Sekunden später öffnete sie sich, und Captain Walter Venables trat ein, groß und hager, mit glänzendem dunklem Haar und trügerisch milden Augen. »Guten Morgen«, nickte er und setzte sich. »Darf ich?«

Trenoweth lächelte mühsam. »Selbstverständlich. Pünktlich auf die Minute.« Bei einem Mann wie Venables schien diese Bemerkung überflüssig.

»Richtig.« So sorgfältig, wie er alles tat, verschränkte Venables die Arme und sah ihn aufmerksam an. »Es steht ein Einsatz bevor. Streng geheim.«

»Darf ich's dann wissen?« Aber Trenoweth seufzte. Sinnlos, es bei dem Mann mit einem Scherz zu versuchen. Man kam sich bloß blöd vor. »Ein bißchen plötzlich, was?« fuhr er fort.

»Nun ja, hier oben läuft man natürlich Gefahr, an den Rand des Geschehens zu geraten, sozusagen. In London jedoch ...« Sein Ton sprach Bände.

Glücklicherweise klopfte es, und Second Officer Dennison schaute herein. »Die drei Kommandanten sind hier, Sir.«

Sie war nicht hübsch, hatte jedoch ein angenehmes, lebhaftes Gesicht. Captain Trenoweth mochte sie sehr gern und bedauerte nur, so viel älter und außerdem amputiert zu sein.

Daß sie der Altersunterschied nicht störte und auch das fehlende Bein nicht, wußte er nicht.

* Dienstgrad beim weiblichen Hilfskorps. Entspricht dem Sub-Lieutenant (Anm. d. Übers.)

»Schicken Sie sie rein, bitte.«

Die Tür schloß sich, und Venables bemerkte: »Scheint ein nettes Mädchen zu sein.«

»Das ist sie.« Es klang trockener als beabsichtigt, aber Venables begann, ihn zu ärgern.

»Ich brauche natürlich nur das eine Boot«, wechselte Venables das Thema. »Wir müssen jedoch auf Rückschläge im letzten Augenblick gefaßt sein.«

Trenoweth dachte an die vielen Briefe, die er schon an Eltern und Witwen hatte schreiben müssen. *Rückschläge* nannte er das also.

Wieder öffnete sich die Tür, und die drei Lieutenants traten ein; zögernd wie Schauspieler, die auf ihren Auftritt warteten, standen sie auf dem Teppich: links Seaton und neben ihm Lieutenant Rupert Vanneck, vor dem Krieg Handelsschiffsoffizier und jetzt Überlebender mehrerer Einsätze, sowohl in X-Booten als auch in der Zwei-Mann-Besatzung eines ›Chariot‹, eines bemannten Torpedos. Er wirkte irgendwie aggressiv mit seinem kräftigen Unterkiefer und seiner Art, stets mit vorgeschobenem Kopf dazustehen, als suche er Streit.

Lieutenant Gervaise Allenby war ein völlig anderer Typ, ein sehr eleganter, gepflegter Berufsoffizier von vierundzwanzig Jahren, mit einem Gesicht wie eine glatte, etwas verächtliche Maske.

Venables betrachtete sie ernst. Von Seatons zerknautschter Uniform und abgetragenen Stiefeln über Vannecks kaum verhohlenem Ärger bis hin zu Allenbys Makellosigkeit, seiner Schutzhaltung, entging ihm nichts.

»Tut mir leid, daß ich Sie zurückrufen mußte, meine Herren«, sagte er, »wir alle bedauern das, aber . . .«

Bei Trenoweth' Worten: »Setzt euch, Jungs«, wandte er sich um und runzelte leicht die Stirn.

Sie setzten sich, Seaton vor das Regal, in dem der Kommandant seine dienstlichen Bücher verwahrte. Von hier aus konnte er die übrigen gut beobachten, vor allem Captain Venables. Etwas berührte seinen Fuß, und als er niederblickte, sah er Trenoweths alten Labrador. Meistens lag er ausgestreckt vor dem Kamin; er hieß Duffy und war eine Art Maskottchen für den Stützpunkt. Sie sahen sich kurz in die Augen, dann machte Duffy die seinen wieder zu und gähnte laut und herzhaft.

Venables hustete. »Fangen wir an, meine Herren.« Sein Blick

blieb auf Seaton gerichtet. »Ich bin überzeugt, Sie alle dachten, Ihre Aufgabe sei durch die neuerlichen Erfolge gegenstandslos geworden. Doch Aufgabenstellungen ändern sich wie der Krieg selbst und werden neuen Lagen angeglichen. Sie sind gut ausgebildet worden, und diese Fähigkeiten werden bei Ihrem künftigen Einsatz von entscheidender Bedeutung sein. Einige Ihrer Leute werden sich natürlich umstellen müssen.« Er sah schnell zu Trenoweth hinüber, der sich wie zum Protest vorbeugte, und fuhr dann kühl fort: »Meine Abteilung hat sich eingehend mit den Stabschefs und dem Admiral U-Boote beraten.«

Seaton blickte von einem Kommandanten zum anderen. Venables kam schnell zur Sache; er hatte seine Macht offenbart sowie die Rückendeckung, die ihm notfalls zur Verfügung stand.

»In der Vergangenheit haben wir uns an die Aufgabe nur herangetastet«, fuhr er fort. »Ihre zukünftigen Einsätze werden noch persönlicher und individueller sein. Ein Boot, ein Auftrag, ohne die Gefahr, durch einen Zufall verraten zu werden. Natürlich kann ich diese neuen Einsätze nicht mit Ihnen diskutieren, aber ich möchte, daß Sie meine Worte im Gedächtnis behalten, wenn Sie Ihre Vorbereitungen treffen. Ihr Ziel liegt in Norwegen.«

Vanneck holte tief Luft, und Seaton meinte zu wissen, was ihm durch den Kopf ging: Nach dem kürzlichen Angriff auf die *Tirpitz* mußte Norwegen jetzt ein Hornissennest sein.

»Das fordert Ärger geradezu heraus«, warf Captain Trenoweth ruhig ein.

Seaton versuchte, sich zu entspannen. Guter alter Trenoweth; wie eine wütende Bärin versuchte er, sich vor seine Schützlinge zu stellen.

»Um so besser.« Venables lächelte trocken. »In diesem Fall jedenfalls. Sie alle stufen diese Operation wie die vorangegangenen ein, wie man von Ihren Gesichtern deutlich ablesen kann.« Das klang nach vorbereiteter Ansprache, einem Verkaufsgespräch. »Sie denken an die Schwierigkeiten der langen Schleppfahrt ins Zielgebiet, an das Übersetzen der Besatzung und ein unbemerktes Eindringen durch die U-Boot-Sperren. Eben an all die Schwierigkeiten, ehe Sie überhaupt anfangen können. Kein Wunder, daß die Belastung für einige zu groß war.« Er sah jeden der Lieutenants nacheinander an. »Aber mal angenommen, meine Herren, rein hypothetisch sozusagen, Sie sind *vor* dem Zielobjekt auf Ihrer Position?« Langsam nickte er. »Ich merke, das ist in Ihren Augen etwas anderes.«

»Dann stellt sich immer noch die Frage des Brennstoffverbrauchs«, platzte Vanneck heraus.

»Richtig.« Venables genoß die Situation. »Also stellen Sie sich auch vor, Ihnen stünde innerhalb des Zielgebiets genug Brennstoff zur Verfügung.«

Vanneck zuckte die Achseln. »Dann würde ich sagen, die Jerries* sind völlig verrückt geworden.«

»Nicht doch«, warf Trenoweth schnell ein.

Venables wandte sich an Allenby. »Was halten *Sie* davon? Aufgrund Ihrer Erfahrung . . .«

Der elegante Lieutenant näselte: »Eigentlich bin ich der am wenigsten Erfahrene von uns dreien, Sir. Lieutenant Seaton ist Ihnen da bestimmt ein besserer Berater.« Allenby lächelte freundlich.

Trenoweth fühlte sein Herz freudig schlagen. Venables hatte den bisher übelsten Trick angewandt, Allenby gegen die anderen ausgespielt, den Berufsoffizier gegen die Reserveoffiziere. Aber wenn er glaubte, das könne funktionieren, dann kannte er Gervaise Allenby schlecht.

»Ich kann mir nicht vorstellen, wie das zu bewerkstelligen sein soll, Sir«, erklärte Seaton. »Aber wenn es gelänge, würde es das Risiko halbieren.«

Er sah zu Allenby hinüber, der ihm mit einem Auge zuzwinkerte. Allenby kümmerte sich einen Dreck um andere. Er kam aus einer alten Marinefamilie, aber das spielte für ihn keine Rolle. Spicer, sein Wachoffizier, behauptete, er sei ein verrückter Hund, fuhr aber mit keinem lieber als mit Allenby.

»So ist es.« Venables zog ein silbernes Etui heraus und sah sich die Zigarette sehr genau an, ehe er sie ansteckte; er bot niemandem eine an. »Wie ich schon sagte, wir müsen uns umstellen. Aber die Abteilung Sondereinsätze hat sich natürlich von Anfang an für Ihre Arbeit interessiert.«

Seaton lockerte sich etwas. Er erkannte jetzt Venables' Taktik, die Art, wie er das Wort »natürlich« benutzte, wenn er andeuten wollte, daß alle Einwände bereits entkräftet seien, noch ehe man sie vorbrachte. Die Abteilung Sondereinsätze hatte ihnen immer geholfen, das stimmte. Wer ihr Gönner auch war, er hatte ihnen oft Feindnachrichten und Ratschläge übermittelt, die nur von

* Jerry von German = Spitzname für deutsche Soldaten (Anm. d. Übers.)

Agenten und Männern des Widerstands in einem besetzten Land stammen konnten: Schiffsbewegungen, Sicherungsstreifen und Stützpunkte, oder ob Navigationshilfen vorhanden waren. Solche Dinge herauszufinden, verlangte eiserne Nerven, mehr aber noch, diese Informationen mit einem winzigen Funkgerät nach London zu übermitteln.

Wenn man diese Informanten erwischte, würde die Gestapo sie so lange wie möglich auf scheußlichste Art foltern – ob sie nun gestanden oder nicht.

Seaton hatte sich oft bei der Überlegung ertappt, was wohl geschehen würde, wenn die Deutschen Großbritannien eroberten. Dann gäbe es wohl auch in seinem Land dieselbe Mischung aus Verrätern und Widerstandshelden wie in Norwegen oder Frankreich.

»Ich sehe immer noch nicht den Unterschied«, sagte Trenoweth.

Der andere Captain blickte ihn ruhig an. »In der Entfernung vor allem. Bisher ging es darum, Sprengladungen zu legen oder Minen am Ziel zu befestigen und sich dann aus dem Staub zu machen, ohne daß der Feind etwas merkte und Gegenmaßnahmen treffen konnte. Jetzt aber«, das Wort hing in der Luft, »werden unsere Leute von hier und dem Zielgebiet aus geleitet werden. Der militärische und der Marine-Geheimdienst sowie unsere unkonventionelleren Einheiten haben in allen wichtigen, von den Deutschen besetzten Gebieten ein hervorragendes Agentennetz aufgebaut. Wenn die nächste Unternehmung anläuft – und das kann nur noch Wochen dauern –, werden die Beteiligten einige Leute treffen, die ihr Leben aufs Spiel setzen, um unserer Sache zu helfen.«

Seaton vermied es, seine Kameraden anzuschauen. Wieder wurde die Schraube etwas stärker angezogen. Zuerst schien Venables' Besuch das Ziel zu haben, die Moral der Truppe zu heben und dem Stimmungsverfall entgegenzuwirken. Denn auf dem anderen U-Boot-Stützpunkt und Mutterschiff weiter innen in der Bucht herrschte ähnlich schlechte Stimmung. Aber Venables hatte das alles geändert. Nun war Seaton nicht sicher, ob ihn diese neuen Eröffnungen erregten oder beunruhigten.

Trocken fuhr Venables fort: »Natürlich ist das mit Risiken verbunden. Doch der Einsatz hat große Bedeutung und sollte mit einigem Glück sogar größere feindliche Truppenverbände binden, die dann anderswo fehlen. Wenn zum Beispiel, was mich nicht wundern würde, im nächsten Jahr unsere Soldaten wieder französischen Boden betreten. Wir haben einen guten Anfang gemacht. Jetzt liegt es an uns allen«, erneut sah er jeden einzelnen an, »und besonders an Offizieren wie Ihnen, ihnen den Weg zu bahnen.«

Trenoweth räusperte sich, und der Hund fuhr erschreckt hoch.

»Das ist alles, meine Herren«, sagte der Kommandant. »Teilen Sie Ihren Leuten das Wesentliche mit und halten Sie sich bereit, nach dem Essen mit Captain Venables' Mitarbeitern zusammenzutreffen.«

Nacheinander verließen sie den Raum. »Wir wissen ja überhaupt nicht, was wir ihnen mitteilen sollen«, meinte Vanneck draußen wütend.

Allenby nahm seine Mütze und lächelte Second Officer Dennison zu. »Ach, das würde ich nicht sagen, alter Junge. Bei diesen Einsätzen gibt es zwei typische Begriffe: sie sind entweder lohnend oder eine Herausforderung. Das erste bedeutet, es gibt dafür kein zusätzliches Geld, und beim zweiten ist ein frühzeitiger Tod wahrscheinlich.«

Vanneck grinste. »Du machst mir Spaß.«

Sie gingen in *Syrens* Lagezimmer. Hier hatten früher die Billardtische gestanden, nun waren die Wände mit See- und Landkarten behangen, und überall standen einfache Faltstühle herum.

Die Besatzungen der drei Boote, zwei Offiziere aus dem Stab und drei Lieutenants, die gegebenenfalls als Überführungsbesatzungen fungieren würden, waren bereits versammelt.

Sie teilten sich in ihre drei kleinen Gruppen auf, und Seaton erklärte Drake und den anderen, was ihnen bevorstand. Jeder Mann könne, sagte er, jetzt noch aussteigen, später allerdings nicht mehr.

Anschließend wurde jedes Besatzungsmitglied vom Stützpunktarzt untersucht, der dabei so unsicher wirkte, daß Seaton fürchtete, er würde selbst Mumps übersehen.

Weiter ging's mit der Barkasse hinüber zur *Cephalus* und mit dem Stützpunktingenieur zu einem schnellen Rundgang durch die Boote. Dann zum Mittagessen.

Hinter dem großen Steingebäude lag ein breiter, gepflasterter Hof. Die umstehenden Nebengebäude, ursprünglich für Pferde und Wagen gedacht, dienten jetzt als Garagen und Gerätelager.

Pünktlich um vierzehn Uhr waren die neun Offiziere und drei Unteroffiziere im Hof versammelt und suchten, soweit sie konnten, Schutz vor dem schneidenden Wind. Lieutenant Commander Edgecombe, der Operationsoffizier, überprüfte eine Liste, und Captain Trenoweth, der von der anderen Hofseite aus zusah, bemühte sich, einen nicht allzu besorgten Eindruck zu machen.

Venables ließ sich nicht sehen. Doch wie auf ein Stichwort marschierte ein hochaufgerichteter Major der Marineinfanterie, trotz loser Lederjacke und Gummistiefeln tadellos gekleidet, auf den Hof und grüßte zu Trenoweth hinüber. Dann wandte er sich um, musterte die zwölf wartenden Gestalten und sagte knapp: »Ich bin Major Lees. Ich bin überzeugt, daß Sie auf Ihrem Gebiet alle Fachleute sind. Bitte nehmen Sie mir ab, daß auf meinem Feld das gleiche für mich gilt. Meine Aufgabe ist, Ihnen in der kurzen zur Verfügung stehenden Zeit beizubringen, wie man – wenn nötig – einen Gegner tötet.« Beschwichtigend hob er die behandschuhte Rechte. »Lassen Sie mich ausreden. Ich meine nicht auf größere Entfernung töten, sondern von Angesicht zu Angesicht. Einen Gegner aus Fleisch und Blut, dessen Atem Sie fühlen. Gelingt es mir und meinen Leuten, Ihnen bestimmte Dinge beizubringen, so dient das nur dem Schutz Ihres Lebens und dem vieler anderer, die täglich ihr und ihrer Familien Leben aufs Spiel setzen, um Ihnen zu helfen.« Sein Ton wurde schärfer. »Diese Art Krieg ist sehr real und tödlich. Wenn Sie alles beherrschen, was wir Ihnen beibringen wollen, dann werden Sie nicht mehr die Hände heben und sich ergeben. Denn dann würde der Feind unfreundlich mit Ihnen umgehen.« Sein gestutzter Schnurrbart hob sich in einem kurzen Lächeln. »Sehr unfreundlich!«

Türen quietschten und Füße scharrten, dann wurden zwei der Remisentore geöffnet. Drinnen standen Tische mit Waffen, Maschinenpistolen, Dolchen und Handgranaten, ein wahrer Jahrmarkt des Todes.

»Mein Gott, die haben ja eine richtige Ausstellung für uns veranstaltet«, meinte Drake.

»Nicht nur eine Ausstellung, Sir.«

Sie wandten sich um und erblickten eine riesige Gestalt mit den Mützen- und Schulterabzeichen der Schottischen Garde. »Die Waffen sind für den praktischen Gebrauch gedacht.« Der Riese grinste. »Sergeant McPeake, zu Ihren Diensten. Ich soll Ihnen zeigen, wie man im Nahkampf Hände, Füße und Messer zweckmäßig einsetzt.« Er strahlte auf Jenkyn herunter. »Das ist eine großartige Chance. Es gibt dir Gelegenheit, deine Offiziere herumzustoßen, und mir die Möglichkeit, einen Engländer anzuspringen, ohne dafür bestraft zu werden.«

Andere, ruhige, hochqualifizierte Männer aus allen drei Teilstreitkräften traten hinzu. Sie sollten die verschiedenen Arten von Sprengstoff erläutern, über Verschlüsselungen, feindliche Uniformen und Waffen referieren. Seaton war es, als finge er wieder ganz von vorne an.

Lees erklärte das so: »Vielleicht müssen Sie diese Dinge gar nicht selbst anwenden, aber Sie sollen verstehen lernen, wenn andere sie tun. Wir wollen Sie nicht zu Helden ausbilden, sondern verhindern, daß Sie ein Hindernis darstellen.«

Nach drei Stunden machten sie eine Pause.

»Was hältst du davon, David?« fragte Drake. »Ist das Ganze nur Bluff – oder kommen wir wirklich vom Regen in die Traufe?«

Seaton dachte nach. »Ich glaube, das ist echt. Lees und seine Männer haben zuviel zu tun, um hier nur ihre Zeit zu verschwenden. Und Venables hat nicht genügend Phantasie.« Er nickte langsam. »In gewisser Hinsicht ist es sogar sinnvoll. Wie oft sind wir mitten in einem feindlichen Hafen oder Stützpunkt. Aber was tun wir dort, abgesehen davon, daß wir unsere Sprengladungen legen und versuchen, am Leben zu bleiben? Vielleicht könnten ein paar neue Tricks da ganz nützlich sein.«

Die Tür sprang auf, und Sergeant McPeake marschierte händereibend herein. »Tja, meine Herren, nach draußen bitte, es ist dunkel genug.«

Vanneck beäugte ihn kühl. »Dunkel genug wozu?«

Der Sergeant blieb ungerührt. »In wenigen Minuten werden wir unten an der Bucht sein. Der Major hat angeordnet, daß Sie ein Boot stehlen und damit das Mutterschiff erreichen sollen.« Er wurde streng dienstlich. »In drei getrennten Gruppen. Und ich möchte nicht erleben, daß die Wachen Sie dabei bemerken.«

»Um Himmels willen«, rief Vanneck, »wir sind doch keine Stoppelhopser!«

»Stimmt, Sir.« McPeake sah finster drein. »Denn wenn Sie es wären, würde ich mir nicht solche Sorgen machen.«

Gordon Lennox, Vannecks Wachoffizier, warf schnell ein: »Laß man, Rupert. Wir zeigen Gervaise und seinen Mannen, wieviel besser wir sind.«

Und so ging es weiter. Den größten Teil der Nacht bis in den folgenden Tag hinein wurden sie von Major Lees und seinen Fachleuten gejagt, eingewiesen und geschliffen. Auch den ganzen folgenden Tag, es war Neujahr 1944 und ein Sonnabend dazu, fuhrwerkten die drei U-Boot-Besatzungen auf dem Gelände herum, zerlegten Waffen und setzten sie wieder zusammen, als hinge ihr Leben davon ab.

Captain Trenoweth versuchte, sich herauszuhalten, obwohl es ihm schwerfiel. Gewöhnlich beobachtete er sie vom Hang aus, auf einem Jagdstock sitzend und das Doppelglas vor Augen, bis ihn Regen oder Schnee ins Haus zurücktrieben.

Zwei Wochen später reisten Major Lees und seine Männer ebenso unauffällig, wie sie gekommen waren, wieder ab. Und nach einem weiteren Tag lagen die neuen Einsatzbefehle auf Trenoweths Schreibtisch.

XE 16 sollte mit Schlepp-U-Boot und Geleitfahrzeugen nach Scapa Flow in Marsch gesetzt werden. Dort würde das Boot und seine Besatzung zum letzten Mal getestet werden – mit ein oder zwei Scheinangriffen gegen verankerte Kriegsschiffe und Hafensperren. Und dann? Das Ziel blieb weiterhin geheim.

Am vorgesehenen Tag, kurz nach Sonnenaufgang, stiegen Seaton und seine drei Gefährten durch das Achterluk in ihre ureigene enge Welt hinab. Vanneck und die anderen hatten sie auf der *Cephalus* mit einem kurzen Händeschütteln und ein paar Frotzeleien verabschiedet.

Es war noch recht dunkel, und die Gewässer in der Bucht schienen ungewöhnlich unruhig. Hinter dem verankerten Mutterschiff hielt sich wie ein Schatten ihr Schlepp-U-Boot bereit. In eine Auspuffwolke gehüllt, lud es, solange Gelegenheit dazu war, seine Batterien auf.

Es war zu dunkel, um das Ufer zu sehen, aber Seaton wußte, daß sich auch dort einige Kameraden zum Abschied versammelt hatten. Er beobachtete die Leinenkommandos auf den Pontons bei der Arbeit und hörte das leise, vertraute Gemurmel seines Dieselmotors.

Die Hand an der Mütze, wandte er sich zum wachhabenden Offizier. »Wir sehen uns wieder.«

»Klar zum Loswerfen.« Die Stimme klang unwirklich über das Megaphon. Seaton schüttelte sich und warf einen letzten Blick in die Runde.

In Mantel und Schal stand Captain Trenoweth auf dem Abhang über der Bucht. Seine Augen tränten vor Kälte, aber das hätte er um nichts in der Welt verpassen wollen. Ängstlich beobachtete Second Officer Dennison neben ihm, eine Thermosflasche mit heißem Kaffee in der Hand, wie er sich auf dem künstlichen Bein langsam aufrichtete. Er konnte nichts sehen, aber seine Ohren nahmen den vertrauten Klang der Diesel wahr. Langsam hob er die Hand zum Gruß.

»Es geht bestimmt alles gut, Sir«, flüsterte Helen. »Sie werden's erleben.«

Er wandte sich um und sah sie liebevoll an. »Hoffentlich. Aber das ist es nicht.« Er nahm ihren Arm, und sie begannen, bergan zu schreiten. »Ich wünschte nur gerade, *ich* wäre es, der da an Bord geht.«

3 Ein langer Weg

»Aufstehen, Sir.« Die Hand auf Seatons Schulter schüttelte ihn erneut. »Es wird Zeit.«

Seaton wälzte sich auf der Koje herum und kniff die Augen vor dem Schein der Handlampe zu. Nur langsam fand er sich, aus tiefem Schlaf kommend, zurecht. »Wie sieht's aus?«

Der Seemann stellte einen dampfenden Becher Tee neben die Koje. »Bläst ein bißchen, Sir, und ist bitterkalt.«

»Mach das Licht an.«

Gähnend stellte Seaton die Beine auf den Boden und sah nach der Uhr. Fünf Uhr dreißig. Er sah sich in der fremden Kammer um; von oben und unten drangen Laute an sein Ohr.

Anscheinend wurde es niemals besser. Man dachte, man würde das spielend schaffen, sich daran gewöhnen. Aber wenn es soweit war, wirkte es jedesmal wie ein Schock. So mußte es auch für einen zum Tode Verurteilten sein, der irgendwann in den quälenden Stunden seiner letzten Nacht auf Erden trotz allem eingeschlafen war. Und dann die Hand auf seiner Schulter: »Komm, mein Junge, halt dich tapfer.«

Seaton lauschte dem Knirschen von Metall und den Stiefeltritten über seinem Kopf. Der Schweiß brach ihm aus. Um sich zu beruhigen, dachte er an die vergangenen zehn Tage zurück: Übungen mit XE 16 in Scapa Flow, wobei ihnen verankerte Schlachtschiffe und Flugzeugträger als ahnungslose Ziele dienten. Dann Herantasten an Schutznetze und Hafensperren, sowohl um die Abwehrmaßnahmen in der Bucht zu überprüfen, als auch zur eigenen Ertüchtigung. Es war nur ein Gerücht, doch irgend jemand hatte angedeutet, der Feind habe möglicherweise eines der X-Boote beim Angriff auf die *Tirpitz* erbeutet. Die Nachrichtenverbindungen und das Wetter waren in Norwegen so schlecht gewesen, daß niemand genau wußte, wer überlebt hatte oder beim Angriff gefallen war.

Hatten die Deutschen jedoch ein X-Boot unversehrt in die Hand bekommen, würde Captain Venables' Gegenspieler es höchstwahrscheinlich gegen die britischen Großkampfschiffe in Scapa Flow einsetzen. Die Versenkung des Schlachtschiffs *Royal Oak* durch ein konventionelles U-Boot kurz nach Kriegsbeginn war noch nicht vergessen. Wenn die Horcher also die Geräusche eines Kleinst-U-Bootes zu identifizieren lernten, konnte das dazu beitragen, ein ähnliches Unglück zu verhindern.

Innerhalb weniger Tage nach ihrer Ankunft waren die letzten Befehle gekommen: XE 16 sollte mit Schlepp-U-Boot, Geleitschiffen und einem Bergungsschlepper Scapa Flow verlassen und weiter nördlich den letzten öden Außenposten auf den Shetlands ansteuern.

Seaton stellte den Becher hin und begann sich zu rasieren und anzuziehen.

Nach langem Warten und quälender Ungewißheit lagen sie nun in Lunna Voe auf den Shetlands. Trotz seiner Skrupel und Sorgen mußte er anerkennen, welch große Schwierigkeiten Venables und seine Abteilung überwunden hatten. Auf jeder Meile ihres Weges waren sie gut geleitet worden, denn zu einer weiteren Kollision wie bei XE 18 wollte es die Navy nicht kommen lassen. Ehe sie die schützende Bucht von Scapa Flow verließen, war ihr Boot aus dem Wasser gehoben und zu einer letzten Überprüfung auf ein Mutterschiff gesetzt worden, wo vor allem die Sprengladungen beiderseits festgeklemmt wurden.

Die letzten Tage hatte Seaton an Bord des großen Bergungsschleppers verbracht. Doch über ihren bevorstehenden Einsatz wußten sie immer noch nichts, außer daß ihr Ziel in Norwegen lag, etwa zweihundert Meilen östlich ihrer jetzigen Position. Trotz seines dicken U-Boot-Pullovers fröstelte Seaton.

Es hatte keinen Sinn, die Sache hinauszuschieben. Er nahm seine Mütze und sah sich im Spiegel an. Seltsam traurig starrten ihm die Augen aus dem schmalen Gesicht entgegen. Dann sah er sich in der kahlen, stählernen Kammer um. Keine Spur davon, wem sie gehörte oder wer früher darin gewohnt hatte. Der Schlepper hütete seine Geheimnisse über die Froschmänner und X-Boot-Besatzungen, die hier eine oder zwei Nächte verbracht hatten. Es war nicht gut, Lebenszeichen zu hinterlassen, das konnte bei den letzten Bewohnern falsche Hoffnungen wecken.

Seaton verließ die Kammer und fand Drake draußen an die Wand gelehnt. Trotz der frühen Stunde und dem, was sie vor sich hatten, schien er ruhig, sogar fröhlich zu sein. Sein blondes Haar quoll unter der Mütze hervor.

»Alles klar?«

Seaton nickte. »Unsere Sachen werden bereits an Bord sein.« Er lauschte dem Rattern der Maschinen und fühlte die schwerfälligen Bewegungen des Decks unter seinen Füßen. Bläst ein bißchen, hatte der Bootsmannsmaat gesagt. Dabei war dieser Schlepper, ein Gigant aus Stahl und Hebegeräten, noch gemütlich unter Landschutz verankert. Hoffentlich kamen sie mit ihrem kleinen Boot gut hinaus und erreichten ihre Schlepptiefe ohne Pannen.

Sie gingen zum Kartenraum, der bereits voller Pfeifen- und Zigarettenrauch war.

Niven und Jenkyn standen Seite an Seite an dem großen Kartentisch und schienen doch meilenweit getrennt. Das würde er ändern müssen.

Doch beim Anblick der anderen vergaß er die beiden. Da waren der bärtige Lieutenant Commander, Kommandant des schleppenden U-Bootes, dessen Arbeit für sie lebenswichtig war, mit seinem Wachoffizier; dann der Schlepperkapitän und ein Meteorologe, der Artillerie- und Torpedomechaniker des Mutterschiffes sowie ein paar gesichtslose Untergebene, die sich im Hintergrund beschäftigten. Die Tür öffnete sich, und Captain Venables trat ein.

Er nickte jedem zu und schritt direkt zum Kartentisch.

Seaton mußte lächeln. Kein Getue, keine Gefühlsäußerung, keine Plattitüden. Nun hoffte er bloß, daß das auf der anderen Seite der Waagschale von Wert war.

»Alles ist vorbereitet«, sagte Venables und schien Seaton erst jetzt zu sehen. »Sind Sie bereit?«

»Jawohl, Sir.« Das klang albern. »Ich glaube nicht, daß wir etwas vergessen haben.«

Er beobachtete Venables, der auf die Karte blickte, wo er etwas mit Notizen auf seinem Block verglich. Er will, daß ich ihn frage, ihn anspreche.

Venables blickte schnell hoch, und Seaton schien es einen Augenblick, als habe er laut gedacht.

»Nun zu Ihrem Einsatz«, sagte Venables schließlich, tippte mit einem Finger auf die Karte und wartete, bis alle näher herangetreten waren. »Uns fast direkt gegenüber liegt der kleine Hafen Askvoll, etwa fünfundsiebzig Seemeilen nördlich von Bergen. In seiner Nähe ist eine kleine Insel.« Er blickte den bärtigen U-Boot-Kommandanten an. »Einer von Ihnen hat dort kürzlich einen Agenten an Land gesetzt. Seine Aufgabe war es, mit dem Widerstand zu verhandeln. Man kann von der Insel aus den Hafen einsehen, und so lange das Wetter es erlaubte, sind die Deutschen in Askvoll ziemlich aktiv gewesen.«

»Ich war vor einem Jahr selbst dort«, nickte der Lieutenant Commander. »Damals blieb alles ruhig. Der Gegner konzentrierte sich auf Bergen mit seinen Schwimmdocks, U-Boot-Bunkern und so weiter.«

»Ganz recht.« Venables schien uninteressiert. »Sie werden XE 16 also bis auf fünfunddreißig Meilen an die Küste heranschleppen.«

Seaton hörte gespannt zu. Ihm war, als würde über jemand anderen gesprochen. Die Schleppfahrt war Routinesache, und beim Loswerfen der Leine war man mit fünfunddreißig Meilen Abstand vor Küstenpatrouillen und Radar ziemlich sicher.

Scharf fuhr Venables fort: »Ein Agent wird mit XE 16 so Fühlung nehmen, wie auf dem Blatt ›Nachrichtendienstliche Angaben‹ vorgesehen.« Er sah Seaton an.

»Und dann, Sir?« fragte dieser.

Der Finger fuhr über die Karte. »Wenn – und ich betone: wenn – die richtigen Zeichen erkennbar sind, laufen Sie in den tiefen Fjord nördlich von Askvoll ein. Dort erhalten Sie von der Widerstandsbewegung Unterschlupf, Brennstoff, Proviant und alles andere, was menschenmöglich ist.« Er lächelte leicht.

Der Kerl genießt das wirklich, dachte Seaton. Zuzusehen, wie sein Baby die ersten zögernden Schritte unternimmt.

»Es ist ganz gut, wenn Sie nicht zuviel wissen«, fuhr Venables fort. »Sie können die Einzelheiten den Männern am Ort überlassen. Wir wissen aus zuverlässiger Quelle, daß ein zur Zeit in Askvoll liegendes Schiff in diesen Fjord verlegt werden wird. Bei seinem Eintreffen werden Sie bereits dort sein. Und wenn Sie auslaufen, wird es auf dem Grund liegen.«

Mit der Unbefangenheit des nicht direkt Betroffenen fragte der Meteorologe: »Aber werden nicht wie im Altafjord bereits Sperren ausgelegt sein, Sir?«

Venables sah über ihn hinweg. »Das ist hier anders. Die Deutschen haben das Gebiet seit Monaten geräumt, müssen wegen schlechten Wetters ihre Unternehmungen jedoch einschränken. Sie beabsichtigen, den Fjord zu sperren, *nachdem* das Schiff eingelaufen ist. Abgesehen von der schmalen Einfahrt ist das Ganze eine Festung, eine Nuß, die man danach nicht mehr knacken kann.« Und mit einem Blick auf Seaton schloß er: »Jedenfalls nicht mit den alten Methoden.«

Plötzlich war alles kristallklar: Venables' Hinweise in Loch Striven, Major Lees Geheiminstruktionen: Geht vor dem Ziel hinein, dann ist schon die Hälfte geschafft. Wenn die Meldungen und Informationen richtig waren ... Seaton führte den Gedankengang nicht weiter. Sie mußten einfach richtig sein.

Drake fragte ruhig: »Und das Schiff, Sir? Was ist daran so besonders?«

Venables zog sein silbernes Etui heraus. »Es ist ein schwimmendes Labor für ein neues Brennstoff-Einspritzverfahren, irgend so was.« Das klang reichlich vage. »Je weniger Sie wissen, um so besser. Legen Sie nur Ihre Ladungen unter das Schiff.« Er sah jeden prüfend an. »Denken Sie daran, was ich Ihnen bei unserem ersten Treffen gesagt habe: Dies ist eine ganz wichtige Aufgabe. Die Deutschen haben eine Menge Arbeit in das Projekt gesteckt. Askvoll wird durch regelmäßige Flüge von Trondheim her gut bewacht und natürlich auch von See her. Gelingt es dem Gegner, das Schiff schon vorher zu verlegen, muß der Angriff trotzdem erfolgen. Doch dann wäre ein Erfolg sehr teuer erkauft, Ihre Überlebenschance minimal.«

»Und dieser Agent, von dem Sie sprachen, Sir«, warf Seaton ein. »Angenommen, ich bin nicht überzeugt von dem, was er sagt?«

Venables zuckte die Achseln. »In Ihren Unterlagen finden Sie festgelegte Treffzeiten mit dem Schlepp-U-Boot. Wenn Sie glauben, daß die Sache einen Haken hat, nehmen Sie das erste Rendezvous wahr oder eines der nachfolgenden. Wie es Ihnen paßt.« Sein Blick wurde hart. »Aber die Deutschen dürfen weder Ihr Boot in die Hand bekommen noch Ihre Geheimbefehle noch – wenn irgend möglich – Sie selbst. Unsere Sondereinsätze gehen den Deutschen zunehmend an die Nieren, und sie haben angedeutet, daß sie gefangene Kommandotrupps nicht nach den Bestimmungen der Genfer Konvention behandeln werden. Mit anderen Worten, die Sache macht ihnen Sorgen.«

Drake verzog das Gesicht. »Mir auch.«

Ohne ihn zu beachten, fuhr Venables fort: »In einer halben Stunde also.« Und mit einem Blick auf die anderen: »Bitte weitermachen.«

Im Gedanken an frühere Einsätze mit X-Booten streckte ihnen der U-Boot-Kommandant zögernd die Hand entgegen. »Viel Glück.« Doch diesmal gab es keine Überführungsbesatzung und somit für Seaton und seine Kameraden auf der zweieinhalb Tage langen Überfahrt nach Norwegen auch keine Ruhe.

Sie wechselten einen Händedruck, und Drake meinte: »Passen Sie nur auf, daß die Schleppleine nicht bricht.«

Dann war der Kartenraum bis auf die Besatzung von XE 16 und Venables leer.

»Denken Sie daran: Von dem Augenblick an, in dem Sie Lunna Voe verlassen, müssen Sie ständig auf der Hut sein. Ihr Ziel ist das einzige, worauf es ankommt.« Er nahm sich eine weitere Zigarette und fuhr fort: »Also dann los!«

Auf dem hohen Brückendeck des Schleppers knurrte Drake durch die Zähne: »Gegen den Kerl ist der Prophet Jeremiah direkt ein Optimist.«

Niven starrte nur stumm die zwei Barkassen an, die gegen XE 16 stießen.

Das schleppende U-Boot hatte bereits losgeworfen, auf seinem Achterdeck machte die Crew das Schleppgeschirr für XE 16 klar. Sie hatten eine Menge Übung, und das war schon was wert, dachte Seaton.

Aus der Dunkelheit zuckten Wurfleinen, und auf dem Schlepperdeck erschienen weitere Leute. Seaton atmete tief durch. Es war mal wieder soweit. »Dann wollen wir mal!«

Er ging zum Fallreep und fühlte, daß ihm die Schlepperbesatzung dabei mit den Augen folgte. Neidisch oder mitleidig, das war schwer zu sagen. Ob auch Venables auf der Brücke ihr Ablegen beobachtete? Aber er verwarf den Gedanken. Der nicht, er war kein Trenoweth. Venables würde sich zur Abreise fertig machen, wahrscheinlich zurück zur Admiralität.

Seaton war aufgefallen, daß keines der anderen Kleinst-U-Boote erwähnt worden war. Aber wenn XE 16 vernichtet wurde, stand zweifellos das nächste Boot in den Shetlands bereit und danach das dritte. Ihn fröstelte. Das war sinnvoll, man mußte nur den Gedanken daran ertragen können. Gerieten er und sein Boot in Feindeshand, konnte er dem Gegner nichts verraten, ganz egal, was sie mit ihm anstellten. Denn er wußte nichts. Ja, dies war wirklich eine andere Art von Krieg.

Jenkyn stieg als erster über, leichtfüßig und mühelos, nicht ein Wassertröpfchen näßte seine Stiefel, obwohl der Gischt zwischen den schlingernden Rümpfen hochspritzte. Als nächster kam Niven, ohne nach unten zu sehen, mit einem starr entschlossenen Gesicht. Dann Drake, *South of the Border* pfeifend, und als letzter, wie es die Tradition forderte, der Kommandant dieses winzigen, aber todbringenden Bootes, David Seaton.

Hustend und stotternd fanden die Diesel endlich ihren ruhigen Rhythmus; der schlanke Schatten des Schlepp-U-Bootes drehte vom Bergungsschlepper weg, schnell wurden die Wurfleinen an der Schlepptrosse befestigt. Die letzten Seeleute des Schleppers machten die Trosse fest und sprangen dann in ihre Barkasse. Einer rief: »Gebt ihnen Saures!« Immer sagte das einer.

Seaton blickte über sein schmales Deck, das wie schwarzes Glas in der Dunkelheit schimmerte. Kein Kommandoturm oder Aufbau unterbrach die flache Silhouette. Er griff zum Sehrohrschutz und rief: »Loswerfen!«

Das große U-Boot entfernte sich im Schneckentempo, langsam kam die Schleppleine steif. Er fühlte den ersten Zug, sah den Streifen bewegten Wassers zwischen XE 16 und dem Bergungsschlepper breiter werden.

Seaton sah diese Einzelheiten, konzentrierte sich jedoch auf das Wesentliche: vom Ankerplatz freikommen und das Signal zum Tauchen zu erwarten. Dann kam es darauf an, Trimm und Tiefe richtig zu regulieren und wie ein Hai an der Angel im Kielwasser des U-Boots zu bleiben.

Eine Schleppfahrt von zweieinhalb Tagen lag vor ihnen, zum ersten Mal ohne Überführungsbesatzung.

Er ließ sich durch das achtere Luk hinuner und sah, daß seine Kameraden alle auf Station waren. Drake saß achtern, den Blick nach Steuerbord gerichtet, mit den Pumpen beschäftigt; Jenkyn lehnte lässig am Ruderrad, den Kreiselkompaß vor sich, der entsprechend dem Zug der Schleppleine hin- und herpendelte. Niven, neben seiner Stellung als Taucher auch Navigationsoffizier, hatte die Koje hochgeklappt und war am Kartentisch mit Parallellineal und Bleistift beschäftigt.

Seaton schloß das Luk, und seine Ohen reagierten auf den Überdruck. Er fuhr das Sehrohr aus, aber draußen war nicht viel zu sehen: überlappende weiße Wellenkämme und das schmale Heck des anderen U-Bootes. Weiter entfernt verschwand eine Fregatte, eines ihrer Geleitfahrzeuge, im Dunkel.

Er seufzte. Es war Zeit, mit den Checks zu beginnen, ehe sie ins offene Wasser kamen.

Die Überfahrt verlief glatter, als Seaton es für möglich gehalten hatte. Nach der gefährlichen Phase, in der sie sich bei aufgewühlter See und kurzen steilen Brechern von den Shetlands freiarbeiteten, waren sie im Kielwasser des schleppenden U-Boots getaucht.

Im Gegensatz zu einem früheren Einsatz, bei dem das Telefonkabel zwischen den beiden Booten schon beim ersten Tauchgang gerissen war, blieb die Sprechverbindung diesmal ausgezeichnet.

Am ersten Tag waren sie sehr beschäftigt gewesen. Jedes Manometer, jede Leitung wurde noch einmal überprüft. Vorräte, zum Teil vom Personal des Mutterschiffs achtlos abgestellt, wurden neu verstaut, der Trimm wurde angepaßt.

Seaton hatte an die anderen sehr viel delegieren können, denn sie alle waren, ohne es überhaupt zu merken, Experten in ihrem Handwerk geworden. Es gab kein unsicheres, ängstliches Getue, keine erschreckten Augen und verlegenes Grinsen, wenn etwas schiefging, jeder tat wortlos seine Pflicht. Alle Handhabungen teilten sie während der Überfahrt unter sich auf: Rudergehen, Pumpen, Essen, Schlaf.

Die vier Männer blieben in ständiger Bewegung und hatten kaum Muße, die Unwirklichkeit ihres Lebens in dem sich langsam fortbewegenden Stahlgehäuse mit der Welt dort oben zu vergleichen.

Sorgfältig studierte Seaton seine Geheimbefehle, um sich gewisse Punkte einzuprägen und andere mit seinen Kameraden zu besprechen. Alles schien von dem Agenten abzuhängen, mit dem sie Fühlung aufnehmen sollten.

Seit das Boot im Schlepp war, widmete Drake seine Aufmerksamkeit ganz den Pumpen und dem Trimm. Die Sachlichkeit, mit der Seaton ihnen Einzelheiten über ihren Einsatz bekanntgab, erstaunte ihn. Er betrachtete ihn als echten Freund. Seaton würde für ihn dasein und ihm helfen, wenn er ihn brauchte, und für ihn galt das gleiche. Darüber hatten sie nie gesprochen, es stand einfach fest.

Vor kurzem aber, im Kartenraum des Schleppers, war Drake ein wesentlicher Unterschied klargeworden. Nämlich als dieser aufgeblasene Dummkopf Venables sich über den Agenten ausgelassen und Seaton in aller Ruhe gefragt hatte: »Angenommen, ich bin nicht überzeugt von dem, was er sagt?«

Das war der Kern der Sache: nicht ›wir‹, sondern ›ich‹. Seaton führte das Kommando, ob richtig oder falsch, er allein hatte zu entscheiden.

Hoffentlich würde er selbst, wenn er erst einmal Kommandant war, wie Seaton reagieren. Aber er bezweifelte das.

Auch über Nivens Frau hatte er nachgedacht. Wenn dies alles erst vorüber war, wollte er Decia vergessen. Aber er merkte selbst, daß dieser Vorsatz eine Lüge war.

Auch Jenkyn war die ganze Zeit stark beschäftigt. Wenn er mal nicht durch seinen Maschinenraum kroch, Wache ging oder den einen oder anderen technischen Handgriff verrichtete, versuchte er zu schlafen. Auf der Überfahrt ging er Wache mit dem Kommandanten, das paßte ihm gut. Seaton hatte volles Vertrauen zu ihm, und für Jenkyn galt umgekehrt das gleiche.

Die Arbeit half ihm, seinen letzten Urlaub zu vergessen, den gedeckten Tisch, die Uhr, seine Mutter mit ihrem geduldigen Lächeln. Was, um Gottes willen, würde aus ihr werden, wenn ihr erst die Wahrheit zu Bewußtsein kam?

Niven hatte als einziger zu tun, er mußte ihr Schneckentempo auf der Karte mitkoppeln und sich mit den anderen beim Wachegehen ablösen. Sein Tauchergerät war bereit und er ebenso. Zumindest glaubte er das. Sooft er die kleine, wasserdichte Tür ansah, die in die Taucherabteilung führte, empfand er so etwas wie Stolz. Zwar war dort auch die Toilette und von da ging es weiter in die nächste Abteilung, doch die Schleuse war das wichtigste.

Wenn er darin das Wasser um sich steigen fühlte und wußte, daß Seaton ihn durch das Panzerglas beobachtete, dann fühlte er sich als etwas Besonderes. Und das war für Niven wichtig oder seit seiner Heirat mit Decia wichtig geworden.

Sie schien sich immer nach Aufregungen zu sehnen: reiten, schnelle Wagen fahren, für die sie offensichtlich, auch wenn das sonst niemandem gelang, immer genügend Benzin bekam. Wie sie ihn reizen und ärgern konnte, wenn ihr danach war! Mehr als einmal hatte er das Bedürfnis gehabt, ihr eine runterzuhauen. Sie war schön, leidenschaftlich und anspruchsvoll, und er überlegte, wie sie es fertigbrachte, noch Kraft für all ihre anderen Interessen übrigzubehalten.

Im großen und ganzen gelang es der Viermannbesatzung von XE 16, ihren persönlichen Kummer für sich zu behalten. Vielleicht hatte Venables auf eine Überführungsmannschaft nur verzichtet, damit niemand von ihnen Zeit fand, über seine nächste Zukunft nachzudenken, überlegte Seaton. Denn dies war ein Himmelfahrtskommando.

Dann, am Morgen des zweiten Tages, war das Warten vorbei.

Nach Aufklaren des Bootes nahmen sie ihre Stationen ein und warfen nach einem letzten Check die Antriebsmaschine an. Kaum ein Zittern war zu spüren, während das Boot weiterhin an der Schleppleine hing.

Seaton sah auf die Uhr.

»Klar zum Auftauchen.«

Trotz der feuchten, kühlen Luft schwitzte er.

Drake beugte sich über seine Schalter und Ventile und hantierte mit gekrauster Stirn an den Pumpen, die das Wasser zwischen vorn und achtern trimmten. Nach kurzer Zeit war er zufrieden, legte sanft die Tiefenruder und beobachtete die Reaktion auf dem Neigungsmesser. War das Boot schlecht getrimmt oder riß die Schleppleine im Augenblick des Auftauchens, lief XE 16 Gefahr, kopfüber auf den Grund zu gehen, ehe es mit seiner Einzelschraube Fahrt aufnehmen konnte.

Die kleine Zentrale schien nun geräumiger zu sein, da Niven bereits im Taucherraum saß und darauf wartete, durch das Vorluk auszusteigen, um den Schleppschäkel zu öffnen. Die Tür zu ihm stand offen: in warme, wasserdichte Kleidung gehüllt, saß Niven auf der Toilette und betrachtete die anderen mit seinem gewohnt gleichmütigen Blick.

Der Rumpf brummte und summte. »Gleich ist es soweit«, sagte Seaton leise. Das gedämpfte Brausen der Preßluft, mit der das schleppende U-Boot seine Tauchtanks ausblies, zeigte an, daß es aufzutauchen begann.

Seaton war plötzlich ganz ruhig, wie befreit.

»Check beendet«, sagte Drake.

»Sehr gut.« Seaton lächelte ihm zu. Kein unnützes Geschwätz, dazu kannten sie einander zu gut. »Zwo-fünf-null Umdrehungen. Sehrohrtiefe.«

Der E-Motor summte, wieder zitterte der Rumpf leicht. Drake drehte an seinen Ventilen, die Augen auf das Tiefenmanometer gerichtet. »Drei Meter.«

Das Sehrohr zischte aus dem Schacht, und Seaton ging fast auf die Knie, um hindurchzuschauen: gezackte Wellenkämme, schwarzwandige Wellentäler. Er fühlte, wie sich das Boot hob und senkte, hören konnte er nichts. Der Himmel war jetzt, am frühen Morgen, noch sehr dunkel. Das andere U-Boot war bereits oben, undeutlich sichtbar warteten Männer auf dem Oberdeck.

Er fuhr das Sehrohr wieder ein.

»Auftauchen.«

Das Deck kippte an; mit zusätzlichem Schwung durch die Schleppfahrt durchbrach XE 16 die Oberfläche.

Seaton übergab Niven den beschwerten Sack mit Venables' Geheimbefehlen. »Hinaus, Richard, Schleppleine slippen.« Das Boot schwankte heftig, er klammerte sich an das Periskop. »Paß auf, daß deine Sicherungsleine richtig eingeklinkt ist.« Ihm fiel ein, daß Niven es gar nicht mochte, an etwas so Selbstverständliches erinnert zu werden. Doch er wollte es nicht darauf ankommen lassen. Lieber ein verärgerter Taucher als ein toter.

Er fuhr das Sehrohr wieder aus und hielt sich im taumelnden Boot an den Griffen fest. Ein kurzes Aufspritzen, als der beschwerte Sack über Bord geworfen wurde. Zu ärgerlich, sollte er noch etwas vergessen haben.

Wie ein unförmiger Gigant machte sich Niven im Fadenkreuz an Deck zu schaffen. Seaton bezwang seine Ungeduld, er wußte, Niven tat sein Bestes.

Als der Zug der Schleppleine plötzlich nachließ und sich das Kleinst-U-Boot quer zu einem großen, weißgekrönten Brecher legte, atmete er tief auf.

Das Vorluk schlug zu, und Niven erschien mit einem Schuß

Seewasser wieder in der Taucherabteilung.

Ein gedämpftes Brausen zeigte an, daß das andere U-Boot nach getaner Arbeit wieder in sein Element verschwand.

»Gut gemacht«, lächelte er Niven zu.

Einen schnellen Blick noch durch das Sehrohr, dann drückte er auf den Knopf.

»Tauchen! Auf zehn Meter gehen! Acht-fünf-null Umdrehungen!« Er wandte sich zu Jenkyn um. »Kurs null-neun-zwo Grad.«

Das Boot glitt wieder in die Horizontale, der Elektromotor surrte langsam und regelmäßig. »Zehn Meter«, meldete Drake und atmete tief aus.

Getrennt vom schützenden Schlepper, steuerte XE 16 nun die unsichtbare Küste an. Wenn alles planmäßig lief, würden sie gegen Abend dort sein.

»Sobald wir dichter unter der Küste sind, will ich versuchen, einen genaueren Standort zu ermitteln«, sagte Seaton zu Niven. Er beobachtete, ob er irgendwie reagierte; quer vor ihnen lag schließlich ein gefährliches Minenfeld.

Doch Niven erwiderte bloß: »Ich überprüfe unseren Standort, Sir. Kurs ändern können wir, wenn es uns für das Treffen am günstigsten erscheint.«

Mehr nicht.

Drake sah auf. »Wenn Sie übernehmen wollen, Skipper, mache ich Frühstück oder Mittagessen, wie immer Sie das nennen wollen.«

»Ich mach das schon«, ließ sich Niven förmlich vernehmen.

Der lange Neuseeländer grinste. »Das hatte ich gehofft.«

Seaton beugte sich über die Karte und überprüfte seine und Nivens Berechnungen. Das schleppende U-Boot hatte ihnen eine sehr genaue Position gegeben. Mit einigem Glück würde das letzte Stück der Ansteuerung ebensogut klappen.

Er zog das Kartenlicht tiefer herunter und studierte die wild zerrissene Küste, die Fjorde und die davor liegenden vielen kleinen Inseln. Hier war der Hafen von Askvoll, dicht davor die rautenförmige Insel. Er sah sich das rechteckige Minenfeld quer vor ihrem Ansteuerungskurs genau an. Bisher hatte er nie Ärger mit Minen gehabt, war nur einmal an einem ihrer Ankertaue entlanggeschrammt. Aber er mußte wachsam bleiben. Der Feind dachte sich unaufhörlich neue Geräte aus.

Jenkyn summte vor sich hin, sonst war nur das gelegentliche Ticken der Kompaßtochter zu hören. Im Bugraum suchte Niven nach Konservendosen. Daß sie trotz aller Gefahr und Ungewißheit Hunger verspürten, war eigentlich seltsam.

Beim Kartenstudium versuchte Seaton, sich jede kleine Einzelheit einzuprägen und sie zu den von Venables' Leuten zusammengetragenen Informationen in Beziehung zu bringen. Dabei wanderten seine Gedanken zu dem Agenten, der dort draußen auf sie wartete. Von ihm wurde eine besondere Art der Tapferkeit verlangt.

Mit Teebechern und ziemlich vertrocknet aussehenden Broten torkelte Niven durch die ovale Tür, von Jenkyn mit einem »Hurra« begrüßt. Drake rieb sich die Hände. »Ganz wie bei Muttern.«

»Es gibt keine frischen Lebensmittel mehr«, sagte Niven ärgerlich, »nur Dosen.«

Seaton nahm sich Brote mit Büchsenfleisch und Gurke; gar nicht mal so schlecht. Als sie damals in dem italienischen Hafen auf Grund lagen und darauf warteten, das Dock anzugreifen, hatte er mit Appetit ein trockenes Brötchen mit einer nach Diesel schmeckenden Marmelade verschlungen, wohl weil er glaubte, dies sei seine letzte Mahlzeit.

Beim Aufstehen duckte er sich automatisch. »Ich geh nach vorn und hau mich für ein paar Stunden aufs Ohr, Geoff. Übernimm bitte.«

Damit kroch er in die vorderste Abteilung, legte sich auf die Kojenbretter über den Batterien und schloß die Augen.

Hier war er jedenfalls allein. Er mußte seine Kräfte schonen, sich auf das Bevorstehende vorbereiten.

Es war ein langer Weg vom *Lodge Hotel* bis hierher.

4 Trevor

Seaton drückte seine Ellbogen auf den Kartentisch, bis sie schmerzten. Es kostete ihn körperliche Anstrengung, seine Unruhe zu verbergen, damit er die anderen nicht ansteckte.

Er sah auf seine Armbanduhr. Was quälte ihn nur? Alles lief doch wie geschmiert. Selbst wenn er die Versetzung durch den mächtigen Gezeitenstrom berücksichtigte, mußten sie das Minenfeld jetzt passiert haben; zudem war es ziemlich unwahrscheinlich, daß eines dieser todbringenden Dinger ein so winziges Boot erwischte. Selbst konventionelle Boote waren hier in der Absicht, irgend etwas vor die Rohre zu kriegen, unbeschadet an der Küste entlanggelaufen. Flachgehende Torpedo-Schnellboote hatten ebenfalls haarsträubende Vorstöße unternommen, um Agenten abzusetzen oder aufzunehmen.

Aber es konnte natürlich immer etwas passieren. Einige U-Boote und kleinere Fahrzeuge waren verschwunden, ohne eine Spur zu hinterlassen und ohne daß der Gegner ihre Vernichtung meldete.

Er hörte halb, wie Niven die Bordwände abwischte. Die Platten trieften vor Kondenswasser. Ohne die dicken Sweater und wasserdichten Anzüge hätten sie in der Kälte und Feuchtigkeit überhaupt nicht richtig nachdenken können.

»Ist es bald soweit, Skipper?« rief Drake.

»Gleich. Aber ich muß mal nach dem Wetter sehen.«

»Scheint ganz ruhig zu sein«, meinte Jenkyn.

»Also kommen Sie her, Richard.« Seltsam, Niven war nicht der Mann, den man einfach »Dick« nennen konnte. »Wenn die Sicht oben gut ist, werde ich versuchen, ein paar Peilungen für Sie zu nehmen.« Er zeigte mit dem Zirkel auf die Karte. »Dort am Nordende des Hafens steht ein steinerner Turm. Der müßte zu sehen sein.«

Wieder blickte er auf die Uhr. Über der norwegischen Küste konnte die Dunkelheit schon wie eine Decke liegen, ebensogut konnte es aber bei klarem Himmel und viel Schnee auf den Bergen noch eine weitere Stunde hell bleiben.

»Da sollte auch eine Bake sein«, sagte Niven, sich über die Karte beugend. »Wenn wir die Inseln nicht verwechselt haben.«

Seaton blickte ihn kurz an. Es reizte ihn, wie abgeklärt und ruhig sich Niven gab.

»Gut. Dann wollen wir mal.« Er wandte sich um und trat ans Sehrohr.

»Boot ist getrimmt«, meldete Drake.

»Gut. Auf Sehrohrtiefe gehen. Zwei-fünf-null Umdrehungen.«

Drake verhinderte geschickt, daß das Boot bei dem starken Schub höher stieg als beabsichtigt. »Drei Meter, Skipper.«

Seaton ging in die Knie, die Muskeln wehrten sich gegen die

vielen Bekleidungsschichten. Er hielt den Atem an und drückte gerade rechtzeitig auf den Knopf, um die Dunkelheit in ein Flirren von Grau und Silber übergehen zu sehen.

Als das Sehrohr die Wasseroberfläche durchbrach, zuckte er zurück; wie immer meinte er, die Gischt sprühe ihm ins Gesicht.

Langsam blickte er in die Runde, die Zentrale und die drei stummen Figuren um ihn waren nicht mehr vorhanden. Nur sein Körper war noch unten, sein Verstand befand sich über dem Wasser. Wie eine Wüste von stumpfem, dunklem Blau wogte die See vor ihm.

Seaton fuhr das Sehrohr weiter aus und sagte leise: »Der Spargel ist immer noch überspült.« Niemand antwortete, denn jeder wußte, er sprach zu sich selbst, zum Boot.

Sorgfältig musterte er den Himmel. In seiner stillen Welt gab es keine Vorwarnung. Eine harmlose Möwe konnte sich in Blitzesschnelle in einen herabstürzenden Jagdbomber verwandeln und eine Wolke eine ganze Staffel patrouillierender Flugzeuge verhüllen.

Seaton zwinkerte erneut. Er strengte sich zu sehr an. Nun mußte er warten, bis das Boot sich etwas hob und er die Küste sah. Bedeckt mit Schnee und blauem Eis wirkte sie öde, fast dräuend.

Er drehte das Sehrohr nach Steuerbord. Alles stimmte. Dort lag, scharf abgehoben vom Festland dahinter, wie ein riesiger, halb versunkener Pilz die Insel.

»Ich kann den Turm erkennen.« Er räusperte sich. »Jedenfalls glaube ich das.«

Mehrere Sekunden vergingen für einen erneuten Rundblick, dann richtete er das Sehrohr wieder auf die schwachen Umrisse des alten Turms. Früher war er ein Leuchtfeuer gewesen, jetzt sei er aufgegeben, hieß es. Hinter der Insel lagen der Hafen, die Einfahrt und die von den Deutschen möglicherweise ausgelegten U-Boot-Sperren.

Er faßte die Handgriffe und drehte das kleine Sehrohr weiter. »Jetzt habe ich auch die Bake. Schreibt die Peilungen auf.« Obwohl das Boot mit nur gut einem Knoten durch die schwere Dünung glitt, zitterte das Sehrohr in seinen Händen. »Jetzt! Turm peilt Grün* in zwei-fünf Grad.« Und rum. »Bake peilt Grün in

* Steuerbord. Rot = Backbord

acht-null.«

»Kurs null-neun-zwei, Sir«, rief Jenkyn heiser.

Das Sehrohr zischte so schnell nieder, als sei es dankbar, wieder in Sicherheit zu sein. Außer Atem wie nach einem Wettrennen, lag Seaton auf den Knien und stützte sich gegen die Bewegungen des Bootes ab.

Niven arbeitete an der Karte. »Prima, Sir. In fünfzehn Minuten sollten wir Kurs auf eins-vier-null ändern.«

Seaton nickte. »Das führt uns hinein und gibt uns doch Spielraum, wenn etwas bedrohlich aussehen sollte.«

Vor seinem Auge stand noch der vertikale Strich der Bake. Auf dem seewärtigen Ende einer Reihe von Felsen markierte er die Fahrrinne.

Wieder drückte Seaton den Knopf und wartete, bis er freien Ausblick hatte. Es war keine Einbildung gewesen, er hatte nicht nur gesehen, was er zu sehen wünschte. Das Bild war das gleiche wie zuvor. Weiter landeinwärts dräuten zusammengeballte Wolken; der fahle Himmel zwischen ihnen und dem Schnee sah aus wie Sahne in einer Schichttorte.

Nichts regte sich, nur bei dem steinernen Turm glaubte er einen Rauchschleier zu erkennen. Er fuhr das Sehrohr wieder ein, denn es war sinnlos, das Unheil heraufzubeschwören. Für suchende Augen an Land oder an Bord eines Patrouillenfahrzeugs war XE 16 unsichtbar, doch für ein niedrig fliegendes Flugzeug konnte es, obwohl klein und langsam, zur leichten Beute werden.

Als er auf einem konventionellen U-Boot stationiert war, hatte ein Freund von der Royal Air Force ihn einmal auf einen Flug mitgenommen. Sie waren über ein einlaufendes U-Boot geflogen, das sie schützen sollten. Obwohl dieses Boot auf seiner Sehrohrtiefe von zehn Metern fuhr, war es wie ein großer Wal klar zu erkennen gewesen.

»Auf dreißig Meter gehen, acht-fünf-null Umdrehungen.« Er sah zu Drake hinüber. »Das ist sicherer.«

»Ganz Ihrer Meinung, Sir.« Grinsend wandte sich Drake seinen Pumpen und der Tiefensteuerung zu; Jenkyn öffnete die Entlüftungsventile.

Seaton erhob sich, rieb seine schmerzenden Knie und trat zu Niven an den Kartentisch.

»Wenn wir Kurs geändert haben, Richard, können Sie Ihren Taucheranzug anlegen.« Er sah ihn forschend an. »Alles in Ordnung mit Ihnen?«

»Jawohl, Sir.«

»Gut.«

Er sah auf die Seekarte. Wenn sie den Spargel das nächste Mal ausfuhren, würde es stockdunkel sein. Das Minenfeld hatten sie jedoch hinter sich, und das Wetter war besser, als man es zu dieser Jahreszeit erwarten konnte.

»Boot ist auf dreißig Meter eingesteuert«, meldete Drake. »Acht-fünf-null Umdrehungen.«

Mit zwei Schritten durchquerte Seaton die Zentrale. »Ich übernehme, Geoff. Machst du uns was Warmes zurecht?«

Niven kämpfte sich aus seinen Wollsachen in den engen Taucheranzug. Er hatte einen Mistjob, dachte Seaton, so außerhalb der schützenden Hülle des Bootes, ganz allein, wenn die Dinge schiefgingen.

Dies jetzt war der kritischste Teil, das vorgesehene Rendezvous zur vorgesehenen Zeit. Er rief sich das Erkennungssignal ins Gedächtnis: *Zebra Abel.* Schon das war vielleicht zu lang für den armen Kerl, der es abzugeben hatte.

Seaton mußte an seinen Vater denken. Wahrscheinlich saß er jetzt in der City von London in seinem Büro und hatte mittags wieder reichlich getrunken, vorausgesetzt, seine Lieblingskneipe stand immer noch. Er war Architekt in einer angesehenen Firma, die aber bei den vielen Bombenangriffen kaum Aufträge bekam. Sein Vater mußte einst ein erstklassiger Architekt gewesen sein, sonst hätten sich seine Partner bestimmt längst von ihm getrennt.

Er rutschte von seinem Sitz und tauschte den Platz mit Drake.

»Schade, daß wir nicht aufgetaucht sind und mit voller Kraft reingehen können«, meinte Drake nachdenklich.

»Stimmt, doch das müßte bei Nacht geschehen, wäre schwierig für den Agenten und paßte nicht zu den Gezeiten.« Er lächelte. »Einen Haken gibt's immer.«

Er beugte den Kopf und ging zu einem der Stahlspinde. Sein Unterbewußtsein hatte daran gedacht.

»Ich werde euch jetzt gemäß Vorschrift die Pistolen aushändigen.« Der blaue Lauf der ersten Waffe schimmerte in seiner Hand. Wie hatte Lees gesagt? Der Krieg rückt näher, hautnah.

Drake pfiff leise vor sich hin.

»Das wär's dann.«

Seaton ging auf die Knie und rieb sich die Augen. Was auch an der Oberfläche auf ihn wartete, eine Lunge voll Salzluft mußte eine Wohltat sein. Im Boot war die Luft zum Greifen dick. Während ihrer zweitägigen Überfahrt waren sie zwar zu vorgeschriebenen Zeiten auf Sehrohrtiefe gegangen, hatten ihren Diesel angeworfen und frische Luft durch den Zuluftmast, den Schnorchel, ansaugen können. Aber in einem so kleinen Boot hielt sie nicht lange vor, und er war überrascht, wie klaglos sie das durchgestanden hatten. Niemand hatte, soweit er wußte, irgendwelche Aufputschmittel genommen. Später vielleicht, aber jetzt war nicht die Zeit für künstliche Energie, die wieder schwand und nur Schwäche hinterließ.

»Boot ist eingetrimmt.« Wie ein Habicht überwachte Drake seine Neigungsmesser.

»Boot steuert eins-vier-null Grad.« Jenkyns Stimme klang trokken und müde.

Seaton versuchte, sich zu gleichmäßigem Atmen zu zwingen. Er schaute auf die Wanduhr. Angenommen, jemand hatte trotz Venables' Vorsicht und Sicherheitsmaßnahmen nicht dichtgehalten? Er dachte an die Plakate, die in Läden und Bahnhöfen hingen: *Unvorsichtiges Reden kostet Menschenleben.*

Erneut rieb er sich die Augen. Langsam fing er wohl an durchzudrehen. Aber die Luft war so schlecht, daß er kaum noch klar denken konnte. »In acht Minuten.«

Der Gedanke hakte sich wieder in ihm fest. Es waren immer mehr Leute beteiligt als angegeben. Nicht nur die bei den Geheimunterweisungen dabei waren wie Venables. Was war mit den anderen, die Befehle vervielfältigten und sie herumliegen ließen, während sie Tee tranken?

»Noch sechs Minuten«, sagte Jenkyn.

Seaton betrachtete seine Hände, sie waren ganz ruhig.

»Zwo-fünf-null Umdrehungen, auf Sehrohrtiefe gehen.«

Diesmal tauchten sie sehr langsam auf, Drake schien das Boot mit beiden Händen zu halten.

»Drei Meter«, kam es gedämpft.

Seaton bückte sich und preßte die Augen an das langsam ausfahrende Sehrohr.

Mein Gott, war das dunkel! Er nahm sich Zeit für einen sorgfältigen Rundblick. Die Wolkenbank hing nun über ihnen, war jedoch an einigen Stellen aufgebrochen. Die See trug einige Katzenpfötchen, doch nicht genug, um die Linie zwischen Land oder Meer und Himmel zu verwischen. Kein einziges Fischerboot war zu sehen. Noch immer stand eine ziemlich regelmäßige, steile See, obwohl sie nun viel dichter unter Land waren.

Er fuhr das Sehrohr ein und sah die anderen an. Um ihre Augen an die Dunkelheit zu gewöhnen, hatten sie die Hauptbeleuchtung schon vor einer Stunde ausgeschaltet. Die kleine Zentrale war nur von einer schwachen roten Glühbirne erhellt, so daß die Skalen und Manometer an beiden Seiten mit ungewohnter Intensität leuchteten.

»Auftauchen!«

Danach lief alles wie eine gut geölte Maschine. Im einen Augenblick kauerte Seaton noch in dem tropfenden, schwach erleuchteten Boot, im nächsten drängte er sich durch das Luk nach draußen, wo die eisige Luft ihm fast den Atem nahm.

Nach Halt für Hand und Fuß suchend, ergriff er den Sehrohrschutz und tastete nach dem Handapparat des Bordsprechgeräts.

»Zeit?«

Drakes Stimme klang dünn und weit weg. »Noch eine Minute.«

»Es ist stockdunkel, Geoff, ich kann gerade eben die Insel an Backbord erkennen. Kein Fahrzeug zu sehen.« Er biß die Zähne zusammen, um nicht laut zu keuchen. »Jetzt sollte er jede Sekunde kommen.«

»Seien Sie vorsichtig, Dave.«

Nun konnte er auch das Deck erkennen, den von wirbelndem Gischt umgebenen schmalen, dunklen Keil. Man meinte immer, selbst ein Blinder müsse sie sehen, obwohl er genau wußte, daß XE 16 praktisch unsichtbar war.

Plötzlich merkte er, daß er nicht an der Sicherheitsleine hing, und klinkte sie schleunigst ein. Wenn er jetzt über Bord fiel und weit achteraus erstarrte und ertrank, mußten seine drei ahnungslosen Kameraden ins Verderben steuern.

Plötzlich stieß ein Lichtstrahl aus der Dunkelheit nach ihm. Tief unten, aber gefährlich hell. Gleichzeitig mit dem Blitzen des Lichts bewegte er wie lesend die Lippen: *lang – lang – kurz – kurz.* Eine Pause. *Kurz – lang.* Zebra Abel.

Er schaltete das Sprechgerät ein. »Erkennungssignal. Kursänderung zwo Strich nach Backbord.« Er merkte, wie Jenkyn den Befehl ausführte und das Deck langsam ankippte.

Mit Salzkrusten um Lippen und Augen spähte Seaton hinüber. Jetzt hörte er das stetige Pochen eines Motors, und so etwas wie Panik stieg in ihm auf.

Auf die Minute genau. Aber angenommen, es war nicht das erwartete Boot, sondern eine Patrouille, die ihre Kanone und Maschinengewehre bereits auf ihn gerichtet hatte?

Da war es wieder, das vorsichtig geblinkte Signal. Das Motorengeräusch kam näher, die Spannung hielt ihn wie in einem Schraubstock gefangen.

Er hob seine Handlampe, richtete sie zum Land und morste schnell nur einen Buchstaben: R für verstanden. *Kurz – lang – kurz.*

Die Maschine des anderen Fahrzeugs reagierte sofort, das Geräusch kam näher und wurde schneller. Am liebsten hätte er sich flach an Deck hingeworfen, aus Angst vor Leuchtspurmunition, die aus der Dunkelheit zischen mochte.

Dann sah er das Boot, höher als seine Blickrichtung. Es wirkte wie ein großer plumper Schuhkarton.

»Hart Backbord«, rief er nach unten. Ihre kleine Bugwelle schwang in engem Bogen herum, als Jenkyn Ruder legte. »Mittschiffs. Recht so.«

In die See- und Maschinengeräusche mischten sich nun Stimmen, und über die Bordwand des anderen Fahrzeugs purzelten Gegenstände. Das waren Fender, damit das kleine U-Boot und vor allem die seitlichen Sprengstoffladungen nicht beschädigt wurden. Sie hatten an alles gedacht.

Der dieselgetriebene Leichter schien etwa sechzig Meter lang zu sein und hatte ganz achtern ein kleines, gedrungenes Ruderhaus. Es roch nach etwas anderem als Öl, etwas ähnlich Vertrautem. Seltsam, aber aus der Abgeschlossenheit eines U-Boots kam man mit so wachen Sinnen wie ein Fuchs heraus.

Seaton beobachtete den Leichter genau, der näherstampfte, auf Parallelkurs ging und sich zwischen XE 16 und die Küste schob.

»Ein bißchen nach Backbord. Recht so.« Er hielt den Atem an, als einer der schweren Fender hinter ihm gegen ihr Boot schlug.

Unten im Boot mußte die Spannung noch schwerer zu ertragen sein, deshalb sagt er leichthin: »Sie sind da.«

Eine Gestalt schwang sich herüber und rief etwas auf norwegisch. Auf dem Deck des U-Boots rutschte der Neuankömmling aus und wäre glatt über die Backbordseite gefallen, wenn Seaton ihn nicht am Arm gepackt hätte.

»Verdammt noch mal«, keuchte der Mann auf englisch, packte Seatons Gürtel und wandte sich, um dem Leichter zuzuwinken. Aber der fiel schon mit schneller laufendem Motor ab und warf seine Hecksee quer über das kleine U-Boot, so daß es heftig schwankte.

Seaton betrachtete seinen Besucher. Unförmig, in grober Kleidung, die nach Fisch roch, wirkte er völlig anonym.

»Willkommen an Bord. Pünktlich wie nach Fahrplan.« Er geleitete ihn zum Luk, in dem Nivens Kopf auftauchte.

»Sie waren's ja auch, Captain.« Er zögerte, als Seaton seine Schulter berührte. »Ist was?«

Seaton wandte den Kopf. »Flugzeug. Schnell nach unten!«

Dann stürzte er selbst durch das Luk und riß den Mann dabei beinahe zu Boden.

»Tauchen! Acht-fünf-null Umdrehungen!« Er lockerte seinen Kragen. »Frage: Wassertiefe?«

»Reichlich, Skipper. Über dreihundert Meter.«

Seaton blieb am eingefahrenen Seerohr stehen. »Auf dreißig Meter gehen.« Horchend wartete er. Nichts. Dann hob sich das Deck, und Drake meldete: »Dreißig Meter.«

»Gut.« Seaton wandte sich um und sah den Neuankömmling zum erstenmal an. »Ich bin David Seaton.« Er grinste, die Vorstellung kam ihm albern vor.

Der andere zerrte seine Wollmütze vom Kopf und erwiderte: »Trevor.«

Das war der Name, der in der Anweisung gestanden hatte. Ob falsch, Deckname oder wirklicher Name, war jetzt egal.

»Das ist vielleicht ein Boot!«

Er sah nicht gerade wie ein Geheimagent aus, dachte Seaton, sondern wirkte völlig durchschnittlich; Größe, Farbe, Stimme, alles unauffällig. Ein normales, alltägliches Gesicht, das im Zug oder einem Restaurant keinen zweiten Blick wert war. Abgesehen davon, daß er eine Rasur nötig hatte und ziemlich müde aussah, hätte er von überall her kommen können.

»Tut mir leid, daß ich so stinke«, sagte Trevor. »Aber ich wurde von einem Fischer mitgenommen.« Weiter erklärte er das nicht.

»Ist das Ihre Karte?« Er ging zum Tisch und zog aus der Tasche seiner kurzen Jacke ein kleines Stück Papier, legte es auf die Karte und sagte: »Ich schlage vor, Sie steuern jetzt den Fjord an. Irgendwann morgen soll das Ziel den Hafen verlassen. Wenn Sie um die Insel herumlaufen, kürzen Sie eine ganze Menge ab.«

Seaton schaute auf die Karte. »Weiß jemand, daß wir kommen?«

Amüsiert kicherte Trevor. »Dieser Leichter fährt auch dahin. Stellt ein Empfangskomitee auf.«

Seaton nahm das Parallellineal auf. Das war jetzt nicht mehr Nivens Angelegenheit, die Entscheidung mußte bei dem liegen, der die Verantwortung trug.

Er fühlte, wie der andere Mann ihn beobachtete.

»Sie haben so was hoffentlich schon öfter gemacht?« Dann seufzte Trevor. »Eine Picknickfahrt wird das nicht.« Er konnte ein herzhaftes Gähnen nicht unterdrücken.

»Das Fahrwasser wird ein bißchen eng.« Tiefenangaben und Peilungen huschten durch Seatons Gehirn, während er mit dem Bleistift hantierte. »Selbst für uns.«

Trevor nickte und zeigte auf den Hafen. »Sie haben überall U-Boot-Sperren, da und da. Bei Tagesanbruch beginnen die Patrouillen und bei entsprechendem Wetter die Luftüberwachung, den ganzen Tag über und zu unregelmäßigen Zeiten. In der vergangenen Woche waren wir eingefroren, deshalb werden morgen wahrscheinlich eine Menge Flugzeuge unterwegs sein. Die Wettervorhersage ist gut: hell und klar, kein Schnee.« Er nahm den Zirkel und zeigte auf den Fjord. »Da, das ist die Stelle. Ich habe veranlaßt, daß man ein Boot hinlegt, zum Zeichen, daß der Weg frei ist.« Sein Ton wurde schärfer. »Wie lange brauchen Sie?«

»Rund zwölf Stunden.« Ernst studierte Seaton die Karte. »Es wird hell werden, wenn wir ankommen.«

»Hm.« Trevors Finger kratzten das Stoppelkinn. »Schade, aber es hilft nichts. Wenn wir uns noch einen Tag Zeit lassen, ist das Schiff vor uns da. Die Deutschen können verlegen, wann es ihnen paßt. Ich überlasse es Ihnen.«

Seaton lächelte. »Danke.«

»Jetzt habe ich nur noch einen Wunsch: mich irgendwo hinzulegen.« Trevor sah die kleine Tür in der achteren Schottwand an. »Dort?«

Drake grinste. »Maschinenraum, Kumpel.«

»Zeigen Sie ihm die Kojen im Vorschiff. Wir machen schnell noch einen Tee.«

Trevor schüttelte den Kopf. »Lieber nicht. Ich brauche Schlaf, und Sie wollen an die Arbeit. Stimmt's?« Er winkte den anderen zu. »Bis später.«

Kurz danach kam Niven wieder zurück. »Er fiel auf die Koje und schlief, noch ehe sein Kopf auf dem Kissen lag.«

Jenkyns Augen glühten im Kompaßlicht. »Armes Schwein.«

Seaton richtete sich auf, bis sein Haar die nasse Decke berührte.

»Kursänderung, Alec, auf null-zwo-null Grad.« Und zu Drake gewandt: »Wenn Kurs anliegt, gehen Sie hoch auf zehn Meter und vierhundert Umdrehungen. Möglicherweise liegt irgendwo ein listiger Asdic-Trawler und horcht.«

»Wird gemacht.«

»Und . . .«

Drake grinste. »Ich weiß, David. Der Trimm.« Er wies zur Tür des Taucherraums. »Ich habe den zusätzlichen Passagier bereits berücksichtigt.«

»Null-zwo-null Grad liegen an.«

»Danke.«

Im Geist sah Seaton die pilzförmige Insel vor sich. Ein guter Golfspieler hätte sie mit seinem Ball leicht von Deck aus erreichen können. Es brauchte alle Sorgfalt und alles Können, um unbemerkt daran vorbeizukommen.

Preßluft zischte in die Tanks, dann meldete Drake: »Zehn Meter. Vier-null-null Umdrehungen.«

Eine halbe Stunde bis zur nächsten Kursänderung und möglichst noch ein schneller Blick durch den Spargel. Er sah auf die Uhr.

Sein Vater saß bestimmt noch gemütlich im Pub.

5 Die Ankunft

Behutsam fuhr Seaton das Sehrohr aus und zwinkerte, um klarer zu sehen. Die Nervenbelastung machte sich bemerkbar.

Oben war es viel heller als beim letzten Mal.

»Kursänderung. Genau Nord steuern.«

Er fuhr das Sehrohr wieder ein. Deutlich standen ihm die glattwandigen Felsen, die zusammengedrängten kleinen Häuser beim Hafen noch vor Augen, außerdem zwei hohe Kräne.

»Kurs Nord liegt an«, meldete Jenkyn ruhig.

So ging es nun seit Stunden. Beim ersten Schimmer grauen Morgenlichtes hatte Seaton gemerkt, wie sehr ihn die Überfahrt erschöpft hatte. Und das gerade jetzt, da seine Kräfte am meisten gefordert wurden.

Ständige Kursänderungen. Immer wieder mit schnellen Blicken durch das Sehrohr überprüfen, ob sie nicht von einer Strömung versetzt wurden oder auf ein verankertes Patrouillenboot zuliefen. Weiter und weiter, eine quälende Meile nach der anderen. Die pilzförmige Insel, zuerst quer vor ihrem Kurs, war bei jedem Blick durch das Sehrohr weitergerückt. Erst voraus, dann zurückweichend wie ein großer Vorhang, der nun die Durchfahrt und den Blick auf die schlafende Stadt dahinter freigab. Glücklicherweise hatte sich der Mond nur ganz kurz gezeigt, aber oberhalb des Hafens fiel Licht aus manchen Fenstern, als sei der ganze Ort von ihrer Gegenwart unterrichtet.

Aus dem Taucherraum hörte er Niven leise sprechen. Trevor war wohl aufgestanden.

Erneut fuhr Seaton das Sehrohr aus.

Schwaches Licht lag auf dem Wasser unter der Landzunge, metallisch grau und feindlich. Jenseits des stillen, noch immer in Dunkelheit gehüllten Vorlandes lag der Fjord. Und danach war es immer noch ein langer Weg.

Er fuhr das Sehrohr ein und fragte: »Sind die Burschen auf dem Leichter zuverlässig?«

Trevor antwortete. »Absolut. Sie gehören hier so sehr dazu, daß die Deutschen sich schon gar nicht mehr mit ihnen befassen. Sie fahren Zement vom Hafen in den Fjord, wo die Deutschen ihre neuen Anlagen bauen.« Er führte das nicht weiter aus.

Seaton sah zu ihm hinüber. *Je weniger man weiß, um so besser.* Doch der fremde Geruch stieg wieder in ihm auf und erinnerte ihn an ein anderes Leben: grüne Felder, Landarbeiter, die auf ein Bier zum Dorfwirtshaus stapften, neu erbaute Schweine- und Kuhställe. Klar, daß er den staubigen Geruch von Zement erkannt hatte, vor allem auf See.

Ruhig fuhr Trevor fort: »Das Zeug wird auf einer besonderen Pier im Fjord entladen. Ursprünglich war sie für Holz vom Binnenland vorgesehen, das dort gestapelt, mit Leichtern nach Aksvoll gebracht und von dort überallhin verschifft wurde. Es sind tüchtige Leute.«

»Man hat uns gesagt, der Gegner evakuiere den größten Teil der Bevölkerung.« Das klang wie eine Frage.

»Weiter drin im Fjord, ja. Aber die Deutschen brauchen die Leute hier, zumindest jetzt noch.« Finster schloß er: »Was für ein Krieg!«

»Er kann nicht mehr lange dauern, ganz gleich, was die Deutschen noch tun«, sagte Niven.

»Das haben sie euch wohl auch erzählt, was?« Trevor wandte sich an Seaton. »Wie kommen wir voran?«

»Alles ruhig. Sie hatten recht mit den Patrouillen.« Langsam fuhr Seaton das Sehrohr aus. Irgendwie empfand er Trevors Gegenwart als hilfreich. Fröstelnd packte er die Handgriffe. »Frage: Wassertiefe?«

»Achtzehn Meter.«

In Seatons Kopf wirbelte es. »Q-Tank* fluten, auf zehn Meter gehen.« Er krabbelte hinüber zur Karte, um sich genauer zu informieren. »Auf drei-fünf-null Grad gehen.«

Er horchte auf das einströmende Wasser, fühlte, wie die Tiefenruder das Boot abwärts drückten. Das war knapp gewesen. Niemand sprach, bis Drake meldete, daß das Boot auf der befohlenen Tiefe war.

»Eine Motorbarkasse, die sehr langsam von links nach rechts fuhr«, erklärte Seaton dann.

»Die durfte eigentlich nicht hier sein«, bemerkte Trevor.

»Sie war es aber.« Er merkte, wie Trevor unsicher wurde. Das Boot war kaum mehr als ein Schatten auf dem wirbelnden Wasser gewesen.

Drake neigte den Kopf. »Ich kann sie hören.«

Ihre Augen hoben sich zu der triefenden Decke über ihnen, als erwarteten sie, daß das Boot den Stahl zerschnitte. Tuck-tuck-tuck. Wie ein Motorrad im Leerlauf.

»Kurs drei-fünf-null liegt an.«

Seaton fuhr sich durch das wirre Haar, es fühlte sich filzig und schmutzig an.

»Auf dreihundert Umdrehungen runtergehen. Äußerste Ruhe!«

* Schnelltauchtank (Anm. d. Übers.)

Fünf Minuten vergingen quälend langsam, dann zehn.

Seaton schwitzte unter seinem Sweater. Länger konnte er es nicht riskieren, zu warten.

»Zwo-fünf-null Umdrehungen. Auf Sehrohrtiefe gehen.«

»Mit Vergnügen«, knurrte Drake.

Noch ehe er das Auge an der Optik hatte, fühlte Seaton eine schwankende Bewegung, und als das Sehrohr die Oberfläche durchbrach, sah er ganz dicht, fast längsseit, die Felsen der Insel. Noch eine Minute, wenige Meter, und ...

»Steuerbord fünfzehn. Recht so. Auf ursprünglichen Kurs gehen.«

Die Motorbarkasse war verschwunden. Langsam und gründlich studierte er die vorspringende Landzunge, die den Eingang zum Fjord bildete.

Das Boot hatte sich besser gehalten als je zuvor. Keine Lecks oder tropfenden Stopfbuchsen, kein Ausfall der Manometer, kein Maschinendefekt.

Drake und Jenkyn wiederholten die Kursänderung und glichen den Trimm aus.

Nur wegen der verdammten Barkasse war er ziemlich aus der Fassung geraten. Die Bestürzung in Nivens Gesicht und Trevors Unsicherheit waren ihm nicht entgangen. Kein Wunder, sie waren von ihm abhängig, nicht umgekehrt.

»In fünfzehn Minuten Kursänderung.«

Er hörte ein Klicken, als Trevor eine gefährlich aussehende deutsche Maschinenpistole untersuchte. »Schade, daß wir keine solchen Waffen haben«, murmelte er dabei. »Sie kann einen Mann mitten durchschneiden. Und hat niemals Ladehemmung.«

Was mit dem letzten Eigentümer der Pistole geschehen war, fragte Seaton lieber nicht.

Nach der Kursänderung fuhr Seaton das Sehrohr wieder aus und erblickte vor sich den weit geöffneten Fjord. Das Land weiter drinnen lag noch völlig im Schatten. An der Einfahrt stand jedoch eine heftige Strömung, die fast fühlbar die Kraft von Ruder und Schraube beeinträchtigte. Sie hatten ablaufendes Wasser. Wenn sie hier noch länger warteten, würden sie es kaum noch zu ihrem nächsten Rendezvous schaffen. Er mußte eine Entscheidung treffen.

»Auf acht-fünf-null Umdrehungen gehen. Null-acht-null steuern.«

Trevor wartete, bis sich die für ihn ungewohnte Welt auf Seatons leisen Befehl hin wieder beruhigt hatte, und sagte dann: »Bei dieser Geschwindigkeit noch eine halbe Stunde.« Er schob die Pistole in seine Jacke. »Mein Gott, hab' ich einen Bärenhunger!«

Du auch? dachte Seaton und lächelte.

Dann, als Jenkyn den neuen Kurs meldete, vergaß er alles über dem letzten Bild, das er gesehen hatte: der Fjord, der sich zu beiden Seiten vor ihnen öffnete.

Er würde sehr viel besser aussehen, wenn er ihn auslaufend, von der anderen Seite her, betrachten konnte.

»Ich sehe die Pier«, sagte Seaton leise. »Etwas an Steuerbord. Etwa zweihundert Meter entfernt.«

Über sich erkannte er den Himmel als helles Dreieck. Die eine Seite des Fjords lag noch im Dunkeln, und wie weit das Wasser dort reichte, konnte er nur ahnen. Auf der anderen Seite waren kleine, mit Schnee gefüllte Spalten zu sehen, sowie eine einzelne Hütte an einem geschwungenen Pfad, als sei sie dort zufällig hingefallen.

»Irgendein Boot?« fragte Trevor.

Seaton richtete das Fadenkreuz auf die Pier. Sie war in voller Länge überdacht und mit Wellblechwänden versehen, nur an zwei Stellen offen. An der Pier sah er den Zementleichter liegen, doch keinerlei Bewegung.

»Nein. Noch nicht.«

Auf eine plötzliche Bewegung hin riß er das Sehrohr herum. Doch nur große Stücke Eis und Felsen hatten sich irgendwo oben vom Land gelöst, waren in den Fjord hinuntergestürzt und noch einmal abgeprallt.

»Es war aber arrangiert, als Signal«, murmelte Trevor wie zu sich selbst. »Die Zeit stimmt. Wir haben keinen Fehler gemacht.«

»Vielleicht wurde das Boot aufgehalten?« meinte Drake zweifelnd.

Seaton fuhr das Sehrohr ein, die sich nähernde Pier vor Augen. Bei kleinsten Umdrehungen hatten sie noch Zeit, umzukehren. Das mußte aber bald geschehen. Er sah zu Trevor hinüber.

»Ich kann nicht den ganzen Tag hier oben bleiben, und der

Grund ist zum Liegen nicht geeignet: zu tief und auch zu riskant.« Er wartete auf Trevors Reaktion. »Nun?«

»Die Jerries haben vielleicht was gehört«, meinte Trevor. »Ein Gerücht.« Er schüttelte den Kopf. »Nein, unwahrscheinlich. Mit Kollaborateuren macht der Widerstand kurzen Prozeß.«

»Das ist harte Arbeit hier, Skipper«, rief Jenkyn. »Bei der Strömung kann ich nur verdammt schwer Kurs halten.«

Seaton seufzte. Sie machten ganz langsame Fahrt bei nur einer Schraube; Drake und Jenkyn hatten bereits Wunder vollbracht.

»Ich will noch einmal nachsehen. Wenn dann aber kein roter Teppich ausliegt, machen wir, daß wir wegkommen.« Er sah Trevors fassungslose Enttäuschung. »Aber ich versuche mein Bestes, das verspreche ich.«

Er drückte den Knopf und ging auf die Knie, richtete das Fadenkreuz auf den Zementleichter. Es war bereits so hell, daß er die Beulen und Schrammen an seinem häßlichen flachen Rumpf erkennen konnte.

Doch dann fiel sein Blick auf eine kleine Laterne, die im Steuerhaus aufgetaucht war, seit er zuletzt hingesehen hatte. Er leckte sich die trockenen Lippen, die nach Öl schmeckten, und sagte: »Hier, schauen Sie mal.« Er packte Trevors Ellbogen und schob ihn zum Sehrohr. »Nehmen Sie diese Handgriffe, drehen Sie's hin und her.«

Trevors Gesicht straffte sich beim Durchblicken, und seine Unsicherheit wich.

»Das ist ein Signal«, meinte er und trat zur Seite. »Der Schiffsführer würde nicht ohne wichtigen Grund das Leben seiner Freunde und Familie riskieren ... Unter der Pier liegt eine lange Felsenplatte, etwa dreißig mal sechs Meter; sie wurde aus dem Felsen herausgesprengt, um die Fundamente aufzunehmen. Seit Wochen ist sie als Schlupfloch für Sie vorbereitet.« Trotz ihrer Sorgen lächelte er. »Bevor Sie überhaupt von dieser Fahrt wußten.«

Seaton starrte ihn an. Ein Liegeplatz unter der Pier! Das war eine gute Idee. Während oben die Leichter kamen und gingen ... Denn Sicherheit fand man gewöhnlich nur in alltäglichen Situationen, nicht in der Isolation.

Ernst fuhr Trevor fort: »Aber es könnte auch ein Hinterhalt sein, das muß ich Ihnen sagen.«

Seaton dachte an die Pier und den daran festgemachten Leichter. Der vorgesehene Liegeplatz konnte ebensogut zu einer Falle für sie alle werden.

»Wir werden auftauchen. Bei diesem Niedrigwasser können wir mit Motor unter die Pfähle gehen. Außerdem haben wir so mehr Platz zum Wenden und können, wenn es mulmig wird, auf Tiefe gehen.«

Nachdem er das gesagt hatte, war ihm leichter zumute. Nun wußten alle Bescheid.

»Taucherabteilung besetzen, Richard«, fuhr er fort. »Klar zum Auftauchen.«

Er griff nach der ungewohnten Pistolentasche am Gürtel und mußte daran denken, wie Lees grimmiger Sergeant ihnen die Dinge erklärt hatte. All das schien endlos weit zurückzuliegen.

»Lassen Sie mich besser zuerst raus«, meinte Trevor.

Seaton duckte sich unter das Achterluk und überprüfte Handrad und Sperrklinken. »Nein. Sie sind zu wertvoll. Wenn ich falle, kann Geoff Sie hinausbringen.« Er blickte den blonden Lieutenant an. »Stimmt's?«

Traurig nickte Drake. »Stimmt.«

Trevor hatte seine deutsche Maschinenpistole gezogen. »Wie Sie meinen, Captain.«

Seaton dachte an die Pier. »Halten Sie das Boot so lange es geht auf Tiefe und dann schnell auftauchen.« Er sah zu Jenkyns schmalen Schultern hinüber. »Klar?« Alle nickten.

»Auftauchen!«

Mit einer letzten Drehung am Handrad zur Lockerung der Knaggen stemmte Seaton mit aller Kraft das schwere Luk auf und holte sich ans Licht hoch. Über das schmale Deck schwemmte die See, und stechend kaltes Spritzwasser brannte in seinen Augen.

»Einen Strich nach Steuerbord.« Er stand jetzt aufrecht, das Mikro der Bordsprechanlage am Mund, und hielt sich am Schnorchel fest, den er gleichzeitig mit dem Öffnen des Luks ausgefahren hatte. »Recht so. Jetzt!«

Auf der niedrigen Brücke des Leichters tauchten Gesichter auf, ein Mann lief wie ein Verrückter am Außenrand der Pier entlang, sprang von Pfeiler zu Pfeiler, offensichtlich völlig gleichgültig gegenüber der Gefahr.

Erregung und Erleichterung durchströmten Seaton.

Das war keine sorgfältig aufgebaute Falle. Wie sie riskierten auch diese unbekannten Norweger für den Erfolg ihr Leben. Was mußten sie alles bei der Planung und Arbeit, auf einige vage Anweisungen von Whitehall hin, ertragen haben! Seaton konnte es nur ahnen: Furcht vor Verrat, Angst um die Sicherheit ihrer Familien und Freunde. Die Gewißheit, daß jede Änderung ihrer täglichen Routine Verdacht und unverzügliche Untersuchung nach sich ziehen würde.

Nun erschien Trevors Kopf im Luk. Was er wohl jetzt fühlte? Aber vielleicht war er gegen so was abgehärtet.

»Richard soll das Vorluk aufmachen und an Deck kommen«, gab Seaton durch.

Mit irgend etwas winkte ein bärtiger Mann von der hohen Bordwand des Leichters hinunter, anscheinend mit einer Flasche.

Hinter ihm murmelte Trevor: »Mein Gott, sehen Sie sich die an! Jetzt ist Ihnen wohl klar, daß es sich lohnt.«

Niven stand nun auf dem vorderen Oberdeck und nahm einen Festmacher entgegen, der durch die Mitte der Pier herabgelassen wurde.

Gedeckt durch den außerhalb der Pfähle liegenden Leichter, steuerte das kleine U-Boot zwischen die algenbewachsenen Pfähle und schob sich unter der ganzen Länge der Pier durch. Über ihnen hockten winkende Gestalten, vermummte, unbekannte Leute, von denen keine Zurufe kamen; doch die Herzlichkeit ihrer Begrüßung war offensichtlich.

Eine weitere Leine wurde herabgelassen, die Niven als Spring festmachte.

»Maschine stopp!« Zitternd legte sich das Boot von innen gegen die dicken Pfähle. »So, Trevor, oder wie immer Sie heißen, jetzt sind Sie am Zuge!« Seaton lächelte trotz alle Anspannung. »Wir haben es geschafft.«

Oben auf der schrägen Rampe zur Pier befand sich eine winzige Hütte, ein Anbau an dem Maschinenschuppen für den einzigen Ladebaum, durch deren Tür Seaton und Trevor ohne Verzug und ohne Förmlichkeiten geleitet wurden. Mit jeder weiteren Minute wurde ihm das Unwirkliche ihrer Situation stärker bewußt. Drake und die anderen hatte er auf XE 16 zurückgelassen. Zwar sah alles ganz sicher aus, aber diese Norweger hatten, pflichtbewußt oder nicht, keine Ahnung von Kleinst-U-Booten. Riß eine Leine, rollte XE 16 langsam auf den Grund des Fjords und lief voll Wasser, dann würde er das Venables schwer erklären können.

In dem kleinen Raum war es warm wie in einem Backofen. Das einzige Fenster war mit Brettern und Sackleinen gut abgedichtet, in der Mitte stand ein großer, dickbauchiger Ofen, der in der Dunkelheit rosa glühte.

Trevor schüttelte den Gestalten in der Hütte feierlich die Hände. Es waren ihrer fünf, bis zu den Augen verhüllt und in ihren wetterfesten Mänteln und dreckigen Stiefeln ohne jede Individualität.

»Das ist Jens«, sagte Trevor. Er trat zur Seite, und der Mann stapfte wie ein Bär auf Seaton zu. »Der Anführer hier.«

Jens liegte die Hände auf Seatons Schultern und sagte mit kehligem Baß: »Sie sind uns sehr willkommen.« Er kam noch näher, sein dichter Bart berührte fast Seatons Gesicht. »Sie können nicht ermessen, wie sehr.«

In der Tür erschien ein Kopf, flüsterte etwas und verschwand.

»Weiterhin alles klar«, erläuterte Trevor.

Über dem wackeligen Tisch, um den sich die kleine Gruppe schweigend zusammendrängte, wurde eine Laterne angezündet. Der Anführer holte eine Flasche und Gläser.

»Zuerst trinken wir einen Schluck«, sagte er schlicht. »Zwei von uns sprechen ganz gut englisch, Captain, den anderen«, in seinem Bart erschien eine Reihe blitzender Zähne, »werden wir später alles erzählen.«

Es war norwegischer Aquavit, farblos im Laternenlicht, aber mit mildem Feuer.

»Wir konnten das Boot nicht benutzen, Trevor«, erklärte Jens. »Die Deutschen haben hier gestern eine Patrouille an Land gesetzt.« Er sah auf seine kräftigen Hände nieder. »Am liebsten hätte ich sie in ein Zementbett gepackt.«

Trevor goß seinen Schnaps herunter und ließ sich das Glas neu füllen. »Wie viele?«

Jens zuckte mit den Schultern. »Sechs, kein Offizier.«

»Sie sind wohl mit der Barkasse, die ich gesehen habe, an Land gesetzt worden«, meinte Seaton.

Alle wandten sich ihm zu, als sie seine Stimme zum erstenmal hörten. Fünf Augenpaare. Er nahm seine salzverkrustete Mütze ab und legte sie auf den Tisch. »Ich würde mich freuen, wenn Sie mich David nennen. Captain klingt ein bißchen zu pompös.«

Jens schlug ihm auf den Arm und übersetzte es den anderen.

Durch diese einfache Bitte schwand alle Zurückhaltung. Pelz- und Wollmützen wurden abgenommen, Haarschöpfe in der Hitze geschüttelt. Eine Gestalt streckte die Hand aus, um das Abzeichen auf Seatons Mütze zu berühren.

Seaton erkannte verblüfft ein schmales Handgelenk und grazile Finger. Ernst erwiderte das Mädchen seinen Blick. Ihren Kopf verhüllte ein dicker Schal, doch darunter lugten kurze, unordentliche Locken hervor, noch blonder als die Drakes.

Ihm war bewußt, daß die anderen ihn beobachteten, ob ungeduldig oder belustigt, das wußte er nicht, und es war ihm auch gleich.

»Willkommen in Norwegen, David.« Sie streckte die Hand aus. »Ich bin ...« Sie zögerte und schüttelte den Kopf, wobei unter dem Schal weiteres Haar hervorquoll. »Egal. Betrachten Sie mich als Freund, ja?«

»Entschuldigen Sie, wenn ich Sie zu lange angestarrt habe«, lächelte Seaton. Er würde ihre Augen nie vergessen können: blaugrün wie die See, wenn er bei hellem Himmel durch das Sehrohr sah.

Trevor räusperte sich. »Wir wollen weitermachen, die Arbeiter werden bald kommen.« Und zu Seaton gewandt: »Es sind russische Kriegsgefangene, Sklaven wäre die richtigere Bezeichnung. Sie müssen den Weg zur Straße von Schnee und Felsbrocken freihalten und außerdem die Lastwagen beladen.«

Der Krieg war in die Wärme eingedrungen und wischte die kurze Täuschung beiseite.

»Aber hier sind Sie sicher, David«, nickte Jens. »Sie können Ihre Batterien laden, wann Sie wollen, unsere Generatoren machen genug Krach, um auch eine Lawine zu übertönen. Wir haben reichlich Vorrat an Diesel, denn die Anlage ist sehr wichtig für unsere deutschen Herren.« Die letzten Worte spuckte er förmlich aus. »Aber sie werden es noch bedauern, einige von ihnen jedenfalls.«

Er fing sich wieder. »Also weiter.« Und mit einem Blick zu Trevor: »Es ist so, wie wir angenommen haben, das Schiff kommt heute gegen Abend. Die Arbeit beginnt morgen bei Hellwerden. Sie haben den Ankerplatz genau vermessen, nun sind sie soweit.« Er zog eine goldene Uhr hervor. »Die Wachboote werden bald hier sein, glaube ich.«

Mit vom Wetter gerötetem Gesicht wandte sich ein Mann ab

und spuckte gegen den Ofen.

»Er beaufsichtigt die Entladung«, erklärte Jens, »und kommt dabei häufiger als wir mit den Deutschen zusammen. Hoffentlich kann er seinen Haß noch ein bißchen beherrschen.«

Trevor berührte Seatons Arm. »Irgendwelche Probleme von Ihrer Seite, David?«

Seaton versuchte, sich über alles klarzuwerden. Der Plan war gut, sie waren zur Stelle, sicher versteckt vor Unterwasser-Ortungsgeräten und in hervorragender Position, die Vorbereitungen des Gegners und seine Abwehrmaßnahmen zu beobachten. Zudem wachten andere Leute über sie. Wenn die Zeit reif war, mußten sie nur die Pier verlassen und ihre Ladungen unter dem verankerten Schiff absetzen. Das klang ganz einfach.

»Ich sollte etwas mehr über das Schiff wissen.« Er sah, wie sie schnelle Blicke wechselten.

Dann erwiderte Jens: »Ja, natürlich. Das Warten ist vorüber.«

»Nördlich von hier bauen die Deutschen eine große Betonrampe«, erläuterte Trevor. »Das geht schon seit längerer Zeit so, unter strengster Abschirmung.« Er deutete auf das verhängte Fenster. »Das Schiff ist nichts anderes als ein schwimmendes Labor und eine Fabrik. Sobald das Wetter besser wird, soll mehr Gerät an Land geschafft werden. Die Betonrampe ist für Teststarts gedacht.«

Seaton war sich der Stille bewußt, der Hand des Mädchens auf dem rauhen Tisch: gebräunt und voller Sommersprossen.

»Es ist ein Raketentestgelände«, fuhr Trevor langsam fort.

Seaton fröstelte. All die Rundfunkwitze über Hitlers Geheimwaffen schienen ihm plötzlich nicht mehr so belustigend.

»Und es ist Ihre Aufgabe, das Schiff zu vernichten, ehe sie an Land mit der Arbeit beginnen können. Wenn, ich meine, sobald Sie es zerstört haben, werden sie für einen Neubeginn Zeit brauchen, kostbare Zeit, die wir bitter nötig haben, wenn wir in Europa landen.«

Seaton sah ihn kurz an. Also er, seine Kameraden und gut vier Tonnen Sprengstoff. Das war bestimmt kein zu hoher Preis für diesen Zweck.

Trevor schien seine Gedanken zu lesen. »Es gibt keinen anderen Weg. Hier drin im Fjord sind sie vor Bombenangriffen sicher, selbst wenn unsere Flieger so weit kämen, ohne schon über See abgeschossen zu werden. Von hier bis Bergen oder nach Norden bis Drontheim starrt jede Meile der Küste von Flak, Jagdflugzeugen und anderem.« Sein Ton blieb so ruhig wie sein Blick. »Es muß sein, David, ganz gleich, was man Ihnen zu Hause erzählt hat.«

Seaton wollte sich die trockenen Lippen lecken, aber sie beobachteten ihn, wogen dieChancen ab und überlegten vielleicht, ob sie einen Fehler gemacht hatten. Ihr Vertrauen war entscheidend.

»Ich möchte alle Ihnen bekannten Einzelheiten über das Schiff wissen: Größe, Tonnage, Name. Wofür es früher genutzt wurde.«

»Ich werde mich darum kümmern«, erwiderte Jens. »Kann ich sonst etwas für Sie tun?«

»Wir brauchen Schlaf, etwas zu essen, was nicht aus der Dose kommt, und vor allem ein schönes heißes Bad.«

Er merkte, wie sie aufatmeten, und mußte grinsen. Als hätten sie ihn in Gedanken bereits als toten Mann abgeschrieben gehabt.

»Im Dach über uns gibt es ein Versteck.« Jens war aufgestanden. »Ich schlage vor, Sie bleiben tagsüber hier. Ihre Männer können im U-Boot bleiben. Auf der Felsbank liegen sie völlig sicher.« Er ergriff Seatons Hand. »Aber Sie sollten nach oben gehen und den Gegner beobachten.«

»Sie bekommen nie mehr eine bessere Gelegenheit dazu«, meinte Trevor.

»Richtig.« Seaton stand auf und stülpte die Mütze über. In der Hitze zerrte die Schläfrigkeit wie mit Tauen an ihm. »Ich gehe jetzt und setze die anderen ins Bild.«

Sobald sich die Tür hinter Seaton schloß, sagte das Mädchen schroff: »Du hast ihm nicht alles gesagt.« Die blaugrünen Augen beobachteten Trevor fast ärgerlich. »Glaubst du, er ist nicht stark genug? Antworte!«

Trevor nahm die Flasche und goß sich ein. »Ich habe ihn bei der Arbeit gesehen und weiß ein bißchen mehr über ihn als du. Er hat in diesem verdammten Krieg schon eine Menge durchgemacht.« Er kippte den Aquavit auf einen Schluck herunter. »Nicht seine Stärke macht mir Sorge.« Er sah die anderen an. »Es ist seine Menschlichkeit.«

6 Keine Wahl

»Ich bringe Ihnen was Heißes zu trinken.« Trevor kauerte sich neben Seatons grobem Strohsack auf den Boden und beobachtete ihn neugierig. »Ihre Nummer Eins hat Jens Kaffeebohnen geschenkt. Es war der erste richtige Kaffee, den die seit langem getrunken hatten.«

Seaton drehte sich auf den Rücken und versuchte, sich zurechtzufinden; jeder Muskel schlug Alarm.

Das spitzgiebelige Versteck im Dach des Maschinenschuppens war durch eine steinerne Zwischenwand vom übrigen Gebäude abgetrennt. In der Mitte konnte man aufrecht stehen; zum Land und zum Fjord zu fielen die Dachseiten bis auf Fußbodenhöhe ab. Der Verschlag wurde durch das Ofenrohr aus dem Raum darunter geheizt.

»Gut geschlafen?« fragte Trevor.

Seaton kämpfte sich aus der Decke und kam sich in seinem Kampfanzug zerknüllt und schmutzig vor. Er hatte von dem Mädchen geträumt und überlegte nun, wie es wohl ohne die wattierte Kleidung und den Schal aussah.

»Mir geht's großartig.«

»Fein. Ich habe Sie schlafen lassen, denn bisher gab's nichts für Sie zu tun.«

Gedämpfte Laute drangen in das Versteck: metallisches Kratzen, ein ferner Ruf, dann Motorengeräusch.

»Sie verladen Zement auf Lastwagen«, sagte Trevor beiläufig. »Seit heute morgen sind sie dabei.« Er lächelte über Seatons Bestürzung. »Ja, Sie haben sehr fest geschlafen. Es ist fast Abend.« Er stand auf und machte sich am Dach zu schaffen. »Schauen Sie mal: Das Untier ist angekommen.«

In Sekundenschnelle war Seaton auf den Beinen. Trevor hatte einen Ziegelstein gelöst, und durch den engen Schlitz traf ihn die eisige Luft wie ein Schlag.

Einige Augenblicke lang war er sprachlos. Alles schien ihm so unglaubhaft, so unwirklich, als träume er immer noch.

Seit er im Morgengrauen angekommen war, hatte sich nun, da der Fjord erneut im Dunkel versank, alles verändert. Statt der leeren, wirbelnden Weite lag dort ein Schiff, unbesiegbar und gewaltig vor der öden Küste. Motorboote fuhren hin und her, und auf dem Hauptdeck des Neuankömmlings erstrahlten viele Bogenlampen. Verdunklung war so früh noch nicht nötig.

»Was ist das für ein Schiff?« fragte er.

»Jens hat Erkundigungen eingezogen«, erwiderte Trevor. »Es ist die *Hansa,* sechzehntausend Tonnen. Fuhr bis Kriegsausbruch von Hamburg aus bei der Deutschen Ost-Afrika-Linie.«

So genau wie möglich studierte Seaton das Schiff. Man konnte es sich gut in besseren Zeiten vorstellen: zwei mächtige Schornsteine, ein geräumiges Bootsdeck, drei Reihen Bullaugen bis hinunter zur Wasserlinie. Aber nun war der große Rumpf mit matter Tarnfarbe bestrichen und offenbar hart rangenommen worden. Er bemerkte die beiden Masten und die doppelten Ladebäume, die über die Decks schwenkten und sich wie von selbst senkten.

»Früher fuhr das Schiff die übliche Mischung, Passagiere, Post und Ladung. Hat sich gelohnt«, berichtete Trevor weiter.

Langsam, mit breitem, weißem Schnauzbart, schob sich eine große Barkasse gegen den Ebbstrom heran. Trotz der deutschen Uniformen und der leuchtendroten Hakenkreuzfahne blieb Seaton zu seiner eigenen Überraschung ganz ruhig.

Der Feind. Eigentlich hätte er bei dem Anblick doch etwas empfinden müssen!

»Haben sie schon mit den Sperrnetzen angefangen?« fragte er.

»Das kommt morgen dran. Weiter drin im Fjord liegen ein Schlepper und ein Hilfsfahrzeug, genau wie man Sie unterrichtet hat. Der Gegner fängt vom falschen Ende her an.«

Seaton rieb sich die in der schneidenden Luft tränenden Augen. Er konnte es noch immer nicht fassen: Hier unter der Pier, unter diesem winzigen Maschinenhaus, lag XE 16, sein kleines Boot von nur achtzehn Metern Länge, in dem drei Leute wahrscheinlich schliefen, um Luft zu sparen. Die Barkasse, die sich jetzt an dem Zementleichter vorbeischob, war mindestens fünfundzwanzig Meter lang und zweifellos nicht die einzige ihrer Art hier.

Erneut sah er zu dem großen Schiff mit all den Männern und Waffen, die er vernichten würde, hinüber. Ihn schauderte. Es war besser, dies alles nicht so nahe, so greifbar vor sich zu sehen.

»Zufrieden?«

»Wozu dienen diese Deckshäuser?« fragte Seaton.

Sie machten den Eindruck niedriger Stahltanks, hatten keine Bullaugen, doch je eine Tür. Sie verunstalteten die im übrigen elegante Silhouette des Schiffes.

»Wahrscheinlich beherbergen sie irgendwelche Apparate. Das ganze Schiff ist voll mit solchem Zeug und genügend Spezialisten, um einen neuen Krieg anzufangen«, antwortete Trevor vage.

»Dieser hier reicht mir, danke.« Er trat zur Seite, damit Trevor den Spalt wieder schließen konnte. »Es wird einen ziemlichen Knall geben, denken Sie daran«, sagte er und sah ihren vorsichtigen Anlauf vor sich, die quälend langen Augenblicke, wenn sie die Ladungen ablegten. Aber sobald sie die gezündet hatten, würde die Explosion wie eine Flutwelle durch den Fjord rollen. »Die Felswände werden ihn noch verstärken.«

»Ja. Jens hat dafür gesorgt, daß die Pier rechtzeitig geräumt wird. Sein Dorf ist einigermaßen sicher vor der Druckwelle.«

Seaton setzte sich auf die Kiste und überlegte. »Wann soll es sein?« Das klang schärfer als beabsichtigt.

Trevor steckte sich eine Zigarette an. »Übermorgen. Wenn Sie zu früh angreifen, verlegen sie womöglich den Ankerplatz, und später haben die Hunde vielleicht schon mehr Netze mit Ortungsgeräten rund um das Schiff ausgebracht.«

Seaton straffte die Muskeln. Übermorgen also.

»Es ist ein Sonnabend«, sagte Trevor, als könne das alles erklären.

Seltsam, daß auch die Deutschen einen freien Sonnabend haben könnten, war einfach nicht vorstellbar. Ihre Tüchtigkeit und Präzision schienen solche Schwächen auszuschließen. »Also übermorgen.«

»Hören Sie, beunruhigt Sie etwas?« Trevor versuchte es anders. »Kann ich Ihnen irgendwie helfen?«

»Vergessen Sie's«, lächelte Seaton. »Es ist wie bei einer Premiere: Wenn erst der Vorhang aufgeht, ist alles in Ordnung. Wo werden Sie sein?«

»Das kommt darauf an.« Trevor sah zur Seite.

»Ich hätte nicht fragen sollen, tut mir leid.«

Trevor ging zur verdeckten Falltür. »Ich muß noch mit Jens sprechen. Die Russen sind jetzt wohl wieder auf dem Weg zurück ins Lager, die armen Teufel. Und womöglich setzt Jerry, nur um die Neuankömmlinge zu beeindrucken, schärfere Patrouillen an.« Er zögerte. »Auch Sie werden sich mit Ihren Leuten besprechen wollen.«

»Ja. Geoff Drake kann mit dem Boot auftauchen, sobald Sie Entwarnung geben.«

»Weiter südlich schneit es, das könnte die Flieger fernhalten.« Er schnippte mit den Fingern. »Ach, beinahe hätte ich's vergessen: Ich habe veranlaßt, daß Sie alle ein heißes Bad nehmen können. Immer nur einer, natürlich.« Er lachte in sich hinein. »Wie im *Claridge.*«

Trevor kniete nieder und hob das Luk ein paar Zentimeter an. »Alles klar. Ich verschwinde dann.«

»Das Mädchen . . .« fragte Seaton. Da war es heraus. Einfach so.

Das Luk fiel halb wieder zurück. »Welches Mädchen?«

»Sie wissen doch.«

Trevor wandte sich zu ihm um, aber seine Augen lagen im Schatten. »Das ist kein Thema, David. Wenn ich Ihnen sage, wer sie ist, weiß es wieder einer mehr. Dann erzählen Sie es einem anderen, und so geht's immer weiter.«

»Sehe ich ein.«

»Wirklich?« Trevor rückte näher. »Nicht weit von hier lebt ein Landarbeiter, ein einfacher, gewöhnlicher Mann. Bei einer Razzia suchten die Deutschen nach Verdächtigen, nach Mitgliedern der Widerstandsbewegung. Sie schleppten diesen einfachen, unwissenden Mann zu ihrem Lagerzahnarzt, und der bohrte jeden Zahn in seinem Kopf an. Können Sie sich das vorstellen? Jeden Zahn durch bis auf den Nerv, einen nach dem anderen. Bis der Mann vor Schmerz und Angst fast verrückt wurde. Dann ließen sie ihn laufen, denn er wußte wirklich nichts.« Trevor drückte seine Zigarette aus und fuhr leise fort: »Können Sie garantieren, daß Sie schweigen? Wenn möglicherweise ein Name die Tortur beenden würde?«

»Ich muß wohl noch eine Menge lernen.«

Erneut hob Trevor das Luk. »Das müssen wir alle.« Er nickte. »Bis später.«

Wieder allein, legte sich Seaton zurück und dachte an Trevor, diesen ungewöhnlichen Mann, der über heiße Bäder witzelte, aber in Sachen Geheimhaltung keinen Spaß verstand. Es stimmte, das Mächen mußte auf Abstand bleiben, undeutlich, als ob sie in einem abfahrenden Zug säße; man blieb zurück und ahnte nichts von ihr und ihrer Welt.

Er rappelte sich auf, und nach ein paar Versuchen gelang es ihm, das Guckloch wieder zu öffnen. Es war dunkler geworden und die Ladebeleuchtung an Deck der *Hansa* gelöscht.

Ruhig und sachkundig schätzte Seaton ihren Angriffswinkel mit den Augen.

Dann schloß er das Guckloch und setzte sich.

Also übermorgen.

Unten hörte er jemanden das Feuer schüren, dann klirrten Tassen. Ein Arbeitstag an der Pier ging zu Ende. Der morgige Tag würde sich sehr lang hinziehen.

Sub-Lieutenant Richard Niven stand reglos auf der Pier und gewöhnte seine Augen an die Dunkelheit. Irgendwo unter seinen Seestiefeln lag an den Pfeilern wie festgewachsen XE 16. Drake und Jenkyn luden die Akkumulatoren auf, was man aber nicht hörte, da der Generator des Zementleichters noch lauter rumpelte. Es war nicht leicht, sich an diesen Lärm zu gewöhnen, denn ihre bisherige Ausbildung hatte größten Wert auf Heimlichkeit und Stille gelegt.

Nur um ganz sicherzugehen, waren ein paar Norweger an jedem Ende der Pier postiert worden, hatte Trevor erklärt. Aber man erwartete keine Störung durch die Deutschen.

Niven wiederholte sich das immer wieder. Warum sollten die Deutschen auch beunruhigt sein? Hier waren sie gut geschützt, ihr kostbares Schiff lag tief in einem engen Fjord verborgen, und der nächste alliierte Soldat war rund vierhundert Kilometer weit weg. Jemandem, der in Dover lebte und von der unüberwindlichsten aller jemals geschaffenen Militärmaschinerien nur durch den Englischen Kanal getrennt war, mußten vierhundert Kilometer so weit wie der Pazifik vorkommen.

Auf der kleinen Brücke des Zementleichters sang jemand. Jetzt war Seaton da oben und badete.

Niven zupfte den Sweater vom Hals fort. Er hatte sein Bad bereits hinter sich. Der erste siedend-heiße Guß hatte seine Besorgnis vorübergehend fortgeschwemmt. Schnaufend vor Wohlbehagen hatte er das Wasser der Dusche über seinen Körper rinnen lassen, bis Drake hereinschaute und nölte: »Mach schon, du Untier, das gehört dir nicht allein. Denk auch mal an einen armen Kolonialisten.«

Durch die Bohlen zu Nivens Füßen blitzte eine Handlampe. Die Ladung der Batterien war fürs erste beendet. Er lockerte sich etwas und ging zögernd über die Pier. Die Leute hier mußten selbst in Friedenszeiten ein hartes Leben führen. Es roch sehr fremd nach Öl und Staub, Salz und Fisch.

Decia würde ihn danach fragen, wenn er zurückkam. Er konnte sie schon vor sich sehen, ihren direkten Blick, zuerst belustigt, dann ungeduldig: »Was heißt, du weißt es nicht, Richard? Warum fragst du die Leute nicht? Man muß doch wissen, wie sie leben.«

Er hatte sie beobachtet, als sie Drake gemeinsam mit ihrem Vater fasziniert zuhörte, der von Neuseeland und den Inseln, von Haien und exotischem Essen erzählte.

Niven war am Ende der Pier angelangt und machte sich auf den kalten Wind gefaßt, der jenseits der Wellblechwand auf ihn lauerte. Was konnte er Decia von seiner Arbeit schon Beeindruckendes erzählen? Sie liebte ihn entweder, oder sie liebte ihn nicht. In seinem Groll ging er schneller. Zum Teil war auch ihr Vater daran schuld, der Himmel mochte wissen, wie er gegen ihn hetzte, wenn er nicht da war.

Er stolperte über einen eisernen Festmacherring und wäre kopfüber in die Dunkelheit gestürzt, wenn ihn nicht jemand am Arm gepackt hätte.

»Hell, I'm sorry!« Er richtete sich auf und fand sein Gleichgewicht wieder. *»Thank you . . .«* Dann erstarrte er, unfähig, sich zu rühren oder auch nur zu atmen.

Denn der Mann, der ihn vor dem Fall bewahrt hatte, war ein deutscher Soldat.

David Seaton betrachtete sich in dem beschlagenen Wandspiegel. Nach der heißen Dusche fühlte er sich pudelwohl, obwohl er wieder die gleiche Kleidung anziehen mußte. Grinsend berührte er sein Kinn. Dusche und Rasur, an so einfachen Dingen richtete sich ein Mann wieder auf.

Langsam sah er sich in dem winzigen Baderaum um; er durfte nichts liegenlassen, was den Verdacht der norwegischen Besatzung erregen konnte.

Schließlich schnallte er seine Pistole um, und das brachte ihn wieder in die Wirklichkeit zurück. Vom nächsten Bullauge aus hätte er das Schiff ohne Schwierigkeiten mit einem Schuß treffen können.

Da hörte er im Durchgang Jenkyns erregte Stimme und öffnete die Tür. »Was ist los, Alec?«

Jenkyns blieb wie angewurzelt stehen und starrte ihn an.

»Sie sollten schleunigst auf die Pier kommen, Skipper. Da hat's Ärger gegeben.« Er lief hinter dem davonstürmenden Seaton her. »Mr. Niven ist in einen ziemlichen Schlamassel geraten.«

Seaton hörte kaum zu. So konnte es passieren: blitzartig und mit der tödlichen Sicherheit einer Kugel.

Er hastete an zwei oder drei Norwegern vorbei. »Nummer Eins ist noch an Bord«, sagte Jenkyn.

Schon ein paar Meter vor dem kleinen Maschinenhäuschen hörte Seaton Trevors Stimme.

»Was heißt, Sie haben nicht daran gedacht? Sie Idiot, wissen Sie denn nicht, was Sie angerichtet haben?«

Seaton riß die Tür auf. Drinnen erstarrten alle bei seinem Eintreten. Jens saß am Tisch, die schweren Hände vor sich gefaltet. Niven stand bleich da, die Fäuste zu beiden Seiten geballt, seine Lippen bebten vor Zorn und Erniedrigung. An der Wand gegenüber standen zwei andere Männer, während Trevor mit ausgestreckten Händen, als wolle er ihn erwürgen, vor Niven erstarrt war.

»Das reicht!« Seaton fühlte sein Herz pochen. »Wenn Sie einem meiner Männer etwas zu sagen haben, dann sagen Sie es zuerst mir!«

Trevor sah zu ihm herüber und stöhnte. »Ich geb's auf, nun aber wirklich.«

»Wir haben ein Problem, David«, warf Jens ein.

Er wies in eine dunkle Ecke, und Seaton merkte zum erstenmal, daß dort ein Mann auf dem Boden lag.

»Genausoein verdammter Kraut hat uns noch gefehlt!« knirschte Trevor.

Seaton ging hinüber und sah auf den Soldaten hinab. Er war feldgrau gekleidet, trug einen langen Mantel, hohe, dreckige Stiefel, einen Gasmaskenbehälter und ein kurzes Bajonett; der umgekehrte Helm neben seinem Kopf wirkte wie ein Nachttopf.

Er war gefesselt und hatte im Mund einen so dicken Knebel, daß er beinahe daran erstickte. Seine Augen quollen weit hervor, seine Stirn war schweißbedeckt.

Ungefähr in meinem Alter, dachte Seaton.

Jens stand auf, sein riesiger Schatten huschte wie ein Gespenst über die Wand.

»Es ist ein Wachtposten aus dem Gefangenenlager«, erläuterte er bekümmert. »Die Russen waren eingeschlossen, da merkte er, daß er seine Handlampe hier vergessen hatte. Um keinen Ärger zu kriegen, kam er zurück.«

»An Ihren Männern vorbei?« fragte Seaton.

»Sie wurden überrascht, und dann war es zu spät. Jedenfalls kennen sie den Mann, so wie er die meisten von uns kennt.«

»Ohne diesen verdammten Niven wäre alles glattgegangen«, rief Trevor wütend. »Es hätte vielleicht sogar dazu beigetragen, einen späteren Verdacht einzuschläfern. Aber so ...« Er führte es nicht weiter aus.

Die Augen des Deutschen waren auf Seaton gerichtet; vermutlich trug der Anblick einer Uniform, wie fremdartig und zerknautscht sie auch war, zu seiner Beruhigung bei. Wahrscheinlich hatte er bisher gedacht, Widerständlern oder Schwarzhändlern ausgeliefert zu sein. Beides hätte seinen Tod bedeutet.

»Was nun?« fragte Seaton.

»Gute Frage.« Trevor hatte sich wieder in der Gewalt. »Ich brauche Zeit zum Überlegen.«

Einer der anderen murmelte etwas, und Trevor zischte zurück: »Mein Gott, ich weiß selber, daß er umgebracht werden muß. Nur das Wie macht mir Sorge.«

Seaton sah zur Seite. Umgebracht. Das klang ganz anders als gefallen, vermißt, draußen geblieben oder wie es sonst in den Meldungen hieß. Dies war, als schlachte man ein Schwein.

Er bemerkte, wie Niven ihn mit verzerrtem Gesicht ansah. »Erzählen Sie, was los war.«

Niven spreizte die Hände. »Ich ging über die Pier, nachdem die Batterien geladen waren, und dachte nicht daran.« Das hörte sich ziemlich wirr an. »Dann stolperte ich und wäre fast ins Wasser gefallen.«

»Schade, daß Sie's nicht getan haben«, warf Trevor ein.

»Und dann?« fragte Seaton ruhig.

»Der Deutsche kam um die Ecke und packte mich, so daß ich nicht fiel. Ich dachte ...« Er schüttelte den Kopf. »Ich weiß nicht, was ich dachte.«

»Knut hier kam in diesem Moment dazu«, murmelte Jens und machte eine Handbewegung zu den beiden Gestalten an der Wand hinüber. »Er nahm sich des Deutschen an.«

Trevor stand vom Tisch auf. »Hören Sie, David, es ist nicht so, wie Sie glauben. Wir sind keine Mörder, die sich kindisch freuen, wenn ein Kraut eins über den Schädel kriegt.«

»Weiter.« Seaton wandte sich von den beiden hervorquellenden Augen in der Ecke ab.

»Aber diesen Deutschen, *unseren* Deutschen, wird man früher oder später vermissen.« Trevor zählte die Alternativen an seinen Fingern ab. »Töten wir ihn hier und werfen wir ihn in den Fjord, werden die Deutschen überall nach ihm suchen; daran kann unser Auftrag scheitern. Finden sie dann seine Leiche, werden sie hier Geiseln nehmen, die Gestapo herholen und Vergeltung üben. Wenn sie seine Leiche unter anderen Umständen finden, machen sie genau das gleiche.«

Jenkyn räusperte sich und fragte beklommen: »Darf ich etwas sagen?« Alle Blicke richteten sich auf ihn. »Warum legen wir seine Leiche nicht in den Leichter? Dann können *die* ihn fortschaffen.«

»Wenn der Leichterführer auch nur ahnt, daß wir einen deutschen Soldaten hierhaben, verliert er die Nerven. Er hat schon genug riskiert«, antwortete Jens.

Trevor setzte seufzend hinzu: »Verlockender Gedanke, Alec, aber dann hätten wir nach der Abfahrt des Leichters immer noch die Suchkommandos auf dem Hals.«

»Könnten wir ihn nach getaner Arbeit mit uns nehmen?« überlegte Seaton.

Trevor sah ihn an. »Zu spät. Bis dahin wird er längst vermißt.«

Die Tür öffnete sich ein paar Zentimeter, und Jens ging hinüber, um mit dem Ankömmling zu sprechen. Danach berichtete er leise: »Sie haben sein Motorrad gefunden, oben an der Straße. Deshalb wurde er nicht rechtzeitig gehört.«

Seaton wurde es übel. Hier gab es keine Gefühle, lediglich eine Diskussion; der Mann würde auf jeden Fall sterben müssen.

»Angenommen, wir starten den Angriff schon morgen? Vielleicht denken die Deutschen, der Soldat sei bei der Explosion umgekommen.«

Trevor verzog das Gesicht. »Gut gedacht, David. Aber der Leichter darf nicht vor Sonnabend auslaufen, und nachdem er die Sperren passiert hat, wird die Einfahrt geschlossen. Sie haben jetzt allen Zement, den sie brauchen.« Er versuchte zu lächeln. »Und wenn der Leichter durch die Ausfahrt geht, wird Ihr U-Boot dabeisein. Jetzt wissen Sie, warum es Sonnabend sein muß.«

»Ich kehre lieber an Bord zurück, Skipper«, sagte Jenkyn unruhig. »Nummer Eins wird sich schon fragen, was los ist.«

»Gut.« Sie sahen sich an. »Richard, Sie gehen mit ihm.«

An der Tür drehte sich Niven zu Trevor um. »Was werden Sie mit ihm machen?«

»Was er mit Ihnen gemacht hätte, wäre Knut nicht dazwischengekommen.« Nicht mehr ganz so wütend fuhr Trevor fort: »Ich danke Gott für sein Motorrad. Wir schieben es von der Straße und kippen es in den Fjord. Sie werden glauben, er sei zufällig verunglückt. Das hoffe ich jedenfalls.«

Die Tür schloß sich, und Jens fragte: »Einen Schnaps, David?«

»Nein, jetzt nicht.« Seaton fühlte, daß die anderen unruhig wurden, die Sache hinter sich bringen wollten.

»Wir sind keine Mörder«, wiederholte Trevor. »Aber entweder er oder wir.«

Er nickte den anderen zu. Der Deutsche wurde hochgezogen und losgebunden, die gurgelnden Geräusche verrieten, daß er sich in den Knebel hinein erbrach.

Seaton sah es vor sich, als sei er dabei: zuerst das Motorrad, dann würde der deutsche Soldat ohne Fesseln und Knebel folgen. Raus und runter in Wind und Dunkelheit. Fand er noch Atem für einen letzten Schrei, würde es nur die Glaubhaftigkeit des Unfalls erhöhen, wenn ihn jemand hörte.

Durch die offene Tür wurde der Mann hinausgestoßen; seine Augen hingen flehend an Seatons Gesicht.

»Tut mir leid«, sagte Trevor. »Sie haben auch ohne das genug Probleme.«

Seaton sah ihn an. »Der junge Niven ebenfalls. Aber auf ihn werden wir Sonnabend zählen müssen – nur falls Sie es vergessen haben.« Er knallte die Tür hinter sich zu, stieg die Leiter hinab und durch das Achterluk von XE 16 unter Deck. Dort sank er auf eine Kiste und sah die anderen an.

»Alles klar, Dave?« fragte Drake.

Seaton holte tief Luft. Nach der kalten Frische und der relativen Bewegungsfreiheit oben hatte er geglaubt, es werde ihm schwerfallen, auf sein Boot zurückzukehren. Statt dessen war ihm, als komme er heim.

»Es geht gleich wieder«, antwortete er ruhig. Die Blicke der Freunde begegneten sich. »Aber ich werde mich nie daran gewöhnen.«

»Wer wohl der Deutsche war?« warf Jenkyn ein.

Erregt fuhr Niven herum. »Um Gottes willen, hört auf damit! Macht ihr denn nie einen Fehler?«

Kühl erwiderte Jenkyn seinen Blick. »Nur den einen, Sir.« Er ging zu der vorderen wasserdichten Tür. »Und das war, als ich mich einverstanden erklärte, an Ihrer Seite Dienst zu tun.«

»Genug jetzt!« warf Seaton ein. »Hört auf, alle beide! Es braucht Zeit, bis man sich aufeinander eingestellt hat. Wir sind Fremde um uns nicht gewöhnt, erst recht nicht, wenn sich wie in diesem Fall so viele auf uns verlassen müssen.« Der Druck wich langsam von ihm. »Unser Ziel ist immer noch das gleiche, es liegt auf der anderen Seite des Fjords. Wir werden zu Ende führen, wozu wir hergekommen sind.«

»Nur keine Sorge, Dave«, sagte Drake. »Es wird wie ein Uhrwerk ablaufen. Dafür garantiert die Firma.« Er klopfte Niven auf die Schulter. »Schwamm drüber. Wir sind hier nicht bei Hofe.«

»Ich wollt', wir wären's.« Jenkyn wandte sich grinsend ab. »Jedenfalls mache ich jetzt Tee.«

Seaton lehnte sich zurück und entspannte sich. Die Krise war vorbei. Für dieses Mal wenigstens.

Die längste Zeit des folgenden Tages lag XE 16 getaucht unter der Pier, und seine Besatzung erledigte Routinearbeiten. Zwar warf das robuste Boot keine Probleme auf, doch die Kontrollen mußten besonders gründlich ausgeführt werden, denn eine zweite Chance gab es nicht mehr. Von Zeit zu Zeit hörten sie undeutlich die Maschine des Zementleichters rattern, der sich ebenfalls für die Heimfahrt rüstete: ein Hinweis, daß die Entscheidung endgültig bevorstand.

Auf ein Signal von Jens, daß alles klar sei, tauchten sie kurz nach Einbruch der Dämmerung zwischen den Pfählen wieder auf. Seaton ließ seine Kameraden, die Brennstoff auffüllten oder Frischproviant und Brot übernahmen, an Bord zurück und ging zum Maschinenhaus auf der Pier.

Der kleine Raum hatte sich verändert, er war kalt, der Ofen schwarz und leer. Seaton vermutete, daß auch das Versteck unterm Dach aufgeräumt war, damit keine Spuren von ihm oder anderen, die vorher dort gewesen waren, zurückblieben.

Jens und Trevor erwarteten ihn.

»Alles ist ruhig.« Trevor sprach als erster. »Heute morgen hat eine Patrouille die Leiche und das Motorrad gefunden. Der Soldat hatte vorher einem Kameraden gesagt, er führe zurück, um seine Lampe zu holen.« Trevor zuckte mit den Schultern. »So ist alles noch ganz gut gelaufen.«

»Der Feldwebel der Patrouille«, sagte Jens, »schien sich mehr um die Lampe zu grämen, als um den Verlust eines seiner Männer.«

»Wir wollen es hinter uns bringen.« Trevor wirkte ungewöhnlich gespannt. »Setzen Sie sich, David. Ich hatte nicht die Absicht, es Ihnen zu sagen, aber ich wurde überstimmt.«

»Sie werden es sowieso erfahren, wenn Sie nach England zurückkommen«, nahm Jens den Faden auf. »Wir wollten nicht, daß Sie schlecht von uns denken oder glauben, daß wir Ihnen nicht vertraut hätten.«

»Ich weiß sehr wohl, wozu die stählernen Deckshäuser auf der *Hansa* dienen«, begann Trevor, und Seaton konnte sich seine plötzliche Angst nicht erklären. »Die Deutschen haben in Dänemark damit angefangen. Nachdem die R. A. F. so erfolgreich mit dem Punktzielwurf auf wichtige Objekte war, entschlossen sie sich zu härteren Gegenmaßnahmen. Sie besetzten die obersten Stockwerke aller erstrangigen Ziele mit dänischen Gefangenen – politische, aus dem Widerstand, Verdächtige, alle möglichen Leute. Jeder Erfolg der R. A. F. wäre demnach mit dem Verlust vieler loyaler Dänen erkauft worden. London beschloß daraufhin, lieber die Hilfe für die Widerstandsbewegung zu verstärken und ihr die Arbeit zu überlassen.«

Seaton sah ihn an. »Die *Hansa* hat ebenfalls Gefangene an Bord?«

»Ja«, erwiderte Jens mit feuchten Augen. »Viele gute Leute. Ein paar kenne ich persönlich. Deshalb muß Ihr Angriff erfolgreich sein, und wenn er auch nur beweist, daß wir uns nicht geschlagen geben und uns niemals dieser Barbarei beugen!«

»Gibt es denn keinen Weg, sie zu befreien, ehe wir angreifen?«

Jens schüttelte den Kopf. »Unmöglich. Die Gestapo würde zu derartigen Vergeltungsmaßnahmen greifen, daß jeder weitere Widerstand durch die Todesfurcht der ganzen Nation verhindert würde. Wir würden unser Land für immer verlieren – und unseren Stolz.«

»Und selbst wenn es uns gelänge«, Trevor sah zu Boden, »wohin sollten die Gefangenen fliehen? Dreihundertfünfzig Kilometer weit bis zur schwedischen Grenze? Unterwegs brächten sie den Gestapo-Terror allen, die zu helfen versuchen.« Er hob den Blick zu Seaton. »Das würden sie nicht wollen, keiner von ihnen.«

»So ist es, David.« Jens blickte ihn traurig an. »Wir fanden es richtig, Ihnen das zu sagen. Gefangene sind bald vergessen, ganz gleich, was sie erlitten haben.« Seine Augen leuchteten plötzlich. »Doch Märtyrer werden in unserer Erinnerung immer weiterleben.«

Es war so still im Raum, daß die Ruhe auf die Trommelfelle zu drücken schien.

»Ich muß gehen«, sagte Seaton. »Der Angriff beginnt beim ersten Tageslicht.« Kaum erkannte er seine eigene Stimme wieder: so ausdruckslos und unpersönlich wie die eines Fremden.

Jens nickte. »Gut. Wir haben alle noch eine Menge vorzubereiten.« Er legte den Arm um Seaton und drückte ihn an sich. »Gott schütze Sie, mein Junge. Wir werden uns eines Tages wiedersehen.«

»Viel Glück«, sagte Trevor nur. »Tut mir leid, daß es so kommen mußte.«

Sie schüttelten einander die Hände. »Passen Sie gut auf«, sagte Seaton, »solange Sie hier drinstecken.«

Draußen im Dunkeln starrte er die Doppelreihe wartender, unbekannter Gestalten an. Niemand sprach, nur eine Hand streckte sich hier und da aus und berührte ihn. Seaton war tief bewegt, aber doch froh, als er die Leiter erreicht hatte.

Als er die glitschigen Sprossen hinabsteigen wollte, kam die letzte Gestalt der Reihe auf ihn zu. Ohne hinzusehen wußte er, daß es das Mädchen war.

»Leb wohl, David«, sagte sie leise.

Er mußte an Trevors Worte denken, daß er überstimmt worden war, als es um die Frage ging, ob er über die Gefangenen auf dem Schiff informiert werden sollte. Sie und Jens mußten das gewesen sein. Das war so klar wie ihre Augen, das einzige, was er von ihr kannte. »Ich komme wieder«, murmelte er. »So leicht wirst du mich nicht los.«

Sie beugte sich vor und küßte ihn flüchtig, dann trat sie zurück und ging zu den anderen.

Er hob die Hand an die Mütze. Ihm war nicht danach zumute,

aber sie erwarteten das wohl.

»Alles klar, Skipper?« fragte Drake von Deck.

Seaton wandte sich um und stieg die Leiter hinab.

7 Der Angriff

Seaton sah auf die Uhr und versuchte, das Rumpeln der Diesel auf dem Zementleichter zu überhören. Wenn XE 16 auftauchte und Fahrt aufnahm, würde dieser Lärm sehr nützlich sein. Solange das Boot auf der Felsplatte lag, konnte Drake es nicht austrimmen. Seit drei Tagen war sie nun ihr Zufluchtsort, aber es kam ihnen viel länger vor; an das Zittern des Bootskörpers mußten sie sich erst wieder gewöhnen.

Der Antriebsmotor brummte weich. Der rote Sekundenzeiger der Zentraluhr lief über die Zwölf: genau sieben Uhr früh.

Ein lautes Klirren über ihren Köpfen ließ sie zusammenzucken, obwohl sie dieses Signal von der Pier erwartet hatten.

»Zwei-fünf-null Umdrehungen. Sehrohrtiefe!« Seaton sah Jenkyns Rücken an. »Ruder mittschiffs.«

Dröhnend drückte die Preßluft das Wasser aus den Tanks, das Zittern ging in ein leichtes Wiegen und Stampfen über, XE 16 löste sich von der künstlichen Rampe.

Seaton beobachtete die Nadel des Tiefenanzeigers, bis sie auf drei Metern stehenblieb, drückte auf den Knopf und bückte sich, um durch das dünne Sehrohr zu spähen.

Wenn er nicht vorsichtig war, verbog er es womöglich an einem Querbalken oder knackte es an; das hätte das Boot gefährdet.

Ein dicker, schleimbedeckter Pfahl schob sich in sein Gesichtsfeld, und er holte scharf Luft.

»Etwas nach Steuerbord, Alec.«

»Aye, Skipper.«

»Recht so.«

Bum, bum, bum. Mit seiner Backbordseite schlug der Rumpf gegen eine Reihe kleinerer Träger; mit einer Geschwindigkeit von weniger als einem Knoten lief er gegen die Strömung an.

Im Okular war es fast stockdunkel, Seaton mußte sich auf seine Erinnerung verlassen. Die Felsplatte, auf der die dickeren Pfähle ruhten, war etwa dreißig Meter lang, der an der Pier liegende Zementleichter etwa fünfundsechzig Meter. Nach seinem häßlichen

Steven klaffte eine fünf Meter breite Lücke, ehe die Pier in gekreuzten Balken und Brettern endete; sie würden den Bootskörper wie ein Netz auffangen.

Seaton sah Wasserreflexe an der Bordwand des Leichters und wußte genau, wo er war: unter dem Ladebaum und dem kleinen Maschinenraum.

»Boot ist gut im Trimm«, hörte er Drake wie zu sich selbst sagen.

Seaton drehte das Sehrohr dem Bug zu. Es war schon heller. Das Deck hob sich und schwankte unter ihm, an der Bordwand hörte er etwas metallisch kratzen. Ob wohl Jens und die anderen in das bewegte Wasser schauten, um ihn zu sehen?

»Achtung!«

Er biß sich auf die Lippen und hätte sich fast geduckt, denn eine lange, rostige Kette schob sich wie eine Brücke quer über sein Blickfeld.

Er rief sich den Fjord ins Gedächtnis. Außerhalb der Pier fiel der Grund auf hundertfünfzig Meter Tiefe ab. Er malte sich aus, wie das Boot in dieser pechschwarzen Schlucht liegen würde: geräuschlos, bewegungslos, tot.

Schweiß rann seinen Nacken hinunter, er zwinkerte, um besser zu sehen. Da war es: stärkerer Rost, ein paar Nietenreihen, dann der Steven. Es sah aus, als bewege sich der Leichter und nicht das U-Boot.

»Backbord fünfzehn. Auf vierhundert Umdrehungen gehen.«

Er drückte den Knopf, kauerte sich hin und rief sich den geplanten Weg ins Gedächtnis.

Rastlos drehte sich der Kompaß.

»Recht so.«

Das Boot ruckte heftig, und einige Augenblicke schien sich der Tiefenanzeiger allen Bemühungen Drakes, das Boot unten zu halten, zu widersetzen.

»Recht so. Null-zwo-null Grad steuern.«

Ohne den Leichter oder die Pier auch nur zu streifen, glitten sie hinaus. Seaton wischte sich das Gesicht ab.

Vorn saß Niven auf dem Lokussitz, die Hände verschränkt wie ein im Schaufenster ausgestellter Taucher.

»Alles klar, Dave.« Drake sah zu Seaton herüber.

»Auf zehn Meter gehen. Acht-fünf-null Umdrehungen.«

Zuerst aber kam noch die Funktionskontrolle, egal, was die anderen dachten. Erst dann waren sie bereit zum Angriff.

Seaton malte sich aus, wie das kleine Boot durch das dunkle Wasser dahinkroch. Zuerst diagonal von der Pier weg, dann in einer langsamen Wendung auf das Ziel zu.

»Boot getrimmt für Tauchfahrt.« Drakes Stimme klang fast fröhlich.

»Danke.«

Seaton kroch zur Karte und seinem Block mit den sorgfältigen Peilungen und Entfernungen, Tiefen-, Strom- und Zeitangaben. Jede einzelne Zahl nahm er sich vor und verband das Ganze zu einem Bild. Ein Blick auf die Uhr. Jetzt sollte es auf der Seite des Fjords, auf die es ankam, schon etwas heller sein.

»Kursänderung auf drei-null-null Grad.«

Das Deck kippte an und hob sich als Reaktion auf Tiefen- und Seitenruder.

»Drei-null-null Grad liegen an.«

Es war ganz still, selbst der Motor schien gedämpft zu laufen.

Seaton starrte die Korbräder an und überlegte, warum ihm nie die Idee gekommen war, ihre beiden schweren Sprengladungen könnten auch dem Boot gefährlich werden. Wenn eine Wasserbombe neben ihnen hochging oder eine der Seitenladungen beim Lösen vorzeitig detonierte, mußte das ein schneller und schrecklicher Tod für sie werden.

»Fahrt vermindern auf vierhundert Umdrehungen, mit weniger steuert das Boot nicht mehr.« Er wartete, bis das Brummen noch schwächer wurde. »Sehrohrtiefe, Geoff. Laß mich mal ein Auge riskieren.«

Wenn er in den nächsten Sekunden überhaupt an etwas dachte, dann nur an sich selbst. Wie würde er danach weiterleben können? So tun, als sei alles wie sonst? Was hätten seine drei schweigsamen Kameraden gesagt, wenn sie von der Opferung der Geiseln wüßten?

Er drückte den Ausfahrknopf und zwang sich zur Ruhe. Als das Objektiv die Oberfläche durchbrach, vergaß er Trevor, die Gefangenen und selbst die um Gnade flehenden Augen des Deutschen.

Er stand genau richtig. Der große Frachter lag schräg in seinem Fadenkreuz, den Bug ihm leicht zugewandt. Trotz des schwachen Lichts und des bewegten Wassers konnte er alles genau erkennen, sogar eine große Festmacherboje vor dem Bug, das Gegenstück zu der anderen achtern.

Das Schiff war fast zum Greifen nahe. Noch ein paar Sekunden behielt Seaton es in der Optik und überprüfte, ob seine Informationen Tatsachen oder Folgerungen waren.

Unter dem breiten Kiel der hundertdreiundachtzig Meter langen *Hansa* war der Fjord flacher als auf der gegenüberliegenden Seite am Pier. Aus diesem Grund hatte der Vermessungstrupp die Bojen hier ausgelegt. Für die beiden Sprengladungen von XE 16 lagen sie ebenfalls sehr günstig.

»Zeitzünder einschalten!« Und mit einem Blick zu Drake: »Angriff beginnt.«

Er wischte sich die Lippen mit dem Handschuhrücken. Das war ihm zur Gewohnheit geworden, wenn er unter Druck stand, ihm aber bisher noch nicht aufgefallen. Es erinnerte ihn an die kurze Berührung ihrer Lippen auf den seinen. Kaum ein Gefühl, und doch ...

»Motorengeräusch, Skipper.«

»Verdammt!«

Seaton fuhr das Sehrohr aus und ließ sich nach vorn fallen, um schon am Okular zu sein, wenn es die Oberfläche durchbrach.

»Es ist der deutsche Schlepper. Peilt Rot vier-fünf. Hat einige Prähme im Schlepp.«

Besorgt betrachtete er die verschwommenen Umrisse, die von der Öffnung in der Sperre her langsam näher kamen, genau wie Trevor vorausgesagt hatte. Der saß wahrscheinlich irgendwo auf dem Hang und beobachtete alles durch sein Doppelglas. Wenn er dort sitzenblieb, würde es ihm den Kopf von den Schultern reißen. Die *Hansa* hatte genug Sprengstoff, Raketentreibstoff und weiß Gott was noch an Bord, um sich und alles in der Nähe in Fetzen zu reißen.

Das Sehrohr zischte wieder herunter. »Recht so. Der Schlepper geht wahrscheinlich bei der *Hansa* längsseit, dort werden diese Prähme entladen.«

Drake nickte, die Lippen zu lautlosem Pfeifen gekräuselt.

Seaton rieb sich das Kinn. Das alles ging viel zu glatt. Der lautlose Anlauf machte ihn nervös. Kein U-Boot-Abwehrgerät, keine heranbrausenden Wachboote, nichts.

Niven kletterte in die Taucherkammer zurück. »Beide Ladungen scharf gemacht und Zeitzünder eingeschaltet, Sir. Von jetzt ab zwei Stunden.«

Das klang knapp und förmlich. Ob er sich wohl noch um den Deutschen oder Jenkyns plötzlichen Ausbruch grämte? Wie konnte ein Mann bloß zu Beginn seiner Marinelaufbahn heiraten und sich unmittelbar danach freiwilig zu einem Himmelfahrtskommando melden? Sein Vater war ein hoher Offizier, und bereits bei Trafalgar war ein Niven dabeigewesen.

Erneut suchte Seaton das Ziel im Sehrohr. Plötzlich rief er: »Der Schlepper ist bereits an der Arbeit!«

Hinter seinem Aufbau quollen stoßweise Rauchwolken hervor, und dicht neben dem einen Prahm schoß eine Boje an die Oberfläche. Zielstrebig eilten Männer hin und her, dann dümpelte eine weitere Boje hinter der sich langsam fortbewegenden Gruppe.

»Sie legen das Netz.« Seaton kniff die Augen zu, um sich das Bild noch einmal zu vergegenwärtigen. »Und zwar eine mir bisher unbekannte Art. Auf vierzehn Meter gehen! Wir müssen es darauf ankommen lassen.«

Seaton hörte die Luft aus den Tanks entweichen und dachte noch einmal an das Bild oben. Ein neuartiges Netz, vielleicht nur behelfsmäßig, aber deswegen nicht weniger gefährlich. Ganz leicht, mit engen Maschen. Ehe XE 16 zwischen Netz und Schiff eingefangen wurde und bei der großen Detonation mit hochging, mußte er es hier herausbringen.

Beim nächsten Mal fuhr Seaton das Sehrohr ganz schnell wieder ein und hielt den Atem an. Auf die vordere Festmacherboje waren zwei Gestalten geklettert, sie schienen ein Telefonkabel zwischen Schiff und Land zu legen. Einer hatte direkt zu ihm hergesehen.

Der Mann hatte sicherlich nichts bemerkt. Es war unsinnig, jetzt nervös zu werden.

»Wir unterlaufen das Schiff von Steuerbord nach Backbord achtern.« Und mit einem Blick auf die Uhr: »Auf zwo-neun-null Grad gehen.«

Ein Glück, daß sie sich in einem Fjord befanden. Auf den gewundenen Wegen von den Bergen herunter wurde sein Wasser trübe. Im Mittelmeer hätte man sie gesehen wie einen Fisch im Faß.

Länger konnte er nun nicht mehr warten. Das Sehrohr fuhr aus dem Schacht. Diesmal ragte das Schiff unmittelbar vor ihm wie eine stählerne Klippe auf. Die abblätternde Tarnfarbe war deutlich zu erkennen, aus einem der Bullaugen sah der Smutje mit

Kochmütze. Hoch darüber erspähte er das Bootsdeck und zwei Maschinenkanonen. Auch eines der stählernen Deckshäuser hatte er gesehen.

»Auf fünfundzwanzig Meter gehen«, stieß er hervor. »Klar zum Lösen der Steuerbordladung.«

Das Boot kippte nach vorn, und Drake hantierte mit seinen Hebeln, um den plötzlichen Gewichtsverlust auszugleichen.

Seaton sah ihm zu und fühlte förmlich das große Schiff über seinem Kopf.

»Los!«

Das Handrad quietschte einmal.

»Ladung ist los.«

Sie warteten und versuchten, sich nicht allzu genau vorzustellen, wie der Sprengstoff auf den Grund schwebte.

»Klar bei Backbordladung!«

Seaton blickte zur gewölbten Decke auf. Schwaches Motorengeräusch. Wahrscheinlich ein Beiboot der *Hansa.*

Ein weiterer Blick auf den Sekundenzeiger, dann: »Los!«

Diesmal schwankte das Deck stärker, als sei das Boot froh, von seiner tödlichen Ladung befreit zu sein.

»Kursänderung nach Backbord, Alec, auf zwo-sechs-null Grad. Fünf Minuten, dann gehen wir wieder auf Sehrohrtiefe.« Sie tauschten schnelle Blicke. »Jetzt wird's Zeit, darüber nachzudenken, wie wir hier wegkommen.«

»Zwo-sechs-null Grad liegen an.«

Als das Sehrohr wieder übers Wasser ragte, war vor der dahinterliegenden Landmasse an Backbord voraus schwach der Zementleichter zu erkennen, dessen Vorschiff sich fast völlig in Dieselqualm hüllte.

Seaton drehte das Sehrohr weiter. »Zwo-fünf-null Umdrehungen.« Bei dem starken Tidenstrom mußte das Boot jetzt schwer zu steuern sein, aber er durfte am Sehrohr nicht den kleinsten Schaumstreifen riskieren.

Dann hatte er den arbeitenden Schlepper im Fadenkreuz, aber es war dessen Heck, das bereits weit an Backbord von der Kurslinie des U-Boots lag. Die Seeleute auf den Prähmen schufteten wie zuvor. Von einem Bug zum anderen erkannte er eine glitzernde Bojenreihe. Jetzt darüber nachzugrübeln, wie die Deutschen ein so schnelles Verfahren entwickelt hatten, war nutzlos. Das einzige, was zählte, war diese ununterbrochene Netzsperre quer vor ihrem Fluchtweg.

Er fuhr den Spargel wieder ein. »Sie haben uns mit ihrem verdammten Netz eingesperrt.«

»Kommen wir nicht *vor* dem Schlepper vorbei?« fragte Drake.

Seaton schüttelte den Kopf. »Zu großer Umweg. Der Zementleichter macht sich schon auf den Weg. Wenn wir auf dem Rückweg wären, falls wir überhaupt schneller sind als der Schlepper, wäre die Sperre bereits geschlossen und der Zementleichter auf der anderen Seite.«

»Schöne Schweinerei«, murmelte Drake.

»Auf zehn Meter gehen, vierhundert Umdrehungen. Absolute Stille an Bord.«

Wenn sie doch nur dunkle Nacht oder dichten Schneefall gehabt hätten! Dann hätten sie auftauchen, zwischen zwei Bojen übers Netz rutschen und auf der anderen Seite wieder auf Tiefe gehen können. Doch in diesem trüben Licht mußte man sie bestimmt erkennen, und dann hatten sie gleich die Wachboote auf dem Hals. Den Deutschen bliebe Zeit, die *Hansa* wegzuschaffen, der Schlepper konnte sie vom Ankerplatz freischleppen.

»Wir müssen das Netz zerschneiden«, sagte er ruhig.

»Wird gemacht, Sir«, erwiderte Niven.

»Das Wasser wird verdammt kalt sein, Richard.« Drake wandte sich an Seaton. »Wenn Sie möchten, gehe ich.«

»Nein.« Niven schloß bereits seinen engen Taucheranzug. »Das ist meine Aufgabe.«

Seaton sah auf die Uhr. »Seien Sie vorsichtig. Wir wissen nicht, ob sie am Netz Ortungsgeräte haben.« Seine und Nivens Blicke trafen sich. »Es ist entscheidend wichtig, daß wir freikommen. Aber lassen Sie sich Zeit. Keine Kraftakte.« Er zwang sich zu einem Lächeln. »Ich fahre nicht ohne Sie.«

»Jetzt ist es gleich soweit«, kam es von Drake, dessen Blick von der Uhr zu seinen Manometern ging. »Wir sind da.«

Das Boot erzitterte leicht; die Schnauze preßte sich gegen das Netz, und Seaton fühlte den Druck des Sehrohrs an seinem Arm.

»So langsam wie möglich.«

Angestrengt wartete er auf einen Warnschuß oder Schlimmeres. Durch das Sehrohr war nur noch ein grauer Schleier zu erkennen. Die Sperre erstreckte sich über dem Boot und auf seinen beiden Seiten wie ein riesiges, unheimliches Spinnennetz.

Während der Taucher bei der Arbeit war, würden Drake und

Jenkyn beide mächtig zu tun haben, um das Boot mit dem Bug voraus zu halten.

Schwaches, metallisches Kratzen zeigte an, daß sich das Netz leicht um den Steven legte.

Niven hockte bereits auf dem Lokusdeckel, setzte die Nasenklemme auf und überprüfte die Sauerstoffflasche.

Durch die Tür half Seaton ihm bei der Befestigung der Maske und schnallte sie fest. Für keinen Taucher war das ein schöner Augenblick, erst recht nicht für einen Mann wie Niven. Aber sie durften keine Zeit verlieren. Er klopfte ihm auf die Schulter, glitt zurück in die Zentrale und schloß sorgfältig die wasserdichte Tür. Nun lag alles an Niven.

So abgeschottet von seinen Kameraden, staunte Niven über seine Ruhe. Mit regelmäßigem und nicht beschleunigtem Atem bewegte er sich wie ein Roboter. Er merkte, daß Seaton ihn durch das dicke Glasfenster beobachtete und ihm zunickte. Dann griff er nach dem Flutventil und öffnete es. Unverzüglich überspülte das Wasser seine Füße und stieg schnell höher. Der Druck auf Beine, Magen und Brust wuchs merkbar. Er trampelte mit seinen Schwimmflossen und tauchte die Hand in das schäumende Wasser. Zum erstenmal wurde ihm bewußt, wie kalt es war; etwas wie Furcht stieg in ihm auf. Wenn er nun in der Kälte nicht durchhalten oder das Schneidegerät nicht bedienen konnte?

Mit zusammengebissenen Zähnen ließ er das Wasser über seinem Kopf zusammenschlagen. Plötzlich war es ganz still. Die Pumpe war verstummt, auch das schwache Beben des Motors, der das Boot gegen das Netz drückte, war kaum fühlbar. Methodisch entriegelte Niven das Luk und hob es langsam und vorsichtig über seinem Kopf an.

Die Strömung wirbelte ihm um Kopf und Schultern, ihm wurde kühler. Er packte den Rand des Luks, schob sich hoch und aus dem Boot heraus.

Den Wasserdruck auf Schenkeln und Armen, das Gefühl von Übelkeit vergaß er, als er sich über die Situation klarzuwerden versuchte und über Deck kriechend sah, wie klein das Boot doch war. Kaum glaubhaft, daß Menschen, die er gut kannte, darin lebten.

Mit vor Konzentration zusammengebissenen Zähnen regulierte er den Sauerstoff.

Nicht fummeln, klaren Kopf behalten.

Er griff nach vorn und hob mit schmerzenden Fingern das schwere Schneidegerät aus seinem Kasten an Deck, starrte das Netz an und zur verschwommenen, aschgrauen Wasserfläche über ihm hinauf. Ihm kam es vor, als arbeite er in einer unwirklichen Welt.

Seine Knöchel schrammten über Stahl. Ein Blutfaden schob sich durch das Netz, und er stand fluchend auf. Das Schneidegerät lag auf einer Netzmasche, mit seiner freien Hand paddelte er vor und zurück, um sich aufrecht zu halten.

Seaton beobachtete ihn bestimmt durch das Sehrohr, dachte er. Er mochte den Skipper, obwohl sie anscheinend nichts gemein hatten als das Boot. Aber er gehörte zu den Menschen, mit denen er sich gern länger unterhalten, dem er sein Herz geöffnet und von Decia erzählt hätte.

Seine Hand rutschte vom Netz, und er verlor wertvolle Sekunden, um wieder festen Stand zu bekommen. Das ärgerte und erschreckte ihn.

Denk an deine Arbeit, nichts anderes ist jetzt wichtig.

Beim ersten Versuch sprang das Schneidegerät in seiner Hand hoch. Es war ein sehr feiner Draht, für seine Dicke jedoch viel stärker, als er es je erlebt hatte. Das Herz schlug ihm gegen die Rippen, die Kälte zog durch seine Beine. Doch er arbeitete weiter, schnitt ein großes, umgekehrtes ›V‹ in die Maschen, durch das XE 16 rutschen konnte, wenn es fertig war.

Dann aber packte ihn die Angst, und er mußte sich mit Gewalt dazu zwingen, daß er nicht in Panik verfiel. Denn erledigte ihn die Kälte, ehe er es geschafft hatte, würde das Boot niemals freikommen. Und ihm würde die Kraft fehlen, wieder an Bord zu gelangen.

Blind arbeitete er weiter, bis zwei neue Netzstränge zur Seite rollten. Ein Schreckensbild stieg in ihm auf: Er wurde aus dem Wasser gezogen, geschlagen, getreten und gezwungen, die aufgefischte Leiche des Deutschen anzusehen, der ihn vor dem Fall bewahrt hatte. Und dann kam die Folter . . .

Niven wurde gegen das Netz gedrückt, in der Kälte fingen seine Kräfte an zu schwinden.

Nur noch ein paar Stränge. Ihn schwindelte, als er das Schneidegerät an den Draht setzte. Schnapp – Pause – schnapp. Trotz seiner Schmerzen erinnerte ihn das an das Klacken eines Kricketballs, an faule Sommertage und die milchbärtigen Kadetten in

Dartmouth, die von Vätern und Schwestern gelobt und bewundert wurden.

Ehrfurchtgebietend und lächelnd blickte ihn sein eigener Vater an. Doch das Lächeln erreichte nie seine Augen.

Niven blickte hoch, das Gesicht vor Angst verzerrt. Mein Gott, er hatte Halluzinationen! Nur noch ein paar Drähte ...

Er starrte zu einem dunklen Schatten hin, der bei einer der Bojen aufgetaucht war. Wurde er langsam verrückt? Doch der Schatten war vorher bestimmt nicht dagewesen.

Es schien ihm ein kleines Boot zu sein. Doch als er sich bewegte, erkannte er einen Kampfschwimmer, der sich nun langsam an den Drähten entlangtastete und wieder im Dunkeln verschwand.

Keuchend und in wahnsinniger Hast ging Niven den letzten Strang an. Es gab einen kurzen Ruck im Netz, dann sah er ungläubig, wie XE 16 nach vorn zu gleiten begann. Gehorsam bog sich das Tor, das er geschnitten hatte, vom Steven ab.

Würgend knallte Niven das Schneidegerät in seinen Kasten und begann, sich zum offenen Luk hinzuziehen. Seaton konnte das Boot nicht bewegen, da er befürchten mußte, mit den Drähten den Körper des Tauchers abzustreifen. Der Strom schob das Boot jedoch mit eigener Kraft stetig voran.

Jedes Schmerzempfinden war Niven verlorengegangen, doch seine Hände schienen noch eine gewisse Kraft und Zielstrebigkeit zu besitzen. Er ertastete den glatten Rand des Luks und wollte sich mit einer letzten Drehung in Sicherheit bringen.

Da zuckte etwas Helles an seinem Gesicht vorbei, und voll Entsetzen sah er eine Hand sich wie eine Stahlklammer um sein Gelenk legen.

Keuchend klammerte sich Niven an das Luk, von dem der andere ihn schattengleich, doch mit unglaublicher Kraft loszureißen versuchte.

Es war ein gräßlicher Alptraum. Am liebsten hätte Niven aufgeschrien, wäre ertrunken, hätte alles geschehen lassen, nur um von dem Kampfschwimmer loszukommen, dessen Knie jetzt zwischen seine Beine fuhr. Nach einem Schlag mit etwas Metallischem lief ihm Blut in die Augen.

Mein Gott, schrie er innerlich, hilf mir!

Fast ohne sein Zutun tasteten seine Hände nach unten und schlossen sich um das Tauchermesser.

Schrecken, Haß, Widerwillen, all das und vieles andere stieg in ihm auf. Erst als er die Klinge von Knochen abgleiten spürte, als das Blut des Froschmannes wie eine dunkle Wolke um ihn aufschäumte, begriff er, was er getan hatte. Wie oft er zugestoßen hatte, wußte er nicht mehr. Als er das Luk über seinem Kopf schloß, sah er den Mann davontreiben, hinab ins Dunkel; ein Arm bewegte sich schwach in der dunklen Blutschleppe.

Er hörte die Lenzpumpe laufen, dann fühlte er einen scharfen Schmerz an der Stirn; er war ausgerutscht und fiel nach vorn gegen die Stahltür. Irgend jemand hielt ihn fest, zerrte an Anzug und Maske. Dann glitt er in erstickende Dunkelheit hinein.

Seaton legte Niven auf den Boden, löste Kragen und Schnalle und strich sein Haar von den geschlossenen Augen.

»Meine Güte, so viel Blut!« sagte Drake heiser.

»Nicht alles seins, zum Glück«, antwortete Seaton gepreßt.

Mit erhöhter Umdrehungszahl schob sich das Boot nach vorn. Das war knapp gewesen, verdammt knapp.

In dem Moment, als Seaton das Netz gegen den Steven sacken gehört hatte, wußte er, daß Niven es – vielleicht unter Aufopferung seines Lebens – geschafft hatte. Dann folgte das hartnäckige Kratzen und Treten auf dem Oberdeck, Nivens Kampf mit dem deutschen Froschmann. Das zu hören, war schlimmer, als es zu sehen.

Seaton riß Nivens Taucheranzug auf und fuhr mit der Hand über den Körper, der fast blau vor Kälte war. Doch das Herz schlug noch kräftig, und aus den Schnitten und Quetschungen sikkerte nicht mehr viel Blut.

Er zog ein paar Decken über den Kraftlosen und kehrte, obwohl es ihm nicht leicht fiel, Niven frierend und blutend liegenzulassen, zum Sehrohr zurück. Aber er hatte das Maschinengeräusch des Zementleichters gehört. Jetzt stand mehr als *ein* Leben auf dem Spiel.

»Auf Sehrohrtiefe gehen.«

Dann richtete er das Fadenkreuz auf den Leichter. Was der zu ihrem Schutz für eine Rauchwolke hinter sich herzog! Um sich zu beruhigen, packte er die Handgriffe so fest wie möglich. Schock und Erregung zerrten an seinen Nerven.

Diesmal war es noch klargegangen.

»Fall ab nach Backbord, Alec, auf zwo-fünf-null Grad.«

Dann schwenkte er das Sehrohr hart herum, wobei sein Fuß an

Nivens ausgestreckten Arm stieß. Achteraus sah er schon weit weg die Bojenreihe tanzen, der Schlepper und die Prähme verschwammen bereits mit dem dunklen Fjord. Kaum zu glauben, daß dort ein Netz lag, dem sie entkommen waren. Sein Blick schweifte zur *Hansa* hinüber. Sie lag wie zuvor bewegungslos da.

»Acht-fünf-null Umdrehungen. Der Leichter ist schneller, als ich dachte.«

Das Deck dröhnte unter dem Motorengeräusch des Leichters; Seaton fuhr das Sehrohr noch einmal aus, um sich das Bild einzuprägen, seine Folgerungen daraus zu ziehen und sie in Sekundenschnelle in Aktionen umzusetzen.

Alles Wesentliche war zu erkennen: vom Sperrschiff das Blinken einer Signallampe, ein erneutes Aufschäumen am Heck des Zementleichters, die neu ausgelegten Bojen auf dem unruhigen Wasser.

Sehrohr ein. Kursvergleich mit der letzten Peilung des Leichters.

»Kursänderung, Alec, zwo-fünf-fünf Grad. Auf vierzehn Meter gehen.«

Er sah auf die Uhr, merkte, wie das Boot sich neigte und auf die neue Tiefe einsteuerte. Eine Minute. Fünf Minuten. Zehn Minuten.

Niven stöhne leise auf und tastete nach seiner Leistengegend. Dann fiel seine Hand wie ein toter Fisch aufs Deck.

Seaton starrte sie an, doch sein Geist beschäftigte sich mit dem Boot. Fünfzehn Minuten. Unter Berücksichtigung der Stromversetzung liefen sie weniger als sieben Knoten.

Das Motorengeräusch des Leichters ging in ein dumpfes Murmeln über.

Ein Blick auf die Uhr, dann mußte Seaton zweimal schlucken, ehe er sprechen konnte. »Wir sind durch.« Er kletterte zu Niven hinüber und öffnete den Erste-Hilfe-Kasten. »Sobald wir vom Fjord frei sind, gehen wir auf dreißig Meter. Gott sei Dank, daß wir nicht auf demselben Weg zurück müssen, auf dem wir hereingekommen sind.«

»Bravo, Dave«, grinste Drake. »Sie haben es wieder einmal geschafft!«

Seaton sah ihn an. Am liebsten hätte er ihm von den Geiseln erzählt, um diese Last nicht allein tragen zu müssen.

Niven schlug die Augen auf und murmelte: ». . . sind wir? Bin ich . . .«

»Ihnen haben wir's zu verdanken.« Seaton legte Niven einen Kopfverband an. Ein böser Schnitt, und dann noch einer, den ihm der Kampfschwimmer zugefügt hatte. »Wir sind auf dem Heimweg, Richard. Jetzt müssen wir nur noch den Treffpunkt finden.«

Nivens Kopf fiel zurück. »Ich wollte ihn nicht töten«, flüsterte er. »Es war ganz anders, als ich dachte.« Dann sank er erneut in Ohnmacht.

»Er hat in den letzten beiden Tagen mehr Jerries erledigt als ich in meinem ganzen Leben«, sagte Jenkyn. Und dann, fast mit Bewunderung: »Nicht schlecht für einen wie ihn.«

»Und das von dir, Alec«, grinste Drake. »Das ist mehr als das Viktoriakreuz*.«

Die Zeiger der Wanduhr in der Zentrale liefen weiter. Eine volle Stunde war verstrichen, seit sie die Ladungen unter den Kiel der *Hansa* gelegt hatten.

Seatons Gedanken wanderten zurück, er dachte an das Schiff und an Jens' Worte.

Selbst wenn die Deutschen ihren toten Kampfschwimmer fanden, und das war bei der Tiefe des Fjords unwahrscheinlich, mußte es zu spät sein. Ehe sie errieten, was vorgegangen war, mußten die Sprengladungen längst explodiert sein.

»Ich gäbe was drum, wenn ich wüßte, an was du jetzt denkst, Dave.« Von der Schalttafel her sah Drake zu ihm herüber, der blonde Stoppelbart ließ sein Kinn wie Gold glänzen.

»Ich dachte an die Leute da hinten, an den unwahrscheinlichen Mut, den sie jeden Tag aufbringen müssen.«

Gespannt sah Drake ihn an. »Und an eine im besonderen.«

Ihre Stimme schien durch die triefende Bootswand zu dringen: *Leb wohl, David.* Er schob ein Kapokkissen unter Nivens Kopf. »Ja, auch das.«

Zwei weitere kleine Kursänderungen, dann ging XE 16 auf größere Tiefe. Mit einigem Glück würden sie gegen Mitternacht auf ihr Schlepp-U-Boot stoßen. Dank Venables' Vorausplanung und der norwegischen Widerstandsbewegung hatten sie genügend Brennstoff, um auch noch das nächste Kreuz auf der Seekarte zu

* höchste britische Tapferkeitsauszeichnung (Anm. d. Übers.)

erreichen, falls sie das Boot beim ersten Versuch nicht fanden.

Später, als Drake XE 16 für die neue Tiefe eintrimmte, machte Seaton Schnitten aus dem frischen Brot, das Jens an Bord geschickt hatte. Da hörten sie ein Geräusch.

Drake, der an seinen Hebeln hantierte, fragte scharf: »Was ist das?«

Langsam rollte der Schall um das Boot, hob und senkte es leicht, um dann in die Weite der See davonzuziehen.

Sie blickten sich an. So viele Meilen achteraus, und doch hatten sie es noch gehört. Aus dem Innern des Fjords, um die Landzunge herum, drang der Schall der Explosion weit hinaus auf See, bis er in dreißig Metern Tiefe XE 16 gefunden hatte.

Mit einem Blick auf die Uhr sagte Seaton: »Beide Ladungen.«

»Jesus«, flüsterte Jenkyn.

Es war vorbei.

Seaton setzte sich und rieb sich die Augen. Irgendwo weit weg in seinem Bunker würde Venables jetzt bald zum Telefon greifen.

Auftrag erfüllt, Ziel vernichtet.

Er mußte sich zusammenreißen. Noch lag ein weiter Weg vor ihnen.

Er rückte zu Niven hinüber, begann ihn zu entkleiden, ihn mit dem letzten trockenen Handtuch zu frottieren, ehe er ihm Sweater und wasserdichten Anzug anzog.

Dann übernahm er das Ruder, und Jenkyn kochte heißen Kakao.

Frisches Brot kauend und dicken Kakao schlürfend, machten sie sich auf die Heimreise.

8 Das Unerwartete

Unverwandt starrte Captain Clifford Trenoweth, die Hände auf dem Rücken verschränkt, durch das Fenster, obwohl die Bucht draußen bei dem klatschenden Regen kaum zu erkennen war.

Im Vorzimmer schrillte das Telefon, und Sekunden später stürzte Second Officer Dennison ohne anzuklopfen in den Raum. Trenoweth fiel auf, daß sie ihre große runde Brille trug, die sie sonst ängstlich vor ihm verbarg. Es mußte also etwas sehr Dringendes sein.

»Oh, Sir!« Ihre Augen glänzten vor Erregung. »Das war ein Fernspruch von Admiral U-Boote.« Unter ihren Brillengläsern liefen Tränen hervor. »Sie sind zurück, Sir!« Dann merkte sie, was sie tat, und nahm ihre Brille ab. »Verzeihung, Sir, ich dachte . . .«

Trenoweth humpelte um den Tisch herum und nahm sie beim Arm. »Setzen Sie sich.« Er ging zum Schrank und holte Gläser und eine Flasche Whisky heraus. »Die habe ich aufgespart.«

»Gewöhnlich trinke ich nicht, Sir.«

»Dann tun Sie's jetzt.« Er drückte ihr das Glas in die Hand. »So, und nun berichten Sie.«

»Vor zwei Tagen sind sie auf den Shetlands angekommen. Eine Überführungsmannschaft hat XE 16 übernommen, nächste Woche wird das Boot hier eintreffen.«

Trenoweth atmete tief durch. »Wenn ich das gewußt hätte, wäre ich hinaufgefahren, um sie in Empfang zu nehmen. Obwohl nur Gott weiß, wie ich das hätte schaffen sollen«, meinte er grinsend und hob sein Glas. »Auf ihr Wohl!« Er stieß mit ihr an. »Und auf das Ihre, Helen, weil Sie sich mit mir abgefunden haben. Das war sicher nicht leicht.«

Errötend nahm sie einen Schluck und flüsterte hustend: »Ein- oder zweimal waren Sie ein bißchen schwierig, Sir.«

Er strahlte. »Nie!« Dann goß er sich ein zweites Glas ein und dachte an den Morgen zurück, als XE 16 ausgelaufen war. Danach hatte, abgesehen von Routinenachrichten, Schweigen geherrscht. Falls Venables etwas wußte, behielt er es in London für sich.

»Sub-Lieutenant Niven ist verletzt«, fuhr sie fort. »Sie haben allerdings nicht gesagt, wie schwer. Er wird zur Behandlung direkt nach Rosyth geschickt. Eingehender Bericht folgt. Die anderen treffen schon heute hier ein. Man hat ihnen wohl eine besondere Transportmöglichkeit beschafft, denn normalerweise dauert's von den Shetlands bis hierher länger als von hier nach Kairo.« Helen tupfte sich die Augen trocken. »Ich freue mich so für sie.« Sie sah auf, ihr Lippenstift war verschmiert. »Und für Sie auch, Sir.«

Trenoweth ließ den Whisky wie Feuer die Kehle herunterrinnen. Seaton und die andern hatten es also geschafft. Zuweilen hatte er sich bei Zweifeln ertappt und war wütend über sich gewesen, daß er nicht gegen Venables' Plan protestiert hatte.

»Ich gehe nachher hinunter zur Pier, sie kommen sicher mit dem Tender vom Festland.« Er warf einen Blick auf seinen Hund, der vor dem Kamin döste. »Jetzt brauchen sie erst mal Urlaub.«

»Ich rufe Ihren Fahrer, Sir.« Helen war wieder im Dienst.

Second Officer Dennison sah den dreckbespritzten Humber am Fenster vorbeirütteln, auf dem Rücksitz Captain Trenoweth mit seiner besten Mütze. Der alte Hund lag wahrscheinlich wie üblich neben dem Fahrer. Sie winkte dem Wagen nach und setzte sich dann etwas knieweich wieder hin. Von heute an würden die Dinge nie mehr ganz so sein wie bisher. Er hatte sie »Helen« genannt!

An der Pier stieg Trenoweth schwerfällig aus dem Wagen. Die holprige Fahrt hatte sich gelohnt. So konnte er erleben, wie die Crew vom Tender an Land ging, ihre erste Reaktion beobachten.

»Großartig, daß Sie wieder hier sind«, begrüßte er die drei.

Als Seaton oben im Haus die lange, getäfelte Messe von HMS *Syren* betrat, fiel ihm auf, daß er nicht damit gerechnet hatte, sie wiederzusehen. In dem Granitbau war es seltsam still. Daß Vanneck und Gervaise Allenby mit ihren Booten nach Scapa gegangen waren, um dort auf Nachrichten über ihren Angriff zu warten, hatte er schon gehört, sie aber bei seiner schnellen Rückreise von den Shetlands nicht gesehen. Ihm war überhaupt, als habe er dort kaum den Boden berührt.

Seit dem planmäßigen Treffen mit ihrem Schlepp-U-Boot hatte er nur noch verschwommene Erinnerungen. Die Ersatzcrew war übergestiegen, er und die anderen hatten Niven ins Schlauchboot geschafft und zum Schlepp-U-Boot gerudert. Dann, nach Händeschütteln und heißen Getränken, waren sie in ihre Kojen gefallen.

An etwas aber erinnerte sich Seaton genau. Bis auf Niven, der immer noch unter dem Eindruck seines Unterwasserkampfes stand, hatten sie alle XE 16 nur zögernd an die andere Crew übergeben.

Er nahm ein Glas vom Steward entgegen und versuchte, sich zu lockern. Es war nett von Trenoweth gewesen, herunterzukommen und sie zu begrüßen. Typisch für ihn.

»Cheers«, sagte Drake.

Jenkyn, seltsam befangen in der Offiziersmesse, kippte seinen Drink herunter. »Nicht schlecht!«

»Es ist bereits alles geregelt«, sagte Trenoweth. »Sie bekommen zwei Wochen Urlaub, ich hatte allerdings mehr erwartet.« Bekümmert setzte er hinzu: »Natürlich nur, wenn die Admiralität nicht etwas Neues ausbrütet.«

Seaton betrachtete sich im Wandspiegel, er sah eher wie ein Überlebender als wie ein Sieger aus. Seine Gedanken gingen zu den beiden anderen Kleinst-U-Booten, die in Scapa lagen. Wenn es ihm mißglückt wäre, hätte man sie losgeschickt. Ins Verderben.

Also zwei Wochen Urlaub. Er mußte hundemüde sein, die Worte drangen erst jetzt zu ihm durch. Was würde er damit anfangen?

»Armer Richard«, meinte Drake. »Hoffentlich halten sie ihn im Lazarett nicht zu lange fest.« Er schaute Trenoweth an. »Er hat seine Sache gut gemacht.«

Jenkyn nickte. »Kann man wohl sagen.«

Der Captain musterte Drake nachdenklich. »Ich höre, Sie wollen Ihren nächsten Urlaub bei ihm und seiner Frau verbringen?«

Seaton fiel auf, daß Drake unbehaglich dreinschaute. »Nun ja, Sir, aber unter den jetzigen Umständen . . .«

»Ich glaube, es wäre eine gute Idee.« Trenoweth rieb sich die Hände. »Tut mir leid, daß Sie nicht über Ihre Erlebnisse sprechen dürfen. Und ich kann Ihnen nicht mal einen Orden verleihen, solange alles geheim bleiben muß.«

Seaton gähnte. »Verzeihung, Sir, aber der Boden wankt mir unter den Füßen.«

»Ja, ja, natürlich.« Trenoweth nickte. »Ich will Sie nicht länger aufhalten.« Er schüttelte Jenkyn die Hand. »Gut gemacht!«

Der Mechaniker grinste. »Danke, Sir.« Er sah zu den anderen hinüber. »Ich gehe jetzt rüber in meine Messe, und dann penne ich etwa ein Jahr lang!«

Trenoweth strahlte. »Aber vergessen Sie Ihren Urlaub nicht.«

»Ich hätte gern noch ein kurzes Wort mit Ihnen gesprochen, David«, sagte Trenoweth nach Jenkyns Verschwinden und sah Drake an.

Der Neuseeländer schien froh, sich verabschieden zu können. »Auf Wiedersehen, Sir. Vielleicht lassen Sie mich lieber wecken, sonst tauche ich erst wieder auf, wenn der Krieg vorbei ist.« Er zwinkerte. »Bis dann, Dave.«

Draußen hörte Seaton ihn *South of the Border* pfeifen.

»Sir?«

Trenoweth entlastete sein Bein und hockte sich auf die Stuhlkante. »Ich glaube, die oben sind ein bißchen nervös geworden. Sie sollen sich jedenfalls gleich bei der Admiralität melden, wenn Sie nach London kommen.« Er machte eine Pause und studierte Seatons blasses Gesicht.

»Ich habe bereits in Scapa berichtet, Sir. Dem ist nicht viel hinzuzufügen.« Seaton dachte an die geheimnisvollen stählernen Deckshäuser. Wie viele waren darin gestorben? Wußten sie, was ihnen zustieß?

»Gewiß, mein Junge. Meiner Meinung nach hätte es ja auch noch zwei Wochen Zeit gehabt, bis Sie wieder frisch und munter sind. Aber . . .«

Müde meinte Seaton: »Geht schon in Ordnung, Sir. Ich bringe es lieber hinter mich.«

Er dachte an seinen Vater. Anstandshalber mußte er ihn wohl besuchen. Auch an Drake dachte er, an sein Gesicht, als er vom Urlaub gesprochen hatte. Wenn er wirklich hinter Nivens Frau her war, mußte etwas geschehen. Sonst gingen sie sich beim nächsten Einsatz gegenseitig an die Kehle.

Trenoweth goß ihnen noch einen Whisky ein. »Venables möchte Sie sprechen, auch einige von den Schlauköpfen des Nachrichtendienstes.« Ärgerlich fügte er hinzu: »Mein Gott, ich wollte, ich könnte mitkommen, dann würde ich ihnen das eine oder andere erzählen. Verdammte Schreibtischkrieger!« Er grinste. »Aber vermutlich bin ich auch so einer.«

»Wohl kaum, Sir.« Seaton versuchte es erneut. »Wenn ich Zeit zum Nachdenken gehabt habe, würde ich gern mit Ihnen über den Angriff sprechen.«

»Natürlich.« Trenoweths Stimme wurde undeutlich. »Soll mich sehr freuen, das wissen Sie.« Er stand vorsichtig auf, stützte sich dabei auf seinen Stock. »Aber Erinnerungen verblassen mit der Zeit, im Krieg müssen sie das sogar.« Er ging zur Tür. »Bitten Sie den Doktor um Tabletten, wenn Sie nicht schlafen können.«

Die Tür schloß sich, und Seaton lehnte sich im Stuhl zurück. Zwei Wochen Urlaub. Er würde seine Reise nach London unterbrechen und zuerst Richard in Rosyth besuchen. Statt dessen konnte er auch . . . Ihm wurde ganz wirr im Kopf. Ein Glas rollte über den Boden, er merkte noch, daß er es hatte fallen lassen. Er stand auf, plötzlich zornig darüber, daß er sich mit Venables treffen sollte.

»Verfluchter Mist!« Seine Stimme hallte von der dunklen Täfelung wider. Unsicher ging er zur Tür, merkte noch, daß ein Steward ihm besorgt nachblickte, und begab sich in sein Zimmer.

Aber sie waren zurückgekehrt, an nichts anderes durfte er denken, nichts anderes sollte ihn kümmern.

Second Officer Dennison, die immer noch im Büro arbeitete, sah auf, als Trenoweth aus der Messe kam. »Alles in Ordnung, Sir?«

»Bin mir nicht sicher.« Er stützte sich auf ihren Tisch. »Er sagt nicht viel, aber er nimmt es schwer.«

»Ich weiß überhaupt nicht, wie sie damit fertig werden.« Helen klopfte mit einem Bleistift gegen ihre Zähne. »Eingeschlossen in dem kleinen Boot, naß, kalt und fast zu Tode verängstigt.«

Er nickte. »Sie tun es für hübsche junge Frauen wie Sie und für dumme alte Kerle wie mich.« Ein Lächeln flog über sein Gesicht. »Aber im Augenblick fühle ich mich eigentlich gar nicht so alt. Kommen Sie mit, wir wollen das feiern.« Er zögerte, sich seiner selbst nicht sicher. »Bitte.«

Sie setzte bereits ihren Uniformhut auf. »Ich dachte schon, Sie würden mich nie mehr auffordern.« Und lachend: »Sir!«

»Tut mir leid, daß ich Sie warten ließ.« Captain Venables kam um den Schreibtisch herum und streckte die Hand aus. »Viel zu tun.« Er wies auf einen Stuhl. »Ich will versuchen, Sie nicht lange aufzuhalten.«

Seaton setzte sich und sah sich in dem großen Raum um. Er war weitgehend so, wie er ihn sich vorgestellt hatte, spartanisch und schmucklos, ohne jeden Luxus. Genau wie Venables, ohne unnötige Äußerlichkeiten. Aber der Raum war Teil eines großen Komplexes tief unter Londons Straßen, erreichbar nur nach mehreren Kontrollen. Durch offene Türen sah er im Vorbeigehen eifrige Schreiberinnen, hörte das Rattern von Fernschreibern und das Hämmern von Morsezeichen.

»Ich habe inzwischen den größten Teil der Berichte gelesen.« Venables hielt ihm sein Silberetui hin, zog es aber gleich wieder zurück. »Ich vergaß, Sie rauchen nicht.« Er steckte sich eine Zigarette an und fuhr fort: »Ihr Angriff war ein voller Erfolg. Die *Hansa* wurde in Stücke gerissen und in der Umgebung eine Menge beschädigt.« Er klappte einen Aktendeckel auf. »Auch mehrere Wachboote wurden versenkt. In der Admiralität ist man sehr beeindruckt.«

»Wie hat der Gegner reagiert, Sir?«

»Wie üblich mit Festnahmen, Suche nach Waffen und Verdächtigen; die örtliche Widerstandsgruppe war jedoch gut vorbereitet. Und wir haben die Deutschen wissen lassen, daß es ein Unterwasserangriff gewesen ist. Natürlich erst, nachdem Sie weit genug entfernt waren.« Er klappte den Ordner zu. »Die Deutschen hatten also keinen Vorwand für Massenvergeltung an den Norwegern. So war es geplant.«

Seaton beobachtete ihn. Venables war rundum zufrieden, mit sich selbst, mit dem Angriff oder weil er recht gehabt hatte.

»Ich verstehe, Sir.« Seaton dachte an die stählernen Deckshäuser, an die Augen des deutschen Soldaten, den man zum Sterben hinausschleppte. Und dann dachte er an die Stadt über ihren Köpfen: regenschwarze Straßen, schäbig gekleidete Leute, halbleere Läden und verbrannte Ruinen, wo einst Gebäude gestanden hatten. Eine Stadt, die um ihr Leben kämpfte, aber Gott sei Dank immer noch frei war.

Venables sah auf die Uhr. »Wir müssen los, ich wollte Sie nur vorher sprechen. Ich kann mir vorstellen, wie Ihnen zumute war und was es Sie wahrscheinlich kostete, als Ihnen klar wurde, was geschehen mußte. Aber so ist der Krieg. Gelegentlich müssen wir uns die Hände schmutzig machen.«

Seaton stand auf, er fühlte sich im sauberen Hemd und seiner besten Uniform seltsam ungemütlich.

»Es liegt nicht in meiner Absicht, unsere Leute in rücksichtslose und nutzlose Projekte zu verwickeln.« Venables nahm seine Mütze. »Wir brauchen Freunde auf dem Kontinent und in Skandinavien, nicht eine Schar erschreckter Menschen, die uns aus Angst vor brutaler Vergeltung nicht zu helfen wagen.« Er ging voraus zur Tür. »Es wird nicht lange dauern, beide sind sehr beschäftigt.«

Fast hätte Seaton gelächelt. Ihm klang noch die dröhnende Stimme seines Vaters am Telefon im Ohr: ›Wieder zu Hause, David? Ihr habt's gut, ihr Jungs bei der Marine.‹

Der Raum, in den er geleitet wurde, war kleiner als der von Venables und weniger streng: ein Schreibtisch, einige Kartentische und Stahlschränke, aber auch ein Teppich und bequeme Ledersessel. Es war ganz still, nur ein dicker Stahlträger unter der Decke erinnerte daran, daß sie in einem Bunker waren. Die beiden »sehr beschäftigten« Männer standen mit dem Gesicht zur Tür, als warteten sie auf ein Stichwort. Der eine trug die Uniform eines Air Marshal, der andere einen taubengrauen Anzug. Bis auf ihr Alter hatten sie nichts gemeinsam.

»Air Marshal Noel Ruthven«, sagte Venables. »Seit kurzem Leiter der Combined Special Operations*.«

Ein fester Händedruck, ordentlich und selbstsicher wie der Mann selbst.

Die Art, wie er das Wort *combined* betonte, vermittelte Seaton den Eindruck, Venables mochte den Mann nicht. Anscheinend konnte sich keine Teilstreitkraft an die Beteiligung einer anderen gewöhnen.

Nun betrachtete er den Zivilisten: kräftig gebaut, mit breitem Gesicht und frischen Farben. Er hatte früher wohl recht gut ausgesehen, doch jetzt merkte man ihm den starken Trinker an. Ein Mann, der das Leben in vollen Zügen genoß. Irgend etwas an ihm schien Seaton vertraut, und doch war er sicher, ihn noch nie gesehen zu haben.

»Das ist Konteradmiral Philip Niven vom Marine-Nachrichtendienst.«

Seaton schüttelte ihm die Hand. Nivens Vater, darauf hätte er kommen müssen. Er rief sich das Gesicht im Lazarett in Erinnerung: angespannt und bleich, aber doch das eines jungen Mannes. Im Gesicht seines Vaters war diese Jugendlichkeit nicht wiederzufinden.

»Bin stolz auf Sie, mein Junge.« Die Stimme des Admirals klang tief und voll. »Verdammt gut habt ihr das gemacht. Nur schade, daß ich hier zu angebunden bin, um meinen Sohn zu besuchen, aber . . .« Seufzend ließ er die Gründe unausgesprochen.

»Wir haben Sie nicht aus Ihrem wohlverdienten Urlaub gerissen, um Ihnen mit Lobsprüchen zu kommen«, ließ Ruthven sich entschieden vernehmen. »Vielmehr sitzen wir ziemlich in der Klemme. Möglicherweise wird demnächst eine Operation steigen, bei der Sie von Nutzen sein können. Ihr Erfolg, Ihr ganzes Verhalten und Ihre Fähigkeit, Entscheidungen zu treffen und zu ändern, kennzeichnen Sie eindeutig als den Besten. Die Frage ist nur, können Sie so bald wieder eingesetzt werden?«

Konteradmiral Niven ließ sich am Schreibtisch nieder und

* Gemeinsame Sondereinsätze (Anm. d. Übers.)

sagte brüsk: »Natürlich kann er. Er ist jung. Ein Löwe, wie wir alle in diesem Alter.« Er grinste. »Jedenfalls in der Navy.«

Ruthven ging nicht darauf ein. »Das ist keine Frage der Vitalität.« Er nahm einen Briefbeschwerer in Form eines Jagdflugzeugs aus dem Ersten Weltkrieg auf und betrachtete ihn. »Diesmal haben wir kein Ziel, keinen festen Plan, nach dem wir sagen könnten, gehe dahin und tue das, dies oder jenes. Ihr Boot wird möglicherweise ein Werkzeug für etwas ganz anderes.« Er lächelte, und es wirkte echt. »Tut mir leid, Sie müssen die Nase voll haben von dieser Geheimnistuerei.«

»Lieutenant Seaton sieht die Notwendigkeit ein.« Venables sprach wie ein Heimleiter, der einen vielversprechenden Schüler in Schutz nimmt.

»Na schön.« Ruthven betrachtete ihn ruhig. »Wirklich, Walter, Sie müssen nicht alles, was ich sage, als Kritik mißverstehen.«

»Meine Mannschaft ist so einsatzbereit wie das Boot«, sagte Seaton. »Abgesehen von meinem Taucher arbeiten wir schon lange zusammen.«

»Wir kennen Ihre Beurteilungen. Und was Richard angeht, der wird sich schon wieder zusammenreißen.«

»Ihr Sohn mußte einen Mann töten, Philip«, warf Ruthven scharf ein. »Nicht mit Hilfe eines Bombenzielgeräts oder eines Entfernungsmessers, sondern mit seinen nackten Händen und einem Dolch. Aber Sie tun so, als stelle er sich nach Masern weiter krank.«

Seaton fühlte sich plötzlich müde und ausgelaugt. »Sir, wenn man mir sagt, was gemacht werden soll, werde ich Ihnen darauf antworten. Aber ich möchte empfehlen, daß meine Nummer Eins ein eigenes Boot bekommt. Drake hat es zehnfach verdient.«

»Kommt gar nicht in Frage, jedenfalls jetzt noch nicht.« Venables schien erleichtert, als habe er irgendeinen Ausbruch erwartet. »Wir brauchen unbedingt eine eingespielte Mannschaft.«

Ruthven rieb sich die Hände. »Das genügt mir vorerst. Ihre Vernichtung der *Hansa* versetzte dem Gegner bei der Produktion einer neuen Waffe einen schweren Schlag. Ich bilde mir nicht ein, daß ein solcher Erfolg den Ausgang des Krieges entscheidet. Da unsere Absichten für eine Invasion in Europa immer greifbarer werden, wird Deutschlands Entschlossenheit, diese Absichten zunichte zu machen, immer grimmiger. Sie werden weit bessere Waffen, Raketen und Gleitbomben bauen als das, was sie vor fünf

Monaten bei der Landung in Italien gegen uns eingesetzt haben. Und weniger Rücksicht darauf nehmen, wie viele bei der Herstellung oder beim Einsatz umkommen.«

Die kleine Rede schien ihn in Verlegenheit zu bringen. »Sie können jetzt gehen, Seaton. Ich wollte Sie nur kennenlernen, um mir nicht aus ein paar Dutzend Berichten und Zeugnissen ein Bild machen zu müssen.«

Es war vorüber, alle standen auf.

»Haben die Deutschen einen der Widerstandskämpfer, die mir geholfen haben, getötet?« fragte Seaton plötzlich. Er konnte sich nicht mehr zurückhalten, wollte es auch gar nicht. »Mir ist klar, daß ich das nicht wissen soll. Aber ich hatte Zeit, über sie nachzudenken. Und über das, was sie für mich riskierten.« Er sah die dikken Betonwände an. »Für uns alle.«

Ruthven nahm seine Frage ernst. »Es ist ziemlich schwierig, alle Berichte auf einen Nenner zu bringen. Viele Quellen sind untergetaucht, andere wechseln aus begreiflichen Gründen ihren Aufenthaltsort. Ein Schicksal kennen wir allerdings, das des Führers der örtlichen Gruppe.«

»Jens!«

Ruthven nickte. »Jens. Die Gestapo wollte seine Frau zum Verhör abholen. Jens schoß zwei von ihnen nieder, ehe er und seine Frau getötet wurden.«

»So ist das. Danke, Sir. Er war ein guter Mann.« Seatons Augen begannen wieder zu brennen. »Seine Frau hat uns Proviant geschickt, als wir . . .«

Venables unterbrach: »Sie sind müde, wir wollen jetzt gehen.«

Ruthven trat zu Seaton und schüttelte ihm die Hand. »Versuchen Sie, Ihren Urlaub zu genießen. Und schämen Sie sich nicht, Ihre Gefühle zu zeigen. Ich brauche Männer und keine Maschinen.«

Im Korridor draußen war es kühl und feucht.

Venables sah auf die Uhr. »Hinterlassen Sie Ihre Adresse beim wachhabenden Offizier, nur für alle Fälle.« Dann war er weg, in dieser komplizierten Welt durch eine andere Tür verschwunden.

Seaton hängte seine Gasmaske über die Schulter und zog die Mütze über die Augen. Er war froh, diesen Bunker verlassen zu können.

Geoffrey Drake stand mit ausgestreckten Händen vor dem lodernden Kaminfeuer und lauschte dem Regen, der an die Fenster schlug. Sein Blick fiel auf den Marmorsims mit den vielen gemeißelten Schnörkeln. Er hätte ihn für Tudor-Stil gehalten, aber Niven hatte ihm erzählt, der Vorbesitzer habe ihn kurz vor dem Ersten Weltkrieg bauen lassen.

Eigentlich wollte Drake nicht an Niven denken. Jedenfalls noch nicht. Er benötigte seinen ganzen Verstand, um mit der Situation fertig zu werden.

Obwohl erst seit ein paar Stunden in Harrowgate, fühlte er sich doch bereits völlig heimisch; alle Ängste der Fahrt mit XE 16 waren vergessen.

Eine Tür öffnete sich, und als er sich umwandte, stand Decia da. Sie trug eine helle Reithose und einen grünen Pullover, ihr Gesicht war von der Kälte gerötet.

»So ist's schon besser«, lächelte sie ihn an. »Du siehst beinahe wieder menschlich aus.« Sie setzte sich auf ein Sofa und schlug die Beine übereinander. »Nun erzähl mir von Dick.«

Drake trat vom Kamin zurück, ihr Ton brachte ihn aus dem Gleichgewicht. Keine Spur von Sorge, kaum Interesse. Nur etwas, das gesagt werden mußte, um es hinter sich zu bringen.

Er zuckte die Schultern. »Er war lange Zeit unter Wasser.«

Lächelnd sah sie ihm in die Augen. »Aber dafür ist er doch Taucher!«

Drake fühlte sich in die Ecke gedrängt. »Es war ziemlich riskant. Ich dachte schon, es hätte ihn erwischt.«

»So schlimm?« Sie riß die Augen auf. »Daddy sagt, es war nur ein Schock und ein paar Kratzer.«

Schroff fragte Drake: »Dein Vater hält wohl nicht viel von Richard, was?«

»Du bist ein guter Beobachter.« Sie rollte sich wie eine Katze zusammen. »Ich hab' von diesem Krieg die Nase voll. Alles ist so langweilig, nur den anderen scheint es gutzugehen. Sogar Daddy steht mit irgendeinem Ministerium über die Wollproduktion in Verhandlung.« Sie lachte. »Er möchte geadelt werden, wenn du mich fragst.«

Drake sah auf sie nieder. »Na, so schlecht geht's dir auch wieder nicht.«

Sie legte sich zurück, die Lippen leicht geöffnet. »Sei du nicht auch noch eklig, das könnte ich nicht vertragen. Eines kommt zum andern, und dann hat mich Moonshine im Stall auch noch gegen die Box gedrückt. Mir geht's wirklich nicht besonders.«

Sie sah aus wie ein störrisches Kind. Drake war hilflos, wußte nicht, was er ihr antworten sollte.

»Schau her, ich mache keinen Spaß.« Hastig zog sie den Pulli über den Gurt ihrer Hose hoch. »Das tut immer noch weh, du gräßlicher Neuseeländer.«

Drake setzte sich neben sie und sah eine mattrote Stelle auf ihrer Haut und in der Mitte einen kleinen roten Kratzer.

»Du hast da einen Splitter.«

Es sollte ganz gelassen und sachlich klingen. Doch der Anblick ihrer weichen Haut, die Art, wie sie ihn ansah, ihn neckte, ließ sein Blut aufwallen.

Er beugte sich vor und berührte die Quetschung, merkte dabei, wie sich ihre Bauchmuskeln spannten und ihre Knie schlossen, als erwarte sie einen Schlag.

»Meine Güte, bist du hübsch, Decia.« Trotz seiner Verwirrung kamen die Worte ganz ruhig heraus. »Weißt du eigentlich gar nicht, was du bei einem armen Kerl wie mir anrichtest?«

»Zieh den Splitter raus, bitte.« Sie zuckte, als er die Haut zusammenpreßte. »Gut, daß du kein Tierarzt bist; jedes Pferd würde dich treten.«

Er zog den Splitter heraus und warf ihn ins Feuer.

»Du hast eine Belohnung verdient.« Sie legte die Arme um seinen Nacken. »Nur dieses eine Mal.«

Drake verblüffte die Kraft, mit der sie ihn herunterzog, und erwartete, daß sie ihn im letzten Moment zurückstoßen und mit einem Lachen oder gespielten Vorwurf quälen würde.

Aber es war kein Spiel. Als sich ihre Lippen berührten, sog sie mit weit geöffnetem Mund seinen Atem ein und rief ein verzweifeltes Verlangen in ihm wach. Er fühlte ihre Lippen, ihre Zunge, ihren Körper, der sich unter ihm wand und ihn noch mehr entflammte.

Seine Hand glitt unter ihren Pullover, als gehöre sie einem anderen, streichelte die glatte Haut, legte sich über ihre Brust und preßte sie, bis sie vor Schmerz stöhnte.

Schweratmend fuhr er zurück. »Mein Gott, das tut mir leid. Ich weiß nicht, was über mich gekommen ist.«

Mit weit aufgerissenen Augen sah sie ihn an, ihr Mund glänzte im Schein des Kaminfeuers.

»Es tut dir gar nicht leid, und das wissen wir beide.« Ihre Arme zogen ihn nieder. »Ich will dich haben, jetzt gleich, hier beim Kamin.«

»Und was ist mit Richard?« fragte er heiser.

Ihre Hand glitt an seinem Bauch hinab und berührte ihn.

»Und du willst mich auch!«

Da wußte Drake, daß er verloren war.

Der Polizeisergeant legte beide Hände auf die polierte Barriere und sah den Unteroffizier ernst an. Er war ein freundlicher Mann und trotz aller Belastungen noch nicht verhärtet.

»Also vorgestern nacht?« Jenkyn war völlig benommen.

Der Sergeant nickte. »Die Deutschen warfen eine Bombenreihe quer über die Bahnlinie. Vom Nine-Elms-Hof ...« Er senkte den Kopf. »... Bis zu Ihrer Straße.«

Mit ungläubigem Entsetzen war Jenkyn an dem schäbigen, aber so vertrauten Eckladen vorbeigegangen. Danach klaffte in der Mitte der Straße eine große Lücke, als habe jemand die Gebäude dort ausgerissen.

»Die alte Mrs. Templer«, fuhr der Sergeant fort, »war gerade zu Besuch bei Ihrer Mutter; ein Wunder, daß sie nicht auch tot ist. Ihr Haus bekam einen Volltreffer.« Er schüttelte den Kopf. »Also, ich begreife das alles überhaupt nicht mehr.«

Jenkyn stellte seinen Koffer ab und sah sich auf dem Polizeirevier um. An den Wänden hingen Bekanntmachungen über Luftschutz, Lebensmittelkarten und Notunterkünfte. Alles war ganz anders als gewohnt. Sicherlich war die Nachricht für ihn nach Loch Striven unterwegs: *Wir bedauern, Ihnen mitteilen zu müssen ...*

»Mrs. Templer, sagen Sie?« Er erinnerte sich an eine graue, eulenhafte alte Frau, deren Mann im Busdepot arbeitete.

»Ja, sie kam häufiger. Machte Tee und versuchte, Ihre Mutter ein bißchen aufzuheitern. Sie ist wohl über den Tod Ihres Vaters und Bruders nie hinweggekommen.«

Jenkyn schüttelte den Kopf, sah den gedeckten Teetisch vor sich. Wie gut, daß sie wenigstens nicht allein gewesen war.

»Ich war fort, auf See.« Warum sagte er das?

Der Sergeant seufzte. »Nicht nur unsere Soldaten müssen jetzt die Köpfe hinhalten.« Dann fuhr er lebhafter fort: »Die alte Mrs. Templer erzählte etwas Seltsames, als ich sie im Krankenhaus besuchte.«

»Seltsames?« Jenkyn straffte sich. Irgendwie ahnte er, was kam.

»Ja. Sie erzählte, daß Ihre Mutter wie üblich still den Tisch deckte, dann plötzlich aufsah und etwas sagte wie: ›Sie sind da, endlich kommen sie heim.‹ Dann lief sie zur Eingangstür, gerade als die Bombe das Haus traf. Sie kann nichts davon gespürt haben.«

Jenkyn nahm seine Tasche. Sie mußte ihren Tod geahnt haben.

»Ich gehe jetzt lieber und suche mir einen Platz, wo ich pennen kann«, sagte er.

»Ich besorge Ihnen was, wenn Sie wollen«, meinte der Sergeant.

»Nein, danke.« Er zwang sich zu einem Lächeln. »Ich wohne im Union Jack Club, bis ich alles erledigt habe.«

Der Sergeant beobachtete, wie der Unteroffizier, klein, aber schmuck in seiner besten Uniform, das Büro verließ.

»Mutter Jenkyns Sohn?« fragte sein Kollege. »Wie hat er es aufgenommen?«

Der Sergeant dachte darüber nach. Das war seltsam. Erschüttert, aber irgendwie auch erleichtert. Besonders als er ihm das von der alten Mrs. Templer erzählt hatte.

»Wie, zum Donnerwetter, glaubst du wohl?« blaffte er ihn an. »Mach deine Arbeit und halt die Klappe.«

Draußen war es schon dunkel, es regnete stärker. Geistesabwesend bog Jenkyn um die Ecke, wieder in seine Straße ein. Gegenüber der großen Lücke, wo das Haus gestanden hatte, in dem er geboren war, blieb er stehen. Die Stelle war mit Seilen abgesperrt, das zertrümmerte Gemäuer an den Rand des Bombentrichters geräumt.

Wie ein Faustschlag traf Alec Jenkyn die Erkenntnis: Er hatte kein Zuhause mehr.

»Mein Gott, du wirst mir fehlen, Ma«, stieß er hervor. Dann wandte er sich ab und ging durch den strömenden Regen zur Bahnstation.

»Die Sache ist ein bißchen mißlich, David, wenn du verstehst, was ich meine.«

Seaton lehnte an der dunkel getäfelten Bar der Schankstube und sah seinen Vater müde an. Der Pub war nicht sehr voll. Wahrscheinlich warteten die Gäste ab, ob es ein alarmfreier Abend werden würde.

Sein Vater schien gealtert zu sein. Eigentlich lächerlich in so kurzer Zeit.

»Ich wußte nicht, daß ich Urlaub bekommen würde«, erklärte er. *Ich dachte, ich würde fallen,* ging es ihm durch den Kopf. Dann fragte er: »Was ist mißlich?«

»Ich soll mich hier mit jemandem treffen.« Sein Vater schüttelte den Kopf. »Ich weiß, was du jetzt denkst, mein Junge. Aber diesmal liegst du falsch, völlig falsch.«

Seaton sah weg, die Hand seines Vaters zitterte stark; er trank wohl bereits den ganzen Tag. Aber was machte das schon? Trotzdem fühlte er sich irgendwie betrogen.

»Ich freue mich für dich«, sagte er bitter.

»Warte, bis du eine Frau hast, dann wirst du's verstehen.« Heftig hustend schüttete er sich etwas Gin über den Anzug. »Sie zehren an dir, bis du zu ausgelaugt bist, um dich zu wehren. Sie ziehen dich herunter, erzählen dir aber immer wieder, was aus ihnen hätte werden können, wenn sie nicht die ganzen Jahre für dich gesorgt und gearbeitet hätten.« Er hielt sein Glas dem Mann hinter der Bar zum Nachfüllen hin. »Du wirst mir eines Tages recht geben.«

Und was hast du getan? Was hast du Mutter gegeben? dachte Seaton. Laut sagte er: »Ich bin müde.«

Zum erstenmal schien ihn sein Vater richtig anzuschauen. »Du siehst ein bißchen mitgenommen aus. Warst wohl in einem Manöver oder so ähnlich?«

Seaton mußte lächeln. »So ähnlich.« Er dachte an den toten Jens und den seltsamen Mann namens Trevor. An Venables und seine Geheimnisse über Raketen und neue Vernichtungswaffen. Hier in der Schankstube hatte das alles kein Gewicht.

»Ich möchte dich zu einem Glas einladen«, sagte er. »Tut mir leid, daß ich dich von meinem Urlaub nicht früher unterrichten konnte.«

Dann sah er seines Vaters Blicke und wandte sich um, weil dieser seine neue Freundin begrüßte.

Seaton wurde es übel. Diese Frau war alt genug, seine Mutter zu sein. Ihre rotgefärbten Haare und der große rote Mundschlitz sowie ihre auffallende Kleidung und ihr Make-up ließen sie nur noch älter wirken.

Mit belegter Stimme sagte sein Vater: »Also, dies ist, hm, mein Sohn David.«

»Ist ja kaum zu glauben, du und ein erwachsener Sohn!« Doch ihre Augen sagten Seaton etwas ganz anderes.

Das wäre die Sache beinahe wert, dachte er wütend. Sie ihm wegnehmen, nur damit er begriff, was er sich selbst antat.

Kein Wunder, daß sein plötzliches Auftauchen alles ein bißchen kompliziert hatte.

»Ich gehe in ein Hotel, Dad.« Er nahm seinen Koffer auf. »Viel Spaß, ich rufe dich wieder an.«

»Bestimmt, David?«

Seaton grinste ihn an. Armer, bemitleidenswerter alter Trunkenbold. Doch er war alles, was ihm von seiner Familie geblieben war.

»Ganz bestimmt.«

Er drängte sich aus der Bar und holte draußen tief Luft. Zuerst mal richtig schlafen, morgen würde alles anders aussehen.

Während die Sirenen ihren abendlichen Fliegeralarm über Südengland jaulten, saß Seaton auf der Kante seines Hotelbetts und goß sich ein großes Glas Gin ein. Er hatte bereits mehrere geleert, doch sie schienen ihm nichts auszumachen.

Im Soldatenklub nahe der Waterloo-Station schlug Jenkyn die Zeit mit zwei anderen Unteroffizieren tot, malte Muster in das verschüttete Bier auf dem Tisch und erzählte oder hörte Geschichten, die keinem mehr neu waren.

Im Marinelazarett Rosyth lag Niven mit geballten Fäusten und starrte an die Decke. Das Krankenzimmer war bis auf die kleine Lampe der Nachtschwester dunkel, und wenn er den Kopf wandte, konnte er ihre über ein Buch geneigte weiße Haube sehen. Hinter einem Wandschirm hörte er das leise Stöhnen eines Mannes. Das ging nun schon seit seiner Ankunft so, gleichmäßig und langsam. Wenn es aufhörte, würde ihm etwas fehlen. Der Mann lag im Sterben.

Weiter im Süden lag Drake auf dem Rücken und horchte auf den Regen und das tiefe Atmen der Frau an seiner Seite. Er hatte sich völlig verausgabt und doch, wenn sie wieder nach ihm verlangte, würde er nicht widerstehen können. Er spürte den Druck ihrer Brust, die Wärme ihres Beines, das sie unbekümmert über ihn gelegt hatte.

Sie rührte sich leicht und berührte ihn, hielt ihn, bis sie ihn wieder fast bis zum Wahnsinn getrieben hatte.

»Liebster?« flüsterte sie. »Komm!«

9 Einer fehlt

Am Ende der ersten Urlaubswoche war Seaton fast dankbar, daß er eine Aufforderung erhielt, in die Admiralität zu kommen. Er hatte die Tage damit verbracht, in London herumzulaufen, ins Kino oder Theater zu gehen, sich sonstwie abzulenken, um nicht an den Krieg denken zu müssen. Aber das machte es nur schlimmer.

Die Straßen waren voller Uniformen: Amerikaner, Polen, Franzosen, Kanadier – wie in einem fremden Land. Für ihre ruhelose Vergnügungssucht bildeten die eingesessenen Londoner einen düsteren, aber trotzigen Hintergrund.

Seaton fragte sich oft, wie sie mit allem fertig wurden. Der Krieg trug hier so viele verschiedene Gesichter. So am Morgen nach einem schweren Luftangriff, als er einen Doppeldeckerbus, wie von einem Riesen mit unendlicher Sorgfalt dorthin gestellt, senkrecht an einer Ladenfront lehnen sah. Oder als er in der angenehmen Wärme eines West-End-Kinos sich Gary Cooper in ›Wem die Stunde schlägt‹ ansah und plötzlich ein junger Soldat in der nächsten Reihe aufsprang und schrie: »Ihr wißt ja gar nicht, wie es in diesem verdammten Krieg wirklich zugeht!« Wie ein Kind hatte er geschluchzt; schließlich hatte man Militärpolizei geholt, die ihn wegbrachte.

In der Admiralität verglich ein Wachtposten Seatons Ausweis mit einer Namenliste. Es war derselbe Mann wie neulich, was Seaton auf die verrückte Idee brachte, daß Venables, Nivens Vater und Air Marshal Ruthven den Bunker seit seinem letzten Besuch nicht mehr verlassen hatten.

»Sie können passieren, Sir.« Der Mann sah ihn unbeteiligt an. Lieutenants, sogar mit Auszeichnung, waren hier nicht selten.

»Hallo, Dave!«

Überrascht wandte Seaton sich um und erkannte Drake, der sich im Warteraum von einer unbequemen Bank erhob.

»Hat man dich auch herbestellt?«

Drake bejahte. »Bin auf dem schnellsten Weg gekommen. Was

liegt in der Luft?«

Sie fielen in Gleichschritt und gingen tiefer in den Bau hinein. »Keine Ahnung. Wie geht's Richard?«

Drake sah ihn von der Seite an. »Ich habe gewartet, bis er aus Rosyth entlassen wurde. Dann habe ich einen Freund in Leeds besucht, den ich von Malta her kenne.« Er zuckte die Schultern. »Richard ging's gut. Er war ein bißchen erschöpft, aber vielleicht nur von der Reise.« Er wechselte das Thema. »Was ist denn hier versammelt? Lauter hohe Tiere und Planungsstäbe?«

»Von allem etwas.« Seaton zeigte einem weiteren Posten seinen Ausweis. »Übrigens, der Chef des Nachrichtendienstes ist Richards Vater, Konteradmiral Niven.« Er sah ihn bedeutsam an. »Damit du nicht wieder in ein Fettnäpfchen trittst.«

»Danke.« Drake grinste. »Bekannt.«

Ein Lift trug sie schnell hinunter in den Betonbunker, dann betraten sie Venables' Vorzimmer, wo drei hemdsärmelige Wrens* auf der Schreibmaschine hämmerten, als hinge ihr Leben davon ab.

»Warten Sie bitte«, erklärte ein gelangweilt dreinschauender Lieutenant. »Der Captain ist noch beschäftigt.«

Sie setzten sich. »Hat Richards Schwiegervater dich freundlich aufgenommen?« Seaton merkte, wie unsicher Drake wurde.

»Er war zufällig nicht da. Mit irgendeinem Regierungsauftrag unterwegs.«

»Nur du und Richards Frau?«

»Stimmt.« Er wandte sich ihm zu und senkte die Stimme. »Schau, Dave, reg dich bitte nicht auf. Es ist einfach passiert.« Er wirkte verwirrt. »Ich kann es selbst noch nicht glauben.«

»Ist Richard im Bilde?«

»Um Gottes willen!« Drake sprach leiser, da alle drei Schreibmaschinen plötzlich schwiegen. »Ich möchte ihm nicht weh tun, und sie will es auch nicht.« Er wurde sehr ernst. »Wenn du möchtest, daß ich um meine Versetzung bitte, dann werde ich das tun.«

»Captain Venables hat erklärt, daß Versetzungen nicht in Frage kommen. Eine eingespielte Mannschaft ist ihm das Wichtigste.«

Drake rutschte unruhig hin und her. »Hol ihn die Pest!«

»Wie ist sie?«

* Abkürzung für Womens Royal Naval Service = Marinehelferin (Anm. d. Übers.)

»Bezaubernd, temperamentvoll, phantastisch.« Er sah weg. »Ich bin keineswegs stolz auf mich. Den Kerl, der mir so was antäte, würde ich umbringen. Ich hätte nicht hingehen dürfen.« Er fuhr sich mit den Fingern durch das blonde Haar. »Meine Güte, was für ein Schlamassel!«

»Du redest wie mein Vater.« Seaton stand auf. »Komm, wir werden gerufen.«

Venables begrüßte sie förmlich und schloß die Tür. »Ich hätte Sie nicht zurückgeholt, wenn ich es nicht für notwendig hielte.«

Guter Anfang, dachte Seaton. Dagegen ist schwer was zu sagen.

»Die Unternehmung, von der ich in der letzten Woche sprach, ist plötzlich sehr dringend geworden. Ich habe auch Ihren Mechaniker, wie war doch gleich der Name – Jenkyn –, benachrichtigen lassen. Ich nehme an, er ist bereits auf dem Weg zum Stützpunkt.«

»Niven wurde gerade erst aus dem Lazarett entlassen, Sir«, warf Drake ein. »Sein Urlaub war recht kurz.«

»Richtig.« Venables klopfte mit einem Lineal auf den Schreibtisch, als überlege er. »Darüber bin ich mir im klaren. Aber wir brauchen ein Boot wie das Ihre. Tut mir leid für Niven, doch es läßt sich nicht ändern. In diesem Stadium möchte ich keinen Wechsel.«

Drake ließ sich nicht beeindrucken. »Und wie wär's mit den anderen, Sir? Sie haben die gleiche Ausbildung und Erfahrung wie wir.«

Venables sah ihn unwirsch an. »XE 19 schlägt sich mit technischen Schwierigkeiten herum. Lieutenant Allenby braucht mindestens noch eine Woche.« Er ging zu einer Wandkarte und zeigte unbestimmt darauf. »In der Tat ging auch ein Rückruf an XE 17 hinaus. Lieutenant Vanneck schien sehr geeignet.«

Seaton fühlte seinen Mund trocken werden. »Schien?«

»XE 17 ist als Verlust gemeldet. Keine Überlebenden.« Er seufzte. »Das ist alles, was ich Ihnen im Augenblick sagen kann.«

Seaton sah Drake an, dachte an Vanneck, der zäh, unbeugsam und äußerst fachkundig gewesen war. Sein Mut stand außer Frage. Nun lag er mit seiner Drei-Mann-Crew irgendwo auf dem Meeresgrund.

»Die Unternehmung war also ein Fehlschlag?« fragte er leise.

»So ist es.« Venables war wieder ganz er selbst. »Aber XE 17 wurde weder erbeutet noch – soweit wir wissen – überhaupt gesichtet. Der Plan bleibt der gleiche, nur ist er jetzt noch dringender geworden.«

»Was ist es diesmal, Sir?« Drake versuchte ein Lächeln. »Dock, Schlachtschiff oder die Fähre nach Gosport?« Doch das Lächeln wollte nicht gelingen, bitter fuhr er fort: »Für uns kommt es aufs gleiche raus.«

»Sie kehren sofort zur *Syren* zurück. Meine Leute werden Ihnen dort die nötige Einweisung geben.« Mit kalten Augen sah er von einem zum anderen. »Ich wollte Sie beide hier sprechen. Dies ist eine Gemeinschaftsaufgabe, und wenn einer von Ihnen ausfällt, muß der andere einspringen. Dieses Vorhaben ist wichtig und hängt mit Ihrem letzten Erfolg zusammen.«

Das Telefon summte, und er hob den Hörer ab. »Venables.« Er nickte, den Blick auf eine Landkarte gerichtet. »Sofort, Sir. ... Kommen Sie, der Admiral erwartet uns.«

Sie folgten ihm in das andere Büro, in dem Seaton zum erstenmal Nivens Vater getroffen hatte. Dieser saß, diesmal in Uniform, eine Zigarre im Mundwinkel, an seinem Schreibtisch. Zwei Lieutenant Commander standen direkt hinter ihm, der eine mit einem großen Aktendeckel unter dem Arm. Wie ein Geheimschreiber, dachte Seaton.

Der Admiral erhob sich halb und setzte sich dann schwerfällig wieder hin. »Schön, daß Sie kommen.« Mit einem Blick zu Drake: »Ihre Nummer Eins, was? Gut.«

»Ich habe ihnen von Vannecks Boot berichtet, Sir.«

Der Admiral sah Venables an. »Das war richtig, Walter. Nur vernünftig.«

Der ›Geheimschreiber‹ trat behutsam einen halben Schritt näher an den Schreibtisch und sagte: »Ich bin soweit, wenn Sie wollen, Sir.«

»Machen Sie nicht so einen Wirbel, Banion!« Seine Hand zeigte über den Schreibtisch. »Auf diese Jungs da kommt's an, nicht auf Sie.«

Seaton sah den Lieutenant Commander zurückzucken, er tat ihm leid. »Trotzdem, Sir.« Venables wurde unruhig. »Die Offiziere müssen heute noch nach Norden.«

»Das habe ich nicht vergessen.« Der Admiral beäugte ihn grimmig. »Ruthven hat gute Verbindungen, scheint mir. Hat es fertiggebracht, bei der R A F einen Dringlichkeitsflug durchzusetzen.«

Seaton tauschte einen Blick mit Drake. So wichtig war es also.

Admiral Niven drückte seine Zigarre aus. »Sie gehen wieder nach Norwegen.« Er winkte seinem Mitarbeiter, der den Aktendeckel auf den Schreibtisch legte. »Nach Bergen, um genau zu sein.« Sekundenlang sah er Seaton prüfend an, und währenddessen konnte man auch etwas von seinem Sohn in ihm erkennen.

Seaton nickte. Bergen war wohl so ziemlich der wichtigste deutsche Stützpunkt in Norwegen. Dort wurden U-Boote versorgt und instand gesetzt. Wachboote, die das südwestliche Vorfeld und den Eingang zum Skagerrak überwachten, bunkerten regelmäßig in diesem ausgezeichneten Hafen und nahmen Proviant über.

»Und das Ziel, Sir?« Seatons Stimme klang ihm selbst viel zu ruhig.

»Diesmal gibt es kein Ziel. Obwohl Ihr Boot wieder Seitenladungen mitnehmen wird. Für alle Fälle . . .« Er sprach hastig weiter. »Die Agenten in Bergen haben etwas, das Sie übernehmen und herbringen sollen.«

Für alle Fälle. Wenn XE 16 auf einen Sondereinsatz geschickt wurde, dann mußte es für den Fall, daß es geschnappt oder nach einem Unfall geborgen wurde, ganz normal aussehen.

»Und jetzt einige Einzelheiten dazu«, warf der Kapitänleutnant ein.

Seaton horchte auf die trockene Stimme des Mannes, mußte aber wieder an Drake und Nivens Frau denken. Und an Bergen. Das war nicht irgendein Hafen, da würde es zugehen wie auf dem Piccadilly zur Hauptverkehrszeit.

Ruckartig kam er wieder in die Wirklichkeit zurück, denn der Offizier fuhr fort: »Das Problem ist, daß wir auch unseren Teil des Geschäfts erfüllen müssen. Als Gegenleistung für die Aushändigung dieses streng geheimen Ausrüstungsteils müssen Sie einen Passagier mitbringen.«

Hier schaltete sich Venables ein: »Es gibt keinen anderen Weg. Fischerboote, Verkleidungen und falsche Papiere kommen nicht in Frage. Der Mann ist uns bekannt, er hat in der deutschen Raketenforschung eine Schlüsselrolle gespielt. Durch ihn bekamen wir auch den Hinweis auf die *Hansa.* Es braucht mehr als Mut, ein Verräter zu werden, nämlich bestimmte Zusagen von unserer Seite. Die Gestapo wird keine Gnade walten lassen, wenn sie entdeckt, was er vorhat.«

Drake fragte leise: »Und wenn wir ihn nicht herauskriegen?«

»Wir wollen ein Mißlingen gar nicht in Betracht ziehen.« Der Admiral schnitt das Ende einer neuen Zigarre ab. »Lassen Sie mich Ihnen nur sagen, daß wir ihn lebend haben wollen, aber genausowenig darf er lebend in Bergen zurückbleiben.«

»Sie meinen, wir sollen ihn töten, Sir?«

»Die Einzelheiten können wir später besprechen. Dies ist eine Gemeinschaftsaufgabe, Sie werden alle Hilfe und jede Information bekommen, die wir besorgen können. Der Nachrichtendienst sowie die norwegischen Streitkräfte in England stehen zur Hilfe bereit. Wie ich bereits früher sagte«, er heftete seinen Blick auf Seaton, »der Gegner hat diesen Menschen Furcht eingeflößt, weil ihm das nützt. Wir aber müssen auf Vertrauensbasis arbeiten.«

Der Admiral stand auf. »Das wär's.« Es klang ungeduldig. »Zwecklos, zu diesem Zeitpunkt lange zu diskutieren.« Er reichte Seaton die Hand. »Ich hoffe, Sie bald wiederzusehen. Grüßen Sie meinen Sohn. Er steckt voller Überraschungen.«

Plötzlich war alles vorbei. Seaton stand mit Drake an einem anderen Schreibtisch, an dem ein Wren-Unteroffizier hastig Marschbefehle für ihren Sonderflug mit der R A F ausschrieb.

Schließlich meinte Drake: »Das ist eigentlich nicht das, was ich mir vorgestellt habe, als ich mich freiwillig meldete.«

»Du kennst den alten Spruch: Ein Freiwilliger ist ein Mann, der die Frage mißverstanden hat.« Drake grinste. »So war's wohl.«

Vor dem Lift, der sie wieder nach oben in die Wirklichkeit bringen sollte, sagte Seaton: »Schau, wenn du wirklich dagegen bist, kann ich mit Captain Trenoweth sprechen. Dann bleibst du bei den X-Booten, bis du ein eigenes Boot bekommst. Denn mit einem hat Venables recht: Hierzu gehört eine homogene Mannschaft.«

Drake sah ihn nachdenklich an. »Die alte Firma. Ich hab's dir ja gesagt: Wir machen das zusammen. Du magst Captain Venables, wie?«

»Ich weiß nicht recht. Er ist unentbehrlich und sieht den Krieg, wie er ist. Es bringt nichts, ein anständiger Mensch, aber ein Verlierer zu sein. Doch seinen Posten möchte ich um nichts in der Welt haben.«

Oben begrüßte sie ein kalter Februar-Nieselregen. »Übrigens, zu Richards Frau«, sagte Drake plötzlich.

»Decia?«

Drake zuckte zusammen. Armer Geoff, er versuchte, seine Schuld damit zu mildern, daß er ihren Namen nicht aussprach.

»Du wirst ihm doch nichts sagen, ja?« Das klang verzweifelt. »Ich will versuchen, von ihr loszukommen.«

»Das solltest du auch.« Seaton winkte einem Taxi. »Sonst wird ihm niemand was zu erzählen brauchen. Das merkt er dann schon von selbst.«

Drake seufzte. »Diesmal bin ich nicht traurig, daß es wieder losgeht.«

Seaton sah ihn an. *Wenn du wüßtest!* Laut aber sagte er: »Na ja, dein Grund ist so gut wie jeder andere.«

Um den Mitteltisch im Lagezimmer von H. M. S. *Syren* geschart, lauschten sie den ruhigen Ausführungen eines Nachrichtenoffiziers. Draußen stöhnte der Wind und pfiff um die Granitmauer.

Trotz des überhitzten Raumes fröstelte Seaton. Der unbequeme Flug nach Schottland, der Wechsel von einem Transportmittel zum anderen, die nagenden Zweifel über den geplanten Vorstoß, all das tat seine Wirkung.

Über den Tisch waren sorgsam Landkarten und Fotografien verteilt, dahinter hingen eine riesige Seekarte und zwei kolorierte Karten von Bergen. Es gab auch ein Modell des Hafens und des anschließenden Fjords mit Daten, Entfernungen und Bezugspunkten: alles Zeichen eingehender Vorarbeit.

Bis auf die starke Lampe über dem Tisch waren alle Lichter gelöscht. Auch das schien die Informationen zu komprimieren, sie in den Brennpunkt zu stellen.

Die Besatzung von XE 19 war ebenfalls zur Stelle, denn Jervis Allenby sollte mit seinem Boot als Reserve bereitstehen, Maschinenschaden hin oder her.

Nun sprach einer der beiden norwegischen Offiziere, und seine tiefe Stimme erinnerte Seaton an Jens und das Mädchen. Ob sie noch dort war, sich aus Angst um ihr Leben versteckt hielt? Oder ob sie schon ... Er zwang sich, zuzuhören, seine Angst zu verdrängen.

»Vor einigen Monaten fand hier an Bord eines Frachters eine Explosion statt.« Der Norweger tippte auf den Hafenplan. »Unfall oder Sabotage, wir wissen es nicht. Das Schiff fing Feuer und gefährdete die in der Nähe liegenden Schiffe.« Der Zeigestock bewegte sich weiter. »Die Deutschen entschieden, den Frachter abzuschleppen, ihn draußen sinken zu lassen, ehe sich das Feuer ausbreitete. Denn ganz in der Nähe lag auch ein Munitionsschiff.« Das ernste Gesicht des Mannes glättete sich zu einem Lächeln. »Übrigens war es zwecklos. Eines Ihrer U-Boote versenkte das Munitionsschiff auf seiner nächsten Fahrt.«

Der andere Norweger, ein gutmütig-derber, schwergewichtiger Commander, warf ein: »Das Wrack des Frachters liegt nun außerhalb des Hauptfahrwassers und ist mit Bojen gut bezeichnet.« Er sah Seaton scharf an. »Der Grund dort ist eben, Sie können sich unten hinlegen und letzte Instruktionen abwarten.«

Der britische Nachrichtendienstoffizier nickte. »Wir vermuten, daß der Gegenstand, den Sie für uns holen sollen, sich ebenfalls in dem Wrack befindet. Wenn Sie erst dort sind, werden wir mehr wissen.« Unbemerkt war Captain Trenoweth in den Raum getreten. »Noch irgendwelche Fragen?«

Seaton wandte sich um, Allenby sah ihn neugierig an, Drakes Augen glänzten im Licht der Deckenlampe.

»Was für ein Gegenstand ist das, Sir?«

Der Nachrichtendienstoffizier räusperte sich. »Ein Teil des Lenksystems einer Rakete. Uns ist natürlich einiges über deutsche Raketenentwicklung bekannt. Durch diesen Gegenstand aber erführen wir präzise, wie weit sie sind und was wir zu erwarten haben: Entfernung, Flugbahn, Konzeption der ganzen Waffe.«

»Danke«, sagte Trenoweth kühl, und zu Seaton gewandt: »Hilft Ihnen das weiter?«

»Ja, Sir.«

Seaton versuchte, sich eine Vorstellung von dem Mann zu machen, den sie herausholen sollten. Der die Geheimnisse seines Landes gegen Asyl in England eintauschte.

»Übrigens, der Mann ist kein Deutscher«, warf Trenoweth ein. Er sah die beiden Norweger an und fügte freundlich hinzu: »Wir alle haben auch Verräter in unseren Reihen.«

Der norwegische Commander zuckte die Schultern. »Es könnte schwierig werden, die örtliche Widerstandsbewegung dazu zu bringen, daß sie auf unseren Handel eingeht. Ein ›Quisling‹* ver-

* Norwegischer Politiker, unter deutscher Besatzung Regierungschef. Sein Name wurde Synonym für Kollaborateure (Anm. d. Übers.).

dient nur den Tod.« Und mit ernstem Blick zu Seaton: »Haben Sie Geduld mit ihnen. Sie führen mit nicht weniger Mut Krieg als wir.«

Der Operationsoffizier trat zum Tisch. »Nun zur Sache. XE 16 ist überholt und zur Zeit auf Überfahrt zu den Shetlands. Diesmal ist wie üblich eine Überführungsbesatzung vorgesehen, bis zu dem Augenblick, in dem die Trosse geschlippt wird.« Er lächelte. »Schließlich sollen Sie frisch und ausgeruht sein, denn bei diesem Einsatz könnte es zusätzliche Arbeit geben. Ich schlage vor, Sie legen sich jetzt alle hin, um noch etwas zu schlafen. Morgen früh werden Sie abgeholt und zum Flughafen gebracht.«

Seaton war froh, daß es vorbei war. Vor dem tatsächlichen Ablegen würde noch mehr auf ihn zukommen. Jetzt wollte er erst mal allein sein.

Draußen im zugigen Durchgang sagte Allenby: »Ich trinke noch einen, alter Knabe.« Er lud Seaton nicht ein, dazu verstand er ihn viel zu gut.

»Weiß irgend jemand, was mit Rupert Vannecks Boot passierte?« fragte Seaton.

»Sie wollen nicht sagen, wo es passierte«, meinte Allenby bitter. »Wir sind wohl noch zu jung dafür. Aber anscheinend war XE 17 auf der Überfahrt, als die Schleppleine in schwerem Wetter riß. Das Schlimmste war, daß das schleppende U-Boot bis zum Auftauchen gar nicht merkte, was passiert war. Deshalb weiß es niemand genau.«

Seaton konnte es sich gut vorstellen: Wahrscheinlich war das Kleinst-U-Boot zum Ausgleich für das Gewicht der Schleppleine und die heftigen Bewegungen bei schlechtem Wetter mit dem Bug nach unten getrimmt gewesen. Als die Leine riß, ging es sofort steil und unkontrolliert in die Tiefe, es sei denn, die Leute auf Wache reagierten sofort. Doch das hatten sie offensichtlich nicht getan. Das Ende von XE 17 hing dann von der Wassertiefe ab. Entweder lag es beschädigt auf dem Meeresgrund, und seine Crew starb langsam in Verzweiflung, oder es sank immer tiefer, bis der kleine Druckkörper vom steigenden Wasserdruck zerquetscht wurde. So oder so hatte es kein Entrinnen gegeben.

Er drückte Allenbys Arm. »Mich zieht's ins Bett.«

»Gute Idee, alter Junge. Tut mir leid, daß ich Sie wegen meiner technischen Schwierigkeiten in diese Sache hineingezogen habe. Aber Ihr Taucher ist besser, meiner würde nicht mal in einer Badewanne ein U-Boot finden.«

Seaton ging in sein Zimmer, schaltete den elektrischen Ofen an und dachte an Vanneck und seine eigene Besatzung: Drake mit seinen Schuldgefühlen, Niven seltsam zurückhaltend, aber äußerlich unberührt von seinen Erlebnissen. Und der arme Alec Jenkyn nach einer weiteren Beerdigung im Urlaub. Seaton vermied es, seine eigene Stimmung zu ergründen.

Irgendwo draußen hörte er Captain Trenoweths alten Hund dreimal heiser bellen. Das war sein Abendritual, wie der Pfiff bei der Flaggenparade.

Wie mußten die beiden Norweger einen Mann wie Trenoweth beneiden! Er lebte in seinem eigenen Land, mit seinen Freunden um sich und seinem dummen alten Hund.

Seaton rollte sich auf das Bett und schlief sofort ein.

Achtundvierzig Stunden nach dem Auslaufen von Loch Striven zu den Shetlands waren Seaton und seine Kameraden erneut unterwegs.

Er lag auf einer Reservekoje in der Messe des schleppenden U-Boots, starrte zur Decke und horchte auf den harten Schlag der Diesel.

Seltsam, wie man sich an alles gewöhnte. Als er zum erstenmal in einem U-Boot gefahren war, hatte er es als stickig empfunden und sich so schrecklich eingeschlossen gefühlt, daß er nach der ersten Fahrt glaubte, ungeeignet zu sein. Jetzt aber, nach dem winzigen X-Boot, schien ihm ein normales Unterseeboot unwahrscheinlich geräumig.

Er fühlte die Koje leicht schwanken und sah in Gedanken das Boot vor sich, wie es ruhig auf See hinaus steuerte, so lange wie möglich aufgetaucht, um schnell voranzukommen und die Batterien zu laden. Irgendwo achteraus, in Gischt und Dunkelheit gehüllt, folgte gehorsam das Kleinst-U-Boot an seiner Schleppleine. Die Überführungscrew würde kaum zur Ruhe kommen; nach dem tragischen Verlust von Vannecks Boot bedurfte es keiner besonderen Ermahnung zur Wachsamkeit.

Aus leisen Stimmen hinter dem Kojenvorhang entnahm er, daß sich zwei der U-Boot-Offiziere zur Wachübernahme rüsteten. Hinter dem Vorhang lag er sicher und gemütlich in einer eigenen Welt.

Plötzlich mußte Seaton an die Stunde vor der Abreise denken.

Ein Nachrichtendienstoffizier hatte ihm und Drake einige letzte Informationen über die Küstenschiffahrt im Raum Bergen gegeben und eigentlich nur beiläufig erwähnt: »Übrigens, Captain Venables möchte, daß Sie sich diese Fotos ansehen. Die R A F konnte Luftaufklärung über Ihrem Fjord fliegen. Einige der Aufnahmen sind angesichts der Umstände recht gut.«

Schon der Ausdruck »Ihr Fjord« hatte ihn unangenehm berührt. Und dann war trotz der Starrheit des Luftbildes alles wieder gegenwärtig: die schwere, hallende Explosion, die XE 16 bis weit hinaus auf See gefolgt war. Von der *Hansa* war nichts Erkennbares mehr übriggeblieben, das hatte Seaton auch nicht erwartet. Doch längs des Fjords hatte die gewaltige Kraft der beiden Explosionen das Land so verheert, als habe ein Riese das Terrain mit einer Drahtbürste bearbeitet. Pier, Häuser, alles weg, jede schmale Bucht voller Treibgut, zertrümmerter Boote und entwurzelter Bäume.

»Wie viele Geiseln waren es?« fragte er leise.

»Etwa fünfzig«, hatte der Offizier erwidert. »Und Gott weiß wie viele Deutsche.« Das Ganze sagte er mit der Beiläufigkeit eines Nichtbeteiligten.

Danach hatte Drake Seaton seine Empfindungen zu erklären versucht. »Ich hatte ja keine Ahnung, Dave, nicht den leisesten Schimmer! Ich beobachtete nur immer deine Augen am Sehrohr und tat, was ich sollte. Und die ganze Zeit hast du es mit dir herumgetragen!« Das sprudelte in einer Mischung von Bestürzung, Bewunderung und Scham aus ihm heraus.

»Wenn ich denke, daß ich dich mit meinen kleinen Problemen belästigt habe . . .« Spontan streckte er die Hand aus. »Mein Gott, Dave, wenn das noch mal vorkommt, dann teile es mit mir. Ich kann dir nicht viel bieten, aber wenigstens trägst du dann die ganze Last nicht allein.«

Seaton hörte die gedämpften Befehle, die Alarmhupe in der Zentrale. Bei Tauchfahrt würde das Boot nun bald wesentlich ruhiger liegen. Er drehte sich um und zog die feuchte Decke über die Ohren.

Auf der anderen Seite der Messe lag Drake, ebenso hellwach, die Hände hinter dem Kopf gefaltet.

Wie immer, wenn er sich nicht dagegen wehrte, tauchte Decia in seinen Gedanken auf. Er glaubte, ihren geschmeidigen Körper in seinen Armen zu fühlen, ihren Mund. Über und unter ihm, sie war überall, schürte sein wahnsinniges Verlangen.

Seine Ohren dröhnten; die Diesel wurden abgestellt und durch das leise Summen der Elektromotoren ersetzt. Aus den Tauchtanks zischte Luft, über seiner Koje quietschte Metall, dann kippte der Bug nach unten.

Drake dachte an Seatons bleiches Gesicht am Sehrohr beim letzten Angriff auf die *Hansa.* Wie hatte er das bloß geschafft? Die ganze Zeit wußte er von den unglücklichen Geiseln, und dennoch hatte er, obwohl unerwartet ein Netz quer über ihren Fluchtweg ausgelegt worden war, jede Phase des Angriffs bewältigt, als seien sie bei einer Übung.

Eine solche Belastung konnte niemand längere Zeit ertragen. Das sagten alle.

Jenkyn saß in einer Ecke der Unteroffiziersmesse und dachte nicht weiter über den Einsatz nach. Was nützte es auch? Nur Angst und Schweiß kamen dabei heraus. Statt dessen dachte er an die Beerdigung, das große Grab, den Regen, die übliche Verlegenheit.

Zehn Tote insgesamt hatte die Bombenreihe gefordert. Unter den Trauergästen hatte er ein paar Uniformierte gesehen, meist aber waren es ältere Leute, die er sein ganzes Leben lang gekannt hatte. Onkel und Freunde, Tanten und Arbeitskollegen.

Doch es hatte keinen Sinn, den Kopf hängenzulassen. Er mußte sein Leben planen. Vielleicht würde er eines Tages eine nette kleine Frau kennenlernen und eine Familie gründen, die Füße wieder unter irgendeinen Tisch stellen können.

Der Torpedomechaniker des U-Boots zog den Vorhang zur Seite und sah auf ihn hinunter.

»Alles in Ordnung, Kumpel?«

»Klar. Wie man so sagt. Wenn man keinen Spaß verstehen kann . . .«

Beide grinsten sich wie Verschwörer an.

»Wenn das vorbei ist, will ich nur noch Rosen züchten.«

Wenige Schritte weiter stand Niven neben dem Navigationsoffizier am Kartentisch und beobachtete den jugendlichen Kommandanten bei der Arbeit.

Niven wußte, daß er eigentlich ruhen und möglichst schlafen sollte. Doch er spürte immer noch den gleichen Nervenkitzel, die gleiche Erregung – wie eine Droge, deren Wirkung nicht nachließ.

Es ging ihm einfach nicht aus dem Sinn, wie Decia ihn bei seiner Heimkehr begrüßt, wie sie sich ihm hingegeben hatte, als wolle sie ihm alles bieten, was er sich nur wünschen konnte.

Drake mußte ihr bei seinem Besuch irgend etwas über ihn erzählt haben. Nie zuvor hatte sie solche Leidenschaft, solchen Hunger nach ihm bewiesen.

»Auf zehn Meter gehen«, befahl der Kommandant. »Prüfen Sie, ob die Schleppleine in Ordnung ist.«

»Sehrohr aus!«

Fasziniert sah Niven ihm zu. Alle Einzelheiten seines Berufes interessierten ihn. Er wünschte sich, daß er schließlich so weit kommen würde wie dieser junge Kapitänleutnant, der jetzt durch das Sehrohr peilte. Dann mußte sogar sein Vater ein bißchen Ermutigung und Lob für ihn übrig haben.

»Sehrohr ein. Auf dreißig Meter gehen.«

Der Kommandant trat zum Kartentisch und blickte Niven an.

»Fällt es Ihnen schwer, wieder in den Kampf zu gehen, Sub?«

»Man gewöhnt sich dran, Sir.«

Das klang irgendwie falsch, gezwungen und wichtigtuerisch. Er wollte erneut ansetzen, merkte aber, daß der Kommandant bereits an etwas ganz anderes dachte.

»Ich glaub', ich hau' mich hin, Sir.«

Leise sagte der Eins WO: »Kleiner Angeber.«

Der Kommandant sah von der Seekarte auf. »Lassen Sie's gut sein, Nummer Eins. Wir alle waren mal prahlerische Anfänger. Zumindest müssen wir nicht aus dem Boot heraus und zu Fuß gehen, wenn wir am Ziel sind. Dafür sollten Sie dankbar sein.«

Ihr kurzes Auflachen folgte Niven auf seinem Weg zur Messe, und er ballte die Hände. Denen würde er's noch zeigen. So wie er es Decia gezeigt hatte. Und wie er es seinem arroganten, grausamen Vater zeigen würde. Nur langsam beruhigte er sich.

Wieder dachte er an Decia, wie sie vor ihm gekniet und zu ihm hochgesehen hatte, ganz die aufreizende Sklavin. Wenn er sie geschlagen hätte, sie hätte wohl kaum einen Finger gerührt.

Der Vorhang bewegte sich, Drake sah durch den Spalt. »Hast du was gesagt, Dick?«

Niven errötete. »Verzeihung. Bin in Gedanken gewesen, noch an den letzten Urlaub gedacht.«

»War's schön?« Drake beobachtete ihn und wagte kaum zu atmen.

»Ich glaube, du mußt ihr eine Menge von mir erzählt haben, Geoff.« Er sah Drake an und lächelte. »Aber ich werde schon noch dahinterkommen.«

Drake legte sich zurück und versuchte sich zu beruhigen. Es wurde immer schlimmer.

»Und noch etwas . . .«

Glücklicherweise wurde Niven durch eine schlaftrunkene Stimme hinter einem anderen Vorhang unterbrochen.

»Um Himmels willen, halt endlich die Klappe und denk an die armen Wachgänger!«

Gleichgültig folgte XE 16 währenddessen im Kielwasser des U-Bootes. Wie ein geduldiger Hai wartete es auf seine Stunde.

10 Ein Problem

Seaton drehte sich in engem Kreis mit dem Sehrohr, seine Augen schmerzten vor Konzentration. Es war kurz vor Mitternacht und stockdunkel, genau wie beim Auftauchen vor einer guten Stunde, als die Schleppleine gelöst wurde und sie vom U-Boot übergesetzt hatten.

An Steuerbord stiegen verschwommene Schatten auf, der einzige Hinweis auf Land. Das Boot lag gut, stampfte nur leicht in der Dünung. XE 16 war direkt auf die Inseln vor der Küste zugelaufen und hielt sich nun in ihrem Schutz parallel zum Festland in der Mitte des Fahrwassers.

Seaton sah, wie Drake geschickt reagierte, als das Boot plötzlich vorn tief eintauchte und das Sehrohr beinahe unterschnitt.

»Das wirst du noch häufiger erleben«, sagte er ruhig. »Es sind die Süßwasserlöcher aus den Fjorden und Buchten. Stell dich darauf ein, notfalls auch Tanks anzublasen.« Drake nickte, und Seaton wußte, daß er an Vanneck dachte.

»Ich geh' nach oben«, entschied er. »Dort kann ich besser sehen.« Er hängte sich das Doppelglas um und knöpfte seine wetterfeste Jacke zu. »Batterieladung fortsetzen. Später werden wir den Saft gut brauchen können.« Noch ein Blick auf die Uhr. »Die äußere Minensperre sollten wir jetzt passiert haben.« Er zwang sich zu einem Lächeln. »Wenn man alles berücksichtigt.«

»Passen Sie oben auf, Sir. Wir wollen Sie nicht gerade jetzt verlieren«, murmelte Jenkyn.

Drake hielt den Blick weiter auf den Neigungsmesser gerichtet. »Außerdem bist du der einzige, der weiß, wohin es geht.«

Seaton entriegelte das achtere Luk, öffnete es vorsichtig und fühlte, wie der naßkalte Wind ihm ins Gesicht schnitt. Draußen legte er sich platt auf das nasse Deck und stützte sich auf die Ellbogen, während er mit dem Glas von einer Seite zur anderen spähte.

Nach der engen, isolierten Zentrale schien ihm hier draußen alles größer und lauter zu sein: das Zischen des Sprühwassers, der Rückhall der Brandung an einer nahen Landspitze, ihre Diesel, deren Lärm Tote aufwecken konnte.

Sie fuhren sehr langsam, statt sechseinhalb nur etwas über vier Knoten, wegen der Batterieladung.

So als täten sie das jede Woche, schlängelten sie sich auf südöstlichem Kurs an der Küste entlang zwischen den Inseln hindurch. Daß sie in Kürze nach der letzten Durchfahrt vor dem großen Fjord und dann vor Bergen selbst stehen würden, konnte er sich kaum vorstellen.

Er rieb den Reif vom Sprechgerät. »Was liegt an?«

»Eins-vier-null.« Nivens Stimme klang frisch und munter.

»Kursänderung zehn Grad nach Steuerbord.«

Seaton hielt den Atem an und straffte sich, als das Boot in ein weiteres Süßwasserloch fiel. Sprühwasser und dann grüne See brandeten übers Oberdeck, zerrten an seiner durchnäßten Kleidung und rissen, ehe er sich wieder festgeklammert hatte, ein Bein von seinem Halt.

»Boot steuert jetzt eins-fünf-null.«

»So ist's besser.«

Er wischte das Glas ab und richtete es auf das Land. Sie brauchten etwas Manövrierraum nach See hin, falls ein langsam auf- und abstehendes Wachboot den Fjord überwachte.

Er blinzelte und schaute erneut hin. Ein Licht wie ein Autoscheinwerfer war aufgeflammt und ebenso schnell wieder erloschen. Doch sein Schein war nach See gerichtet gewesen.

Ein Blick auf das Leuchtzifferblatt seiner Uhr. Wie Draht scheuerte die Ärmelkante an seinem Handgelenk; Kälte und Seewasser waren Gift für die Haut.

Mindestens noch eine Stunde mußte er aufgetaucht durchhalten. *Bis vor die Tore!* Alles ging gut; im Fjord waren sie bereits achtzehn Meilen aufgetaucht gelaufen. Das sparte Zeit, gab ihnen mehr Spielraum, alles weitere auf Grund liegend abzuwarten.

Er erstarrte, denn erneut flammte ein Lichtschein auf, schwenkte über das Wasser und ließ den Fjord wie schwarze Seide glitzern. Er zählte die Scheindauer mit: zehn Sekunden, aber ihm schien es wie eine Stunde. »Ich glaube, der Jerry bestreicht mit einem, vielleicht auch mit zwei Scheinwerfern die Einfahrt«, sagte er ins Sprechgerät.

In Sekundenschnelle kam Nivens Stimme. »Diese Lücke zwischen zwei kleinen Inseln ist knapp eine halbe Meile breit, Sir.«

Also ein enges Fahrwasser. Klar, daß die Deutschen dort einen Scheinwerfer hatten; seltsam, daß niemand daran gedacht hatte.

Drake schaltete sich ein. »Wir haben genug Wassertiefe, Skipper.« Pause. »Wir könnten tauchen.«

Möglicherweise lag es an der Sprechverbindung, an der finsteren Umgebung oder an seiner Einbildung, aber Drakes Stimme klang besorgt.

»Nein«, antwortete Seaton. »Vielleicht bezwecken sie gerade das damit. Ich wette, daß sie auf Grund irgendwelches Ortungsgerät ausgelegt haben.«

Wieder rollte das Boot und überschüttete ihn mit eisigem Wasser. So verlor er kostbare Sekunden.

»Kursänderung auf eins-vier-null, wie vorhin.« Er reckte seine schmerzenden Glieder auf den Stahlplatten. »Wir müssen jetzt genau in der Mitte sein.« Erneut sah er den Strahl übers Wasser züngeln und kurz auf der Oberfläche verharren.

Während das Boot stetig auf die Lücke zwischen den Inseln zulief, fiel es ihm doch schwer, kühlen Kopf zu bewahren. Er hatte oft gehört, daß Scheinwerfer viel gefährlicher wirkten, als sie wirklich waren. Die Männer, die sie bedienten, sahen nur das, was sie erwarteten. Wie auch immer . . .

Ihm war, als habe die schneidend kalte Luft sein Gehirn in Eis verwandelt. Er empfand keine Furcht, nur eine Art leichtsinnigen Übermuts. Zum Teufel mit ihnen! Er würde weiter seine Batterien laden und durch die Lücke laufen.

Mit beunruhigender Plötzlichkeit strich der Scheinwerferkegel wieder heran und über das Deck hinweg. Jede Niete, jede Schramme waren deutlich zu sehen, selbst Seatons Armbanduhr blitzte wie ein Diamant auf, bevor der Strahl über das bewegte Wasser weiterglitt. Dann verharrte er – und Seaton fühlte sein Herz wie einen Hammer gegen die Decksplatten schlagen.

Jetzt kommt er wieder. Langsam strich der Strahl von Steuerbord nach Backbord über das Boot, beleuchtete den schäumenden Strudel des Schraubenwassers und blendete dann völlig ab. Die Nacht schien schwärzer als zuvor.

»Vorbei.« Er spitzte die Ohren, glaubte Widerhall von den Inseln zu hören. »Beinahe durch.« Seine Zähne klapperten. »Weiter!«

Er versuchte, an seinen Besuch in London zu denken. An Hampshire vor dem Krieg. An seinen Vater, dem jeder im Pub ein Bruder war.

Aus entgegengesetzter Richtung strich ein weiterer Scheinwerferstrahl heran, der Deck und Seerohrschutz jedoch kaum noch beleuchtete.

Nun wanderten seine Gedanken zu dem Mädchen mit den blaugrünen Augen, das vielleicht nur wenige Meilen entfernt schlief oder dem Morgen entgegenbangte. Die Kälte kroch in ihn hinein und nagte an seiner Widerstandskraft.

Benommen schaute er auf die Uhr. Sie hatten es geschafft! Er hakte die Sicherheitsleine aus und tastete sich zum Luk. Niven mußte ihm in die Zentrale helfen, fast wäre er kopfüber hingefallen.

Drake betrachtete ihn besorgt. »Mein Gott, du bist ja ganz blau!«

Seaton atmete ganz flach und rieb seine Hände heftig gegeneinander. Noch wagte er nicht zu sprechen, sondern krabbelte zum Kartentisch und zog die Lampe auf den mit Bleistift eingetragenen Kurs hinunter. Alles in allem hatten sie fünfundzwanzig Meilen Überwasserfahrt geschafft. Wohlig fühlte er die Wärme in sein Blut zurückkehren.

»In zehn Minuten wollen wir tauchen, bleiben aber auf Sehrohrtiefe.« Er machte ein kleines Kreuz in die letzte enge Lücke. »Wenn wir an Langholm vorbei sind, müßten wir schon sehen können, woran wir sind. Paß auf den Trimm auf, Geoff, mehr denn je. Umdrehungen nur für zwei Knoten.« Er wandte sich zu ihm um. »Und immer mit der Ruhe.«

Hoffentlich wirkte er überzeugend, denn die Anspannung hielt ihn wie mit Stahlklauen fest und ließ nicht mit der Kälte nach. Es würde mindestens noch sechs Stunden dauern, bis sie sich auf Grund legen und ausruhen konnten.

»Unter dem Tisch steht eine Thermosflasche«, sagte Jenkyn

über die Schulter. »Ein Schluck zum Aufwärmen.«

Seaton griff unter den Kartentisch und trank; Sekunden später reagierten seine Nerven ebenso dankbar wie sein Magen auf den dicken, klebrigen Kakao. »Danke.«

Erneut ein Blick auf die Karte: hier weiter und dann in das Fahrwasser von West-Byfjord und durch die innere Minensperre. Zu dieser Zeit würde es schon hell werden. Bei lebhaftem Schiffsverkehr, wenn die Berichte des Nachrichtendienstes zutrafen.

Schon auf der Karte sah alles viel schwieriger aus als bei ihrer letzten Fahrt. Listig mußten sie sich an Inseln vorbeischlängeln und in Fjorde eindringen, es gab keine Abkürzung. Und über die gleiche Strecke würde auch ihr Rückweg führen.

Seaton wischte sich mit dem Handrücken über den Mund. Eins nach dem anderen.

»Klar zum Tauchen.« Er nickte Niven zu. »Überprüfen Sie unseren Standort von Minute zu Minute, dies hier ist Präzisionsarbeit.«

Er dachte an Venables in seinem Bunker, an Trenoweth und seinen Hund. Und an Konteradmiral Niven. Irgend etwas stimmte nicht zwischen Vater und Sohn.

»Fertig«, meldete Drake.

»Tauchen! Auf zehn Meter gehen!«

Während der folgenden drei Stunden kam XE 16 durch den minenfreien West-Byfjord gut voran. Aber es waren in Seatons Erinnerung die längsten drei Stunden seines Lebens; jede Minute stellte neue Anforderungen an Nerven und Konzentrationsvermögen.

Das Wasser rund um das Boot schien unter zahllosen Motoren zu beben und zu pochen, der ganze Fjord voll wild durcheinanderfahrender Schiffe zu sein, die alle darauf aus waren, XE 16 zu rammen. Einmal, als das Boot auf Sehrohrtiefe hochging, mußte Seaton Sturztauchen befehlen, denn der hohe Steven eines auslaufenden Fischerboots zeichnete sich wie eine Axt in seinem Okular ab.

Als er den nächsten Blick wagte, sah er, daß der Himmel schon heller wurde; fast konnte er die Morgenkühle fühlen. Große und kleine Schiffe fuhren geschäftig in dem minenfreien Fahrwasser hin und her, Trawler und Fischkutter, eine Fähre, zwei Landungsfahrzeuge und ein tiefliegendes Flakschiff, dessen Deck mit bösartig aussehenden Kanonen dicht bestückt war.

»In zehn Minuten kommen wir in die innere Minensperre«, sagte Niven.

»Großartig«, murmelte Drake heiser.

Seaton hatte den Kopf zu voll, um auch nur daran zu denken, daß sie auf eine Mine stoßen könnten. Der Schiffsverkehr war schlimmer, als er ihn sich vorgestellt hatte. Kielwasser und Bugwellen überschnitten sich, überspülten das kleine Sehrohr jedesmal, wenn er es auszufahren wagte. Doch sie drangen weiter vor, tauchten alle fünf Minuten auf acht Meter und gingen dann wieder für einen Rundblick höher.

»Jetzt kommen wir in die Minensperre«, meldete Niven gelassen.

Seaton blickte auf seine Uhr. Bald würde oben heller Tag sein. Er fühlte die Anstrengung an ihm zerren, seine Augen schmerzten. Sieben Stunden, seit sie sich von dem großen U-Boot getrennt hatten. War das nicht viel länger her?

Er fuhr zusammen, als ein scharfer, metallischer Klang vom Heck des Bootes wie eine Stimmgabel widerhallte.

»Zwanzig Grad Zickzack steuern!«

Als das nächste Ping den Rumpf entlanglief, fühlte er, wie ihm der Schweiß ausbrach. Mitten im Schiffsverkehr befand sich also ein Überwachungsboot, das sein Asdic, ein Unterwasser-Ortungsgerät, einsetzte.

Ping.

Seaton zwang sich, nicht zusammenzuzucken; vom Kartentisch her sah Niven ihn an.

»Auf fünf Meter gehen.« Er hob die Hand. »Ganz vorsichtig!« Ihre Preßluft zischte so laut wie eine Flutwelle.

»Boot ist auf fünf Meter.«

Sie warteten, horchten, ob das Echo sie fand. Der Kommandant des Wachbootes nahm vielleicht an, er hätte ein altes Wrack oder einen Fischschwarm geortet – wenn er überhaupt etwas gemerkt hatte. So früh am Morgen waren Beobachter nicht in Höchstform.

»Auf Sehrohrtiefe gehen!« Seaton hatte einen schlechten Geschmack im Mund. Das Bild von Nivens Vater stieg vor ihm auf, wie er seine Ordensbänder streichelte. Kaum vorzustellen, daß er sich jemals schmutzig gemacht hatte. Er sah eher aus wie ein Mann, der zu oft badete.

Entschlosen fuhr Seaton das Sehrohr aus.

Es war wirklich viel heller.

Starker Schiffsverkehr, der jetzt jedoch querab in ein anderes Fahrwasser geführt wurde. Blaugraue Hänge und schneebedeckte Berge wurden sichtbar. Als er das Sehrohr weiterdrehte, hatte er plötzlich das schreckliche Empfinden, gefangen zu sein und immer tiefer in eine Felsenfalle hineinzutreiben.

Parallel zu ihnen lief ein schwarzer Schiffsrumpf, dessen Doppelschrauben Schaum aufwarfen: ein weiteres Wachboot, doch diesmal ohne Asdic.

»Auf acht Meter gehen!« Er fuhr das Sehrohr ein, rieb sich Augen und Mund und fühlte sich elend und zittrig.

Die Menschen in Bergen, die jetzt aufstanden, kamen ihm in den Sinn. Die zur Arbeit gingen, in die Schulen, in die Konservenfabrik und die Brauerei. Wer von ihnen hätte sich in seinen wildesten Träumen vorgestellt, daß da eine kleine Stahlröhre mit vier Männern darin und zwei schweren Sprengladungen stetig auf sie zulief?

»Frage: neuer Kurs?«

»Kurs eins-zwo-null . . .« Niven beugte sich über die Seekarte. »Fünf Minuten.«

Drake atmete tief durch. Da klickte etwas gegen die Bordwand, diesmal kein Asdic.

Seaton legte die Hand auf Jenkyns Schulter, fühlte, wie sich seine Muskeln verkrampften, als habe er einen Stich erhalten. »Ganz ruhig, Alec.« Das klang gelassen, obwohl jeder Nerv in ihm vibrierte. »Fallen Sie etwas nach Backbord ab.«

Erneut setzte das metallische Schaben ein und wanderte langsam über die Bordwand. Seaton folgte dem Geräusch mit seinen Blicken. Bei diesem Stand der Tide schwebte die Mine jetzt wahrscheinlich knapp dreißig Zentimeter über dem Sehrohrschutz. Fast konnte er vor sich sehen, wie ihr Ankertau am Boot entlangglitt und nach einem Vorsprung suchte, um sich festzuhaken und ihnen einen heimtückischen Tod zu bringen.

Als Jenkyn das Ruder aufkommen ließ, ging das Geräusch in ein scharfes Rattern über und erstarb schließlich.

Seaton drückte die schmalen Schultern des Mechanikers. »Gut gemacht!«

Der Unteroffizier hob den Kopf, die Augen weiterhin auf den Kompaß gerichtet. »Danke, Sir.«

Seaton ging zur Karte. »Hier, Sir«, sagte Niven knapp und deutete mit seinem Stechzirkel auf den Rand der Minensperre.

»Gut.« Am liebsten hätte er einen tiefen Seufzer ausgestoßen. »Kursänderung, Alec, eins-zwo-null Grad«, sagte er jedoch nur und wartete, bis sie getrimmt hatten und das Boot auf dem neuen Kurs eingesteuert war.

Dann gingen sie vorsichtig wieder auf Sehrohrtiefe, und Seaton erblickte zum erstenmal die Hafeneinfahrt. Der Tag war etwas diesig, doch er konnte Gebäude und verankerte Schiffe aller Größen erkennen. Eine Kirche, eine Dockwand und hoch über allem ein riesiger Kran, der aussah wie ein auf der Lauer liegendes, prähistorisches Ungetüm, das darauf wartete, mit seinem Kopf nach unten zu stoßen und ein hilfloses Opfer zu schnappen. In seinen Unterlagen war er nicht erwähnt. Wahrscheinlich ein Schwimmkran, der erst kürzlich gebaut oder von einem anderen Hafen hergeschafft worden war.

Er fuhr das Sehrohr wieder ein, Drake warf ihm einen kurzen Blick zu. »Alles okay?«

»Prächtig. Wir steuern jetzt den Nachbarfjord an, in dem das Wrack liegt.«

»Den Puddefjord, Sir«, ergänzte Niven. »Etwa anderthalb Meilen.«

Seaton schaute auf die Uhr. Erstaunlich, was man ertragen konnte. Er rieb sich die Augen und wandte sich wieder der Karte, seinem Notizblock und den Peilungen zu. Daß sie beim Einlaufen in den Hafen dem Tod so nahe gekommen waren, war bereits wieder aus seinem Gedächtnis getilgt: der unerläßliche Schutz gegen alle Schrecken.

Erneut gingen sie auf Sehrohrtiefe und erhöhten die Fahrt zum Ausgleich gegen die starke Tide und den Neerstrom im Fjord.

Geschäftig schob sich ein dicker Schlepper auf den minenfreien Weg zu, zwei leere Leichter im Schlepp. Tanzende Bojen und ein paar kleine Fahrzeuge, ein kreisender Möwenschwarm, sehr weiß vor dem bewölkten Himmel. Seaton konnte ihre aufgerissenen Schnäbel erkennen, ihre schrillen Schreie drangen nicht an sein Ohr.

Etwas später machte er eine grüne Wrackboje aus und schwach dahinter etwas, das wie ein Teil einer versunkenen Hütte aussah.

Das Objekt war der obere Teil der Brücke des gesunkenen Schiffes. Bei Hochwasser würde auch er unsichtbar sein. Hier konnte er sein Boot hinlegen und den Haupthafen überwachen. Das hatten die Deutschen gut gemacht. Hätte er den Platz selbst aussuchen können, er hätte keinen besseren gefunden.

Um acht Uhr morgens legte sich XE 16 auf den Grund, und sein stählerner Rumpf berührte fast die gewölbte Bordwand des Wracks.

Während immer einer auf Horchwache ging, versuchten die anderen, zu schlafen oder sich auf das Kommende vorzubereiten.

Als sich Dunkelheit über Bergen legte, hob sich XE 16 vorsichtig auf Sehrohrtiefe und schrammte knirschend am Wrack entlang.

Der Schlaf hatte Seaton keine Erleichterung gebracht und den anderen vermutlich auch nicht. Er fühlte sich weiterhin matt und reizbar. Vorsichtig machte er mit dem Sehrohr einen Rundblick. Nichts schien sich zu rühren, doch er mußte die Umdrehungen erhöhen, um das Boot gegen den Strom zu halten. Zum Schwimmen war das nicht der richtige Ort. Das geheime Gerät, das er hier abholen sollte, lohnte hoffentlich das Risiko.

»Schon was zu sehen?« Drake schob seinen mächtigen Körper näher.

»Es dauert noch ein paar Minuten.« Seaton dachte an ihren künftigen Passagier. Mit ihm an Bord würde sich manches verändern.

»Wenn wir Glück haben«, fuhr Drake fort, »ist das Ding zu groß für uns.«

Seaton wandte sich vom Sehrohr ab und starrte seinen Ersten an, erstaunt und zornig darüber, daß er nicht selbst daran gedacht hatte. Das war eine höchst wichtige Einzelheit, und niemand hatte sich darüber Gedanken gemacht.

Drake sah ihn an. »Tut mir leid, Skipper, war nur eine Idee.«

»Sie hat mir gerade noch gefehlt!« Er wandte sich wieder dem Okular zu.

»Oh, das haben die sich zu Hause bestimmt vorher überlegt«, meinte Niven. Es klang so zuversichtlich, daß Jenkyn bissig dazwischenfuhr: »Auch die machen mal Mist.«

Leise sagte Seaton: »Ein Boot nähert sich.«

Die anderen verstummten, Jenkyn verärgert, Niven in kühler Mißbilligung.

Seaton hörte den Bootsmotor durch das Wasser tuckern. Irgend etwas flackerte im Dunkel auf, als zünde sich ein Mann im Windschatten eine Pfeife an.

Das Boot wurde langsamer und trieb auf die innere Wrackboje zu. Dann stoppte seine Maschine völlig, und Seaton sah, wie es sich in der Dünung wiegte und zwei oder drei Gestalten sich im Bug zusammendrängten. Sie hatten an der Bezeichnungsboje eingehakt und warteten.

Er räusperte sich. »Umdrehungen für zwei Knoten. Auftauchen!«

Das hatten sie unendliche Male geübt. Nur wenige Meter vor der Boje hob sich das kleine U-Boot fast geräuschlos an die Oberfläche.

Seaton entriegelte das Luk und fühlte einen harten Druck an seinen Rippen – die Pistole. Sie würde ihn nicht retten, Drake jedoch vielleicht die Chance geben, mit dem Boot zu entkommen.

»Paß gut auf, Skipper!«

Seaton warf ihm einen Blick zu und nickte. Dann war er draußen, halbwegs auf einen Angriff oder eine Salve gefaßt.

Jetzt sah er das Boot deutlicher, die am Bug aufgemalte Nummer zeigte, daß es ein Boot des Hafenmeisters war.

Eine Leine wurde ihm zugeworfen, die er an einem Poller befestigte. Die Männer holten sie durch, bis beide Boote nebeneinander lagen.

Eine Gestalt kletterte zum Dollbord und spähte zu ihm herüber. »Na, so was! Sie sind's wieder?«

Seaton erstarrte. Es war Trevor.

»Die anderen waren alle unabkömmlich«, erwiderte er. Er sah sich um. »Ist's hier sicher?«

»Es geht.« Trevor beobachtete ihn interessiert. »Die Wachboote der Deutschen kommen nur gelegentlich vorbei.« Er ergriff Seatons Hand. »Es ist verdammt schön, Sie wiederzusehen. Ehrlich!«

Seaton musterte die anderen: geschulte Widerstandskämpfer, Menschen unter Zwang oder ganz gewöhnliche Norweger, wer wußte das schon?

»Wo ist mein Passagier?« fragte er. »Beeilt euch, man hat mir gesagt, ich soll ihn und ein ›Paket‹ hier übernehmen. London hat eingewilligt.«

»Ich weiß«, sagte Trevor grinsend. »Glauben Sie, wir benutzen hier nur Zeichensprache?« Er wurde wieder ernst. »Aber wir haben leider ein Problem.«

Seaton seufzte und dachte an Jenkyns bittere Worte: *Auch die machen mal Mist.*

»Hat der Gegner ihn geschnappt?«

»Schlimmer. Die hiesigen Widerständler.«

»Um Himmels willen, wir sollten doch eigentlich alle auf derselben Seite kämpfen!« Er riß sich zusammen. »Und was soll ich jetzt tun?«

»Wir brauchen noch mindestens einen Tag«, entgegnete Trevor bekümmert. »Und Sie müssen mit mir an Land kommen.« Er zögerte. »Jetzt sofort.«

Wieder mußte Seaton an die Worte eines anderen denken: *Wenn einer von Ihnen ausfällt* . . . Venables.

»Ist das nicht ein bißchen riskant?« Die törichtige Bemerkung half ihm, sich zu beruhigen. Ein aufgetauchtes U-Boot im feindlichen Hafen, ein britischer Agent in einem Motorboot, und sie unterhielten sich wie beim Kricketspiel am Sonntag. »Na schön«, fuhr er fort. »Warum nicht? Wer A sagt . . .«

Trevor war die Erleichterung anzumerken. »So schnell Sie können. Ich habe hier ein paar Sachen zum Anziehen für Sie, und wenn Sie erst an Land sind, ist es kein Problem mehr. Wir haben hier eine Menge Freunde.«

Seaton steckte den Kopf ins Luk. »Du übernimmst das Kommando an Bord, Geoff. Alles nach Plan: Wachegehen, Boot durchlüften, wie besprochen.«

Drake wartete, bis Niven die Steuerung von ihm übernommen hatte, und stolperte zum Luk.

»Wo, zum Teufel, willst du hin? Du kannst doch nicht einfach abhauen!«

Er zuckte zurück, als das Boot gegen ihre Bordwand knallte, und erkannte Trevor. »Ach, Sie sind's!«

Trevor grinste. »Jeder freut sich, wenn er mich sieht. So geht mir das immer.«

»Achtundvierzig Stunden«, sagte Seaton entschieden. »Wenn ich dann nicht zurück bin, macht ihr, daß ihr wegkommt. Oder auch eher, wenn ihr das Gefühl habt, hier läuft etwas schief.« Er langte nach unten und packte Drakes Schulter. »Mach dir keine Sorgen, das geht schon klar.«

Drake nickte, das Gesicht vor Besorgnis angespannt. »Wenn du's sagst?«

Es war erledigt. Seaton kletterte ins Boot, und als sie von der

Boje loswarfen, war XE 16 bereits verschwunden. Nur das blinkende grüne Auge der Wracktronne blieb zurück.

Der Motor sprang an, und sie drehten ab auf die Küste zu.

»Der Widerstandschef von Bergen ist ein Mann namens Brynjulf«, sagte Trevor. »Er ist einer von den Wilden, nicht wie Jens.« Das klang traurig. »Von Jens' Sorte gibt es nie genug. Doch Brynjulf ist ein Kämpfer und weiß, wie man die Deutschen trifft.« Ein leichter Schneeschauer fegte über das Boot. »Übrigens«, fragte er, »wie sieht's daheim aus?«

»Es regnet.«

»Gut. Man braucht ja auch was Vertrautes, an dem man sich festhalten kann.« Er spähte nach vorn. »Noch zehn Minuten. Ziehen Sie diesen Mantel an, und wenn Sie auf Deutsche stoßen, tun Sie einfach so, als ob Sie sie nicht verstünden. So verhalten sich die Hiesigen.«

Seaton kämpfte sich in einen dicken, pelzbesetzten Mantel. Das Boot erreichte eine Steinpier, und Trevor sagte: »Hier steigen wir aus, klar?«

Der Bootssteurer ging so nahe wie möglich heran; nachdem Trevor und Seaton auf eine schlüpfrige Treppe gesprungen waren, drückte er die Pinne herum und steuerte in den Hafen davon.

Schweigend standen beide da und lauschten dem Wind und dem auf den Steinstufen plätschernden Wasser. Abgesehen von den fernen Hafengeräuschen war es still.

»Wir laufen ein Stück«, meinte Trevor unvermittelt. »Das gibt Ihnen Zeit, sich anzupassen.«

Seaton griff in die Tasche nach seiner Pistole. Ein paar Gestalten kamen vornübergebeugt und eingemummelt an ihnen vorbei. Sie hätten überall sein können, waren aber im besetzten Bergen.

Trevor schien den Weg genau zu kennen, führte ihn durch einen kleinen Torbogen und eine andere enge Straße mit glitschigem Kopfsteinpflaster. An einer windigen Ecke neben einer geschlossenen Bäckerei blieb er stehen und flüsterte: »Haben Sie Ihre Pistole?« Und ohne auf Antwort zu warten: »Da kommen zwei Krauts. Wenn es schiefgeht, nehmen Sie den Linken.«

Seaton schluckte, dann sah er auf dem anderen Gehsteig die beiden Gestalten, Kragen hochgeschlagen, Köpfe gesenkt. Die Helme und umgehängten Maschinenpistolen machten sie eindeutig als Besatzer kenntlich. Seaton dachte an den Deutschen, den man gefesselt aus dem kleinen Raum gestoßen hatte, um ihn umzubringen.

Die Soldaten spähten durch die weichen Schneeflocken zu ihnen hin. Trevor hob die Hand. »Guten Abend«, sagte er auf deutsch.

Nickend rief einer der Soldaten etwas auf norwegisch.

Trevor ging weiter. »Wenn Sie sie auf deutsch ansprechen, nehmen sie das als Gottesgeschenk.«

Mit leeren Fischkästen überladen, klapperte ein kleiner alter Lastwagen über das Kopfsteinpflaster und blieb mit dampfendem Kühler vor ihnen stehen.

Ohne zu zögern ging Trevor zum Fahrersitz. *»Kjør meg til Brynjulf.«*

Der Fahrer wies fragend auf Seaton, und Trevor schüttelte den Kopf. *»Nej.«* Zu Seaton gewandt, erklärte er: »Er wollte wissen, ob Sie schon mal hier waren.« Er öffnete ihm die Tür. »Deshalb müssen Sie hinknien und sich diesen Schal vor die Augen binden.«

Seaton gehorchte, knirschend wurde der Gang eingelegt. Wen schützten sie? Sich selbst, ihn oder ihren Gefangenen?

Während der unbequemen Fahrt roch Seaton überall Fisch, hörte das Rasseln von Winschen, schließlich zunehmenden Straßenverkehr und ein Mädchenlachen; dann kamen Fetzen von Gesang und Musik, der Duft warmer Mahlzeiten.

Torkelnd blieb der Wagen endlich stehen. Trevor half Seaton heraus, und als der Schal abgenommen wurde, sah er sich in einer kleinen Diele; die Haustür schloß sich gerade hinter ihm. Draußen hörte er den Lastwagen davonrasseln.

Durch eine andere Tür trat ein schlanker Mann in Lederjacke und geflickter Latzhose ein, mit großen, zwingenden Augen, die sein ganzes Gesicht zu beherrschen schienen.

Er nickte Trevor zu, trat dann vor Seaton und ergriff seine Hand.

»Willkommen. Ich bin Brynjulf und habe hier das Kommando.«

Aus dem angrenzenden Raum trat ein Mann in die Diele und fragte: »Sind Sie bewaffnet?«

Seaton nickte und fuhr mit der Hand in die Tasche.

Doch Brynjulf schüttelte den Kopf. »Nein, behalten Sie die. Hier vertrauen wir einander. Sonst ist das Leben ziemlich kurz.«

»Ich meine, wir sollten jetzt reden«, warf Trevor ein.

»Ja.« Der Mann nickte gelassen. »Aber erst trinken wir einen.«

11 Die Falle

In Gedanken beim großen glühenden Ofen vom vorigen Mal, saß Seaton am Tisch, die Ellbogen aufgestützt. Im Gegensatz zu damals war es hier nicht sehr warm, die Luft war ebenso feucht und verbraucht.

Auch eine gewisse Spannung war fühlbar. Der Norweger Brynjulf schenkte eine weitere Runde Aquavit aus, vermutlich waren er und Trevor nicht zum erstenmal verschiedener Meinung.

Trevor lehnte sich auf einem wackligen Stuhl zurück und blinzelte zu der nackten Birne hinauf, die den Raum beleuchtete.

»Abgemacht ist abgemacht.«

Brynjulf hob lächelnd sein Glas. *»Skål!«* Seine großen Augen glühten. »Abmachungen können auch geändert werden, mein Freund.«

Seaton ließ sein Glas unberührt. »Meine Befehle«, sagte er, »lauten, daß ich hier den Passagier und das Gerät übernehmen soll. Was hat sich geändert?«

Der Norweger betrachtete ihn nachdenklich. »Von meinem Standpunkt aus nichts.«

Müde warf Trevor ein: »Der Passagier ist Professor Paul Gjerde.«

»Ein Verräter!« stieß Brynjulf hervor. »Ein verdammter Kollaborateur! Man sollte ihn erschießen!«

»Gjerde arbeitete hier an der Technischen Universität«, erklärte Trevor, »als Fachmann für Treibstoffe. Nach der Besetzung Norwegens durch die Deutschen ging er freiwillig nach Berlin und später in ein Labor in Stettin. Ich glaube nicht, daß er sich als Verräter sah, aber ohne Zweifel war er ein Opportunist, ein Spezialist, dem seine Arbeit wichtiger war als sein Land. Zur damaligen Zeit schien es höchst unwahrscheinlich, daß Norwegen jemals befreit würde.«

»Was ist Ihre Absicht?« wandte sich Seaton an Brynjulf.

Der verzog das Gesicht. »Das Schwein umbringen und dann weiter Krieg führen.«

Seaton dachte an London, die beharrlichen Hoffnungen auf eine Invasion in Europa.

»Das geheime Gerät könnte für die Alliierten entscheidend wichtig sein. In den letzten vier Jahren haben britische Städte und Dörfer viele Bombenangriffe über sich ergehen lassen müssen. Eine neue Belastung durch Raketen, noch mehr Tote und Zerstörungen, könnten die Kräfte der Bevölkerung übersteigen. Und das zu einer Zeit, da eine Wende zum Besseren möglich wäre.«

»Sie reden wie die B B C« Brynjulf zuckte die Schultern. »Aber Sie müssen es mal von unserem Standpunkt aus betrachten. Wir sind besetzt, Sie nicht. Sie denken an Sieg, wir zuerst einmal ans Überleben.«

Verzweifelt warf Trevor ein: »Verräter oder nicht, Professor Gjerde ist jetzt bereit, den Alliierten zu helfen. Ihn umzubringen, führt zu nichts und könnte unermeßlichen Schaden anrichten.« Sein Blick ging zu Seaton. »Ich sollte Sie zu ihm bringen. Nur dadurch, daß wir ihm zu zeigen versprachen, wer Sie sind, konnten wir ihn von unseren ehrlichen Absichten überzeugen. Statt dessen . . .« Er funkelte den Norweger an. »Müssen wir uns hier mit diesem blutrünstigen Säufer herumschlagen.«

Brynjulf lächelte milde. »Lieutenant, ich mache Ihnen ein Angebot. Sie haben den großen Schwimmkran im Hafen gesehen, er ist der größte in Norwegen und ganz neu. Ich gehöre zu denen, die ihn errichten mußten. Zum einen wird er in der Werft, in der U-Boote zusammengebaut werden, eingesetzt. Zum anderen ist er jedoch mehr als ein Kran, er ist ein Symbol geworden. Von überall in der Stadt kann man ihn sehen – ein Sinnbild für Nazi-Deutschland.«

Trevor stöhnte. »Um Gottes willen!«

Der Norweger beachtete ihn nicht. »Außerdem liefert er Strom für das Dock und mehrere Anlagen.« Langsam nickte er, seine Augen glänzten wie schwarze Oliven. »Aha, Sie verstehen, Lieutenant.«

»Ich soll ihn zerstören?«

»Jawohl. Dann können Sie den Quisling und seine Geheimnisse haben.«

»Und wenn ich mich weigere?«

»Dann bringen wir ihn um und finden einen anderen Weg, den Kran zu zerstören.«

Die Männer im Raum drängten sich näher heran, um Seatons

Reaktion zu beobachten.

»Sie brauchen sich nicht sofort zu entscheiden«, meinte Trevor.

»Doch.« Seaton wurde plötzlich zornig. »Ich habe da draußen ein U-Boot und eine Besatzung, die sich auf mich verläßt. Ich bin nicht zu Spielchen hergekommen oder um die Ethik des Krieges zu diskutieren. Ich gehöre zu denen, die diesen Krieg führen müssen, falls Sie das vergessen haben. Doch im Gegensatz zu Ihnen habe ich Befehle zu befolgen. Ich kann nicht einfach losziehen und hier und da nach eigenem Belieben kämpfen.« Er blickte Trevor an und sagte schroff: »Ich möchte diesen Professor sehen, deshalb bin ich gekommen.« Und zu Brynjulf gewandt: »Und dann verschwinde ich.« Er beobachtete sein Gesicht und setzte ruhig hinzu: »Dabei lege ich auch den Kran für Sie um. Zufrieden?«

Brynjulf blickte Trevor an und spreizte grinsend die Hände. »Na bitte! Ein außerordentlich vernünftiger junger Mann.«

Trevor seufzte. »Na gut. Heute können Sie hierbleiben, David. Morgen werden wir als erstes dafür sorgen, daß Sie Gjerde treffen. Alles weitere ist dann Ihre Sache.« Er grinste reuig. »Wir laden Ihnen anscheinend immer eine ganze Menge auf.«

Seaton sah zur Seite. »Auch das habe ich nicht vergessen.« Er dachte an den verwüsteten Fjord. »Das Mädchen, das damals bei Ihnen war – geht's ihm gut?«

Trevor nickte mit ausdruckslosem Gesicht. »Ja, sie ist mein Funker, ein tapferes Kind.«

»Ich verstehe.« Aber er verstand überhaupt nichts. Irgendwie fühlte er sich betrogen, durch diese Mitteilung an den Rand gedrängt.

»Vielleicht sehen Sie sie, bevor Sie wieder verschwinden«, meinte Trevor beiläufig. »Sie ist hier in Bergen.«

Brynjulf war damit beschäftigt, seinen Kameraden Anweisungen zu erteilen. Dann zog er einen schweren Mantel über und sagte: »Nehmen Sie sich in acht, Lieutenant, morgen in den Straßen. Hüten Sie Ihre Zunge und überlegen Sie jeden Schritt.«

»Keine Sorge, das mache ich.«

»Jens meinte, Sie wären ein guter Mann.«

Seaton sah ihn an. »Sie kannten ihn also? Er war ein prima Kerl.«

Brynjulf kam um den Tisch und legte eine Hand auf Seatons

Schulter. »Denken Sie daran, Lieutenant, Sie sind nicht wie wir. Aber vielleicht sind Sie deshalb um so besser.« Ohne weitere Erklärung verließ er den Raum.

Trevor steckte sich eine Zigarette an. »Er meinte, Sie seien für den Partisanenkampf nicht geschaffen.« Er hob die Hand. »Nein, hören Sie zu, David. Gerade eben hat er Sie überlistet. Er erwähnte Jens, und Sie reagierten unbedacht. Sie gaben damit zu, Jens zu kennen und ihn, bevor er starb, getroffen zu haben. Können Sie sich vorstellen, was die Gestapo alles aus Ihnen herausholen würde?«

Seaton nickte. »Tut mir leid. Dies ist wirklich ein anderer Krieg.«

»Nur die Waffen sind anders.«

»Ich will mir Mühe geben, wachsamer zu sein.«

Trevor lächelte schmerzlich. »Bleiben Sie, wie Sie sind. Überlassen Sie uns die dreckige Arbeit. Wer weiß, was wir gemeinsam erreichen.« Der Augenblick der Vertrautheit war vorüber. »Jetzt zu morgen.«

Brynjulf lehnte an der Wand und sah zu, wie Seaton schwarzen Kaffee trank und Brot aß.

Es war früher Morgen und empfindlich kalt.

Brynjulf sah auf die Uhr. »Sie rasieren sich besser nicht, Lieutenant. So sehen Sie mehr wie ein Fischer aus.«

Trevor ließ sich nicht blicken, und Seaton war es allmählich leid, Fragen zu stellen, auf die er nie eine klare Antwort bekam.

»Was geschieht nun?«

»Ihr Führer ist der Sohn eines Freundes, heißt Thor und träumt davon, ein Held zu werden. Er wird Sie zu einem Café am Fischmarkt bringen. Dort herrscht viel Betrieb, das ist günstig.«

Hinter dem Haus klingelte ein Fahrrad.

»Es wird Zeit.« Brynjulf führte ihn in den feuchten Korridor. »Alles Gute. Sobald Sie mit Gjerde gesprochen haben und er weiß, wer Sie sind, verfahren wir nach dem alten Plan weiter.« Er zuckte die Schultern. »Tut mir leid, daß ich feilschen mußte, aber es war notwendig.«

Draußen auf der Straße wartete ein etwa fünfzehnjähriger Junge mit einem Fahrrad.

»Das ist Thor.« Brynjulf warf einen schnellen Blick auf die Straße und trat wieder ins Haus zurück.

Thor nickte. »Gehen wir.«

Am frühen Morgen schien die Stadt weniger gefährlich zu sein. Viele Leute waren unterwegs, hasteten durch die engen Straßen zum Hafen und zum Einkaufen. Seaton versuchte, nicht an Drake und die anderen zu denken, die da draußen unter Wasser eine scheußliche Wartezeit durchmachen mußten.

Ein kleiner Spähwagen mit vier deutschen Soldaten ratterte vorbei; die Köpfe über den feldgrauen Mänteln sahen weder nach rechts noch nach links.

Thor verzog das Gesicht. »Schweine.«

Seaton sah ihn an. Ein netter Junge, der durch den Untergrundkampf leicht für alle Zeit aus der Bahn geworfen werden konnte. Überlebte er den Krieg, endete er möglicherweise als Verbrecher, da sein Bedürfnis, gefährlich zu leben, zu stark für den Alltag war.

Einige Leute nickten oder riefen Thor zu, vermieden es aber peinlich, einen Blick auf seinen Gefährten zu werfen. Ob sie wußten, was er vorhatte?

»Da.« Thor zeigte quer über einen kleinen Platz. Eingeklemmt zwischen zwei Läden, als müßte es sie abstützen, lag das Café. Die Fenster waren beschlagen, mehrere Leute gingen ein und aus.

»Ich passe draußen auf, gehen Sie rein.« Thor sprach sehr bestimmt, auch wenn sein Englisch schlecht war.

»Wen finde ich drin?«

Thor grinste. »Das geht schon in Ordnung, Chef. Sie erfahren es, wenn Sie drin sind.« Dann schob er die Hände in die Taschen und schlenderte zur nächsten Ecke.

In den nächsten Sekunden lief alles so rasend schnell ab wie in einem Alptraum.

Seaton erreichte die Tür und wollte sie gerade aufstoßen, als es losging. Bremsen quietschten, Männerstimmen stießen rauhe Rufe aus. In diesem Augenblick sah er das Mädchen an einem Tisch sitzen, mit dem Gesicht zur Tür, genauso, wie er es in Erinnerung hatte. Kein Wunder, daß man ihm nicht sagen mußte, nach wem er hier suchen sollte. Trevor hatte verstanden.

Er sah ihre weit aufgerissenen Augen, sah die Hand eines Gastes in der Luft erstarren und Kaffee über den Tisch gießen.

»Halt!«

Stiefel stampften über die Straße, Seaton fuhr herum und war sich klar, daß er versuchen mußte, sich hier herauszuhalten. Zwischen den Fischständen quollen uniformierte Gestalten hervor, weiter hinten parkte ein mit Tarnfarben bemalter Mercedes. Dann sah er Thor wieder auf sich zukommen, Hände in den Taschen, aber so bleich wie der Tod. Hinter ihm stolperte ein Soldat und fiel beinahe, während er zum zweitenmal schrie: »Halt! Hände hoch!«

Doch Thor ging weiter; als er merkte, daß Seaton ihn gesehen hatte, schrie er: »Lauf! Falle!«

Das Rattern einer Maschinenpistole war das letzte, was Thor hörte. Die Geschosse trafen ihn in Rücken und Schultern und warfen ihn in den nassen Schnee aufs Gesicht; sein Blut bildete ein hellrotes Netz in den Rillen des Kopfsteinpflasters.

Auf der anderen Seite knallten Türen, Stiefel knirschten, weitere Soldaten rannten auf das Café zu.

Der Mann, der Thor erschossen hatte, ging zögernd auf den ausgestreckten Jungen zu. Es war ein deutscher Unteroffizier, dick und unförmig, sein Hals hing in Falten über dem Kragen des feldgrauen Mantels.

Er beugte sich vor und stieß Thors Leiche mit der Stiefelspitze an. Der Junge rollte zur Seite, die Augen immer noch weit aufgerissen; aus seinem Mund floß Blut.

Seaton vergaß alles, sah nur Thors erstarrtes Gesicht. Er machte einen Satz und schlug dem Unteroffizier die Faust in den Magen. Der Gesichtsausdruck des Mannes wechselte von Zorn zu Angst, sein Helm rollte davon, und Seaton schlug ihn noch einmal, ins Gesicht; Schmerz schoß durch seinen Arm.

Plötzlich schien sein Kopf zu explodieren, er stürzte aufs Pflaster und sah eine Menge schwarzer Stiefel wie einen bedrohlichen Wald um sich aufragen. Ein neuer Schmerz, überall, betäubend stark, und dann endlich Dunkelheit. Das Nichts.

Seaton wußte nicht, wie lange er ohnmächtig gewesen war; aber als langsam das Bewußtsein zurückkam, hätte ihn der Schmerz fast wieder mit Schwärze überschwemmt.

In einem kleinen kahlen Raum ohne Fenster lag er auf einem rohen Brett. Daneben standen ein Tisch und zwei Stühle, und irgendwie fühlte er, daß hinter seinem Kopf ein Mann wartete. Unter Schmerzen wanderten seine Blicke vom Tisch zur Wand. Selbst das fiel ihm schwer, sein ganzer Körper brannte. Er überlegte, ob man ihm die Rippen gebrochen oder innere Verletzungen zugefügt habe. Dann versuchte er, seine Erinnerungsbruchstücke zusammenzusetzen: die entsetzten Augen des Mädchens, Thor, der unter Mißachtung des brüllenden Unteroffiziers auf ihn zukam, das Rattern von Gewehrfeuer, Gestalten, die wie Wachsfiguren um ihn herumstanden ...

Seaton hörte jemanden pfeifen und einen Wasserhahn rauschen. Stiefel trabten durch das Zimmer über ihm, und er glaubte, auch eine Schreibmaschine zu hören. Wo war er? Auf einem Polizeirevier oder bereits in Händen der Gestapo?

Erschreckend wurde ihm klar, daß sein Mantel und die Uniformjacke fehlten. Nur Pulli, Hose und seine alten abgetragenen Stiefel hatte er an.

Sie wußten also Bescheid. Ein britischer Offizier mitten in Bergen.

Hinter ihm scharrten Füße, zum erstenmal sah er seinen Bewacher: einen deutschen Soldaten, die Maschinenpistole auf dem Unterarm auf ihn gerichtet. Er war jung und nervös.

Jetzt ging er zur Tür und drückte auf einen Knopf. Wie aus meilenweiter Ferne hörte Seaton eine Klingel.

Weitere Schritte im Korridor, gedämpfte Stimmen. Dann wurde die Tür aufgestoßen, und ein Unteroffizier trat ein, sah Seaton an.

»Stehen Sie auf! Schnell!« Er fuchtelte mit seiner Pistole. »Hoch!«

Zwei weitere Gestalten betraten den Raum, aber Seaton schwanden fast wieder die Sinne vor Schmerzen.

»Lassen Sie sich Zeit.« Wie ein Geist bewegte sich eine der nebelhaften Gestalten durch den Raum. »Sie haben Schlimmes durchgemacht.«

Die Soldaten, durch die Höflichkeit des Offiziers verwirrt, bemühten sich, Seaton zu einem Stuhl zu führen. Mit zusammengebissenen Zähnen sank er darauf, bemüht, nicht wieder in Ohnmacht zu fallen.

Sein Gesichtsfeld gewann nur allmählich Konturen. Der Tisch war nicht länger leer, seine Uniformjacke lag darauf, die grünspanbedeckten Schulterstreifen schimmerten schwach.

Auf dem Stuhl saß ein Marineoffizier und hinter ihm ein zweiter. Der Mann am Tisch legte die Fingerspitzen zusammen und sah Seaton lange an.

»Ich bin Kapitän zur See Hans Vogel. Dies ist mein Mitarbeiter, Kapitänleutnant Günter Habeit.« Er wies kurz auf die zerknitterte Uniformjacke. »Wir wissen natürlich, wer Sie sind.«

Natürlich. Eiskalt wie Venables. Sein Kapitänleutnant hatte eine weiße Mütze unter den Arm geklemmt, war also wohl U-Boot-Kommandant. Vielleicht vom Stützpunkt Bergen.

»Ehe Sie Ihr Gehirn mit einer wilden Geschichte strapazieren«, sagte der Kapitän ruhig, »lassen Sie mich erst Ihre Situation erläutern.«

Seaton wurde es übel, doch er zwang sich, aufrecht sitzen zu bleiben.

In akzentfreiem Englisch fuhr der Kapitän fort: »Wenn wir nicht auf dem Schauplatz erschienen wären, hätte man Sie wahrscheinlich zu Tode getrampelt. Insofern haben Sie Glück gehabt.«

»Der junge Norweger weniger, Captain.« Seatons Stimme war nur ein Krächzen.

»Eine der Härten des Krieges. Die Militärpolizei wollte ihn verhören. Er blieb nicht auf Anruf stehen und wurde beim Fluchtversuch erschossen.«

In Seatons Gehirn tickte ein Warnzeichen. Der deutsche Kapitän versuchte ihn auszuhorchen. Er erinnerte sich an Trevors Lektion vom Vorabend. Ob die Gruppe schon von seiner Festnahme erfahren hatte? Noch wichtiger war ihm, ob das Mädchen seinen Versuch, sie zu warnen, bemerkt hatte.

»Mein Mitarbeiter und ich haben auf U-Booten gedient, deshalb ist es ein besonderer Glücksfall, daß gerade wir Sie retten konnten. Jetzt möchte ich Ihnen einen guten Rat geben, und bitte befolgen Sie ihn um unser aller willen: Zeigen Sie sich kooperationsbereit.« Vogel warf Habeit einen Blick zu. »Günter?«

Der andere Offizier sagte schroff: »Wir wollen wissen, was Sie hier in Bergen tun, woher Sie kommen und den Namen Ihres Schiffes.« Er sprach mit starkem Akzent, seine Haltung war feindselig.

»Wenn Sie sich weigern«, ergänzte sein Vorgesetzter, »können wir nichts mehr für Sie tun. Es gibt Instanzen hier, denen man gehorchen muß, selbst wir. Man wird Sie als Spion, als Partisan betrachten und entsprechend vernehmen.« Bedauern lag in seiner Stimme, als er fortfuhr: »Glauben Sie mir, ich verabscheue so etwas. Nennen Sie mir Gründe, mit denen ich Sie hier herausholen kann, dann sind Sie bald in einem Kriegsgefangenenlager in Sicherheit.«

Plötzlich war Seaton alles klar. Es hatte keinen Zweck zu lügen, und er brauchte es auch nicht. Aber wenn er unter der Folter zusammenbrach, geriet das Leben der anderen in große Gefahr.

Leise sagte er: »Ich bin der einzige Überlebende eines U-Bootes.« Er sah ihre schnellen Blicke und fuhr fort: »Sie werden davon gehört haben: die Versenkung der *Hansa,* siebzig Meilen nördlich von hier.«

Langsam nickte Vogel. »Erzählen Sie. Aber seien Sie gewarnt, Lieutenant, die Zeit ist knapp.«

Seaton versuchte, die Schultern zu zucken, doch der Schmerz hielt sie fest wie in einer Zwinge.

»Es war ein Kleinst-U-Boot. Wir folgten einem Betonleichter durch die äußere Sperre und zerschnitten das Netz, legten danach unsere Ladungen unter die *Hansa.*« Erstaunlich, wie leicht ihm das alles fiel. Indem er die Reihenfolge der Ereignisse umkehrte und den ersten Teil überhaupt wegließ, konnte er beinahe selber glauben, daß es so gewesen war. »Dann stießen wir gegen ein Unterwasser-Hindernis, möglicherweise einen Felsvorsprung. Das Boot lief voll, deshalb befahl ich, die Tanks anzublasen.«

Beide starrten ihn an, selbst die Wachtposten hörten gebannt zu.

»Und dann?«

»Wir verloren die Kontrolle über das Boot. Es begann zu sinken. Ich kam noch heraus, die anderen gingen mit auf Tiefe. Ich nehme an, es wurde bei der anschließenden Explosion zerstört.«

Vogel nickte. »Das erklärt, warum nur *ein* Loch in dem Netz war, wo der tote Taucher gefunden wurde.« Er schien zufrieden. »Und danach?«

»Irgendwelche Norweger müssen mich gefunden und versteckt haben. Einer trug einen Bart, daran erinnere ich mich noch.«

Er hörte den Kapitänleutnant leise zu Vogel sagen: »Jens.«

»Man riet mir«, fuhr Seaton fort, »mich nach Bergen durchzuschlagen und mit einem neutralen Schiff Kontakt aufzunehmen.«

»Man hätte Sie auf jeden Fall erwischt.« Der Kapitänleutnant lächelte selbstgefällig. »Sie waren also Kommandant des U-Bootes?«

»Ja.«

Vogel warf die Uniformjacke auf den Tisch. »Ihr Name wird

von vielen verflucht werden. Aber es war eine kühne Tat.« Er rieb sich das Kinn. »Andere werden nicht meiner Ansicht sein, fürchte ich.«

Die Tür öffnete sich, ein deutscher Matrose baute sich neben dem Tisch auf, sagte leise etwas zu dem Kapitän und verschwand.

Vogel seufzte. »Ich erfahre soeben, daß der Kommandeur des hiesigen Sicherheitsdienstes zurückgekehrt ist. Ich werde ihn sofort informieren und lasse Sie einstweilen in den Marinestützpunkt bringen, bis eine Begleitmannschaft zur Verfügung steht.« Er stand auf. »Glauben Sie mir, es war nicht unehrenhaft, daß Sie mir die Wahrheit gesagt haben. Das werden Sie eines Tages einsehen.«

Sein Untergebener blieb kurz an der Tür stehen. »Später werden Sie weitere Fragen über Ihren Einsatz beantworten müssen«, sagte er.

Seaton sah ihnen nach. Der ehemalige U-Boot-Kommandant war wahrscheinlich vom Marine-Nachrichtendienst.

Er lehnte sich in seinem Stuhl zurück und schloß die Augen, Schmerz und Zorn wühlten in ihm.

Draußen hörte er heftige Stimmen, Türen klappten, Stiefel trampelten im Flur auf und ab.

Die beiden Posten wurden unruhig und traten von einem Fuß auf den anderen, offensichtlich beunruhigt über irgend etwas, das in dem Gebäude vor sich ging.

Die Tür wurde aufgerissen, ein junger, blonder Offizier trat in den Raum. Auf seinem Uniformrock trug er das Totenkopfabzeichen der SS.

Dicht vor dem Stuhl blieb er stehen, legte Seaton sanft eine Hand unters Kinn und hob es an, so daß Licht auf sein Gesicht fiel.

»So«, nickte er, »das ist also der britische Offizier. Der tapfere Gentleman!« Seine Finger waren weich und rochen nach frischer Seife.

Seaton fühlte seine angestaute Wut, seinen kalten Haß. Der Mann machte einen fast rasenden, unglaublich gefährlichen Eindruck.

Über Seatons Kopf hinweg schaute er die beiden Wachsoldaten an und zeigte zur Tür.

Seaton hörte, wie sich die Tür schloß; jetzt war er völlig in der

Gewalt des anderen.

»So, und jetzt werde ich Ihnen was erzählen.« Der SS-Mann ging langsam um den Stuhl herum, seine Absätze klickten auf dem nackten Fußboden. »Sie glauben also, daß Sie nach dem Ehrenkodex unter Offizieren sicher sind.«

Seaton straffte sich und erwartete einen Schlag oder Schlimmeres. Nur ein Gedanke beherrschte ihn: daß er zwei Tage unbedingt schweigen mußte, ganz egal, was geschah, um den anderen Zeit zu geben, Drake zu warnen.

»Antworten Sie, wenn ich frage!« brüllte der andere.

»Ich habe das Recht ...« Weiter kam er nicht.

»Gar nichts haben Sie. Außer meinen Befehlen gilt überhaupt nichts für Sie. Verstanden?«

»Ja.«

»Gut.« Sein Schatten wanderte erneut rund um die Lampe, bis er dicht vor Seatons Stuhl stand. Gelassen lehnte er sich an den Tisch. »Freut mich zu hören. Wäre ich früher zurückgekommen, sähe alles ganz anders aus. Ich weiß nicht, ob das, was Sie den beiden von der Marine gesagt haben«, er stieß diese Worte mit offensichtlicher Verachtung aus, »wahr oder falsch ist. Ist mir auch völlig egal. Aber das kann ich Ihnen versprechen, wenn ich mit Ihnen fertig bin, werden Sie mir gern alles und jedes erzählen. Leute wie Sie verstecken sich immer hinter überholten Konventionen. Immer hübsch die Spielregeln einhalten, was? Sonst ist es nicht fair, wie?«

Wieder begann sich das Zimmer um Seaton zu drehen. Er mußte den Blick fest auf die Wand heften, um nicht zusammenzubrechen.

»Das Einschreiten dieser Marineoffiziere verzögert die Angelegenheit nur. Aber so haben Sie wenigstens Zeit, Kräfte für das zu sammeln, was auf Sie zukommt.«

Auf ein nervöses Klopfen an der Tür hin fuhr der Kommandeur ärgerlich herum. »Herein!«

Es war ein Soldat, der irgendeine Meldung erstattete. Seaton bemerkte, wie seine Hand zitterte, als er salutierte.

Zu Seaton sagte der SD-Kommandeur: »Ein Wagen mit Bewachung wartet. Er bringt Sie ins Marinelazarett.« Sanft berührte er Seatons Gesicht. »Genießen Sie die Atempause.«

Er winkte einige Soldaten herein, die Seaton wieder auf die Füße stellten. Mit zusammengebissenen Zähnen ließ er sich durch einen schwach beleuchteten Gang führen; der SS-Mann schritt vor ihnen her und verhielt erst vor einer Tür zur Linken, in der ein Mann in weißem Kittel und mit goldgeränderter Brille auf ihn wartete.

Mit einer scharfen Bemerkung zeigte der Kommandeur zu Boden. Er war naß, und die Luft roch stickig und beißend.

»Hier, Lieutenant Seaton.« Der Kommandeur musterte ihn kalt. »Vielleicht sehen Sie sich das mal an.« Mit seinen glänzenden Stiefeln trat er die Tür auf, gleichzeitig packten die Soldaten Seaton an beiden Armen und stießen ihn vorwärts.

In dem im Gegensatz zum Gang blendend hellen Raum befanden sich mehrere Gestalten, einige in weißen Kitteln, andere in Hemdsärmeln, aber alle warteten gespannt auf seine Reaktion.

Auf dem Boden ausgestreckt, Hand- und Fußgelenke grausam an Ringbolzen gefesselt, lag ein nacktes, gedunsenes Wesen, das man kaum mehr als menschlich bezeichnen konnte. Jeder Zoll des wächsernen Fleisches war von Blutergüssen und Brandstellen verfärbt.

Das Geräusch, das Seaton trotz seiner Schmerzen gehört hatte, begann erneut. Mit atemlosem Entsetzen sah er, daß ein Gummischlauch zwischen die Gesäßbacken des Gefesselten geführt wurde, der zu einem Kübel Wasser mit einer Handpumpe führte.

Hätte man ihn nicht eisern festgehalten, Seaton wäre umgefallen. Mit steigendem Wasserdruck begann der Körper weiter anzuschwellen, und jeder Pumpenstoß eines SS-Mannes wurde von unmenschlichen Grunzlauten begleitet.

Das gequälte Geschöpf schien zu merken, daß noch jemand dazugekommen war, denn mit verzerrtem Gesicht und hervorquellenden Augen versuchte es, den Kopf zu drehen.

»Genug.« Der Kommandant trat wieder in den Gang und hielt sich ein Taschentuch vors Gesicht. »Das wird noch dauern.«

Halb gezogen, halb getragen ließ sich Seaton in den Gang zerren. Sein Inneres schrie auf, konnte aber nicht das regelmäßige Quietschen der Handpumpe übertönen.

Hatte Trevor ihn erkannt? War ihm in den letzten Momenten seiner unaussprechlichen Folter klargeworden, daß Seaton vor ihm stand?

Draußen im Hof wartete mit laufendem Motor ein Militärwagen; ein deutscher Matrose saß am Steuer, daneben standen mehrere SS-Leute.

Als man Seaton in den Wagen stieß, wandte er sich um und sah den Kommandeur mit brennender Zigarette lächelnd im Eingang stehen. Dann holperte der Wagen über das Kopfsteinpflaster davon.

Die Stadt sah aus wie vorher und war doch ganz anders.

Seaton starrte die vermummten Einwohner an, fast dankbar für jeden stechenden Schmerz, den der bockende Wagen ihm verursachte. Aber die Szene vor seinen Augen konnte er nicht tilgen.

Er dachte an Jens, an den tapferen, bemitleidenswerten Jungen Thor und an das Mädchen. Er fürchtete, daß sie in Trevors Nachbarzelle lag und dort auf eine noch schlimmere Folter wartete oder sie bereits erduldete.

Wilde, verzweifelte Gedanken jagten durch sein Gehirn. Er würde sich selbst töten. Alles, um nicht in die Hände dieses lächelnden Irren mit der Totenkopfuniform zu fallen.

Seaton hörte den Fahrer leise fluchen und sah einen anderen deutschen Wagen quer auf der Straße stehen. Ein Fischkarren war umgekippt. Während sein Besitzer in der Luft herumfuchtelte, sammelten sich die Insassen des anderen Wagens um ihn. Es waren Soldaten, die sich über den Wortwechsel ihres Fahrers mit dem Norweger zu amüsieren schienen.

Einer dieser Soldaten erkannte den Marinewagen und verzog das Gesicht zu breitem Grinsen. Die Finger in den Ohren, um die Streiterei hinter sich nicht mehr hören zu müssen, kam er auf sie zu.

Seaton schloß die Augen, dankbar für die Verzögerung.

Plötzlich wurde die hintere Tür aufgerissen, und eine Stimme dröhnte: »Hände hoch!«

Nun drehte er wohl wirklich durch. Ungläubig starrte Seaton den Soldaten an, der eine Maschinenpistole aus seinem Mantel riß und auf die SS-Wachen richtete. Wie auf ein Kommando kamen auch die anderen Soldaten herbeigelaufen und umringten das Fahrzeug, Pistolen in den Händen.

Der Fischer mit der Karre kam als letzter, knöpfte seine Lederjacke auf und nickte Seaton zu. Es war Brynjulf.

»Kannst du rausklettern, David?«

Seaton zog sich zur Tür, da spürte er, wie sich sein SS-Nachbar bewegte, und hörte das Klicken eines Sicherungshebels. Die Antwort war ein mörderischer Kugelhagel, der den Mann zurückwarf, den entsetzten Fahrer mit Blut bespritzte und die Windschutzscheibe zersplitterte.

Hustend ließ sich Seaton von hilfreichen Händen auf die Straße ziehen, die Gesichter um ihn herum begannen zu verschwimmen.

»Trevor«, keuchte er.

Pistolen klapperten auf die Straße und wurden sofort von Brynjulfs falschen Deutschen aufgesammelt.

»Ich weiß«, sagte der Führer der Widerstandsbewegung. Sein Ton wurde schärfer. »Nun müssen wir dich erst mal von hier wegbringen.«

Alle liefen zu dem anderen Auto, nur Brynjulf nicht. Er riß, während der norwegische Fahrer in scharfer Kurve auf eine Seitenstraße zuhielt, eine Tür des Marinewagens auf und warf eine Handgranate hinein.

Seaton saß zwischen zwei Norweger eingezwängt, dennoch warf ihn die Druckwelle fast zu Boden. Als er durch das Rückfenster ihres davonrasenden Wagens spähte, sah er einen schwarzen Krater und wirbelnde Rauchwolken.

Dann, und erst dann, verließen ihn seine letzten Kräfte.

12 Um der Toten willen

Lieutenant Geoffrey Drake drückte sich tiefer in die vielen Schichten seiner Bekleidung und zwang sich dazu, die Skalen erneut zu überprüfen. Auch wenn es nicht viel Sinn hatte, es hinderte ihn daran, einzuschlafen oder die Minuten zu zählen.

Jenkyn lag schnarchend im Batterieraum, Niven hatte sich auf der Backbordkoje der Zentrale ausgestreckt.

Es war kalt und feucht; Kondenswasser tropfte wie Regen von der Decke auf den Boden, auf Maschinen und Manometer und auf Drakes Kopf und Schultern.

Im Boot war es totenstill. Das eine Mal, als Drake nach Seatons Abfahrt aufgetaucht war, saß ihm noch in den Knochen. Ein starker Querstrom hatte das Boot heftig herumgeworfen und wie eine Ramme gegen das Wrack geschleudert. Abgesehen von dem scheußlichen Geräusch machten ihm mögliche Schäden Sorge. Auch jetzt noch.

Lustlos griff Drake nach oben und wischte die Stahlplatten über sich ab. Doch das alte Handtuch war bereits klatschnaß und stank nach fauligem Wasser und Öl.

In der schlechten Luft fiel das Nachdenken immer schwerer. Doch Drake wagte nicht aufzutauchen, um die Batterien zu laden und das Boot durchzulüften, denn selbst in der Nacht hatte er das hämmernde Dröhnen schneller Motoren gehört. Es war einfach zu riskant.

Jetzt war später Nachmittag. Er gähnte herzhaft, die Stoppeln an seinem Kinn kratzten am Kragen. Heute nacht würde der Skipper zurückkommen. Er mußte! So konnten sie nicht weitermachen. Fast beneidete er Seaton um seinen Landgang.

Er rieb sich die Hände. Verfluchte Kälte!

Niven drehte sich um und sah ihn matt an.

»Schlaf weiter, spar Luft«, sagte Drake.

Niven seufzte und peilte zur Uhr. »Noch nicht später?«

Als Drake schwieg, fragte er: »Glaubst du, daß er's schafft?«

»Was für eine dämliche Frage.« Drake sah zur Seite. »Natürlich schafft er's.«

Niven legte sich zurück und bedeckte sein Gesicht mit der Mütze. »Hier ist immerhin Feindgebiet.« Er sprach mit so schwerer Zunge wie ein Mann, der zu viel getrunken hatte.

Drake sah ihn an. »Das hab' ich auch schon bemerkt.« Mit einem Blick zur Taucherkammer fuhr er fort: »Ich mache mir viel mehr Sorgen um den Zustand des Bootes. Die Batterien gehen in die Knie; wenn wir nicht bald aufladen können, haben wir nicht mehr genügend Saft, um uns mit dem U-Boot zu treffen.«

Niven seufzte. »So ist das nun mal. Übrigens, was wird deiner Meinung nach mit den untergegangenen X-Booten geschehen? Ich meine, nach dem Krieg.«

Drake zögerte. »Hängt davon ab, wer gewinnt.«

Niven richtete sich auf einen Ellbogen auf, seine Augen leuchteten jetzt. »Nimm zum Beispiel Lieutenant Vannecks Boot, das wir als stählernen Sarg abgeschrieben haben. Doch nach Jahren werden wir oder die Jerries oder gar der Iwan es bergen und stolz auf einen Sockel stellen.« Er kicherte. »Denk doch mal, wir werden dann wertvolle Reliquien sein.«

»Du bist verrückt.«

Nachdenklich betrachtete ihn Niven. »Wie bist du übrigens mit Decia ausgekommen?«

Drake schluckte. »Mit Decia?«

»Ja, meiner Frau, du weißt doch.«

Jenkyn kam durch die Tür. »Wir brauchen mehr Sauerstoff von den achteren Behältern, Nummer Eins. Wie wär's damit? Dann könnte ich Tee machen.«

Dankbar sah Drake ihn an. »Großartige Idee. Ja, mach das, Alec.«

»Es würde Decia sehr leid tun, wenn mir was passierte.« Niven schien Jenkyn gar nicht bemerkt zu haben. »Sie trägt so ungern Schwarz.«

»Den Zustand kenne ich«, sagte Jenkyn ruhig. »Wir lagen zwei Tage fest auf Grund, und der Jerry warf mit Wasserbomben um sich, als würden sie bald unmodern. Unser Navigator flippte völlig aus. In der einen Minute studierte er noch seine kostbaren Seekarten, in der nächsten zog er sich splitternackt aus und ging auf den Kommandanten zu.«

Drake beobachtete Nivens verdutztes Gesicht. »Und was passierte?«

»Der Alte fragte: ›Hallo, Navigator, was, zum Donnerwetter, hast du vor?‹« Jenkyns schmales Gesicht verzog sich zu einem breiten Grinsen. »Mr. Thomas, so hieß er, wandte sich um und erwiderte: ›Ich geh mal rauf und rede mit den Kerlen ein ernstes Wort.‹« Er schüttelte sich vor Lachen. »Dabei lagen wir fünfunddreißig Meter unter Wasser.«

Niven sank auf den Rücken zurück und sagte leise: »Mir ist ganz mies.«

Drake ging durch die Zentrale und blickte auf ihn nieder; er sah jünger aus als je zuvor. Was würde geschehen, wenn er ihm wirklich alles erzählte? Daß er und Decia sich geliebt hatten, in jeder Stellung, die ihm je in den Sinn gekommen war, und noch ein paar mehr, die sie ihm beigebracht hatte? Daß sie zu ausgepumpt gewesen waren, um sich zu rühren, geschweige denn zu sprechen?

Er hörte Luft in den Druckkörper zischen und atmete tief durch.

David Seaton hatte ihm das Kommando, die Verantwortung für das Boot und seine Kameraden übertragen. Und schon beim ersten Anzeichen von Angst war er schwach geworden. Verdammter Mist! Er versuchte zu pfeifen, doch diesmal gelang ihm sein Lieblingslied nicht.

Jenkyn betrachtete ihn düster, während er darauf wartete, daß das Teewasser kochte.

»Wie bei Muttern.« Fast schämte er sich über seinen Versuch, witzig zu sein. Arme alte Ma, sie hatte es nun hinter sich.

Hoch über ihren Köpfen tauchte die zerschmetterte Brücke des Wracks aus der ablaufenden Tide auf, der daran haftende Tang warf den Widerschein der blitzenden Boje zurück.

Ein paar Barkassen schoben sich eilig daran vorbei, um noch vor Einbruch der Dunkelheit nach Hause zu kommen. Zwei kleine Fischerboote steuerten die Anlegestelle an.

Kaum jemand hatte das kurze Rattern von Gewehrfeuer am Morgen oder am späten Nachmittag gehört. Es ging das Gerücht, ein deutscher Wagen sei in einen Hinterhalt geraten. Ob von Terroristen oder Patrioten gelegt, das kam auf den Standpunkt an. In jedem Fall bedeutete es Ärger, und davon hatten die meisten bereits genug.

Hinter seinem Büro am Hafen saß Kapitän zur See Hans Vogel an seinem großen Schreibtisch und tat, als studiere er den Tagesbericht über den Fortschritt beim Bau der neuen U-Boot-Bunker. Doch seine Gedanken waren bei seinem Sohn, der ebenfalls in der Marine diente. Das Fernschreiben mit seiner Vermißtenmeldung lag unter einem Löschblatt versteckt, unsichtbar für Habeit. Das Schiff seines Sohnes war von britischen Schnellbooten in der Nähe der Doggerbank versenkt worden.

Vogels Gedanken wanderten zu dem jungen britischen Leutenant, den er auf dem Polizeirevier verhört hatte. Plötzlich war er froh, daß er versucht hatte, ihm zu helfen, daß er diesem Kerl von der SS entkommen war.

Vielleicht – und es war nur eine sehr geringe Hoffnung – wurde sein Sohn ja gerettet und erfuhr irgendwo gerade von einem britischen Offizier ähnliche Hilfe.

Vom anderen Schreibtisch her sagte Kapitänleutnant Habeit: »Ich habe Befehl gegeben, die Hafenüberwachung zu verstärken.« Doch sein Vorgesetzter hörte ihn gar nicht.

Habeit kannte das Fernschreiben. Aber es war Krieg, und der Führer brauchte harte, pflichtbewußte Offiziere. Befehle mußten jederzeit und ohne zu fragen befolgt werden. Dieser britische Offizier wußte zum Beispiel mehr, als er gesagt hatte. Daß er es gewesen war, der die *Hansa* vernichtet hatte, stand schon fest. Aber alles, was sein Vorgesetzter dazu gesagt hatte, war ein Lob für seinen Mut.

Auf die sieben Höhen um Bergen senkte sich wieder die Dunkelheit, und auf dem Polizeirevier erlitt das Wesen, das einst der Mensch Trevor gewesen war, endlich einen gnädigen Tod.

Seaton schlug die Augen auf. Sofort kehrte der Schmerz zurück, wohl weil er seinen Körper so anspannte, als wolle er sich gegen einen Schlag schützen.

Er lag in einem fremden Raum, beleuchtet von einer kleinen Tischlampe. Ihr Schein fiel auf die gegenüberliegende Wand mit dem Bild eines Fjords.

Als er sich zu bewegen suchte, merkte er, daß er nackt zwischen sauberen Laken lag und daß sich sein Körper wie zwischen Panzerplatten eingezwängt anfühlte.

Von der Wand löste sich ein Schatten und kam lautlos auf sein Bett zu: Brynjulf.

»Wie geht's?«

Seaton zuckte zusammen, die Erinnerungen kamen wieder. Thors Blut, das über die Pflastersteine rann, der davonrollende Helm des Deutschen, die Stiefel, die Qualen Trevors.

Er leckte sich die Lippen. »Und wie steht es nun mit unserm Handel?« Er fühlte, wie Bitterkeit in ihm aufstieg. »Ich hoffe, Sie sind nun zufrieden.«

Brynjulf zuckte die Schultern. »Das war ein unglücklicher Zufall. Niemand wußte, daß Thor für ein Verhör über irgendeine unwichtige Sache gesucht wurde. Tut mir leid.«

Seaton hob sein Handgelenk und sah auf die Uhr, die überraschenderweise heil geblieben war.

»Es ist schon spät«, stöhnte er. »Ich muß sofort aufstehen.« Durch seinen schmerzenden Kopf jagten Bilder: die Wracktonnen, die Barkasse, Drake, der auf seine Rückkehr wartete.

Ein zweiter Mann stand jetzt neben dem Bett, klein, rundlich, mit ernstem Gesicht. Ohne zu fragen wußte Seaton, daß er Arzt war.

Dieser sah ihn ernst an. »Sie haben ziemlich gelitten, junger Mann.« Er schaltete das Deckenlicht ein, das Seaton fast blendete. »Sie sollten sich erst mal jemanden ansehen, ehe Sie loslegen.«

Seaton fühlte sein Herz heftig pochen und zwang sich, ganz still zu liegen. Er dachte an das Mädchen. Aber der Arzt drehte den hohen Toilettspiegel zum Bett. »Lassen Sie mich Ihnen vorstellen: Sie selbst.«

Brynjulf hob Seaton bei den Schultern an. Entsetzt starrte er in den Spiegel.

Der größte Teil seines nackten Körpers war mit Binden und Pflastern bedeckt. Soweit die Haut frei lag, war sie voller Blutergüsse und blauer Flecken.

Der Arzt zog die Laken völlig zur Seite und zählte seine Verletzungen auf: »Vier Rippen angeknackt, ein Finger der linken Hand gebrochen, schwere Quetschungen und möglicherweise eine Lunge verletzt.«

Seaton sah in sein eigenes Gesicht. Über ein Auge lief ein großer Bluterguß, und den Schmerzen auf der Kopfhaut entnahm er, daß einige Nähte den Notverband der Deutschen ersetzt hatten.

Im Schritt brannte es, als würde sein Körper in zwei Hälften gerissen.

»Ich habe Ihren Passagier herbringen lassen«, sagte Brynjulf. »Als ich ihm erklärte, was geschehen war, gab er das Versteck seiner Apparatur preis.« Vorsichtig ließ er Seaton auf das Bett zurücksinken. »Du siehst, mein tapferer Freund, du kannst nun ausruhen. Nur deine Uniform wird noch gebraucht. Viele Meilen von hier, wo die Deutschen sie ganz bestimmt finden, wird sie irgendwo abgelegt. Dann werden sie glauben, du seist wie andere vor dir auf dem Weg nach Schweden.«

Seaton schüttelte den Kopf. »Du verstehst nicht. Mein Boot kann nicht lange durchhalten. Es ist klein, verletzlich und auf sehr begrenzte Reserven angewiesen.« Er beobachtete, wie die hellen Augen seine Worte in Tatsachen umsetzten. »Wie soll ich dir das verständlich machen?«

Der Arzt schloß seine Tasche. »Ich gehe jetzt und habe Sie nie im Leben gesehen.«

Brynjulf verabschiedete ihn. Als er zurückkam, sagte er: »Daran habe ich nicht gedacht. Was schlägst du vor?«

Seaton lehnte sich zurück und starrte einen Riß in der Decke an. »Wir haben die erste Treffzeit verpaßt. Nun muß es morgen sein. Du mußt uns zu dem Wrack bringen, obwohl die Jerries die ganze Stadt nach mir durchkämmen.«

»Deshalb muß deine Uniform gefunden werden, und zwar bald.«

Erneut öffnete sich die Tür. Das Mädchen stand da und schaute zu ihm herüber.

Er versuchte, seine Nacktheit zu bedecken, doch Brynjulf warf leise ein: »Sie hat dich versorgt, bis der Arzt kam.«

Sie trat an sein Bett und berührte mit kühlen, zärtlichen Fingern seine Schultern.

»Es tut mir so leid, David. Das, was geschah, und das, was sie dir antaten.«

Auf einmal war alles wieder da: ihre Stimme, ihr Akzent, die lange Pier im Fjord.

Er ergriff ihre Hand, sie zog sie weder zurück, noch erwiderte sie seinen Druck. Ihre Augen waren naß von Tränen.

»Trevor ist heute nacht gestorben.«

Seaton drückte ihre Hand. »Eine Erlösung für ihn.«

»Ich merkte, daß du mich im Café warnen wolltest. Noch eine Minute länger, und die Streifen hätten jeden Gast verhört.« Traurig lächelnd beugte sie sich über ihn und küßte ihn leicht, ihr Haar berührte die Schramme auf seiner Stirn.

»Du mußt jetzt gehen«, sagte Brynjulf.

Seaton hielt ihre Hand fest und fragte verzweifelt: »Wohin?«

»Die Uniform. Ich nehme sie in den Zug mit und werfe sie weit weg von hier aus dem Fenster.«

»Nein, laß das. Setz dein Leben nicht wieder aufs Spiel, bitte!«

Sie sah ihn ernst an. »Du mußt entkommen, du hast einen wertvollen Passagier. Wir sind nun schon so weit gegangen, jetzt ist es zu spät für Bedenken.«

Seaton versuchte, das Bild der erleuchteten Zelle, des Wassers, des stöhnenden, zerschlagenen Körpers auf dem Boden zu verdrängen. Beim nächsten Mal konnte sie das Opfer sein.

»Und du willst das alles für die Sicherheit eines Verräters riskieren?«

Sie nickte. »Ja.« Behutsam machte sie ihre Finger los. »Gott sei mit dir, David.« Dann war sie verschwunden.

Seaton wischte sich mit der Hand über den Mund. »Du hättest sie zurückhalten sollen!«

Brynjulf lächelte. »Das ist ihre Art, etwas klarzustellen.« Sein Blick irrte ab. »Der Verräter ist ihr Bruder.«

»Also, Geoff, was machen wir nun?« Mit gebeugtem Kopf stand Niven unter den triefenden Stahlplatten.

Drake spülte kalten Tee herunter. Aber der Geschmack, schal

und dumpfig, blieb.

Als er mit dem Boot aufgetaucht war, hatte er nicht ernsthaft mit Seaton gerechnet, war aber trotzdem enttäuscht und zermürbt gewesen. Unbeholfen schlängelte sich XE 16 um die Wracktonnen herum; er hatte das Luk geöffnet, und sie sogen die eisige Luft ein, als sei sie Wein.

Er hatte das Tauchen hinausgezögert, sich an seine Hoffnungen geklammert.

Dann rief Jenkyn: »Klappt nicht. Bringen Sie das Boot wieder runter, Nummer Eins.«

Auch das hatte er schlecht gemacht. Sie waren von einem Vorsprung des Wracks abgeprallt und hatten lange Minuten gebraucht, um das Boot wieder in die Gewalt zu bekommen.

Also noch so ein langer Tag. Endlose Langeweile, unterbrochen allein durch technische Kontrollen und Wachwechsel. Heißer Tee, Aufputschmittel, ein Schluck Brandy. Das reichte, jeden mutlos zu machen.

Die Luft wurde im Lauf des Tages immer schlechter, und nach Überprüfung der Batterien sagte Jenkyn kein Wort. Das war auch nicht nötig.

Nun war es wieder Abend, fast Zeit zum Auftauchen.

Ungeduldig drängte Niven: »Wir können hier doch nicht ewig bleiben, verdammt!«

Jenkyn schaute auf seine schmierigen Hände nieder. »Danach muß es entschieden werden. Und Sie müssen das tun, Nummer Eins. Sehen Sie's doch mal so: Wenn die Deutschen den Skipper erledigt oder erwischt haben, hilft ihm unser Bleiben überhaupt nicht.«

Drake nickte. »Stimmt.«

»Also.« Jenkyn sah ihn an. »Dann sind wir wenigstens auch den verdammten Passagier los.«

»Er meint ...« Niven prallte zurück, denn Drake fuhr auf ihn los.

»Ich weiß schon, was er meint! Daß ich das Boot rausbringen soll, und zwar sofort! Sonst ist am Treffpunkt kein Schleppboot mehr da, wenn wir diese Position mit unserer schwachen Batterieladung überhaupt erreichen.«

»Sehr richtig.« Verletzt und zornig wandte sich Niven ab.

»Sie müssen den Skipper zurücklassen, so oder so«, beharrte Jenkyn.

Den Kopf in die Hände gestützt, erwiderte Drake: »Ich sehe auch keinen anderen Weg. Es sei denn«, er sah auf, »ich könnte mir den Taucheranzug anziehen und an Land schwimmen.«

Niven erstarrte. »Großartig! Du wanderst in Bergen herum, während wir hier allein gelassen werden und das Boot nie herausbekommen. Aber du wärst da draußen und könntest jedem sagen, du hättest dein Bestes getan.«

Jenkyn straffte die Schultern. »Nur die Ruhe, meine Herren, im Augenblick ist das Leben für uns alle schwierig. Wir wollen uns doch nicht an die Gurgel gehen.« Er betrachtete sie wie zwei bissige Hunde. »Wir haben alle gewußt, daß das eines Tages passieren konnte. Nun wollen wir versuchen, damit fertig zu werden. Laßt uns auftauchen und noch mal Ausschau nach dem Skipper halten. Danach haben wir keine andere Wahl, als seinem letzten Befehl zu gehorchen.« Die Worte blieben ihm in der Kehle stekken; er wandte sich zum Sehrohr um, als erwarte er, Seaton dort zu sehen. »Aber ich werde ihn, solange ich lebe, nie vergessen.«

Diese unerwartete Gefühlsäußerung blieb auf Drake nicht ohne Wirkung. »Genau das werden wir jetzt tun.« Lächelnd setzte er hinzu: »Danke, Alec.«

Erneut überprüften sie alle Anlagen und wechselten dabei nur leise, formelle Worte. Das Anspringen des Elektromotors tat ihnen förmlich weh. Er würde jetzt nicht wieder abgestellt werden, bis sie draußen auf See auftauchen und den Diesel für die Batterieladung anstellen konnten. Besser als jede Notiz im Logbuch kennzeichnete dies ihre Entscheidung.

»Druck steigt schnell an, Nummer Eins«, sagte Jenkyn leise. »Passen Sie auf, wenn Sie das Luk öffnen, Sie werden sonst wie ein Korken rausgeblasen.«

Drake nickte; ihm war klar, daß Niven ihn beobachtete und auf das Unvermeidliche wartete.

Doch Niven wartete nicht. »Soll ich gehen? Du hast mehr Erfahrung mit Trimmen und Tiefenruder.«

»Gut«, erwiderte Drake. »Klar zum Ausfahren des Spargels, wir gehen auf drei Meter.«

Niven kauerte sich vor das Sehrohr und legte seine Hände auf die Griffe.

Drake beobachtete ihn. *Er genießt es, jede einzelne Minute.*

»Alles ruhig.« Niven schlug die Schalter herunter. »Nicht mal eine Gummiente erwartet uns.« Er warf einen Blick über seine

Schulter. »Also hinauf mit uns, Nummer Eins.«

Drake schluckte. »Gute Idee. Vielleicht können wir uns an einer Tonne einhaken und noch ein bißchen länger warten.«

Vorsichtig trieb XE 16 an die Oberfläche. Unter Aufbietung all ihres Könnens steuerten Drake und Jenkyn das Boot in die Strömung, beobachteten den Trimm, den Kreiselkompaß, alles, was ihnen besser als Worte sagte, wie das Boot reagierte. Es dauerte zwanzig Minuten, bis Niven sie nahe genug an die Tonne führen, einen Bootshaken benutzen und das Boot provisorisch festmachen konnte.

Vom Land her stand ein ziemlich starker Wind, das Wasser war unruhig und mit Schaumkronen bedeckt. Das gab ihnen zwar eine gute Deckung, machte das Warten jedoch ziemlich ungemütlich, vor allem für Niven, der mit klappernden Zähnen und vor Kälte tauben Füßen platt an Deck lag. Und trotzdem war er seltsam lebendig und erregt.

Die Uhrzeiger wanderten weiter, zweimal passierte sie geräuschvoll ein Motorboot und verschwand wieder in der Dunkelheit.

Drake horchte auf Nivens Bewegungen an Deck. »Er wird nicht kommen, Alec, ich weiß es.«

Er rutschte zum Sehrohr und fuhr es schnell aus, drehte es zur Stadt, auf die schwarze Masse des Piers und die Ufermauern zu, wo das Boot Seaton an Land gebracht hatte.

Was sollte er sagen, wenn sie zum Stützpunkt zurückkamen? Was würden die anderen von ihm denken? Er schüttelte sich wie ein nasser Hund. Was, zum Teufel, war mit ihm los? Hier sorgte er sich um anderer Leute Meinung, während David da draußen ganz allein auf sich gestellt war.

Der Lautsprecher über dem Instrumentenpult quäkte, dann hörte er Nivens Stimme: »Ein Boot nähert sich der nächsten Tonne, das könnten sie sein.«

Drake hörte ein metallisches Geräusch: Niven oben entsicherte seine Maschinenpistole.

Jenkyn leckte sich die Lippen. »Ich hab's früher nie getan, aber jetzt tu' ich's.«

»Was?«

»Beten.«

Der Weg von ihrem Versteck bis zum Hafen dauerte länger, als Brynjulf erwartet hatte. Die Straßen waren voller Militärfahrzeuge und schwerbewaffneter Soldaten. Auch wenn die Deutschen nicht genau wußten, was geschehen war, wollten sie doch nichts riskieren und veranstalteten eine Machtdemonstration.

Es lag auch an Seaton selbst. Sobald er im Freien war, fühlte er sich schlechter; ein kräftiger Norweger mußte ihn stützen und von einer Straßenecke zur nächsten führen. Schattenhafte Gestalten huschten vor ihnen her oder trotteten hinter ihnen, um ihren langsamen Marsch zu decken. Brynjulfs gesamte Widerstandsgruppe schien auf den Beinen zu sein. Außerdem hatte er Männer losgeschickt, das geheime Gerät aus dem Versteck zu holen. Wo, das wußte Seaton nicht. Er wußte nur, der verängstigte Professor Paul Gjerde ging nur ein paar Schritte hinter ihm, beschützt und bewacht von zwei Fischern.

Seaton erinnerte sich an seine gemischten Gefühle, als er Gjerde zum erstenmal gegenüberstand. Der Gedanke, daß seine Schwester nun in die Nacht hineinfuhr, um für die Gestapo und die Kettenhunde eine falsche Spur zu legen, machte ihn vor Wut und Abscheu fast krank. Auch sonst fühlte er sich in der Gegenwart dieses Mannes unbehaglich. Er war jünger, als er erwartet hatte, mit weit aufgerissenen Augen und einer gewissen rührenden Unschuld. Sein Gesicht ähnelte dem des Mädchens, er hätte sie überall als Bruder und Schwester erkannt.

»Jetzt dauert es nicht mehr lange«, sagte Brynjulf. »Das Boot wartet. Wir sind ein bißchen spät dran, aber . . .«

In einer Nebenstraße dröhnte ein Wagen, und Seaton fragte: »Du hast ihr doch nichts von dem Kran erzählt, nicht wahr?«

»Nein. Ich wollte sie nicht noch weiter hineinziehen.«

»Wie nett von dir.«

Brynjulf überhörte den Sarkasmus. »Wenigstens wird sie nicht da sein, wenn er explodiert.«

»Erwartest du Vergeltungsmaßnahmen?«

»Es gibt immer Vergeltungsmaßnahmen, mein Freund.« Er winkte einem Späher, und sie gingen weiter.

Seaton dachte darüber nach, wie kompliziert ihre ursprünglich so gut vorbereitete Unternehmung geworden war. Wie üblich hatten die Planer an der Spitze die Mentalität der Menschen an der Basis nicht eingerechnet.

Trevor und Brynjulf hatten um das Gerät und die Geisel gefeilscht. Das Mädchen hatte man benutzt, um ihren Bruder wieder fest auf die Seite zu bringen, die er im Stich gelassen hatte. Doch Gjerde war furchtsam, er hatte erst einen Gewährsmann, den britischen Offizier, sehen wollen. Wie es jetzt wohl in ihm aussah? Durch sein Verhalten waren viele Menschen zu Tode gekommen. Und vielleicht war es sowieso zu spät zu verhindern, daß die Deutschen aus seiner Arbeit Nutzen zogen. Wenn die Raketen erst auf England niedergingen, mußten noch mehr Menschen ihr Leben lassen.

Der scharfe Geruch von Fisch und Salzwasser stieg Seaton in die Nase, und er beschleunigte den Schritt trotz der Schmerzen.

»Wir sind da.« Brynjulf zog eine Pistole.

Gestalten eilten die Steinstufen herauf, die zum Wasser führten, und sprachen leise mit ihrem Anführer.

Brynjulf nickte Seaton zu. »Das Ding ist im Boot.« Seine Kameraden drängten Gjerde die Stufen hinunter. »Meine Leute werden dich hinausbringen, die vom Hafenmeister wollen diesmal nichts riskieren.« Brynjulf packte ihn am Arm. »Denk an den Kran!«

Seaton nickte und sah auf die Uhr. »Warte hier lieber noch eine Weile; vielleicht ist mein Boot schon weg.«

»Ich bleibe, bis meine Männer zurückkommen, mit oder ohne dich.« Er legte Seaton die Arme um die Schultern, wie Jens es einst getan hatte. »Vielleicht sehen wir uns eines Tages wieder.«

Seaton wandte sich zum Gehen, zögerte aber noch. »Wenn du sie siehst . . .«

». . . werde ich ihr sagen, daß du nach ihr gefragt hast.« Er schob ihn zur Treppe. »Aber nun geh.«

Das Boot legte ab und glitt durch das aufgewühlte Wasser des Hafens. Plötzlich dröhnte ein Flugzeug über ihren Köpfen und zerriß die Luft mit heiserem Gebrumm. Seaton bemerkte, daß hoch oben, wie in den Wolken, vier rote Warnlichter eingeschaltet wurden: am Kran. Noch während ihm dies klar wurde, erloschen die roten Lichter wieder. Wahrscheinlich flog die Maschine nach Stavanger im Süden.

Aufgeregt packte ein Mann Seatons Arm und zeigte nach Backbord voraus, wo sich etwas Dunkles, Flaches langsam zwischen den Tonnen bewegte. Ein anderer stand auf und versuchte, sich eine Pfeife anzustecken. Viermal flackerten die Streichhölzer wie kleine Leuchtzeichen: ein primitives, aber brauchbares Erkennungssignal.

Die Barkasse drehte auf Parallelkurs zu XE 16, und Seaton hörte, wie Fender über Bord gehängt wurden.

Irgend jemand, wahrscheinlich Niven, warf eine Leine herüber und rief: »Sind Sie's, Sir?«

Seaton winkte bestätigend; ihm wurde klar, daß er in seinen geborgten Kleidern völlig fremd aussah.

In der Ferne, auf der anderen Seite des Hafens, zuckte ein schmaler Scheinwerferstrahl auf und beleuchtete ein verankertes Depotschiff. Seaton wurde erneut zur Eile gerdrängt.

Die beiden Rümpfe stießen zusammen; Niven holte die Lose der Leine durch und nahm dann einen wasserdichten Beutel in Empfang, den er hastig durch das Luk nach unten reichte.

Seaton winkte Gjerde. »Jetzt Sie, aber vorsichtig!«

Der Mann nickte und kletterte unbeholfen an Bord von XE 16, dann war auch er im Rumpf verschwunden. Erst jetzt schob einer der Norweger seine Pistole in die Tasche, er hatte bis zuletzt mit Verrat gerechnet und war bereit gewesen, den Mann umzulegen.

Die anderen sahen zu, wie Seaton sich unter Schmerzen übers Dollbord zog und mit Nivens Hilfe zum Luk ging.

Mit gedrosseltem Motor drehte die Barkasse ab und hielt auf die Küste zu.

»Sie sind ja verletzt«, sagte Niven. »Geben Sie mir die Hand.«

Doch Seaton zögerte, irgend etwas stimmte nicht. Das Motorengeräusch klang zu laut.

»Ein zweites Boot!« keuchte er. »Ein Wachboot!«

Während er noch sprach, stieß ein Suchscheinwerfer aus der Dunkelheit und erfaßte die Barkasse mit hellem Strahl. Irgend jemand schrie durch einen Lautsprecher, dann schoß das Wachboot mit Höchstfahrt übers Wasser. Rote Leuchtspurmunition sprühte von seinem Deck über die flüchtende, von Fontänen eingekreiste Barkasse. Dann hatten die Schützen ihr Ziel aufgefaßt, eine Salve traf die Barkasse, und sie barst in einem Wirbel aus Holzstücken und Leichen.

Das Wachboot ging mit der Fahrt herunter und schob mit seinem Steven die Trümmer auseinander. Der Scheinwerfer blieb angestellt, und wenn sich etwas Dunkles auf einem Wrackstück bewegte, gab der Mann an Deck Einzelfeuer. Dann ging das Licht aus.

»Bringen Sie mich unter Deck, Richard.«

Unter Schmerzen und durchfroren ließ sich Seaton in die schwach beleuchtete Zentrale zu den ängstlichen, erleichterten Gesichtern hinab. Der Passagier hockte wie ein Tier in der Falle, das nicht entdeckt werden möchte, neben der Tür der Taucherkammer.

»Ich dachte schon, das Feuer galt uns.« Niven sprang hinunter.

»Noch ein bißchen länger, und es wäre tatsächlich so gewesen.« Seaton sah Drake an. »Sie haben alle getötet.«

Drake stieß einen langen Seufzer aus. »Gott sei Dank, daß du davongekommen bist! Aber du siehst aus, als hättest du allerhand mitgemacht.« Er nickte Jenkyn zu. »Nun wollen wir aber zusehen, daß wir hier herauskommen.«

»Belege das«, sagte Seaton tonlos. »Wir fahren noch nicht.«

Drake starrte ihn an. »Aber, Dave, wir sind am Ende! Wenn wir uns noch mal auf den Grund legen, schaffen wir es wahrscheinlich nicht mehr bis zum Treffpunkt.«

Seaton stützte sich auf die Ellbogen, starrte auf die Karte und konzentrierte sich auf das Boot.

Drake war bereits im Aufbruch gewesen, hätte nicht länger gewartet. Dabei hätte er zwar nach Befehl gehandelt, aber war das immer richtig?

»Wir müssen noch den Schwimmkran sprengen.« Irgend jemand stöhnte auf. »Ich habe es versprochen. Und wir dürfen nicht zu lange warten. Es herrscht auch nachts hier Flugverkehr. Sobald sie die Warnlichter des Krans wieder einschalten, greife ich an.« Er klopfte mit dem Bleistift auf die Karte. »Richard, Sie tragen die Peilungen ein, die ich Ihnen gebe. Die ungefähre Größe der Schwimmplattform kennen wir, entsprechend werden wir anlaufen.«

»Ein Symbol« hatte Brynjulf den Kran genannt. Nun, XE 16 würde es entwerten und die Deutschen übertölpeln.

Er wartete, bis Niven an die Karte trat, und taumelte dann unter Schmerzen zu seinem Platz am Sehrohr. Jede Bewegung war eine Qual, wie ein alter Mann kam er sich vor, als er sich auf die Knie niederließ.

»Tauchen, auf sieben Meter gehen, Kurs . . .« Er warf Niven einen Blick zu. »Na?«

»Kurs eins-sechs-null Grad«, antwortete Niven.

»Gut so. Bleiben Sie dran.« Seaton spürte, daß sein Verstand schärfer reagierte als bei den Kameraden, die hier unten zwei Tage festgenagelt gewesen waren. »Also Kurs eins-sechs-null. Umdrehungen für drei Knoten.«

Er klammerte sich ans Sehrohr und horchte auf die vertrauten Geräusche des einströmenden Wassers und das Grummeln der Pumpen, als Drake das Boot trimmte.

»Eins-sechs-null Grad liegen an, Sir«, meldete Jenkyn.

»Danke«, nickte Seaton. Ein ihm unverständlicher schneidender Ton lag in seiner Stimme, die durch seine Schmerzen eigentlich hätte gedämpft werden sollen.

»Boot ist auf sieben Meter, Skipper.« Auch Drake kam ihm verändert vor, fast devot.

Seaton sah den roten Sekundenzeiger über das Zifferblatt rukken, vor seinem geistigen Auge stand der in Dunkel gehüllte Hafen. Er spürte die Spannung fast körperlich. Der zusammengekauerte norwegische Professor war sichtlich verwirrt, dachte wohl wie die anderen, daß er in die Hände eines Verrückten gefallen sei.

Schnelle Schraubengeräusche zogen über sie hinweg, aber ohne Ortungsgerät. Wahrscheinlich ein Polizeiboot oder das Wachboot, das die Barkasse vernichtet hatte.

Niven, der die Stoppuhr umklammerte, als hinge sein Leben davon ab, hielt den Bleistift auf die Karte gerichtet. Jenkyn, den Kopf in seiner typischen Art zurückgelegt, beobachtete seine Anzeigegeräte.

Seatons Blick fiel auf den wasserdichten Beutel, den Niven unter Deck geworfen hatte. Vielleicht enthielt er ein kriegsentscheidendes Geheimnis für die Alliierten, möglicherweise aber auch nur einen toten Kabeljau.

»Es ist Zeit, Sir«, sagte Niven.

»Auf Sehrohrtiefe gehen.«

Er betupfte sich den Mund mit dem Handrücken; sein abstehender, gebrochener Finger erinnerte ihn an eine frühere Freundin seines Vaters, die beim Teetrinken vor lauter Vornehmheit den kleinen Finger abspreizte.

»Boot ist auf drei Meter, Skipper.«

Durch das Sehrohr war kaum etwas zu erkennen, nur unruhiges Wasser, das die Linse sekundenlang überspülte. Niedrige Wolkendecke, keine Scheinwerfer. Langsam, mit schmerzenden Bewegungen drehte Seaton das Sehrohr. Wie viele Rippen, hatte der Arzt gesagt? Nur vier? Seine Brust fühlte sich an wie ein zerbrochener Weidenkorb.

In der Ferne sah er das Blinken grüner Lichter. Vom Wrack her hatten sie schon eine lange Strecke zurückgelegt. »Wrack peilt drei-vier-null.«

»Schlage Kursänderung nach Steuerbord vor, auf eins-sechs-fünf«, sagte Niven gepreßt. »Strömung scheint stärker zu sein als angenommen.«

Seaton packte die Handgriffe fester. Ein weiteres Flugzeug mußte im Anflug sein, denn die vier Warnlichter leuchteten wie rote Sterne.

»Kurs halten. Das Ziel liegt genau vorm Bug. Etwa eine halbe Kabellänge entfernt.« Er sah in Drakes stoppeliges Gesicht. »Geh auf zwanzig Meter, einen zweiten Anlauf können wir uns nicht leisten. Wenn wir es übertreiben, rammen wir auf der anderen Seite die Hafenmauer.« Sein Verstand konzentrierte sich völlig auf die Aufgabe. »Umdrehungen für einen Knoten.«

Das Deck kippte leicht an, doch seine Augen blieben auf den springenden roten Zeiger geheftet.

»Jetzt müßten wir drunter sein, Sir.«

Er nickte, wagte nicht mehr zu sprechen. Hoch über sich sah er den Koloß aufragen, den Brynjulf und andere hatten bauen müssen.

Ein heftiger Stoß ging durch das Boot.

»Maschine stopp!«

Gjerde umfaßte seine Knie wie ein Passagier in einem abstürzenden Flugzeug. »Alles in Ordnung«, beruhigte ihn Seaton. »Wir sind nur auf Grund.« Ein Blick zu Niven: »Gute Arbeit. Tiefe, Tide, alles perfekt.« Hätten sie sich auch nur um einen Meter geirrt, hätten sie die Mauer gerammt oder wären im dicken Schlamm versunken.

Noch einen Augenblick standen oder saßen sie horchend und bewegungslos. Nur das weiche Surren des ausgekuppelten Elektromotors war zu hören.

»Steuerbordladung lösen. Auf vier Stunden einstellen.«

Niven drehte das Korbrad, ein leichtes Zittern ging durch das Boot. »Ladung ist los, Sir.«

Seaton stellte sich die schwere, fast quadratische Plattform über sich vor. Bei ihrer Größe war es gleich, wo sie die Ladung ablegten. Höhe und Gewicht des Krans würden die Hauptarbeit tun.

»Backbordladung lösen.«

Mit beiden Händen und aller Kraft packte Niven das andere Rad. »Sitzt fest, Sir. Ich versuch's noch mal.«

Seine Schultern beugten sich über das Rad, man merkte ihm die Anstrengung an. Ein knirschendes Geräusch endete mit einem lauten Klicken.

Niven wandte sich um und sah ihn an. »Ladung läßt sich nicht lösen, Sir.« Er wies hinter sich. »Aber der Kontakt ist heil.«

»Versuchen Sie es noch mal.« Seaton war erstaunt über den ruhigen Klang seiner Stimme. Von Seitenladungen, die sich nicht bewegen ließen oder zu früh hochgingen, wenn man sie abwarf, hatten sie schon gehört. Aber dies hier war etwas anderes. Die Ladung saß noch am Boot fest, der auf vier Stunden eingestellte Zünder war jedoch bereits eingeschaltet und konnte nicht mehr in die Sicherheitsstellung gebracht werden. Innerhalb weniger Sekunden war aus XE 16 eine Zeitbombe geworden.

»Jetzt ist es aus«, meinte Drake leise.

Niven schüttelte den Kopf. »Sie bewegt sich immer noch nicht, Sir.« Und mit einem Blick nach oben: »Wenn ich nach draußen ginge . . .«

»Würden Sie wahrscheinlich die Ladung zur Explosion bringen.« Seaton sprach ruhig, er wußte, wie Niven zumute war. »Uns bleiben noch vier Stunden, um davon freizukommen. Wir wollen das Boot lieber außerhalb des Hafens irgendwo aufsetzen und dort unser Glück probieren.«

Wie um sein Schicksal zu erraten, starrte Gjerde zuerst ihn und dann das Schaltpult an.

»So ein Mist«, meinte Seaton.

Sie alle wandten sich Niven zu, als dieser wie beiläufig erwähnte: »Wir sind einige Male gegen das Wrack gestoßen.«

»Davon habt ihr mir nichts gesagt.« Seaton sah Drake an. »Stark?«

Drake hob die Hände. »Wie soll ich das wissen? Ich habe mir Sorgen um dich gemacht, und als du schließlich zurückkamst, war mein einziger Gedanke, hier zu verschwinden.« Er fiel in Schweigen.

»Verstehe.« Mehr war dazu nicht zu sagen. Vielleicht stimmte es sogar. Doch Drake hatte in genügend kniffligen Situtionen gesteckt, um zu wissen, daß nur Wachsamkeit ihr Überleben garantierte. Jedenfalls konnte die fehlerhafte Seitenladung hochgehen, sobald sie wieder Fahrt aufnahmen. Ende aller Probleme.

»Klar zum Manöver.« Er stützte sich am eingefahrenen Sehrohr ab; wenn nur sein Herz nicht so heftig schlagen wollte! »Wir gehen über den Achtersteven raus.«

Jenkyn setzte sich zurecht. »Ich habe gehört, daß man den Mund offenlassen soll, wenn so ein Ding hochgeht.«

Seaton nickte. »Tolles Rezept.« Jenkyn war in seinem unerschütterlichen Vertrauen wirklich phantastisch. Wahrscheinlich wußte er, daß es keinen Sinn mehr hatte, sich über irgend etwas den Kopf zu zerbrechen.

»Langsame Fahrt achteraus.«

Kompaß und Neigungsmesser bewegten sich, mit leise summender Schraube glitt XE 16 aus seinem schlammigen Bett rückwärts in den Hafen hinaus.

Seaton knirschte mit den Zähnen, kalter Schweiß lief ihm über Nacken und Brust. Aber es gab keine Detonation.

Er zwang sich, das ruhige Weiterrücken des Uhrzeigers zu beobachten. Es wäre bittere Ironie des Schicksals gewesen, wenn sie nun zum Schluß wieder an Land schwimmen müßten und man sie gefangennähme. Ob er den Angriff wohl begonnen hätte, wenn Drake ihn über die möglichen Schäden unterrichtet hätte? Beim Gedanken an Trevor und die anderen gab er sich die Antwort.

»Maschine stopp, langsame Fahrt voraus. Auf drei-null-null Grad gehen. Acht-fünf-null Umdrehungen.« Er wartete und horchte auf die Ausführung seiner Befehle. »Wenn du eingetrimmt hast, Geoff, geh auf vierzehn Meter.« Und zu Niven gewandt: »Geben Sie mir den Kurs zu unserer nächsten Auslaufposition.«

Er glaubte, ein leises Geräusch am Rumpf zu hören, und malte sich aus, wie die zwei Tonnen schwere Sprengladung an der Spindel hing. Die andere Ladung lag am vorgesehenen Platz hinter ihnen, aber der Zeitzünder fraß die Sekunden und Minuten. Bei all seinen kopflastigen Aufbauten sollte die eine Ladung für den Kran genügen; wie ein gigantischer Eisberg würde er umkippen.

»Kurs zwo-acht-fünf Grad, Sir.«

»Danke.«

Plötzlich verschwammen die Tiefenmanometer vor Seatons Augen und er bildete sich zunächst ein, irgend etwas sei heißgelaufen. Doch als er sich umsah, erblickte er alles unscharf, wie durch ein beschlagenes Fenster.

Das hatte gerade noch gefehlt, daß er jetzt ausfiel. Um Zeit zu gewinnen, setzte er sich ganz behutsam hin.

Gjerde starrte ihn unverwandt an. Wenn er ihn nur hätte fragen können, wie seine Schwester hieß! Aber er würde niemanden fragen, einzig und allein sie selbst.

13 Dem Leben wiedergegeben

Für jeden Mann an Bord von XE 16 war die Fahrt vom Hafen zum großen West-Byfjord eine ungeheure, ans Unwirkliche grenzende Nervenbelastung. Nicht nur Peilungen und Kurse waren entgegengesetzt wie beim Einlaufen, dasselbe galt auch für ihre Reaktionen. Jedenfalls schien es Seaton so. Trotz seiner Schmerzen und immer wiederkehrenden Übelkeit versuchte er, das Boot so schnell wie möglich hinauszubringen.

Die Spannung zwischen der Besatzung war fast physisch zu spüren; keiner schien mehr an ein Entkommen zu glauben und jeweils die anderen dafür verantwortlich zu machen. Nur der verschreckte Professor Gjerde litt, ohne die wirkliche Gefahr zu kennen.

Nach allem, was sie hinter sich hatten, ließ sogar das Durchqueren der beiden Minenfelder sie kalt; aber daß sie auch in freiem Wasser den Tod nicht abschütteln konnten, das reichte, sie zur Verzweiflung zu bringen.

Seltsam, wie Niven nun in den Vordergrund trat. Von Anfang an war Seaton klar gewesen, daß er nicht wieder an Deck gehen konnte, ohne das Bewußtsein zu verlieren. Und Drake wurde für das Boot gebraucht, das sich jetzt durch die Süßwasserlöcher im Fjord wälzte. Jenkyn vom Ruder wegzunehmen war so, als würfe man Ruder und Kompaß über Bord.

Also hatte Seaton Niven erläutert, was er beabsichtigte, worauf er achten sollte. Der Taucher schien förmlich darauf erpicht, an Deck zu gehen. Als er oben war, klang seine Stimme ganz ruhig und sachlich: Sie näherten sich schnell den beiden kleinen Inseln, auf denen die wachsamen Suchscheinwerfer immer noch über das Fahrwasser strichen.

Sie mußten es an der Oberfläche versuchen. Jetzt zu tauchen und möglicherweise durch Unterwasser-Ortungsgeräte auf dem

Grund entdeckt zu werden, das kam nicht in Frage. Mit ihrer einseitigen Ladung an Backbord war die Fortbewegung oft unkontrolliert und krebsartig. Nur mit viel Schweiß und Flüchen gelang es Drake und Jenkyn, das Boot unter Kontrolle zu halten.

Mit fast gelegtem Luftmast und einem halb erstarrten Niven an Deck zog XE 16 mit der beachtlichen Fahrt von fast sieben Knoten zwischen den Inseln hindurch, getrieben von ihren Dieseln und alle Batterien ladend.

»Wenn nur der verdammte Professor wenigstens so viel Grips hätte, daß er uns eine Kanne Tee machen würde«, knurrte Jenkyn zwischen seinen Flüchen. »Dann wäre alles eitel Wonne.«

Seatons Kopf schlug gegen den Sehrohrständer, daß er vor Qual aufstöhnte. Vor Erschöpfung und Schmerzen war er zusammengeklappt und wie ein Toter nach vorn gefallen. Hätte es die andere Seite getroffen, den großen, schwarz unterlaufenen Bluterguß, er hätte sicher laut aufgeschrien.

Glücklicherweise hatte es außer Gjerde kein anderer gesehen.

Seatons Kollaps schien den Professor aus seiner Erstarrung zu reißen. Er zwängte sich am Kartentisch vorbei und krabbelte zu ihm.

»Ich vergaß, Lieutenant, daß ich eine Reiseflasche bei mir habe. Mit Brandy, glaube ich.« Er begann, in seinem fleckigen Überzieher zu suchen.

Seaton wollte das Angebot schon zurückweisen, als Gjerde fortfuhr: »Ich muß sie doch irgendwo haben. Nina hat sie mir noch zugesteckt.« Er zog eine kleine Reiseflasche aus einer Innentasche. »Da!«

Seaton starrte an ihm vorbei, seine Lippen formten den Namen Nina. Er nahm die Flasche und ließ den Brandy über seine Zunge rieseln. Er schmeckte großartig.

»Geben Sie den andern auch etwas.«

Ohne die Augen vom Kompaß zu nehmen, griff Jenkyn nach der Flasche. »Danke, Kumpel.«

Drake nahm einen schnellen Schluck und nickte. War er verlegen oder verwirrt? In den letzten Stunden hatte Seaton begriffen, daß sie einander doch nicht so gut kannten.

Er zog sich zum Tisch und lehnte sich dagegen, fühlte durch Spanten und Kartentisch die Herzschläge seines kleinen Bootes.

Mit besonderer Sorgfalt studierte er die Seekarte, prüfte jedes einzelne der kleinen Kreuze, das ihre Einfahrt nach Bergen markierte. Die Zeit lief schnell ab, er mußte eine Entscheidung treffen. Er spähte zur nächsten Insel hinüber, hinter der die offene See lag. Zwischen den verstreuten kleinen Inseln, einige von ihnen nicht größer als ein Haufen Felsen, lagen viele Wrackmarkierungen – ein gefährliches Gebiet. Bestimmt konnte man das Boot hier nirgends auf den Strand setzen und mit dem Passagier an Land gehen.

Im schlimmsten Fall würde die Ladung explodieren, wenn der Zeitzünder ablief. Im besten Fall, wenn sie vom Boot gelöst war. Kein Blatt zum Pokern, hätte Drake gesagt.

Er wandte sich ihm zu. »Blas alle Tank aus, trimm das Boot so hoch wie möglich. Umdrehungen vermindern auf zwei Knoten.«

Luft zischte in die Tauchtanks. Sobald die obere Hälfte der Sprengladung aus dem Wasser ragte, rollte das Deck heftiger.

Seaton nahm das Sprechgerät. »Richard? Blasen Sie Ihre Schwimmweste auf. Unter Umständen müssen wir das Boot aufsetzen.« Dann zu Drake gewandt: »Nimm Professor Gjerde mit an Deck. Ich setze mich auf deinen Platz, sobald du das Boot ausgetrimmt hast.«

Drake atmete schwer. »In Ordnung.« Verzweifelt sah er sich um. »Ich bleibe. Geh du, Skipper.«

»So wie ich bin?« grinste Seaton. »Ich komme keine drei Schritte weit.« Sein Ton wurde schärfer. »Rück zur Seite und tu, was ich sage.«

Sein Blick fiel auf Gjerde, den Drake zum Luk drängte. In der gedämpften Beleuchtung sah er aus wie der wandelnde Tod. Für ihn mußte es wohl weit schlimmer sein.

Dann sagte er zu Jenkyn gewandt: »Ich brauche einen Freiwilligen, Alec.«

»An wen haben Sie dabei gedacht?« kicherte Jenkyn. »Klar, Sir. Schiff steuert drei-zwo-null Grad. Ganz langsame Fahrt.«

Seaton hörte, wie die anderen sich oben bewegten. Es mußte eisig kalt sein, doch das spielte jetzt keine Rolle. Wieder griff er nach dem Sprechgerät. »Geoff? In wenigen Sekunden versuche ich, unser Baby zu slippen. Wenn es hochgeht, ist dazu nichts weiter zu sagen, außer daß es nett war, deine Bekanntschaft gemacht zu haben. Wenn es erst im Sinken losdonnert, werdet ihr einen Schubs bekommen, aber mit einigem Glück könnt ihr das Land erreichen.«

Er hörte einen Seufzer, der natürlich von Gjerde kam, schaltete das Sprechgerät ab und sagte: »So, und nun, Alec, lassen Sie das Ruder los.«

Jenkyn gehorchte und spuckte in seine Handschuhe.

»Was auch passieren mag«, er sah Seaton direkt in die Augen, »Sie sind ein feiner Kerl, Sir.«

»Sie sind auch nicht übel.«

Jenkyn wandte sich ab und packte das Korbrad. Noch fünfzehn Minuten bis zum Ablaufen des Zeitzünders, auch bei dem unterm Schwimmkran.

Immer heftiger begann das U-Boot zu gieren und zu rollen. Mit krampfhaften Bewegungen versuchten die Männer an Deck, sich festzuhalten. Wie eine leere Flasche schlug XE 16 quer und sackte in ein Wellental nach dem anderen.

»Da sieht man mal wieder, wie wichtig ein guter Rudergänger ist, was?« keuchte Jenkyn. »Los, du blöder Sack! Beweg dich, bevor mir das ganze Boot unter den Händen zerbricht!«

Die Fahrt von Bergen her, meist aufgetaucht, durch unruhiges Gewässer und starke Strömung, mußte wohl zusammen mit dem unkontrollierten Rollen des Bootes ihre Wirkung getan haben. Jedenfalls erlosch das rote Licht über dem Rad plötzlich, und Jenkyn sank keuchend zurück. »Weg! Endlich weg!« Er kroch auf den Sitz des Rudergängers zurück und wirbelte die Speichen herum, das Gesicht verzerrt in Erwartung der Explosion.

Das Luk wurde aufgerissen, Drake schrie: »Nichts ist passiert! Jesus, Maria und Josef, sie ist auf Tiefe gegangen!«

Ohne ein Wort starrte Seaton auf die Uhr, sah einzig und allein die große, bogenförmige Sprengladung tiefer und tiefer, sich um sich selbst drehend, ins Dunkle sinken. Und es war wirklich tief hier, die großen unterseeischen Schluchten waren nicht einmal ganz vermessen.

»Alle Mann auf Stationen! Passagier in die Zentrale!«

Drake kämpfte sich durch das Luk, riß sich die Schwimmweste vom Leib und besprühte alles mit kaltem Spritzwasser.

»Boot trimmen und auf Höchstfahrt gehen«, befahl Seaton. »In zehn Minuten erreichen wir freies Wasser.«

Gjerde tastete sich an ihm vorbei und berührte dabei wie ein Blinder seinen Arm, unfähig, etwas zu sagen.

Seaton beobachtete ihn. *Nina.* Wenn doch sie statt ihres Bruders hier gewesen wäre!

Genau zur festgesetzten Zeit ging die beschädigte Sprengladung hoch. Die Tiefe ihres unbekannten Lagerplatzes dämpfte die Gewalt der Detonation.

Da XE 16 zu dieser Zeit bereites getaucht war und sich zwischen den Inseln hindurch in die freie See tastete, konnte man an Bord die Detonation in Bergen nicht hören.

Der Morgen dämmerte grau, Schneefall und Schneeregen kündigten sich an.

Wenige Minuten, nachdem Seaton seine letzte Koppelung in die fleckige Karte eingetragen hatte, meldete Niven: »Auftauchendes U-Boot an Steuerbord voraus.«

Nun kam es nur noch darauf an, die Schleppleine zu übernehmen und auf die Überführungscrew zu warten.

Während einige Männer des Schlepp-U-Bootes dabei waren, ein Telefonkabel zwischen den beiden ungleichen Fahrzeugen auszubringen, beobachtete Seaton, wie Gjerde mit seinem kostbaren wasserdichten Beutel zum Dingi gebracht wurde.

Mittlerweile ging die Überführungscrew auf ihre Stationen, die Zentrale war voller Gestalten. Der ablösende Skipper kniete neben Seaton und sagte: »Mein Gott, David, du siehst schlimm aus. Drüben wirst du dich wohler fühlen.«

Von oben rief Drake: »Fertig, Skipper?«

Seaton schüttelte den Kopf. »Ich steige nicht über. Diesmal nicht.«

Der ablösende Skipper stand auf und nickte. Er glaubte zu verstehen. »Oberdeck freimachen, Dingi loswerfen. Sagt dem Kommandanten Bescheid.« Er sah sich in dem nassen Raum um. Hier mußte mächtig was los gewesen sein, dachte er grimmig.

Irgendwie gelang es Seaton, sich durch die beiden wasserdichten Türen zu schieben und sich auf der Koje über den Batterien auszustrecken.

Wieder einmal hatten sie es geschafft. Aber beim Gedanken an das Mädchen, das er in Norwegen zurückgelassen hatte, schlugen Erschöpfung und Schmerz über ihm zusammen. Ein Gefühl des Verlustes, nicht des Triumphes beherrschte ihn.

David Seaton erinnerte sich kaum an ihre Rückfahrt über die Nordsee. Der Lieutenant, der die neue Crew führte, hatte ihm ein Schmerzmittel gegeben, das wie ein Schlag auf den Kopf wirkte. Selbst wenn einige seiner Sinne vorübergehend wieder funktionierten, drang doch nichts in sein Bewußtsein, so daß Zeit und

Entfernung bedeutungslos wurden.

Kaum bemerkte er, daß man ihn auf ein Mutterschiff brachte, wo seine Verletzungen untersucht und neu verbunden wurden. Dann wurde er ins Lazarett eines Zerstörers gebracht, wo er nach einer schmerzhaften Injektion erneut das Bewußtsein verlor.

So muß es wohl sein, wenn man stirbt, dachte er. Schiff, Krankenbett, zarte Hände, leise Stimmen ...

Dann erwachte er eines Morgens in einem fremden Zimmer. Schwaches Sonnenlicht fiel auf einen Arzneischrank und ein kleines Rechteck von Teppich. Auch ohne die Gerüche hätte er gewußt, daß er sich in einem Krankenhaus befand. Es war so still, daß es auf die Trommelfelle zu drücken schien.

Er bewegte seine Hände, fühlte die Schiene am Finger und den einschnürenden Druck von Gipsverbänden. Der schlimmste Schmerz war vorüber, doch er hatte das Gefühl, schwer angeschlagen zu sein und sehr schwach.

Die Tür öffnete sich, ein Krankenpfleger schaute nach ihm.

»Wo bin ich?« fragte Seaton heiser.

»Im Lazarett, Sir.«

Seaton stöhnte. »In welchem?«

Aber der Mann war bereits verschwunden. Und plötzlich hatte Seaton schrecklichen Hunger.

Wieder öffnete sich die Tür, und ein Arzt eilte herein. Ein Geschwaderarzt immerhin. Und von der Marine.

»Wir freuen uns, Sie wieder bei uns zu haben.« Der Arzt prüfte eingehend seinen Puls. »Sie sehen auch schon ein bißchen besser aus.«

»Seit wann liege ich hier, Sir?«

Nach dem Blick auf das Krankenblatt, das der Arzt ihm stumm entgegenhielt, fiel Seatons Kopf ins Kissen zurück. Ungläubig sagte er: »Zwei Wochen!«

Der Geschwaderarzt hängte das Krankenblatt wieder an seinen Platz. »Ihr Sehvermögen ist jedenfalls nicht beeinträchtigt.« Er legte Seatons Hand wieder auf das Bett zurück. »Sie haben eine Menge durchgemacht, Ihre Verletzungen waren schlimmer, als der norwegische Arzt erkannte. Ein Lungenflügel ist beschädigt, und die Frakturen sind durch Ihr Verhalten nach der Flucht in ziemlich üblem Zustand.«

Seaton lächelte schuldbewußt. Jetzt verstand er das Ausmaß seiner Schmerzen besser.

»Sie befinden sich in einem kleinen Lazarett am Rand von Edinburgh. Es steht zur Verfügung der Gruppe Sondereinsätze. Die Leute kommen hierher, um sich in aller Stille zu erholen.«

Oder zu sterben, dachte Seaton.

»Haben Sie etwas gehört, Sir, ich meine, von den anderen?«

»Einiges. Ihre Leute wurden ziemlich eingehend befragt, auch Captain Venables war hier und hoffte, mit Ihnen sprechen zu können. Ihre Kameraden haben jetzt Urlaub.«

Seaton schloß die Augen. »Und was ist mit dem Passagier, Sir?«

»Nicht mein Ressort.« Der Arzt grinste. »Selbst wenn ich es wüßte, dürfte ich es Ihnen nicht sagen. Aber ich weiß es wirklich nicht.«

»Ich möchte aufstehen.« Vorsichtig bewegte Seaton die Beine. Sie fühlten sich wie Blei an.

»Kommt nicht in Frage.« Der Arzt seufzte. »Ehrlich gesagt, Sie sind ein Trümmerhaufen. Sie haben Glück, noch am Leben zu sein.«

»Mehr Glück als mancher andere.« Er verbarg seine Verbitterung nicht.

Der Arzt ging zum Fenster. »Ja, ich habe davon gehört.« Er zuckte die Schultern. »Aber mich hat allein Ihre Genesung zu kümmern. Und so kann ich Sie nicht nach Hause lassen. Sie haben keine Frau, und Ihr Vater ist es wahrscheinlich nicht gewohnt, demolierte Lieutenants zu versorgen.«

»Nein, Sir.« Mein Gott, die waren aber gut unterrichtet! Wahrscheinlich hatte Venables auch eine Akte über die neueste Freundin seines Vaters. »Aber hier kann ich nicht bleiben.«

»Ich werde mich mal umhören, vielleicht läßt sich was arrangieren. Captain Venables wäre allerdings bestimmt nicht damit einverstanden, wenn ich Sie in einem dieser Erholungsheime unterbrächte.« Er tippte sich an die Nase. »Deutsche Spione unter jedem Bett.« Er wandte sich zur Tür. »Nach dem, was ich hörte, haben Sie Ihre Sache gut gemacht.«

Die Tür schloß sich.

Die Telefondrähte mußten geglüht haben, denn nach wenigen Stunden war Venables da und kam sofort zur Sache.

»Tut mir leid, daß Sie so Schweres durchgemacht haben. Es lief nicht ganz so wie geplant.« Und mit einem frostigen Lächeln: »Übrigens auch nicht die Sprengung des Schwimmkrans.«

Seaton sah ihn an. »Ist er nicht vernichtet, Sir?«

»Laut unserer Luftaufklärung ist der Platz ein Trümmerhaufen. Der Schwimmkran wurde mit zwei danebenliegenden Leichtern in Stücke gerissen, das Oberteil des Krans fiel auf einen Minensucher und drückte auch ihn unter Wasser.« Sein Ton wurde schärfer. »Ich weiß nicht, ob ich Ihnen dafür gratulieren soll, denn Sie hatten da bereits das Gerät und den Passagier an Bord. Durch Ihr Draufgängertum hätten Sie beides verlieren können.«

»Es war kein Draufgängertum, Sir.« Er starrte an die Decke. »Es war eine Abmachung.«

»Jedenfalls ist es gut abgelaufen. Der Gegner weiß, wir sind ihm nun einen Schritt voraus. Und bald wird er auch das mit dem norwegischen Professor erfahren. Ich habe natürlich schon mehrere Berichte, er scheint ein recht guter Fang zu sein. Leider muß ich mich dabei auf andere verlassen.«

»Sie haben mir nicht gesagt, daß das norwegische Mädchen seine Schwester ist, Sir.«

»Wozu? Sobald sich die Dinge ein wenig beruhigt haben, werden wir versuchen, sie herauszuholen. Sonst setzt sie möglicherweise ihre Tarnung aufs Spiel. Und dann die scheußliche Geschichte mit Trevor.« Er sah zur Seite. »Schrecklich.«

Seaton versuchte, nicht an das keuchende Geschöpf auf dem Zellenboden zu denken.

Venables sah auf die Uhr. »Trevor und sie standen sich offenbar sehr nahe.«

»Verstehe.«

Um seine Enttäuschung zu verbergen, biß Seaton sich auf die Lippen. Er war ein Narr gewesen, ein Idiot. Das hätte er doch wissen oder vermuten können! Aber diese Erkenntnis half ihm nicht weiter.

Venables beobachtete ihn scharf. »So etwas passiert häufiger, wie ich höre. Zuerst kommt das notwendige gegenseitige Vertrauen, und dann ...« Er führte es nicht weiter aus, sondern wurde wieder förmlich. »XE 16 erhält eine Grundüberholung. In einigen Wochen wird es für Tests zur Verfügung stehen, dann sehen wir weiter.«

»Hat es sich wenigstens gelohnt?« fragte Seaton.

»Was sind Sie doch für ein neugieriger Bursche.« Venables setzte sich auf den einzigen Stuhl im Zimmer. »Natürlich. Unsere Agenten in Europa wußten seit dem letzten Jahr, daß die Deutschen Abschußrampen und -basen für ihre Raketen bauen. Es war entscheidend wichtig, daß wir einen Fuß in die Tür bekamen. Das haben wir durch Gjerde erreicht und vielleicht mehr. Der Feind hat die Küste von Calais bis zur Halbinsel Cherbourg mit Betonbunkern gespickt, das ist durch die R A F bestätigt. Können Sie sich vorstellen, was dort Raketenabschußrampen für unsere Invasionsvorbereitungen bedeuten könnten?« Er rieb seine Hände, es hörte sich an wie trockenes Pergament. »Natürlich können wir die Entwicklung nicht aufhalten, aber die wirklich großen Raketen, wie die in Norwegen getesteten, können wir jetzt vernichten. Andernfalls käme es wieder zu einem Patt, und man kann einen Krieg nicht defensiv gewinnen.« Er lächelte. »Doch, es hat sich wirklich gelohnt.«

»Dann bleiben wir also in Zukunft außen vor. Denn ich kann mir Kleinst-U-Boote auf den Straßen Frankreichs schlecht vorstellen.«

»Hm.« Venables nahm seine Mütze. »Jedenfalls muß ich jetzt gehen. Aber wir bleiben in Kontakt.«

Seaton nickte. *Natürlich.*

Drake nahm sich eine weitere Scheibe Toast und bestrich sie langsam und sorgfältig mit Marmelade.

Es war sehr still in dem großen Haus in Harrowgate, denn Decia lag noch in ihrem Schlafzimmer, und Niven telefonierte mit irgendwem.

Warum, zum Teufel, war er überhaupt hergekommen? Ohne etwas zu schmecken, mampfte Drake seinen Toast. Gleich nach der Schlußbefragung hatte er Niven gegenüber Ausflüchte vorgebracht. Doch der hatte ihn gedrängt, wieder mit ihm zu fahren. Vielleicht wollte er die Mißstimmung bereinigen, die in Bergen und auf der Rückfahrt zwischen ihnen entstanden war.

Jedenfalls war er nun hier und mußte verdammt vorsichtig sein. War er mitgekommen, weil er insgeheim befürchtete, Decia könnte etwas über die Zeit, in der sie beide allein gewesen waren, ausplaudern? Könnte in Wut geraten, wie er es schon einmal erlebt hatte, und dann damit herausplatzen? Ein schrecklicher Gedanke.

Mit wachsendem Erstaunen hatte er Decia beobachtet. Sie schien die Situation zu genießen, zog ihren Mann auf und reizte andererseits ihn mit einer beiläufigen Bemerkung oder einem

Blick. Es war die Hölle.

Die Tür öffnete sich, und Niven trat in Flanellhose und Pullover ins Zimmer. Der typische Engländer, dachte Drake.

Niven setzte sich und griff nach der Morgenzeitung.

»Das war Vater am Telefon.«

Drake mußte einen Augenblick scharf nachdenken, um sich Nivens Vater in Erinnerung zu rufen: groß, beeindruckend, die Brust voller Orden.

Vorsichtig fragte Drake: »Was wollte er denn?«

Er hörte Decia eintreten und erstarrte, die geballten Fäuste im Schoß. Sie strich an ihm vorbei und berührte dabei leicht seine Schulter.

»Guten Morgen, ihr zwei. Was gibt's Neues?«

»Vater hat angerufen.«

»Ach du lieber Gott!«

Drake wollte ihr einen Teller von der Anrichte holen, doch sie schüttelte den Kopf. »Nein, ich muß auf meine Figur achten.«

Sie trug einen schwarzen, tadellos sitzenden Jumper und eine schwarze Hose; den einzigen Farbfleck bildete ein roter Schal.

»Willst du uns nicht von dem Anruf erzählen?« fragte Drake. Das Blut dröhnte in seinem Kopf, er wunderte sich, daß niemand sonst es hörte.

»Es ging um den Skipper.«

»Um Dave?« Drake richtete sich auf. »Was ist passiert?«

»Man hat ihn in ein Speziallazarett in Schottland gebracht. Dort kann man ihn nicht entlassen, weil er nicht weiß, wohin.«

Decia befeuchtete ihre Unterlippe mit der Zunge. »Wir wollen ihn zu uns holen.«

Drake beobachtete sie. Das würde ihr so passen, einen gegen den anderen auszuspielen.

»Wie ist er eigentlich?« fuhr sie fort. »Ich habe ihn nur einmal erlebt, da sah er ein bißchen vereinsamt aus.«

Niven griff den Faden wieder auf. »Vater möchte ihn zu sich nach Sussex einladen. Er hat reichlich Personal. Ich halte die Idee für gut.«

»Armer Dave.« Drake fühlte sich unbehaglich. »Ich hätte ihn schon längst besuchen sollen.«

»An Venables vorbei?« Niven lächelte. »Ich glaube nicht, daß dir das gelungen wäre.«

»Er ist ein verdammt feiner Kerl.« Drake sah zu Decia hinüber.

»Und tapfer.«

»Vater möchte, daß ich ihn in Empfang nehme«, sagte Niven.

»Ach so.« Drake schaute auf seine Hände hinunter. »Ihn als Gastgeber vertreten?«

»Ja. Aber es paßt mir überhaupt nicht, euch hier zurückzulassen.«

Drake beobachtete Decia.

»Ich komme auf keinen Fall mit, dein Vater liegt mir nicht.« Sie verzog den Mund. »Er ist mir zu überdreht. Ständig außer Atem und mit sieben Paar Händen.«

»Na, du stellst dein Licht auch nicht unter den Scheffel, mein Engel.«

»Was man hat, kann man auch zeigen«, kicherte sie.

Drake überlegte sich jedes Wort. »Kann nicht ich Dave abholen? Ich würde ihn wirklich gern wiedersehen.« Er wies auf die erste Seite der Zeitung mit den Schlagzeilen über das Vorrücken der Alliierten in Italien. »Bei diesem Tempo wird für uns nicht mehr viel übrigbleiben. Oder sie schicken uns in den Pazifik, zu den Yankees.«

Niven sah ihn nachdenklich an. »Meinst du wirklich?«

»O mein Gott, ihr zwei!« rief Decia. »Krieg, Krieg und immer nur Krieg! Könnt ihr nicht auch mal an etwas anderes denken?«

Mit blitzenden Augen ging sie zur Tür, blieb aber neben Drakes Stuhl kurz stehen und strich mit der Hand über seine Schultern.

»Ich werde versuchen, dich auf andere Gedanken zu bringen, während unser großer Stratege hier seinem Vater zu Gefallen ist.«

Niven folgte ihr in die große Halle, und Drake hörte ihn ärgerlich fragen: »Mußt du dich vor meinen Freunden so benehmen? Eines Tages . . .«

Eine Tür schlug zu, Drake hörte nichts mehr.

Verschwinde, sobald er das Haus verlassen hat. Aber wenn du das tust, wird er ahnen, was zwischen uns gewesen ist, und an noch Schlimmeres denken.

Der Schweiß brach ihm aus. War Richard möglicherweise im Bilde und trieb die Sache bewußt auf die Spitze?

Er erhob sich und ging zum Fenster. Überall wurde es grün, der Krieg schien weit, weit weg. Er merkte, daß Decia ins Zimmer gekommen war und dicht hinter ihm stand.

»Du hast mir vorhin ganz schön zugesetzt«, sagte er heiser und drehte sich um.

»Das ist noch gar nichts gegen das, was ich in ein paar Stunden mit dir machen werde, mein hübscher Neuseeländer!« Sie steckte einen Finger in sein Hemd und kratzte seine Haut.

»Paß auf, um Gottes willen!« Und doch verlangte es ihn mehr denn je nach ihr.

Später kam Niven in Uniform mit einem Koffer nach unten. »Gleich fährt das Taxi vor.«

Sie ging durchs Zimmer und küßte ihn. »Sei wieder mein lieber Junge!«

Drake sah ihnen zu, unfähig, klar zu denken. Wie alt war sie eigentlich? Neunzehn? Aber sie war so schlau und gerissen wie eine Hexe.

Alec Jenkyn lehnte an der Brüstung der Waterloo-Brücke und betrachtete die bei Stillwasser erstaunlich friedliche Themse. Trotz Ruß und Rauch konnte er den Frühling in der Luft spüren. Sogar ein paar Schwäne knabberten unten an der Ufermauer.

Doch die Luft war noch recht kühl, und die Kälte der Steinbrüstung drang durch seinen Regenmantel. Eigentlich hätte er endlich weitergehen müssen, doch die Pubs öffneten erst in zwei Stunden. Das Seemannsheim konnte er einfach nicht mehr ertragen, die Burschen redeten dort nur über den Krieg, ihre Offiziere über das Essen und über die Weiber. Er hatte die Schnauze voll.

Wohin gehen nur all die Zivilisten? überlegte er. Er sehnte sich nach einem hübschen Dorfwirtshaus mit viel Messing, gemütlichen Ecken und rotgesichtigen Landarbeitern, die Witze auf Kosten der Sommerfrischler machten. Mit seinem Vater hatte er seinerzeit in ihren seltenen Ferien solch ein Wirtshaus in Devon besucht.

Da sah er ein kleines Mädchen den Gehsteig entlangkommen, das einen Penny hochwarf und wieder auffing, das kleine Gesicht starr vor Konzentration. Etwa drei Jahre alt, dachte er, nicht mehr. Aber waren die Kinder denn nicht alle evakuiert? Dann fiel sein Blick auf die Mutter des Kindes, die auf Händen und Knien versuchte, ein paar Kartoffeln aufzulesen, die ihr aus der Tragetasche gefallen waren.

Der Penny fiel auf den Gehsteig und rollte über die Bordschwelle. Mit einem Verzweiflungsschrei lief das Kind ihm nach auf die Fahrbahn.

»Um Gottes willen!« Jenkyn stürzte von der Brüstung und hinter der Kleinen her, ungeachtet des heranrollenden Doppeldekkerbusses; Bremsen quietschten, Passanten schrien von allen Seiten.

Er packte das Kind, riß es zur Seite und stöhnte vor Schmerz auf, als der vordere Kotflügel des Busses ihn erfaßte und auf den Gehsteig schleuderte.

Rundherum sammelten sich Menschen. »Was ist passiert? Haben Sie das gesehen?«

Der Busfahrer kletterte zitternd heraus. »Das war nicht meine Schuld, Kumpel! Wärst du nicht gewesen, hätte ich das Kind überfahren.«

»Was ist hier los? Wer ist verletzt?« Vor dem Londoner Bobby verdrückte sich die Menge.

»Niemand.« Jenkyn stand auf und strich seinen Regenmantel glatt. Er hatte einen kleinen Riß. »Ich bin okay.« Er grinste den Polizisten an. »Wirklich.«

Der Polizist funkelte den Busfahrer an. »Verschwinde! Wir haben alle zu tun, oder?«

Noch zitternd, aber froh, das hinter sich zu haben, fuhr der Busfahrer mit knirschendem Getriebe davon.

Jenkyn sah das Kind an, das haltlos an der Schulter seiner Mutter schluchzte. Die lag auf Knien und dachte nicht mehr an ihre Tragetasche.

Tränenblind sah sie zu ihm auf. »Das war sehr mutig von Ihnen. Ich habe doch nur eine Sekunde weggeschaut . . . Sie ist sonst ein so braves Mädchen.«

»Also dann, wenn Sie in Ordnung sind . . .« Der Polizist wartete.

Doch Jenkyn hatte ihn gar nicht gehört. Er starrte nur die Mutter des Kindes an: Mitte Zwanzig, einfach angezogen, das braune Haar unordentlich unter einem Kopftuch verborgen, und doch schien sie eine Schönheit zu sein, mit kornblumenblauen Augen und frischer weicher Haut.

Er faßte sie am Ellbogen. »Darf ich Ihnen aufhelfen?« Dann zog er einen Sixpence heraus und gab ihn dem Kind, das ihn stumm beobachtete. »Hier, nimm. Ich glaube, dein Penny ist in den Gully gefallen.«

»Ich kann Ihnen gar nicht genug danken.« Sie zog den Mantel ihrer Tochter zurecht. »Beinahe wären Sie überfahren worden.«

Der Polizist ging unbemerkt weiter.

Jenkyn zuckte mit den Schultern und versuchte, den Schmerz zu unterdrücken. Morgen würde er einen großen blauen Fleck haben.

Zögernd fragte er: »Wohnen Sie hier in der Gegend?«

Sie antwortete nicht sofort. »Ich war im Heeresministerium. Wir wollten gerade zum Bahnhof, um nach Hause zu fahren.« Sie schüttelte den Kopf. »Nein, wir wohnen außerhalb, in Wimbledon.« Das klang wehmütig.

Jenkyn war verwirrt. Heeresministerium? Wimbledon?

»Und Sie?« fragte sie. »Sind Sie auf Urlaub?«

»Ja.« Er setzte seine Mütze zurecht. »Ich wohne hier im Union Jack Club. Mein – mein Zuhause hab' ich kürzlich verloren. Zerbombt.« Er ärgerte sich sofort über sich selbst. Sie hatte offensichtlich genug Sorgen, er mußte ihr die seinen nicht auch noch erzählen.

»Ihr Mantel«, sagte sie plötzlich. »Sie haben ihn sich am Bus zerrissen.«

Das klang so aufgeregt, daß Jenkyn erwiderte: »Kein Grund zur Besorgnis. Jack bringt das schon in Ordnung.«

»Jack?«

Er grinste. »Die Marine.«

Seltsam gerührt fühlte er eine Kinderhand in der seinen. *Mein Gott, ich drehe wohl langsam durch.*

»Also, dann werd' ich wohl gehen.« Aber Jenkyn wollte überhaupt nicht gehen, nur bleiben und sie reden lassen.

»Ich möchte nicht, daß Sie denken . . .« Sie sah weg und biß sich auf die Unterlippe. »Es ist nicht meine Art.« Plötzlich faßte sie einen Entschluß. »Sie können unser Gästezimmer haben.« Sie sah das Kind an, um ihre Verwirrung zu verbergen. »Könnte er doch, nicht wahr, Gwen?«

Der Griff in Jenkyns Hand wurde fester.

»Das würde ich wirklich gern tun. Und machen Sie sich keine Sorgen, das ist sonst auch nicht meine Art. Die Leute haben von der Marine nur so komische Vorstellungen.« Er grinste und fühlte sich unglaublich froh. »Die meisten davon stimmen leider.« Schnell sprach er weiter. »Ich springe schnell in den Klub und hole meine Sachen. Dann wollen wir sehen, ob wir Ihren Zug noch erwischen, ja?«

Die junge Frau lächelte und sah ihn ganz benommen an; sie

schien kaum zu begreifen, was sie da angerichtet hatte.

Später, in der betriebsamen Halle des Waterloo-Bahnhofs, sagte Jenkyn: »Übrigens, ich heiße Alec Jenkyn.«

Sie lächelte. »Und ich Sarah. Sarah Woods.«

Er nickte und sagte freundlich: »Sie waren im Heeresministerium? Wegen Ihres Mannes?«

»Ja. Er ist vermißt. Das ist alles, was sie mir sagen.« Mit zitternden Lippen, doch bestimmt, fuhr sie fort: »Aber wir wollen jetzt nicht darüber sprechen. Wir fahren heim, und ich bringe Ihren Mantel in Ordnung. Ich hoffe nur, daß wir Sie nicht langweilen.«

Jenkyn geleitete sie zum Bahnsteig. Langweilen? Sein Herz hüpfte vor Freude.

14 Streng geheim

Vom Familiensitz der Nivens ging nichts Unechtes oder Falsches aus. In großartiger, waldiger Umgebung auf dem Land in Sussex gelegen, machte er den Eindruck von Dauer und Sicherheit. Eine gepflegte Auffahrt wand sich vom großen Tor zu dem weitläufigen und eleganten Wohngebäude aus Stein und Ziegeln.

Langsam fuhr der Dienstwagen durch eine Tannenallee. Neben Seaton saß Niven und beobachtete seine Reaktion.

»Das Haus war früher ein befestigter Herrensitz, Sir, zur Zeit der Königin Elisabeth. Eine Riesenscheune, aber gemütlich.«

Die lange Reise hatte Seaton erschöpft; er merkte, daß für seine Genesung wohl noch mehr geschehen müsse, als von einem Admiral aufs Land eingeladen zu werden. Wenn Niven ihn doch bloß nicht immer ›Sir‹ nennen wollte!

Ein Zimmermädchen und ein älterer Diener kamen die von Millionen Füßen in der Mitte ausgehöhlten Steinstufen herab, um sie in Empfang zu nehmen.

Niven hielt ihm die Wagentür auf, der Fahrer ging zum Heck, um die Koffer zu holen.

»Mein Gott, welch gute Luft!« entfuhr es Seaton. Der abendliche Duft nach frisch gemähtem Gras rief ihm das alte Gut in Hampshire wieder in Erinnerung, den Frieden am Ende eines Tagewerks.

Niven freute sich. »Bißchen anders als auf See.«

Der Wagen rollte zu einer langen Reihe von Garagen hinüber, die früher wohl Remisen gewesen waren. Seaton erkannte darin mehrere Wagen, darunter zwei Rolls-Royce, die sorgfältig aufgebockt auf Friedenszeiten warteten. Ob es wohl jemals wieder Frieden geben würde?

Niven bemerkte seinen Blick und meinte verlegen: »Einige meiner Ahnen waren Piraten, aber wir pflegen sie Freibeuter zu nennen.« Er grinste. »Manchmal wünsche ich mir, ich hätte damals gelebt.«

In der Eingangshalle, einem Rundbau, erwartete sie der Admiral. Der große Kronleuchter über seinem Kopf vervollständigte das hochherrschaftliche Bild.

»Freut mich, daß Sie da sind.« Er schüttelte Seaton die Hand. »Sie sehen ein bißchen erschöpft aus. Aber ein kurzer Urlaub, und Sie sind wieder in Ordnung.« Und mit einem Blick auf seinen Sohn: »Guten Abend, Richard. Alles in Ordnung?« Noch ehe dieser antworten konnte, sagte er schon wieder zu Seaton: »Muß selbst nach allem sehen, Richard könnte nicht mal eine Party in einer Brauerei organisieren.«

Aus einem Nebenraum tauchte eine dünne, unauffällige Dame in grauem Kleid auf und begrüßte Seaton etwas ängstlich.

»Sie sind also der arme Junge, von dem man mir erzählt hat. Wollen hoffen, daß Sie bald wieder der alte sind.« Sie nahm seine Hand in die ihrige, die ebenso zerbrechlich schien wie sie selbst.

»Verdammt noch mal, Harriet«, knurrte der Admiral, »das ist kein armer Junge, sondern ein Kerl, der seine Sache prima gemacht hat. Wie oft muß ich dir noch sagen, du sollst nicht so ein Getue machen.«

Sie zuckte nicht einmal mit der Wimper. »Wie oft muß ich dir noch sagen, daß du nicht fluchen sollst, Philip?« Sie ging mit dem Zimmermädchen die Stufen hinauf, der alte Diener folgte ihnen langsamer.

Der Admiral zwinkerte. »Ausruhen, David? Oder erst einen steifen Drink?«

Seaton lächelte. »Das letztere, Sir. Man muß sich doch erst eingewöhnen.«

Sie betraten einen getäfelten Raum, in dem Karaffen und Gläser bereitstanden, und es war wie ein Schritt in die Geschichte. An den Wänden hingen Porträts von Marineoffizieren dicht an dicht, und eine weitere Tür gab den Blick in eine Bibliothek frei. Auch hier Porträts oder Seestücke: Doggerbank, Skagerrak und viele andere. Würden daneben eines Tages auch die anderen hängen? fragte sich Seaton. Von Kreta, Narvik, Kap Matapan?

Konteradmiral Niven ließ sich schwer in einen Sessel fallen und goß Whisky ein. »Zum Wohl!«

Sein Sohn nippte nur und meinte: »Ich mache mich wohl lieber wieder auf den Weg.«

»Unsinn!« Der Admiral goß bereits den nächsten Whisky ein. »Zu dieser Zeit bekommst du gar keine Fahrgelegenheit nach Norden. Ich lasse dich morgen hinbringen.«

Seaton sah in sein Glas und dachte: Fahr jetzt nach Hause, Richard, zu deiner Frau. »Sie haben mich wirklich gut betreut«, sagte er laut. »Aber ich komme bestimmt allein zurecht.«

Niven sah ihn seltsam an. Verstand er die Warnung?

»Davon will ich nichts hören«, dröhnte der Admiral. »Du bist mein Sohn, verdammt noch mal, und dein Platz ist hier, bis ...« Er sprach nicht zu Ende.

Niven stand auf. »Dann werde ich Decia wenigstens anrufen und ihr sagen, daß wir gut angekommen sind.«

Sobald sich die Tür schloß, beugte sich der Admiral vor und fragte leise: »Was halten Sie von ihm?«

»Ich mag ihn, Sir.«

»Was heißt das? Man mag auch Hunde, Kinder, was Sie wollen.«

Seaton sah die plötzliche Erregung in Nivens Augen, den inneren Druck. Wie auf den stillen Gesichtern der Porträts rundum: robust und von schnellem Entschluß.

»Er hat seine Sache gut gemacht, Sir, weit besser, als ich nach so kurzer Dienstzeit erwartet hätte.« Obwohl er mehr laut vor sich hin dachte, merkte er doch, daß der Admiral ihm gespannt zuhörte. »Seine Haltung ist sachlich, die Pflicht und nicht seine Person bestimmt sein Handeln. Ich wundere mich, daß er überhaupt zu uns gekommen ist.«

»Sie sind ein kluger Kopf, Walter Venables hat recht. Noch ein Glas?« Der Admiral überhörte Seatons Protest. »Trotzdem mache ich mir Sorgen um den Jungen. Er ist ein Rebell, stellt sich gegen die Familie, gegen alles, wofür ich eintrete. Vielleicht halten Sie mich für einen Tyrannen, gut, das mag stimmen. Aber seine Heirat mit diesem Mädchen, zum Beispiel. Decia ist ein verwöhntes, arrogantes kleines Biest. Richard wußte, daß ich sie nicht mochte, und schon gar nicht ihren Vater. Deshalb heiratete er sie: nur um mich zu ägern.« Ein Lächeln huschte über Nivens ernstes Gesicht. »Zwei Narren, eine Kappe. Denn sie heiratete ihn, um ihren Vater zu provozieren. Mein Gott, was für ein Paar! Das kann nicht gutgehen, sie wird mir den Jungen ruinieren.« Er sah zum Fenster. »In der Gefahr muß ein Mann seine Sinne beisammen haben. Ich könnte Richard von den X-Booten versetzen lassen«, er zuckte die Schultern, »aber damit würde ich mich erneut ins Unrecht setzen. Andererseits, wenn ich nichts tue, verliere ich ihn vielleicht ganz.«

»Mir scheint, er wird jetzt schnell erwachsen, Sir.«

Das schien Niven zu gefallen. »Der Heißsporn! Hatte zu früh zuviel. Mein Vater hat mich mit Geld kurzgehalten, bis er glaubte, ich sei alt genug zu heiraten. Doch Richard ist während der Depression aufgewachsen, da habe ich ihn vermutlich verwöhnt, um ihm den ganzen Kummer und Trübsinn zu ersparen.«

Seaton merkte, daß er einzuschlafen drohte. Hoffentlich hatte das Lazarett nicht vergessen, seine Tabletten einzupacken. Ohne sie quälten ihn jede Nacht schreckliche Träume.

»Schlafenszeit für Sie«, sagte der Admiral unvermittelt. »Ihr Koffer müßte jetzt ausgepackt sein. Wenn Sie sich ein bißchen erholt haben, möchte ich mit Ihnen zu einer unserer Dienststellen fahren, ganz in der Nähe. Noel Ruthven würde sich freuen, Sie zu sehen.«

Zögernd entstand in Seatons müdem Kopf ein Bild: der Bunker und der gepflegte Air Marshal, der neue Chef.

Griffin, der alte Diener, trat ein und meldete: »Alles bereit, Sir.«

»Danke.« Der Admiral ging mit Seaton zu Tür. »Und Ihre Nummer Eins, hat er sich gut gehalten? Aus Berichten kann man nicht alles entnehmen.«

Seaton schaute auf. Bisher hatte der Admiral noch nichts ohne Absicht gesagt.

»Drake ist zuverlässig, Sir. Wir haben eine Menge zusammen durchgemacht.«

»Ja, natürlich, bin ganz Ihrer Ansicht. Aber es steckt nicht viel dahinter, wie? Wenn's hart auf hart kommt, ist er nur ein Mitläufer, was?«

Seaton wußte nicht, was er antworten sollte. »Ich meine, er sollte ein eigenes Boot bekommen, er hat's verdient.«

Der Admiral sah ihn unbewegt an. »Das ist loyal, als Freund gesprochen. Aber insgeheim wissen Sie genauso gut wie ich, daß er zum Kommandanten nicht geeignet ist. Jedenfalls nicht auf einem U-Boot. Er ist ein netter, gutaussehender und hilfsbereiter Junge, aber mehr auch nicht.« Unversehens grinste er. »Aber nun legen Sie sich um Gottes willen schlafen, ehe Sie umfallen. Vergessen Sie Drake, das Boot und den ganzen verdammten Krieg.«

Niven trat aus einem anderen Zimmer. »Decia war nicht da. Ich rufe später noch mal an.«

Der Admiral zog eine Zigarre aus seinem Etui. »Wer war denn am Apparat?«

»Geoff. Geoffrey Drake.« Richard ging in die Bibliothek.

Der Admiral wandte sich um und sah Seaton fest an. »Da sehen Sie's. Ich wette, sie war doch da. Wenn wir nicht Krieg hätten, würde ich hinfahren, mir den Neuseeländer vorknöpfen und ihm mal erzählen, was bei uns so Brauch ist.« Er sah Seaton nach, der die Treppe hinaufging. »Aber denken Sie nicht mehr dran. Das können Sie mir überlassen.«

Daß Seatons Herz schneller schlug, lag nicht nur an seinem Zustand oder an der steilen Treppe. *Wenn wir nicht Krieg hätten . . .* Das konnte nur eines bedeuten: XE 16 war wieder verplant, und seine Crew wurde gebraucht. Andernfalls hätte Konteradmiral Niven niemals eine Situation geduldet, die dem Ruf seines Sohnes und seiner Familie schadete.

Völlig übermüdet folgte Seaton Griffin in ein großes Schlafzimmer und war kaum in der Lage, sein Jackett abzulegen. Doch Griffin war ein erfahrener Diener. Er zog Seaton aus und berührte dabei kaum seine Verletzungen. Wie ein kleiner Junge fand er sich auf der Bettkante sitzend wieder, während Griffin ihm die Pyjamahose anzog. »Tut mir leid, daß ich Ihnen solche Mühe mache.«

Der Mann hielt inne und sah ihn an. »Das ist keine Mühe, Sir. Zeit meines Lebens stehe ich in Diensten dieser Familie. Sie ähneln dem jungen Herrn Jonathan sehr und sind wohl auch in seinem Alter.«

»Jonathan?«

»Master Richards älterer Bruder, Sir. Ein prächtiger junger Mann. Dies war sein Schlafzimmer.«

»Ist er tot?«

Seufzend knöpfte Griffin ihm die Pyjamajacke zu. »Jawohl.

Ging bei Malaya mit der alten *Repulse* unter. Wir vermissen ihn immer noch sehr.«

Seaton ließ sich ins Bett helfen. Noch lange Zeit, nachdem sich die Tür hinter Griffin geschlossen hatte, starrte er in die Dunkelheit und horchte auf das sanfte Klopfen einer Ranke an seinem Fenster.

Früher hatte also Jonathan hier gelegen, wahrscheinlich der Lieblingssohn des Admirals und ein weiteres Vorbild, mit dem sich Richard auseinandersetzen mußte.

Kein Wunder, daß sich der Admiral – wenn auch vielleicht zu spät – Sorgen machte. Nun schien es, daß Richard, im Guten oder im Schlechten, alle Trümpfe in der Hand hielt.

Als Seaton schließlich in Schlaf fiel, hatte er vergessen, seine Tabletten zu nehmen. Doch diesmal brauchte er sie nicht.

Die nächsten Tage und Wochen kamen Seaton seltsam unwirklich vor. Der Admiral war zum Dienst nach Whitehall zurückgekehrt und hatte Seaton die Aufsicht über Haus und Besitz überlassen.

Anfangs hatte er nur kurze Spaziergänge unternommen, hatte Sträucher und Blumen mit fast vergessenen Namen benannt; später wanderte er, mit Stock und festen Schuhen ausgerüstet, bis zum Dorf und verbrachte sogar einen ganzen Morgen damit, Inschriften auf den Gräbern eines kleinen normannischen Kirchhofs zu entziffern. Die Einheimischen ließen ihn in Ruhe, er konnte sich frei bewegen und wurde von der Dienerschaft des Admirals fast schweigend versorgt. Selbst der alte Griffin hatte seit dem ersten Vertrauensbeweis kaum mehr mit ihm gesprochen.

Seaton behagte das, denn es gab ihm Muße, zu sich selbst zu finden und an die Zukunft zu denken. Nur bei seinen Besuchen beim Heeresarzt oder wenn er die Sperrballonreihe über den Bauernhöfen sah, holte ihn die Wirklichkeit wieder ein. Doch der Krieg schien weit, weit weg zu sein.

Dann allmählich kehrten seine Kräfte zurück und mit ihnen die innere Unruhe. Er las alle Zeitungen, die er bekommen konnte, und versuchte herauszufinden, was vor sich ging. So erfuhr er, daß die Armee in Burma gut vorankam, die Japaner an der Indienfront zurückgingen und daß die R A F und die Amerikaner Tag und Nacht Ziele in Deutschland und im besetzten Frankreich bombardierten.

Ein Bericht interessierte ihn besonders, und zwar über einen Einsatz der R A F im Nordwesten Frankreichs. In einem der Mitchell-Bomber war ein Reporter mitgeflogen und hatte die Stille und Einsamkeit der Gegend erwähnt: keine Fahrzeugkolonnen, nur wenige Züge und, das Entscheidende, kein Vieh auf den Feldern. Die Deutschen waren also im Bilde, dachte Seaton, daß ein Invasionsversuch bevorstand, und zwar in Kürze. Er fühlte sich ausgestoßen, vergessen.

Eines Tages bekam er Besuch von Drake und Niven. Sie waren nach Westen zum Marinestützpunkt Portland unterwegs und nicht nach Loch Striven.

Anscheinend hatte man während ihres Urlaubs XE 16 und die anderen Boote nach Süden verlegt und sofort mit neuen Lehrgängen begonnen.

»Sie wissen nicht mehr, was sie mit uns anfangen sollen«, meinte Niven, während Drake der Ansicht war, sie würden wohl nach dem Fernen Osten verlegt. Doch Seaton schien weder das eine noch das andere sinnvoll. Zwischen den beiden herrschte eine gespannte Atmosphäre, eine seltsame Unruhe.

Als sie weiterfuhren, hatte Drake gesagt: »Bleib nicht zu lange weg, Skipper. Ohne dich sind wir kein richtiges Team.«

Niven hatte sich mit den Worten verabschiedet: »Ich wollte, ich könnte hierbleiben, denn mit Ihnen kann ich offen sprechen.« Das klang ziemlich altmodisch und hatte ihn von einer Seite gezeigt, die sein Vater wahrscheinlich gar nicht kannte.

Schließlich, als Seaton sich schon mit dem Gedanken trug, aus lauter Verzweiflung nach London zu fahren, war der Admiral nach Sussex gekommen. Mit seinem methodischen Interesse für Details hatte er unterwegs den Heeresarzt aufgesucht, der Seatons Verletzungen behandelte.

Vergnügt berichtete er nach seiner Ankunft: »Alles in bester Ordnung mit Ihnen, hat mir der Knochenflicker gesagt. Sie können wieder auf Berge klettern!« Er schien ehrlich erfreut.

Beim Abendessen schnitt Seaton das Thema Portland an.

Ruhig betrachtete ihn der Admiral. »Da unten herrscht großer Auftrieb, die ganze Küste entlang, von Falmouth bis Portsmouth. Schiffe, Landungsfahrzeuge, alles, was zur Invasion gehört. Die größte Armada aller Zeiten. Nun dauert's nicht mehr lange.«

»Spielen auch wir dabei eine Rolle, Sir?«

»Natürlich.« Er lächelte. »Einige X-Boote waren schon drüben auf der anderen Seite, haben Strände überprüft, Panzersperren vermessen, Agenten aufgenommen. Sie sind da ganz in ihrem Element.«

»Ich möchte zum Dienst zurück, Sir.« Seaton bemühte sich, seine Verzweiflung zu verbergen. »Ich bin wieder ganz gesund, der Arzt hat nicht gelogen.«

»Das sollen Sie auch. Morgen nehme ich Sie mit zu Air Marshal Ruthven. Später muß ich nach London zurück, einmal, um mich mit Venables zu treffen, vor allem aber, um Harriet abzuholen. Sie hat Einkäufe gemacht.« Er grinste. »Ich habe sie mitgenommen, um Ihnen etwas Ruhe zu verschaffen. Harriet hätte Sie sonst überzeugt, daß Sie an der Schwelle des Todes stehen.«

Er wurde ernst. »Ich hörte, daß Richard und Drake Sie besucht haben. Wie schätzen Sie die Stimmung ein?«

»Ein bißchen gereizt. Ich glaube, sie sind wahrscheinlich beide froh, aber aus verschiedenen Gründen, wieder zum Einsatz zu kommen.«

»Diese Decia«, er schüttelte den Kopf. »Wenn ich ein bißchen jünger wäre, würde ich sie mir selbst mal vorknöpfen.«

Seaton vermutete, daß der Admiral auf diesem Gebiet über reiche Erfahrungen verfügte. Das mochte auch die Zurückhaltung seiner Frau erklären.

»Schade, daß Sie keine Freundin haben«, fuhr der Admiral fort. »Sonst hätten Sie sie mitbringen können. Aber Sie haben wohl trotzdem viel von der Gegend gesehen. Das ist eine Landschaft nach Ihrem Geschmack, wie? Wenn alles vorbei ist, mache ich Ihnen vielleicht einen Vorschlag. Hier gehört der richtige Mann ans Ruder.«

»Richard ...« Seaton schwieg.

»Taugt nicht dafür. Ich nehme an, Sie haben von meinem gefallenen Ältesten gehört? Er war anders. Aber Richard gehört nicht zu den Menschen, die ein ländliches Leben führen können. Er ist ein Hitzkopf und gehört zu den Offizieren, die entweder eines Tages Marineminister werden oder am Galgen enden.«

Er ließ das Thema fallen, und Seaton war froh darüber.

Am nächsten Tag fuhren sie früh los, um Ruthven zu besuchen. Die Fahrt wurde nur gelegentlich dadurch behindert, daß sie in einem Seitenweg eine Heereskolonne vorbeilassen mußten, Lastwagen hinter Lastwagen, beladen mit Soldaten in Kampfanzug und Ausrüstung. Dann Panzer auf langen, flachen Transportern, weitere Fahrzeuge, und schließlich am Ende der Kolonnenhund, ein Militärpolizist auf einem Motorrad. Es war beeindruckend.

In wenigen Monaten, vielleicht schon Wochen, würden sie auf der anderen Seite des Kanals stehen – oder auf seinem Grund liegen.

Auf den ersten Blick wirkte Ruthvens Hauptquartier enttäuschend. Zwar war es von starkem Stacheldrahtverhau umgeben, mit Posten und Kontrollen an jedem Eingang, das Anwesen selbst jedoch wirkte wie ein kleiner, heruntergekommener Bauernhof.

Doch nachdem die Posten sie sorgfältig überprüft und ein Militärpolizist sie telefonisch angemeldet hatte, gewann Seaton einen Blick hinter die Fassade. Die Scheunen standen voller Gelände- und Dienstwagen; mit Tarnnetzen sorgfältig abgeschirmt, warteten einige mehrläufige Flakgeschütze auf ihren Einsatz.

Das Bauernhaus war nur die Spitze des Eisbergs. Das Erdgeschoß nahmen Feldbetten, eine Feldküche und ein Waschraum ein, aber ein Labyrinth aus Beton und grellen Lichtern, Gängen und Stahltüren lag tief darunter.

Das Kommando Vereinigte Sondereinsätze war offensichtlich eine bunte Mischung, dachte Seaton. Marinehelferinnen arbeiteten im Fernmeldebereich, Heeres- und Luftwaffenhelferinnen an den Projektionsschirmen und Wandkarten, alle mit ruhiger Zielstrebigkeit. Nach dem Krieg würde der Erdbunker wieder zugedeckt und aufgefüllt werden, und der Rückkehr des unbekannten Landwirtes stand dann nichts mehr im Wege.

»Hier hinein.«

Der Admiral nickte einigen martialisch aussehenden Militärpolizisten zu. Jeder hatte eine Maschinenpistole im Arm, und Seaton mußte an die SS-Leute in Bergen denken.

»Willkommen im Klub.« Ruthven wies auf einige Sessel; selbst in der Felduniform der R A F machte er einen tadellosen Eindruck. »Sie sehen glänzend aus, Lieutenant, ich freue mich, daß Sie wieder gesund sind.«

»Sobald ich das finde, geht er nach Portland, Noel.« Das klang zurückhaltend, nicht so locker wie sonst.

»Großartig. Mehr kann man nicht erwarten.« Ruthven sah Seaton genau an. »Aber Sie sollen sich nicht übernehmen.«

Ein Marineoffizier betrat den Raum. »Alles bereit, Sir.«

Ruthven drehte sich im Sessel so, daß er den anderen den Rükken zuwandte. Wie von Zauberhand wurde das Licht abgeblendet, die hohen Kartentafeln an der Rückwand rollten beiseite und gaben ein riesiges Fenster frei, hinter dem wie in einer anderen Welt Leute ständig in Bewegung waren.

»Unser Lagezimmer.« Ruthven legte die Fingerspitzen aneinander.

Bei jedem Blick in diesen Raum wird er sich seiner Verantwortung bewußt, dachte Seaton. Die großen Wandkarten zeigten den Kanal, die Küste Frankreichs und der Niederlande und weiter im Nordosten Dänemark und Deutschland. Die zahllosen Männer und Frauen, die in Hitlers Europa täglich ihr Leben aufs Spiel setzten, um die Kriegsmaschinerie der Deutschen von innen her zu zermürben, zeigten sie nicht. Auf Leitern und Laufstegen, mit Karten und Zeigestöcken, Fähnchen und bunten Papierstreifen waren ein Dutzend oder mehr Mädchen tätig: Marinehelferinnen in weißen Blusen und schwarzen Strümpfen, Luftwaffenhelferinnen in Blaßblau und Heeresmädchen in Khaki.

Darunter, in einer viereckigen Vertiefung, arbeiteten andere an Tischen mit Glasplatten. Telefone schnarrten, und ein Fernschreiber spuckte Meldungen aus.

Ruthven nahm einen Telefonhörer hoch, und unten in der Vertiefung griff ein Lieutenant Commander zu seinem Apparat und wandte sich dem Fenster zu.

»Schalten Sie Victor an, Tommy«, bat Ruthven.

Wie durch Zauberhand flammten rote Lampen an der französischen Küste auf.

»Raketenstellungen«, sagte Ruthven leise. »Wir kennen sie seit langem, und unsere Bomber haben eine Reihe von ihnen eingeebnet. Aber einige davon werden immer noch benutzbar sein, ganz egal, was wir tun.« Er hielt inne, weitere Lampen erschienen auf der Landkarte. »Diese sind neu und liegen zumeist in der Normandie.«

Seaton starrte die Karte an. Dies mußte eines der bestgehüteten Geheimnisse der Welt sein. Warum ließ man ihn daran teilhaben?

Ruthven sprach kurz ins Telefon, und der Lageraum verschwand wieder hinter den zurückgleitenden Landkarten. Als es hell wurde, sagte er: »In diesem Krieg müssen wir Verluste hinnehmen, ganz gleich, wie schwer es uns fällt. Wie Captain Venables Ihnen gesagt hat, ist der Kampfgeist entscheidend. Nur unsere Zähigkeit hat uns bisher gerettet. Irgendwann in den nächsten Monaten, vielleicht schon eher, wird der Gegner diese neuen Waffen gegen England einsetzen. Meine Leute haben mir von zwei Raketentypen berichtet, der V 1 und der V 2. Wir nennen sie Victor. Das V steht im Deutschen für Vergeltungswaffe. Ihr Passagier Gjerde arbeitete an einem noch schlimmeren Projekt, das ohne Ihr Eingreifen vielleicht schon auf London zielen würde.«

Seatons Stirn und Hände wurden feucht. Er dachte an die vor Anker liegende *Hansa,* an Trevors Mitteilung über die Abschußrampe.

»Das britische Volk«, sagte Ruthven, »kann endlich wieder auf einen Sieg hoffen. Wenn wir mit unseren Alliierten in Frankreich vorstoßen, wird der Krieg, so hart er auch noch werden mag, nicht mehr lange dauern. Doch wenn der Gegner dann unsere Häfen und Städte mit Raketen zerstört, jede Aussicht auf Nachschub über Land und See zerschlägt, müßten wir uns trotz allem ergeben.«

Der Admiral, der Seaton die ganze Zeit beobachtet hatte, sagte: »Sie wissen von dem Aufmarsch für die Zweite Front. Können Sie sich vorstellen, was eine neue starke Rakete, gegen die wir keine Abwehrwaffen haben, aus unserer Invasion machen würde?«

»Und was ist meine Aufgabe dabei, Sir?«

»Keine Zweifel, Lieutenant? Nicht einmal Fragen?« Ruthven lächelte.

Zu seinem Erstaunen fiel Seaton die Antwort leicht. Vielleicht hatte er schon immer geahnt, daß dies eines Tages kommen würde.

»Ich weiß, wir haben eine gute Luftwaffe, zum größten Teil besser als die der Deutschen. Aber es ist schon lange her, daß die wenigen die vielen* zurückschlugen.« Der Admiral verkniff sich ein Lächeln. »Das Ziel muß also so geartet sein, daß weder die R A F noch das United States Air Command damit fertig werden.«

Ruthven sah ihn an. »Richtig.«

»Und es muß am Wasser liegen, da mein XE 16 bisher noch nicht mit Rädern ausgerüstet ist.«

Was redete er da bloß? Wer war in diesem Betongrab verrückt

* Anspielung auf Churchills Ausspruch über die britischen Jäger nach der Luftschlacht um England: »Selten hatten so viele so wenigen so viel zu verdanken.« (Anm. d. Übers.)

geworden? Er machte Witze wie Männer in Kriegsfilmen, ehe sie auf ein Himmelfahrtskommando gingen.

»Und es ist auch kein raketenbestücktes Schiff«, fuhr er schnell fort, »denn dagegen würde man wohl kaum ein kleines X-Boot einsetzen.«

Ruthven drückte auf einen Knopf und sprach ins Mikrophon. »Bitten Sie Bill herein.« Und zu Seaton gewandt: »Natürlich kann ich Ihnen die genaue Größe und Lage des Zieles noch nicht sagen. Es könnte ja sein, daß Sie sich doch nicht in der Lage fühlen, diesen Einsatz zu übernehmen. Oder Sie könnten zum Beispiel unter einen Bus geraten. Wie lebenswichtig Geheimhaltung ist, haben Sie am eigenen Leib erfahren.«

Die Tür öffnete sich, und ein Group Captain der R A F betrat den Raum.

»Ah, Bill«, lächelte Ruthven. »Das ist Lieutenant Seaton.« Sie schüttelten einander die Hände. »Bill ist der Leiter meiner Geheimdienstabteilung. Er hat mit Captain Venables zusammen das Unternehmen in Bergen organisiert.«

Nach kurzer Pause fuhr Ruthven fort: »Diese neue Sache ist leider noch etwas unangenehmer. Früher wären wir ohne größere Skrupel darangegangen, doch da wußten wir noch nicht genug. Jetzt wissen wir mehr. Die Deutschen haben eine neue Raketenstellung gebaut, ohne daß unsere Aufklärer es bemerkt haben, weil sie in gewissem Sinn längst da war. Und unsere Agenten, ja sogar der Widerstand sind in Unkenntnis geblieben, weil die Deutschen das ganze Gebiet von Zivilisten geräumt haben.«

Seaton nickte. Der Zeitungsartikel kam ihm in den Sinn.

»Aber was heißt, die Stellung war bereits da, Sir?«

»Es war ein U-Boot-Bunker, wie sie ihn überall von Norwegen bis zur Biskaya gebaut haben. So groß und dick, daß nicht mal ein Bunkerknacker* ihn durchschlagen kann.«

»Ich sah einige davon in Bergen.« Die Erinnerung war wie ein Stich ins Herz.

»Ja.« Der Group Captain warf Ruthven einen schnellen Blick zu. »Dieser nun wurde zu einer Abschußrampe umgebaut. Seine Versorgung geschieht auf dem Wasserweg.«

Seaton sah alles so deutlich vor sich, als sei er bereits dort: die Rakete, die irgendwie satanisch-menschliche Gestalt angenom-

* Schwere Fliegerbombe von zwei bis elf Tonnen Gewicht (Anm. d. Übers.)

men hatte, den Bunker, der mit allem in ihn hineingepferchten Brenn- und Sprengstoff in einem einzigen großen Feuerball in die Luft fliegen sollte.

Der Admiral räusperte sich. »Diesmal werden Sie Unterstützung haben, aber ich möchte, daß Sie die Führung übernehmen, klar?«

Seaton berührte seine Lippen mit dem Handrücken. »Klar.«

»Captain Venables hatte ursprünglich an Lieutenant Vanneck gedacht«, sagte Ruthven leise. »Doch Sie haben in Bergen zweifach unter Beweis gestellt, daß Sie der richtige Mann für mich sind.«

Seaton sah ihn nachdenklich an. »Außerdem ist Rupert Vanneck tot, Sir.«

Nach einer ungemütlichen Pause meinte Ruthven: »Wie dem auch sei, ich hatte nicht vor, Ihr Leben so bald wieder aufs Spiel zu setzen. Doch wir haben keine Wahl mehr. Die Wahl haben nur Sie.«

Seaton lächelte. »Habe ich die wirklich?«

Der Admiral packte ihn an der Schulter. »Wenn Sie es so sehen, David, kaum.« Er stand auf. »Mein Fahrer wird Sie in eine nette Kneipe bringen. Ich muß nach London. Wenn ich zurückkomme, haben Sie Ihre Befehle.« Er grinste. »Und einen halben Streifen dazu, Lieutenant Commander Seaton.«

Ein ernster Händedruck, dann sagte der Group Captain: »Ich bringe Sie zur Wache. Möchte auch mal sehen, wie sich Tageslicht anfühlt.«

Am Fuß der Treppe, die zu dem Bauernhaus hinaufführte, verabschiedete er sich. »Freut mich, Sie kennengelernt zu haben. Ich war ein bißchen besorgt, wissen Sie. So bald nach Ihrem letzten Einsatz und allem, was damit zusammenhing.«

»Und jetzt sind Sie nicht mehr besorgt?«

Ihre Blicke trafen sich. »Nein. Nur daß ich überhaupt Männer mit solchen Aufträgen losschicken muß, das quält mich.«

Irgend jemand rief seinen Namen. »Ich muß los. Aber wir sehen uns noch mal, ehe Sie starten.« Er winkte einem Mädchen, das über den Flur ging. »Bringen Sie ihn zum Tor, ja?« Schon war er weg.

Seaton wandte sich der hellblauen Uniform zu, einer Helferin der Luftwaffe. Plötzlich schien sich ein Dunstschleier vor seine Augen zu legen. »Du, Nina?«

Hier wußte man wohl wirklich alles! Natürlich kannte dieser Group Captain seine Agenten in Norwegen. Vielleicht hatte er ihnen beiden einen Gefallen tun wollen.

»Oh, David«, sagte sie. »Bitte hilf mir, bring mich hier raus!«

Eine plötzliche Verlegenheit und ihre Uniformen schienen trennend zwischen ihnen zu stehen. Doch es war dasselbe Mädchen wie in Norwegen: dieselben blaugrünen Augen, das blonde Haar, das unter der Dienstmütze hervorquoll.

»Ich habe nie aufgehört, an dich zu denken. Mir zu überlegen...« Er konnte sich nicht fassen. »Niemand hat mir gesagt...«

Sie bemerkte seine Verzweiflung und erwiderte schnell: »Es war meine Schuld. Ich habe ihnen gesagt, sie sollten meine Anwesenheit vor dir geheimhalten. Meinetwegen wärest du fast gestorben, meinetwegen wurdest du ausgenutzt.«

»So war das nicht.« Er sah zu Boden. »Nur zu wissen, daß du in Sicherheit warst, hätte mir schon genügt.« Er schaute sie wieder an, Tränen glitzerten in ihren Augen. »Tut mir leid.«

Sie schüttelte den Kopf. »Das soll es nicht. Ich war selbstsüchtig, habe nur an mich und meine Trauer gedacht.«

»Um Trevor?«

Sie sah zur Seite. »Ja.«

»Sprich nicht darüber.« Seaton warf einen Blick auf die Posten und die getarnten Geschütze. »Jedenfalls nicht hier.« Plötzlich dachte er an den großen Herrensitz in Sussex. »Sondern im Haus des Admirals.« Er drückte ihre Hand, bemerkte die Qual in ihren Augen, die Unsicherheit. »Bitte!«

Sie nickte ernst. »Gut, ich komme. Aber erst muß ich zurück.« Sie sah ihm ins Gesicht. »Bestimmt, ich komme, aber ich kann nicht lange bleiben.«

Er starrte ihr nach, bis sie in dem Bauernhaus verschwunden war. Wie furchtbar hoffnungslos ihm alles vorkam, noch ehe es überhaupt begonnen hatte. Hätte er Nina getroffen, *ehe* er in den Bunker ging – ob er dann Ruthvens Vorschlag so bereitwillig zugestimmt hätte?

Er wandte sich um und ging zum Wagen. Er mußte aufpassen, daß ihr nicht noch mehr Schmerz zugefügt wurde, jedenfalls nicht durch ihn.

Sie wiederzusehen, zu wissen, daß sie in Sicherheit war, nur darauf kam es an.

15 Fliegende Bomben

Vor dem knisternden Feuer saßen sie einander gegenüber. Da die Abende auch im Frühling noch recht frostig waren, hatte der alte Griffin den Kamin angesteckt.

Seaton wagte sich kaum zu rühren, aus Angst, mit einer unbedachten Bewegung alles zu verderben. Nina hatte die Schuhe abgestreift und die Beine unter sich auf den Sessel gezogen; ihr abwesender Blick war in die Flammen gerichtet.

Eine Stunde war die ganze Zeit, die sie diesmal miteinander hatten.

Seaton hatte bereits nicht mehr gehofft, als er endlich den Wagen in der Auffahrt hörte. Wie war er eifersüchtig gewesen auf die Stimmen vor der Tür! Sie gehörten einigen R A F-Offizieren, die Nina hergebracht hatten; für Seaton stellten sie jedoch eine Hürde, eine Bedrohung ihres Zusammenseins dar.

»Manchmal glaube ich, meinen Bruder verstehen zu können«, sagte sie plötzlich. »Er saß in Norwegen, als die Nazis kamen, während ich in Sicherheit in England studierte. Für Paul bedeutet seine Arbeit alles, und in diesen ersten schrecklichen Monaten bestand keinerlei Grund zu der Annahme, daß Norwegen jemals wieder frei sein würde. Ein Land nach dem anderen fiel den Deutschen zu. Es muß für Paul schlimmer gewesen sein als für die, die noch den Willen zum Kampf hatten.«

»Du hast ein schreckliches Risiko auf dich genommen, als du zu ihm hinübergingst«, sagte er sanft.

Sie wandte sich ihm zu. »Es war nicht das erste Mal für mich. Vielleicht wollte ich etwas beweisen, die Ehre der Familie wiederherstellen.« Sie lächelte traurig. »Als man mich bat, meinen Bruder mit nach England zu bringen, sah ich nur dieses eine Ziel. Ich bedachte nicht, daß andere damit gefährdet wurden.« Sie schüttelte den Kopf. »Und jetzt komme ich nicht darüber hinweg.«

Er wäre gern auf sie zugegangen, hätte sie in die Arme genommen. Doch er wußte, daß sie bei der kleinsten Bewegung verstummen würde.

Leise fuhr sie fort: »Ich habe mehrfach mit Trevor gearbeitet, als seine Funkerin, manchmal auch als Kontaktperson zu Leuten, die ich kannte. So wurden wir ein Team.« Ruhig sah sie Seaton an. »Ich habe mir nie eingebildet, daß er mich liebte, trotzdem waren wir ein Liebespaar. Das Leben schien uns zu kurz und zu kostbar, um es zu vergeuden.«

Seaton beugte sich vor und schob ein weiteres Scheit ins Feuer. Er merkte, wie sie zurückzuckte, als glaube sie, er wolle sie berühren.

»Mein Bruder Paul meinte, besondere Vorsichtsmaßnahmen treffen zu müssen«, sagte sie dann, »um sein Tauschobjekt zu sichern und sein Leben zu retten. Die gestohlene Apparatur hatte er in einem wasserdichten Beutel im Wrack versteckt. Wäre er getötet worden, keiner hätte sie je gefunden.«

»Er trieb ein gefährliches Spiel. Nach beiden Seiten.«

Sie lächelte ihn an. »Welche Seiten, David? In diesem Krieg gibt es so viele Seiten, wie du willst. Aber nun liegt es hinter uns. Paul ist in Sicherheit und wird sich irgendwo, vielleicht in Amerika, ein neues Leben aufbauen.«

»Und was wird aus uns?«

»Uns?« Sie fröstelte und beugte sich näher zu den Flammen. »Wir werden uns mit der Zeit wieder fangen, sofern uns diese Zeit vergönnt ist. Aber einstweilen will ich nicht wieder nach Norwegen zurück. Die Gestapo war bereits hinter mir her; wie man mir sagte, bin ich ihr zweimal nur um Minuten entkommen.« Unvermittelt stand sie auf und ging auf Strümpfen lautlos zum Fenster. Draußen war es fast dunkel, doch ihre Gestalt zeichnete sich noch ab. Er hörte ihre erstickte Frage: »Hast du ihn noch gesehen, David?«

»Ja. Er lebte, war aber für niemanden mehr erreichbar.« Damit seine Stimme nicht brach, mußte er ganz langsam sprechen. »Und er war sehr tapfer.«

Langsam wandte sie sich um und ging auf ihn zu. Enttäuscht sah er, daß sie ihre Uniformjacke zuknöpfte, gleichzeitig hörte er draußen das Geräusch des vorfahrenden Jeeps.

Sie legte ihm die Hände auf die Schultern und sagte weich: »Du hast mich damals im Café gerettet. Als andere meine Unerfahrenheit ausnutzten, hast du mir vertraut. Und jetzt bist du, obwohl du von Trevor weißt, doch noch hier bei mir.« Sie packte seine Schultern fester; ihr Schmerz und der seine waren eins, als sie fortfuhr: »Damals auf der Pier, ehe du die *Hansa* versenktest, wollte ich den anderen zurufen: Hier, schaut euch den an! Mit deiner Sorge um die Geiseln auf dem Schiff hast du nur dich selbst belastet.« Sie zitterte, als er sie um die Taille faßte. »Doch statt dessen stand ich still da und ließ dich ziehen.«

In der Halle erklang eine Glocke, Seaton hörte Griffins Schritte, langsamer als sonst.

»Ich muß jetzt gehen«, flüsterte sie. »So vieles ist im Gange . . .« Dann schien sie die Wahrheit zu begreifen. »Warst du *deswegen* heute da? Ich dachte, der Admiral hätte dich nur gebracht, um . . .« Sie warf die Arme um seinen Hals, Schluchzen erstickte fast ihre Worte. »Nein, nicht schon wieder! Sie dürfen dir *das* nicht befehlen!«

Als er schwieg, trat sie zurück. »Aber du würdest es mir nicht sagen, ebensowenig wie meine Vorgesetzten.«

Griffin stand an der Tür. »Die Herren mit dem Wagen sind da, Miss.«

»Danke.« Sie wandte sich halb um, so daß ihre Wange vom Kaminfeuer beleuchtet war. Dann legte sie ihre Hand an Seatons Gesicht und ließ sie da. »Diesmal bist du nicht allein. Ich warte auf deine Rückkehr.« Sie bückte sich, um ihre Schuhe anzuziehen. »Und wenn . . .« Sie wollte an ihm vorbei, aber er nahm sie in die Arme.

»Wenn was?«

»Wenn du wieder da bist, möchte ich mit dir zusammensein.« Dann war sie fort.

Lange noch, nachdem das Geräusch des Jeeps verklungen war, stand Seaton reglos da.

Griffin trat ein, um die schweren Vorhänge zuzuziehen.

»Kein Voralarm, Sir, es wird ein ruhiger Abend.« An der Tür blieb er stehen. »Eine besonders nette junge Dame, Sir. Sie hatte ein norwegisches Abzeichen an ihrer Uniform.« Er trottete davon. »Ganz reizend.«

Seaton ließ sich wie ein Träumender nieder und sah ins Feuer. Aber es war kein Traum.

In dem fremden Schlafzimmer stand Jenkyn vor einem Spiegel und betrachtete sich. Er fühlte sich irgendwie unbehaglich, konnte sich den Grund aber nicht erklären.

Vielleicht wegen der neuen Uniform. Die lang erhoffte Beförderung hatte bei seiner Rückkehr aus Bergen vorgelegen. Chief Engineroom Artificer Jenkyn. Er verzog das Gesicht. *Nenn mich Chiefy.* Inzwischen war ihm dies längst nicht mehr so wichtig.

Im Spiegel musterte er das hübsche Schlafzimmer, das ihm seit der Zufallsbegegnung auf der Waterloo-Brücke, als die kleine

Gwendolyn fast unter einen Bus geraten wäre, eine Heimstatt gewesen war. Koffer und Gasmaske lagen auf dem Bett, die neue Mütze und der ausgebesserte Regenmantel hingen hinter der Tür.

Was für ein herrlicher Urlaub! So etwas hatte er bisher noch nicht erlebt. Jeder Tag war anders gewesen. Kinobesuch, Spaziergang zum Fluß, um die Enten zu füttern, ein Picknick an der Themse ... Und am Abend, wenn Gwen im Bett lag, hatten er und Sarah am Kamin gesessen, Radio gehört und einander Geschichten erzählt. Beide hielten ein nie in Worte gefaßtes Versprechen: Sobald Sarah die Haustür verriegelt hatte, ging jeder in sein eigenes Zimmer.

Es waren wunderschöne, unkomplizierte Tage gewesen, und nun waren sie vorbei. Sein Marschbefehl lautete auf Portland.

Sarah, Gwen, das gemütliche viktorianische Reihenhaus – dies alles würde morgen noch hier sein, nur er mußte es vergessen. Das war das Schlimme.

Er nahm Koffer und Gasmaske auf und warf den Mantel über den Arm.

Hatte er etwas vergessen? Seine gehortete Schokolade hatte er dem Kind gegeben, dann hatte er einen Umschlag mit etwas Geld in den Küchenschrank gelegt. Sarah würde ihn finden und schimpfen, aber er brauchte das Geld nicht mehr.

Plötzlich drangen das Klirren von zerbrechendem Porzellan und ein Schreckensruf an sein Ohr. In wenigen Sätzen war er durch die Tür und die Treppe hinunter; Mütze und Koffer ratterten hinter ihm her.

Wie in einem schrecklichen Stilleben sah er die offene Tür, den Baum draußen auf dem Gehsteig, den betretenen Telegrammboten, dessen Fahrrad an der Gartentür lehnte. Ihm war alles sofort klar.

Sarah wandte sich um und blickte ihn verstört, mit tränenüberströmtem Gesicht an. In einer Hand hielt sie ein Telegramm, in der anderen eine leere Untertasse. Die Tasse lag zerbrochen auf dem Boden.

Jenkyn war ein erfahrener Mann. Er nickte dem Telegrammboten zu und schloß die Tür. Dann nahm er Sarah in die Arme und drückte sie an die Brust. »Wein dich aus. Du hast es zu lange mit dir herumgetragen.« Das Telegramm brauchte er gar nicht zu lesen. Es war die Bestätigung, klar und unmißverständlich: *vor dem*

Feind gefallen.

»Was soll ich nur Gwen sagen?« stammelte sie.

Jenkyn wartete ab, ließ sie weinen. Dann sagte er: »Eines sollst du wissen, Sarah: Ich mag dich sehr gern.« Er merkte, wie sie sich versteifte, und fuhr fort: »Ich werde nie für dich sein können, was Bob war, aber wenn du soweit bist, solltest du darüber nachdenken.« Er drückte sie an sich. »Das meine ich ehrlich.«

Mit schwimmendem Blick sah sie ihn an. »Das weiß ich.«

»Es tut mir nur leid, daß ich jetzt gehen muß. Ich wünschte ...«

Sie hielt ihm sanft den Mund zu. »Laß nur, es geht schon. Vermutlich habe ich längst gewußt, daß Bob tot ist. Ich hatte keine innere Verbindung mehr zu ihm, irgendwie war etwas nicht in Ordnung.« Sie schien erst jetzt zu begreifen, was er gesagt hatte. »Schreib mir, Alec, bitte. Ich werde an dich denken und für dich beten.«

Jenkyn nahm seine Mütze. »Ich habe meine zwölf Jahre gedient«, sagte er entschlossen. »Wenn der Krieg vorbei ist, verlasse ich die Marine, für immer. Dann richte ich mir 'ne kleine Werkstatt ein, unten in Devon oder Cornwall. Und du könntest eine Teestube aufmachen.« Er zwang sich zu einem Lächeln. »Außerdem wäre es dort für Gwen besser.«

»Alec, du bist ein so anständiger Kerl ...«

Jenkyn, klein von Gestalt, schritt aus wie ein Riese, als er das Haus in Wimbledon verließ.

Gemeinsam mit Drake und Niven schaute Seaton über den großen, hufeisenförmigen Hafen von Portland.

Er war ein Alptraum für die Lotsen. An jedem Platz an Pier und Anleger, an jeder Boje und an jedem Ponton lagen fünfmal so viele Fahrzeuge wie vorgesehen. Geleit- und Versorgungsschiffe, Landungsfahrzeuge aller Art und Größe – eine unermeßliche Machtdemonstration. Und so war es überall hier unten, soweit Seaton das beurteilen konnte.

Die Kondensstreifen am klaren Himmel rührten nicht von Luftkämpfen her, sondern markierten die ständige Überwachung durch Jäger. Kein feindliches Flugzeug sollte den Aufmarsch der Schiffe, die sich bis ins Binnenland erstreckenden stählernen Adern auf Feldern und Nebenstraßen sehen.

Seltsam, wieder im Dienst zu sein. Und hier war alles so anders.

Die überfüllten Liegeplätze, das Essen in zwei Schichten, die vielen Menschen. Nach dem einsamen Loch Striven und dem stillen Haus von Admiral Niven kam er sich hier wie in einer Menagerie vor.

Nina hatte er nur noch einmal wiedergesehen. Die Frau des Admirals sowie zwei Damen vom Frauenhilfswerk, die unaufhörlich über eine Tombola redeten, waren ebenfalls dabei.

Während die Minuten verrannen, hatte er sie über den Tisch hinweg beobachtet. Sie hatten sich in die Augen geschaut, und ihr Mund hatte kleine, heimliche Worte geflüstert. Es war quälend, fast schlimmer, als hätte er sie überhaupt nicht getroffen.

Nun stand er hier in Dorset. Für die Jahreszeit sah der Kanal sehr grau aus, die Sonne schien nur schwach.

»Die alte *Syphilis* hat auf der anderen Seite des großen Versorgungsschiffs festgemacht.« Drake zeigte vage über den Hafen. »Unsere Boote sind da ganz schön eingeklemmt.«

Seaton nickte. H M S *Cephalus* war mit ihren kleinen Schützlingen den ganzen Weg nach Süden »gewatschelt«. Auch ihr war eine Rolle bei diesem Einsatz zugeteilt, was sie auch sein mochte.

»Es sieht ganz danach aus, als ob die Sache in Kürze steigt«, fuhr Drake fort. Das klang nicht ganz so sorglos, wie von ihm gewohnt.

Niven andererseits war ganz der alte. »Wir haben uns alle mächtig gefreut über Ihren halben Streifen, Sir. Es ist auch für die ganze Flottille besser, bei so vielen hohen Tieren überall.«

Seaton lächelte, er merkte keinen Unterschied, noch nicht.

Er dachte an ihren Neuzugang XE 26 unter Lieutenant Roger Winters, wie er fast schon ein Veteran. Schien ganz nett zu sein, und seine kleine Besatzung mochte ihn offensichtlich.

Früher hatte Seaton jeden möglichst eingehend kennenlernen wollen, jetzt scheute er sich fast, über die Grenzen von Pflicht und Routine hinauszugehen. Lag das vielleicht an seinem neuen Rang?

Seaton wandte sich um und blickte über die felsige Halbinsel. »Ich werde versuchen, eine Mitfahrgelegenheit nach Weymouth zu bekommen.«

Drake grinste. »Heute ist Sonntag. Die Kneipen machen noch lange nicht auf.«

In der Messe sah Seaton mehrere Offiziere vor dem Schwarzen

Brett stehen und drängte sich durch, um die neue Anweisung zu lesen: keine Fahrten mehr nach Weymouth, vorläufig wenigstens. Urlaubssperre. Alle Offiziere unverzüglich zum Befehlsempfang.

Schon hörte er überall die Lautsprecher dröhnen.

»Alles herhören, alles herhören! Schiffsbesatzungen ab 16 Uhr in höchster Alarmbereitschaft. Landetruppen und Tankschiff-Crews melden sich unverzüglich in der Werft!«

Seaton ging zum Fenster. Der Seegang war gröber geworden, doch er war sicher, daß das noch kein Hinderungsgrund sein würde. Er erblickte Drake, der gerade von der Anschlagtafel kam.

»Das wär's dann wohl, Skipper.«

»Für die anderen. Nicht für uns.«

»Vielleicht brauchen sie uns überhaupt nicht mehr?« Drake rieb sich die Hände. »Fernost würde mir gut passen. Bißchen näher an zu Hause.« Sein Lieblingslied summend, schlenderte er davon.

Auch Seaton verließ die Messe und ging wieder an die frische Luft.

Wie vermutlich in einem Dutzend anderer Stützpunkte auch, gaben die Lautsprecher unaufhörlich Weisungen durch. Seeleute und Marineinfanteristen formierten sich zu Karrees und Zügen, zu Korporalschaften und einzelnen Besatzungen. Unteroffiziere brüllten Namen und hakten sie von ihren Listen ab. So ähnlich war es wohl schon vor Trafalgar zugegangen, dachte Seaton.

Nach all den harten Enttäuschungen endlich die Invasion des besetzten Kontinents – wer hätte dabei nicht gern mitgemacht? So etwas würde es nie wieder geben. Die heimtückische Rakete, die irgendwo in ihrem Betonloch lauerte, schien mit all diesem Lärm nicht das geringste zu tun zu haben.

Ein Seemann mit Gürtel und Gamaschen verstellte ihm den Weg. »Lieutenant Commander Seaton, Sir?«

»Das bin ich.«

»Captain Venables läßt Sie bitten, sich sofort an Bord der *Cephalus* zu melden, Sir.«

Auf dem alten Mutterschiff saß Venables mit dem Kommandanten und einem verkniffen aussehenden Lieutenant Commander, dem Seaton noch nie begegnet war, bei einem Glas Portwein.

Alan Charteris, Ausbildungsleiter, so stellte ihn Venables vor. Sie schüttelten einander die Hände, beide wissend, daß sie nicht gut miteinander auskommen würden; zugleich war ihnen klar, daß Venables dieses Treffen arrangiert hatte, um die Wege zu ebnen.

Seaton nahm einen Sherry. Die lange Genesungszeit hatte ihn gelehrt, beim Trinken vorsichtig zu sein. »Eine Menge Schiffe im Hafen, Sir«, sagte er.

Venables nickte. »Morgen werden Sie das alles fast für sich alleine haben.« Er blickte die anderen an. »Und übermorgen geht's los. *Unternehmen Overlord.*«

Seaton setzte sein Glas ab. »Und was wird mit uns, Sir?«

»Wir machen uns endlich an die Arbeit«, erwiderte Charteris scharf.

Venables hob eine Augenbraue und sah Seaton an. »Sind Sie bereit?«

Seaton nickte. »Ich lasse meine Sachen holen. Wenn Sie mich bitte einen Moment entschuldigen wollen, Sir?«

Als er gegangen war, sagte Venables bedächtig: »Ich möchte, daß Sie diesen Besatzungen *helfen*! Drohen Sie ihnen nicht mit der Hölle, sie waren bereits drin.«

Es war anstrengender, als Seaton geglaubt hatte, die drei Crews wieder zu schulen und aus ihnen eine Einheit zu bilden. Seit jenem Junimorgen, an dem die größte Invasionsstreitmacht der Geschichte zur Normandie ausgelaufen war, waren Übungen oder Prüfungen für alle eine Qual geworden.

Lieutenant Commander Alan Charteris war der richtige Mann für seine Aufgabe, besonders wenn es darauf ankam, jeden so aufzubringen, daß er seine Sache tadellos machte – und sei es nur, um den ewig nörgelnden Ausbilder zu ärgern.

Tag für Tag gingen sie vom ersten Hellwerden an alle Einsatzformen durch: Netze schneiden, tauchen, auftauchen, alles nach Stoppuhr. Die Boote hatten Zusatzausrüstung, darunter ein Kurzstrecken-Fernsprechgerät, mit dem getauchte Boote untereinander Verbindung halten und in dringenden Fällen Unterstützung anfordern konnten.

Am Abend aber hörten alle auf dem Mutterschiff oder in der Stützpunktmesse Nachrichten, um zu erfahren, was auf der anderen Seite des Kanals vor sich ging.

Die Deutschen schienen von der Invasion völlig überrascht worden zu sein, was Seaton nicht wunderte. Als er die aufgewühlte See gesehen hatte, die tiefziehenden Wolken, die ein Gewitter noch dräuender machte, hatte er erwartet, daß der Angriff verschoben würde. Doch Unternehmen Overlord war weitergelaufen, die Verbände waren gelandet und rollten nun mit erstaunlicher Geschwindigkeit in weit ausholenden Panzervorstößen weiter. Die taktische Luftwaffe hatte die Luftherrschaft über Küste und Binnenland, und jeden Tag wurden mehr Soldaten und Material über den Kanal gebracht.

Wieder einmal sah es so aus, als seien die Strategen zu vorsichtig gewesen. Geheimwaffen, wenn es überhaupt welche gab, waren nicht eingesetzt worden, und da sich die alliierten Armeen nun in Frankreich festgesetzt hatten und die Russen von Osten her vordrangen, was konnte da noch schiefgehen?

Seaton spürte, wie die Stimmung in seiner kleinen Flottille sank. Ihm war zu Ohren gekommen, daß einige Besatzungen, besonders die zur Überführung oder als Einsatzreserve vorgesehenen, sich zur Ersatztruppe melden wollten, um noch ins Gefecht zu kommen.

Die zurückkehrenden Landungsfahrzeuge voller Verwundeter verschlechterten die Stimmung weiterhin.

Nina hatte ihm jede Woche geschrieben, kurze, aber sehr liebe Briefe, die er las, wenn er in seiner Kammer allein war. Es stand eigentlich nicht viel mehr darin, als daß sie außerordentlich beschäftigt war. Und daß man ihr erlaubt hatte, ihren Bruder zu sehen; das deutete darauf hin, daß er zu einem neuen, geheimgehaltenen Ort unterwegs war.

Zwei- oder dreimal fuhr Seaton nach Weymouth und telefonierte mit seinem Vater. Der schrieb nie, und auch das Telefongespräch verlief enttäuschend. Er hatte wieder eine neue Frau kennengelernt. »Du würdest sie mögen, David, ganz bestimmt.«

Nur Jenkyn schien aufzublühen. Wenn er nicht an Bord arbeitete, war er ungeheuer fleißig, schrieb Briefe, gab Pakete auf oder fuhr zum Truppenbetreuungsbüro.

Seaton saß in seinem provisorischen Büro auf dem Mutterschiff, als Jenkyn ihn aufsuchte.

»Na, Chief?« Es amüsierte ihn, daß der neue Rang Jenkyn völlig unbeeindruckt ließ, so wie es auch ihm selbst gegangen war.

Jenkyn strahlte. »Ich will heiraten, Sir, ein wirklich nettes Mädchen. Ihren Mann hat's in Burma erwischt. Sie hat auch ein Kind, ein liebes kleines Ding.«

Seaton kam um den Schreibtisch herum. »Ich freue mich für Sie, Alec.« Er schüttelte ihm die Hand. »Das ist die beste Neuigkeit seit langem. Darauf stoßen wir später an.«

»Da ist noch eine Sache, Sir.« Jenkyn sah betreten aus. »Wenn was schiefgeht . . .«

»Dann, Alec, trifft's mich auch.«

»Ich weiß, Sir.« Er trat von einem Fuß auf den anderen. »Aber wenn es später passiert und die Besatzungen schon auseinandergerissen sind, dann – dann möchte ich gern, daß Sie es ihr als erster sagen. Ich hab' erlebt, wie sie das verdammte Telegramm bekam. Da wär's schon besser, wenn sie's von Ihnen hörte.«

Seaton sah zu Boden. »Bestimmt, das mache ich.« Und mit dem Versuch eines Lächelns: »Danke für Ihr Vertrauen.«

Das Telefon auf dem Schreibtisch klingelte, und eine gelangweilte Stimme kündigte an: »Ferngespräch, Sir, bitte bleiben Sie dran.«

Über den Schreibtisch hinweg beobachtete ihn Jenkyn, froh, eine Last von der Seele zu haben.

»David?« Ihre Stimme klang ganz nahe.

»Nina?« Er packte den Hörer fester und beugte sich vor, als könne er ihr damit näherkommen. »Wo bist du?«

Ihre Stimme wurde schwächer, sie schien sich plötzlich abgewandt zu haben. »Man hat mir gesagt, daß du mit deiner Arbeit fertig bist.«

Sollte jemand mithören, würde ihm das keinen Hinweis geben.

»Ja, wir machen nur noch Routineübungen.«

»Es gibt da ein kleines Bauernhaus, zwanzig Meilen von dir entfernt.« Ihre Stimme schwankte, offenbar hatte sie Schwierigkeiten, sich auszudrücken. »Das Dorf heißt Maiden's Nettle.« Eine Pause. »Ich kann nämlich Urlaub bekommen.«

»Ich fahre hin, sofort. Oh, Nina, du weißt gar nicht, wie sehr . . .«

Etwas wie ein Schluchzen kam aus dem Hörer. »Sprich nicht weiter, man wird uns trennen. Bring so viel zu essen mit, wie du kannst. Ich fahre gleich . . .«

»Tut mir leid«, sagte die gelangweilte Stimme, »die Leitung

wird für ein dringendes Dienstgespräch gebraucht.«

»Nimm die Straße nach Norden und halte dich in Dorchester nach links.«

Fast konnte Seaton fühlen, wie der Telefonist am Stöpsel zog.

»Wie heißt das Häuschen?«

»Das weiß ich nicht. Es ist das letzte am Ortsausgang.« Die Verbindung brach ab.

Seaton legte auf, aber sein Blick blieb am Telefonhörer haften. Dann merkte er, daß Jenkyn noch da war.

»Bin anscheinend nicht der einzige, Sir«, sagte dieser grinsend. »Das freut mich.«

Eine Stunde später fuhr Seaton in einem Jeep, der schon bessere Tage gesehen hatte, nach Norden.

In Dorchester nach links halten. Landstraßen und ruhige Feldwege kamen zusammen oder teilten sich. Einmal hielt er an und kaufte ein paar Sachen, um die Lebensmittel, die er sich beim Messesteward beschafft hatte, noch zu ergänzen.

Die Landstraßen waren leer, und als er sich dem kleinen Dorf Maiden's Nettle näherte, spürte er den Duft der Hecken und die stärkeren Gerüche der hinter ihrem Grün versteckten Bauernhöfe.

Am Dorfeingang verlangsamte er die Fahrt, konstatierte neugierige Blicke und hier und da die Bewegung eines Vorhangs. Seeleute waren hier wahrscheinlich seltene Gäste. Nach der letzten Kurve, hinter einem kleinen Kriegerdenkmal, sah er das Häuschen. Danach führte die Straße wieder in die typisch braunen und grünen Farben der Landschaft von Dorset hinein.

Er sprang aus dem Jeep und eilte durch die Haustür. Einige Sekunden der Ungewißheit, dann sah er die Mütze einer Luftwaffenhelferin auf einem Stuhl, die Uniformjacke auf einem anderen. Eine Menge Einwickelpapier lag herum, auf einem Tisch standen zwei Tonkrüge mit Blumen.

Eine Tür gegenüber öffnete sich, und da war Nina, in dunkelrotem Rock, weißer Bluse mit Stickerei an Hals und Handgelenken und schaute ihn an. Jede Einzelheit nahm sein Gehirn auf, doch seine Augen sahen nur sie.

»Das ging aber schnell. Ich bin noch gar nicht fertig.« Sie strich sich eine Haarsträhne aus der Stirn. »Oh, David . . .«

In der Mitte des niedrigen Raumes trafen sie aufeinander, standen lange regungslos und wußten nicht, was sie sagen sollten.

»Wo warst du, als du mich anriefst?« fragte er schließlich.

Mit strahlenden Augen sah sie ihn an. »In Dorchester. Air Marshal Ruthven bot mir an, mich mitzunehmen, er hat auch die Verbindung hergestellt.« Sie lachte und entwand sich seinem Griff. »Paß auf, wo du hintrittst!« Sie wies auf mehrere im Raum verteilte alte Telefonbücher. »Unter diesen Büchern sind faule Stellen in den Dielen.« Wieder mußte sie lachen; er setzte sich auf den Tisch und freute sich an ihrer Fröhlichkeit.

»Ich komme mir schrecklich verrucht vor«, meinte sie. »Diese Kate dient dem Eigentümer wahrscheinlich als heimliches Liebesnest.« Sie verteilte die Blumen im Raum und nahm dann seine Hände. »Und nun sind *wir* hier. Stört es dich?«

Er stand auf und riß sie an sich, fühlte, wie ihr Körper den Druck erwiderte, die Wärme ihrer Haut an seiner Wange.

»Nicht mal, wenn es auf dem Mond wäre.« Er strich ihr übers Haar.

Gemeinsam schlenderten sie in den kleinen, überwucherten Garten. Es war Abend geworden, Friede lag über dem Dorf.

»Es gibt im Haus auch ein Telefon«, sagte sie leise. »Ich wußte ja, daß du erreichbar sein mußt.«

Seaton nickte und faßte sie fester um die Schultern. Wahrscheinlich hatte Ruthven das Ganze gedeichselt. Als Besitzer der Kate konnte er sich ihn zwar kaum vorstellen, aber zweifellos kannte er diesen gut.

»Ich mag deinen Boss«, sagte er. »Er steckt voller Überraschungen.«

Während er später mit seiner Dienststelle in Portland telefonierte und die Nummer durchgab, hörte er Nina in der Küche hantieren.

Er hatte Wein mitgebracht, der sich erstaunlich gut hielt, wenn man bedachte, daß er im Jeep ziemlich durchgeschüttelt worden war. Lang in den Abend hinein ließen sie ihn sich schmecken, sahen in die schwarzen Umrisse de Bäume und beobachteten, wie der Mond sie allmählich mit silbernem Licht übergoß.

Das Häuschen hatte keine Verdunklungsvorhänge, aber darüber machten sie sich keine Gedanken.

Vorsichtig stellte Nina ihr Glas auf den Boden, wandte sich auf dem alten Sofa ihm zu und umfaßte sein Gesicht mit beiden Händen. Ihre Haare leuchteten im einsickernden Mondlicht. Sie küßten sich, erst zögernd, dann mit der Gier der Verzweiflung. Als er ihre Brüste streichelte, versteifte sie sich zunächst, schmiegte sich dann aber noch dichter an ihn. Plötzlich erhob sie sich und sagte heiser: »Hier gibt's auch ein Bett.« Sie führte ihn in einen Nebenraum.

Zitternd stand sie da, während er sie vorsichtig entkleidete und nur hin und wieder innehielt, um sie zu streicheln oder sein schmerzhaftes Verlangen mit einer kurzen Umarmung noch zu erhöhen.

Die Knie ans Kinn gezogen, saß sie dann im Bett und sah zu, wie er seine Kleider hastig abwarf.

Vor dem Bett kniend, streichelte er zart ihre vollkommenen Brüste und die sanfte Rundung ihres Magens. Keiner sagte ein Wort. Doch als er später über ihr kniete und sie die Arme hob, um ihn an sich zu ziehen, flüsterte sie mit stiller Inbrunst: »Ich brauche dich, David. Ich möchte nie mehr ohne dich leben.«

Später, als er eingeschlafen war, hielt sie ihn zärtlich umfangen und betrachtete ihn, als wolle sie sich jede Einzelheit für immer einprägen.

Captain Venables schob die halbvolle Tasse weg. Der Tee war kalt geworden und seine Zunge wund vom Telefonieren und Diktieren. Über den vielen Schichten Stahl und Beton oben brach die Dämmerung über London herein. Hier unten waren Zeit und Raum bedeutungslos.

Ein weiblicher Unteroffizier mit unnatürlich grellen Lippen im übermüdeten Gesicht schaute herein.

»Konteradmiral Niven ist da, Sir.« Trotz der Müdigkeit flogen ihre Augen über Schreibtisch und Kartentische. Alles in Ordnung, sauber und aufgeräumt.

Venables rieb sich die Augen und gähnte. Sie wäre eine gute Sekretärin gewesen.

Quietschend öffnete sich die Tür, und Konteradmiral Niven stürmte mit langen Schritten herein.

Er warf einen Blick auf Venables. Vermutlich die ganze Nacht gearbeitet. Er nahm Platz. »Nun haben sie also damit angefangen.«

Venables nickte. »Genau wie gestern, Sir. Jetzt liegen Meldungen von zwei weiteren fliegenden Bomben vor. Unsere Leute meinen, sie seien in Le Havre gestartet.«

Die Wren kam mit frischem Tee, und der Admiral beobachtete sie. »Verluste?«

»Zivilisten. Doch die Hauptsache ist ...«

»Die Hauptsache ist, wir haben keine Zeit mehr, Walter. Die Deutschen werden alles daransetzen, die Invasion zum Stehen zu bringen und unser weiteres Vordringen durch einen Hagel von Raketen zu stoppen. In Kürze wird der nächste Typ der V-Waffe eingesetzt werden, nehme ich an.«

Sie wechselten einen Blick. Beide dachten an den dritten Raketentyp, über den niemand sprach.

Die Wren schaute erneut herein. »Ihr Ausbildungsoffizier ist hier, Sir.«

»Hübsches Mädchen«, bemerkte der Admiral, als sie verschwand.

Venables fingerte nach seinem Silberetui. *Das ist alles, woran du denken kannst.* Ein Hauch von Whisky stieg ihm in die Nase, oder war es Brandy?

Steif, mit gefurchtem Gesicht und blauschwarzem Kinn, das dringend einer Rasur bedurfte, trat Lieutenant Commander Alan Charteris ein.

Beim Anblick des Admirals wurde er förmlich. »Sir!«

»Setzen Sie sich.« Venables verschwendete nicht gern Zeit; er nahm einen Aktenhefter aus der Geheimschublade. »Sie haben von den fliegenden Bomben gehört?«

»Das war zu erwarten, Sir.«

Venables senkte den Blick, um seine Ungeduld zu verbergen. Männer wie Charteris waren notwendig, sie brachten die Dinge ins Rollen, aber sie hatten ein Brett vorm Kopf.

»Schön. Ich möchte, daß die Flottille sofort in Bereitschaft versetzt wird. Machen Sie sich selbst auf den Weg.«

»Ich bin gerade die ganze Nacht von Portland hierher durchgefahren, Sir.«

Der Admiral stellte seine Teetasse hin. »Und?«

»Ich würde selbst fahren«, erklärte Venables, »aber hier wird es brenzlig. In der Normandie habe ich gerade einen Sabotagetrupp von Froschmännern an Land setzen lassen, um den Kanadiern zu helfen; ich warte auf Nachricht von ihnen.«

Charteris hatte sich wieder gefaßt. »Ich fahre sofort, Sir.«

Venables schob den Aktenhefter über den Schreibtisch. »Quittieren Sie den Empfang und lassen Sie's nicht aus den Augen.«

Der Offizier setzte seine Unterschrift auf den Durchschlag. *»Unternehmen Zitadelle.* Das war eine Idee des Premierministers. Passend.«

Charteris räusperte sich. »Lieutenant Commander Seaton ist noch auf Urlaub, Sir.« Das klang wie ein Vorwurf.

»Ich weiß.« Venables lächelte kühl. »Überlassen Sie das mir.«

Nachdem sich die Tür geschlossen hatte, atmete Konteradmiral Niven geräuschvoll aus. »Dämlicher Kerl.« Er gähnte. »Aber vielleicht hält er wie ich nicht viel von diesem Nacht-und-Nebel-Getue.«

Venables wünschte, Niven würde verschwinden. Dann könnte er sich wieder mit den Marines in Eastney beschäftigen und herausfinden, was ihre Froschmänner machten.

»Leider ist das der wahre Krieg«, seufzte er. »Eine Handvoll entschlossener Leute kann alles verändern. Große Flotten, Armeen sind nur noch Beiwerk. Wenn dieser Krieg erst vorbei ist, wird die Welt ein neues Gesicht haben, auch unsere Navy.«

Konteradmiral Niven erhob sich, blieb aber an der Tür noch einmal stehen. »Und der junge Seaton? Sie haben den Urlaub für ihn arrangiert?«

»Zusammen mit unserem neuen Boss, ja.« Venables lächelte. »Manchmal hat der Air Marshal doch gute Ideen.«

»Meiner Meinung nach wäre eine Suite im Ritz besser gewesen.«

»Wirklich, Sir? Wie für den Gladiator vor seinem schwierigsten Kampf? Eine Henkersmahlzeit?«

Dem Admiral stieg die Röte in die Wangen. »Nein, daran habe ich gewiß nicht gedacht.«

»Egal.« Venables blätterte bereits in seinem Telefonbuch. »Seaton hätte Ihnen wahrscheinlich schon klar gesagt, was er von Ihrem Angebot hielt.« Er lächelte wieder. »Oder mir.«

Die Wren wartete am Schreibtisch, als Niven gegangen war.

»Verbinden Sie mich mit dieser Nummer in Dorset«, sagte Venables und sah auf die Uhr. Wahrscheinlich waren sie jetzt beieinander, versunken in ihrer Umarmung.

Er mußte an den Admiral denken, an seine Unfähigkeit, sich in andere hineinzuversetzen.

»Und wenn ich jemals so werde wie er«, fuhr er fort, »sagen Sie mir Bescheid.«

Die Wren verließ den Raum. Es hieß, sie sei die einzige, die es mit Captain Venables aushielt. Warum die Arbeit für ihn so verrufen war, konnte sie nicht verstehen.

16 Unternehmen Zitadelle

Auf der alten *Cephalus,* zwei Decks tief, saß Seaton leicht vorgebeugt, mit dem gut geordneten Inhalt von Venables' Aktenhefter auf dem Schoß.

Ihm gegenüber an seinem Schreibtisch rauchte der Kommandant seine Pfeife und hütete sich, zu Seaton hinüberzusehen, um ihn nicht zu stören. Der neue Ausbilder sowie der Erste Offizier waren ebenfalls zugegen.

Um sie rauschte und knarrte das Schiff, und irgendwo in seinem Innern brummten gedämpft Drehbänke und Werkzeugmaschinen.

Am Fuß der Seite hielt Seaton inne. Er konnte sich nicht konzentrieren. Immer noch hatte er ihr Gesicht vor Augen, wie es aussah, als er das Telefon im Nebenzimmer abgenommen hatte.

Danach war er in das warme Bett zurückgekehrt. »Rückruf.«

Nina war zu ihm gerückt, hatte seine Schultern gestreichelt und zärtliche Worte geflüstert. Ob sie an Trevor dachte, an die Zeit, als fast jede Nachricht Gefahr oder Tod brachte?

Doch sie sagte nur: »Ich liebe dich, David«, und nahm seinen Kopf in ihre Hände. »Du darfst nie daran zweifeln. Und bitte trag mir nicht nach, daß du nicht der erste bist. Der einzige Schmerz, den du mir zufügen kannst, wäre es, wenn du mich für immer verlassen würdest.«

Hastig hatte er sich angekleidet, und während der ganzen Zeit saß sie nackt, nur mit einem Laken über den Schultern, auf der Bettkante. Es war schrecklich, unfaßbar, daß er schon wieder fort mußte.

»Ich kann es nicht in Worte fassen, Nina«, hatte er gesagt, »wie sehr ich dich liebe. Wenn mich jemand fragen würde, wie stark meine Liebe ist, könnte ich es ihm nicht sagen. Ich weiß nur, daß sie da ist, immer dagewesen ist und darauf gewartet hat, daß du kommst und sie annimmst.«

Darauf war sie zu ihm gelaufen und in Tränen ausgebrochen.

Es gab noch so vieles, was er von ihr wissen, was er mit ihr teilen wollte.

Seaton ließ den Aktenkoffer sinken und schloß ihn. Auf das kleine Geräusch hin wandten sich die anderen ihm zu.

»Die Raketenstellung ist bei Brest.« Er las in ihren Mienen, daß sie ihn nun anders, wie einen Verurteilten, ansahen. »Und zwar über einem U-Boot-Bunker, der vor zwei Jahren dort gebaut wurde.«

Der Kommandant klopfte seine Pfeife aus, er nahm es nicht einmal zur Kenntnis, geschweige denn übel, daß er diese Geheiminformation von einem jüngeren Reserveoffizier erfuhr. Irgendwie schien das ganz richtig so.

»Die Abschirmung der Deutschen war lückenlos«, warf der Ausbildungsoffizier ein. »Zum Schutz wurde eine Betonkuppel darüber gebaut und das ganze Gebiet von Flakgeschützen und Panzertruppen umgeben. Je näher unsere Truppen dem Hafen von Brest kommen, desto härter wird der Widerstand. Die Kanadier sind bereits in unerwarteten Schwierigkeiten.« Charteris kostete es aus, daß er das Wort hatte.

Für den Kommandanten war jetzt anderes wichtig: Auslaufzeit und Dauer der Fahrt, Treibstoffmenge und Navigationsangaben für die verschiedenen Treffpunkte. Daß diese vielleicht nicht mehr nötig würden, daran wagte er nicht zu denken. »Nummer Eins, ich möchte sofort alle Abschnittsleiter sprechen. Auch den Stützpunktingenieur.« Er lehnte sich zurück, sein Blick glitt über Seatons gelassene Miene. »Die Kommandanten der Schlepp-U-Boote sollen sich unverzüglich an Bord begeben, egal, ob sie schon gefrühstückt haben oder nicht.«

Seaton hörte die Tür hinter dem Ersten zuschlagen, wohl wissend, daß die letzte Bemerkung des Kommandanten ihn aufheitern sollte. Doch er sah nur Ninas Gesicht vor sich, konnte fast ihre Stimme hören, ganz nah an seinem Ohr, wie in der Nacht. Wieviel Zeit hatten sie gehabt? Sieben Tage – reichte das für ein ganzes Leben?

»Ich möchte die Besatzungen selbst einweisen, wenn es Ihnen recht ist«, sagte Seaton zum Kommandanten und wußte, daß statt seiner Charteris antworten würde.

»Davon hat Captain Venables nichts gesagt.«

Langsam erhob sich Seaton und lockerte sich. »Ich soll sie führen und möchte, daß sie mir vertrauen.«

»Dafür werde ich eine Genehmigung einholen müssen«, warf Charteris wütend ein. »Vielleicht möchte Captain Venables selbst die letzte Unterweisung geben.«

»Captain Venables geht nicht mit auf diesen Einsatz!« Er blickte Charteris ruhig in die Augen. »Höchstwahrscheinlich werden wir dabei draufgehen. Ich möchte es sein, der ihnen erklärt, warum.«

»Geht klar, David«, sagte der Kommandant scharf. »An Ihrer Stelle würde ich dasselbe tun.« Er ging um den Schreibtisch herum und klopfte ihm auf die Schulter. »Und Sie werden nicht draufgehen. Das ist ein Befehl!« Aber sein Blick blieb ernst.

Seaton übergab ihm den Aktenhefter, den der Kommandant in seinem Safe verschloß.

Die Rakete, an deren Bau Gjerde und so viele andere mitgearbeitet hatten, war ein Monstrum. Nach dem Start würde sie eine Höhe von hunderttausend Metern erreichen, ehe sie sich mit einer Geschwindigkeit von rund sechstausend Stundenkilometern auf ihr Ziel stürzte. Nach Gjerdes Informationen traf dieser Typ sehr viel genauer als die V-Waffen. Mit einer Reichweite von fünfhundertsechzig Kilometern konnte sie, solange die Deutschen diese Stellung hielten, jedes Ziel von Liverpool bis London vernichten. Der ganze Südwesten Englands, Häfen, Stützpunkte und Städte würden ausgelöscht werden.

»Kann ich noch etwas für Sie tun?« fragte der Kommandant. Er trat zu einem Bullauge und sah auf die längsseit liegenden U-Boote hinaus. »Ich brauche Ihnen wohl nicht zu sagen, daß Sie von uns jede nur mögliche Unterstützung erhalten.«

»Diese Rakete ist größer als mein Boot«, überlegte Seaton. »Gegen eine Waffe mit so hoher Flugbahn, die dann derart schnell niedergeht, gibt es keine Abwehr. Es heißt, daß man – falls man dann noch am Leben ist – das Geräusch des Niedergehens erst hört, nachdem sie bereits detoniert ist. Können Sie sich das vorstellen?« Er schüttelte den Kopf. »Jetzt liegt offenbar alles an uns.«

»Wenn Sie Ihr möglichstes tun . . .« begann Charteris.

Seaton nahm seine Mütze. »Mein Gott, Sie reden wie mein Vater.« Damit ging er und begab sich zum Oberdeck.

Der Kommandant sah in Charteris' wütendes Gesicht. »Kein guter Tag für Sie heute, was?«

»Ja, das ist sie also.« Seaton beugte sich über den Tisch im Lagezimmer und kam sich mit dem sorgfältig konstruierten, von einem Oberlicht beschienenen Modell der Raketenstellung vor wie ein Schausteller. Die Modellbauer hatten sogar kleine Bäume aus Schaumgummi aufgebaut.

Unternehmen Zitadelle. Die Rampe sah wirklich aus wie eine fremdartige Festung im Märchen: eine hohe Kuppel und rundherum wie Ableger die Flakgeschütze. Der eigentliche Eingang lag tief unten, und es gab dort angeblich noch zusätzliche Stahltore, die beim Abschuß geschlossen wurden.

»Die Rakete hat allerdings einen Nachteil. Sie muß sektionsweise in die Stellung gebracht und dort erst zusammengesetzt werden.« Er bemerkte, wie der Lieutenant Farmer, erster Wachoffizier von XE 26, die Hände verschränkte. »Andererseits wird sie mehr Schaden anrichten als alles, was wir bisher erlebt haben.« Er blickte in die Gesichter rundum: Männer, die er kannte und die nun plötzlich wie Fremde zurückwichen. »Sie kann, nein, sie wird alles vernichten, was wir auf dieser Seite des Kanals haben. Es sei denn, wir setzen sie außer Gefecht. Mit Bombern ist es unmöglich, und wenn die Armee nicht rechtzeitig durchkommt und das Ding sprengt, steht es schlecht um den Sieg.«

Wahrscheinlich dachten sie jetzt an die fliegenden Bomben, die immer noch auf London und den Südosten des Landes niedergingen. Der Nachrichtendienst hatte weitere Berichte über die zweite V-Waffe vorgelegt, aber selbst sie war nichts im Vergleich zu derjenigen bei Brest. Und niemand wußte, über wie viele die Deutschen verfügten.

»Die letzte Einweisung findet morgen um acht Uhr statt«, schloß Seaton.

Gervaise Allenby erhob sich träge. »Darf ich etwas sagen?«

»Schieß los.«

»Ich bin nicht allzu scharf auf diesen kleinen Ausflug. Aber wie der Verurteilte zum Henker sagte: Wenn es schon sein muß, dann möchte ich am liebsten von dir ins Jenseits befördert werden.« Unter beifälligem Murmeln und Nicken setzte er sich wieder hin.

Seaton räusperte sich. Dies war nicht der rechte Ort für Dramatik und Pathos. Doch welche Ansprache Charteris oder Nivens Vater an Allenbys Stelle gehalten hätten, konnte er sich gut vorstellen.

Er dachte an all die Männer, die geblieben waren. Sie hatten gewußt, daß ihr Einsatz hoffnungslos war, hoffnungslos jedenfalls für sie selbst. Die einsamen Unbekannten, die die Angriffsspitze bildeten oder den Rückzug deckten. Die wahren Helden.

Er schritt durch die Stuhlreihen; jetzt brauchte er frische Luft und Ruhe.

Draußen ließ ein steifer Wind keine Sonnenwärme aufkommen. An der Reling verhielt Seaton und sah hinüber nach Portland Bill, bis seine Augen tränten. Was Nina jetzt wohl tat? Ob sie noch in dem Bauernhäuschen war? Oder hatte man sie abgeholt und in die unterirdische Leitstelle zurückgebracht? Nein, das hatte man ihr wohl erspart: zuzusehen, wie die Fähnchen auf Ruthvens Landkarte immer näher an Brest heranrückten, dann plötzlich verschwanden und zu den anderen in eine Dose geworfen wurden.

Jemand trat neben ihn an die Reling. Er wußte, es war Drake.

»Dies ist wohl unser großer Auftritt, Skipper«, sagte Drake leise.

»Sieht so aus. Beunruhigt?« Er wandte sich halb um, um Drakes hartes Profil und die in die Ferne schweifenden Augen zu betrachten. Was für Fehler und Schwächen wir auch haben, wir haben eine Menge gemeinsam durchgemacht, dachte er.

»Wird 'ne tolle Sache, wenn sie erst mal vorbei ist. Sieh's doch so.« Er grinste. »Falls wir stranden, wissen wir jedenfalls, irgendwann kommt die Armee und holt uns.«

Der neue Taucher auf XE 26, Sub-Lieutenant Driscoll, kam zögernd näher. »Brief für dich, Geoff.«

»Danke.« Drake sah ihn an, es war Decia Nivens Handschrift.

Der neue Sub-Lieutenant blieb stehen. Die Nähe dessen, der das alles schon einmal erlebt hatte und zurückgekommen war, ermutigte ihn wohl. »Die Post ist gerade erst gekommen. Ihr Taucher, Richard Niven, gab sie mir.«

Drake starrte ihn an. Beide Briefe im selben Fach – Niven konnte das nicht entgangen sein, er mußte die Handschrift seiner Frau erkannt haben.

Seaton erriet das meiste. Nun war es passiert, und er konnte nichts mehr dagegen tun.

Drake starrte auf das ölige Wasser. »Ach du Heimatland!«

Seaton fuhr zu ihm herum, ohne sich eigentlich klar zu sein, was er sagen wollte.

»Hör zu!« Er sah, wie Drake die Augen vor Überraschung aufriß. »Ich interessiere mich einen Dreck für dein Privatleben. Worauf es jetzt ankommt – und das wollte ich im Lagezimmer klarstellen –, ist, daß wir unsere Sache gut machen, ganz egal, was es kostet. Also hör mir genau zu, Geoff: Wenn dir während des Angriffs ein Fehler unterläuft, werfe ich dich persönlich mit den Sprengladungen über Bord.«

Drake versuchte zu grinsen, sich lachend darüber hinwegzusetzen; doch sein Mund blieb wie eingefroren.

»Das ist mein Ernst!« Ohne sich noch einmal umzuschauen, ging Seaton über das Seitendeck davon.

Die Entscheidung, das Unternehmen Zitadelle nun anlaufen zu lassen, setzte die ganze Befehlshierarchie in Bewegung. Von der Admiralität über die Abteilung Sondereinsätze und den Admiral U-Boote bis auf den Tisch des Admirals in Portland lief die Nachricht mit höchster Dringlichkeit.

Die letzte Einweisung an Bord der *Cephalus,* die wie eine schützende Glucke ihre kleine Brut überragte, war straff und präzise. Der zu einer Raketenstellung umgebaute U-Boot-Bunker war äußerlich eine der vielen Betonfestungen, die auf dem hundertachtzig Kilometer langen Küstenstreifen von Brest bis Lorient errichtet worden waren. Jahrelang waren die deutschen U-Boote aus ihren französischen Stützpunkten ausgelaufen, weit in den Atlantik vorgestoßen und hatten blutige Ernte gehalten. Erst 1943 hatte die Wende begonnen, als die deutschen U-Boot-Verluste zum erstenmal die Kapazität der Werften überstiegen. Zum Schutz ihrer kostbaren Geleitzüge, die sich immer wieder auf den nordatlantischen Zufahrtswegen durchkämpfen mußten, hatten die Alliierten neue Verfahren entwickelt: bessere Geleitfahrzeuge, U-Boot-Jagdgruppen, Radar, Geleitflugzeugträger. Doch fast ebenso wichtig war die Erkenntnis, daß sie endlich zu siegen begannen.

Immer weniger deutsche U-Boote kehrten in ihre Betonbunker zurück. Auch sangen die Besatzungen nicht mehr, wenn sie an den Franzosen vorbei in ihre Landunterkünfte marschierten.

Nachdem die alliierten Armeen nun in der Normandie standen, war es nur noch eine Frage der Zeit, bis jeder U-Boot-Stützpunkt an der Biskaya evakuiert werden mußte. Den Booten standen schwere Zeiten bevor.

Bei der letzten Einweisung waren alle zugegen: Venables, Charteris, die technischen Offiziere vom Mutterschiff und vom Stützpunkt, die Operations- und die Meteorologische Abteilung. Seaton freute sich, auch Captain Clifford Trenoweth in aller Stille in den Raum schlüpfen zu sehen, kurz bevor die Einweisung begann. Sein vertrautes Humpeln ließ eine Reihe Köpfe herumfahren.

Venables, kurz angebunden und mit klarem Blick, obwohl er seit Tagen kaum geschlafen hatte, erklärte Punkt für Punkt.

Ihr Ziel lag etwa vierzig Kilometer südlich von Brest. Als U-Boot-Bunker war es kaum benutzt worden, vor allem wegen der gewundenen Zufahrt mit ihren Untiefen. Aus denselben Gründen war es jedoch als Raketenstellung vorzüglich geeignet.

Einige schlanke, hart aussehende Offiziere in Tarnjacke und rotem Barett waren ebenfalls zugegen: Diese Fallschirmjäger sollten weiter landeinwärts abspringen und als Ablenkungsmanöver einen deutschen Infanteriegefechtsstand in einem bekannten Schloß angreifen. Seaton klang das mehr nach Selbstmord.

Eine Kampfgruppe aus Zerstörern sollte durch die Blockadeverbände stoßen und den Rückzug decken.

Seaton sah zu Niven hinüber, der sich eifrig Notizen für seine Navigation machte. Weder Zorn noch Mißfallen waren ihm anzumerken. Hatte Drake möglicherweise noch einmal Glück gehabt? Dessen Augen waren auf die Wandkarten und das Modell gerichtet, doch in Gedanken schien er ganz woanders zu sein.

Die drei Mechaniker standen in einer Gruppe für sich. Jenkyn wirkte neben seinen beiden Kameraden sehr klein, aber ihn umgab ein ungewöhnliches Leuchten – wie bei jemandem, der von neuer Kraft beseelt wird.

Mit einem Kloß im Hals beobachtete ihn Seaton. Würde Jenkyns Traum jemals in Erfüllung gehen? Seaton senkte den Blick, denn das brachte die Erinnerung an Nina wieder zurück. An den ersten Morgen, ihr erstes gemeinsames Erwachen. Wie sie vor dem Spiegel saß und der Kamm knisternd durch ihr Haar fuhr. Dann ihre Spaziergänge in den Feldern, Hand in Hand ... Im einen Augenblick tollten sie herum wie Kinder, im nächsten fanden sie sich in drängendem Verlangen.

Die Besprechung war fast zu Ende. Füße scharrten unruhig, den Gesichtern waren vielerlei Gedanken abzulesen. Die einen dachten an ein gutes Essen, die anderen daran, noch einen letzten Brief nach Hause zu schreiben. Die einen gingen auf Feindfahrt, die anderen würden alles tun, damit sie so sicher wie möglich verlief.

Eine Hand packte Seatons Ärmel: Trenoweth.

»Freut mich, Sie wiederzusehen, Sir. Es kommt mir wie eine kleine Ewigkeit vor.«

Captain Trenoweth knurrte: »Venables' Ansprache war gut, das muß ihm der Neid lassen. Fast hätte ich hurra gerufen.« Er verzog das Gesicht. »Fast.«

Seaton wartete, bis die anderen gingen. »Ich wollte Ihnen sowieso schreiben, Sir. Ich habe ein paar Briefe und ein paar persönliche Dinge.«

»Verstehe.« Trenoweths Gesicht blieb ausdruckslos. »Bin stolz, daß Sie mich darum bitten.« Er sah weg, schwankte stark auf seinem gesunden Bein. »Aber es wird nicht passieren.«

Seaton sah ihn verzweifelt an. *Du weißt besser als wir, was das alles bedeutet. Du mußt das oft genug durchgemacht haben.*

Bedrückt sagte Trenoweth: »Sie haben *Syren* geschlossen. Ich bin nach Süden gekommen, um hier kleinere Aufgaben zu übernehmen. Aber das alte Loch Striven wird mir fehlen.«

»Ja.« Seaton ballte plötzlich wütend die Fäuste. Warum hatte er nur an sich selbst gedacht? Er hätte merken müssen, daß etwas nicht stimmte. Trenoweths Welt war endgültig eingestürzt. Brav gemacht, würde man ihm sagen und ihn dann vergessen. Wieder ein alter Krieger, den man verbraucht wegwarf.

»Es ist ziemlich selbstsüchtig, Sir«, sagte er freundlich, »aber ich bin froh, daß Sie hier sind. Ich war ein bißchen niedergeschlagen. Aber Sie haben es immer verstanden, uns aufzumuntern.«

»Hab' ich das?« Das klang geistesabwesend. »Der arme alte Duffy lebt auch nicht mehr.« Er stocherte mit seinem Stock an Deck herum. »Starb im Schlaf. Hab' ihn oberhalb der Bucht begraben.«

Seaton nickte. Er sah sie beide vor sich: den alten Captain mit seinem Stock und den unförmigen Hund, der in der Abenddämmerung am Ufer schnüffelte.

Trenoweth riß sich zusammen. »Es wäre schön, wenn wir noch Zeit für einen Gin hätten. Ich nehme jedoch an, Sie wollen sich lieber fertigmachen, stimmt's?« Er lächelte traurig. »Ich hab' noch nicht vergessen, wie das ist.«

Seaton streckte die Hand aus. »Ich danke Ihnen nochmals, Sir.« Wie sollte er Trenoweth klarmachen, was er für ihn empfand? Statt dessen grüßte er nur und zog sich zurück.

Trenoweth humpelte weiter über das glitschige Deck. Es mußte wohl genieselt haben, dachte er. Dann wandte er sich um, denn Captain Venables kam mit einem seiner Mitarbeiter zu ihm, blieb stehen und sah ihn nachdenklich an.

»Ich habe mit dem Befehlshaber über Sie gesprochen. Über eine neue Tätigkeit, die Ihnen vielleicht Freude macht.«

Trenoweth richtete sich auf und stützte sich so wenig wie möglich auf seinen Stock.

Doch Venables ließ ihm gar keine Zeit. »Nichts Großartiges natürlich. Aber ich brauche jemanden, der die Gesamtaufsicht über den neuen Kleinst-U-Boot-Stützpunkt hier übernimmt und ihn zur Verlegung nach Fernost vorbereitet. Würde Ihnen das zusagen?«

Trenoweth schluckte, dann sagte er schlicht: »Danke, das würde mir Freude machen. Herzlichen Dank.« Erstaunlicherweise fiel es ihm nicht schwer, das zu sagen.

Wie üblich lächelte Venables etwas gequält. »Wir beide ergänzen uns gut. Die Jungs mögen Sie, und in mir finden sie immer jemanden zum Hassen.« Als er sich schon abwandte, um seinen Mitarbeitern zu folgen, setzte er noch hinzu: »Second Officer Dennison wird Ihnen für den Fernmeldedienst beigegeben.« Wieder lächelte er. »Und so weiter.« Dann war er weg.

Trenoweth packte mit beiden Händen die Reling. »Mein Gott, Duffy«, murmelte er, »wir sind noch nicht beim alten Eisen.«

Der Operationsoffizier schob seine Parallellineale über die Karte. »Da gibt es noch ein Hindernis.«

Seaton beugte sich vor, seine Augen rebellierten gegen das harte, vom Kartentisch reflektierte Licht. Auch die beiden anderen Kommandanten, Allenby und Winters, sahen sich das ›Hindernis‹ an.

»Die Royal Air Force schickte in bester Absicht eine Staffel Jagdbomber gegen Ihren U-Boot-Bunker vor, und zwar, ehe jemand an Raketen oder so auch nur dachte. Ein U-Boot kam gerade vom Einsatz zurück. Wie üblich schaute an Bord niemand zum Himmel, alle dachten nur daran, daß sie den verdammten Atlantik hinter sich hatten, und wollten so schnell wie möglich an Land kommen.«

Seaton sah sich die saubere Bleistiftmarkierung auf der Karte genau an. *Wie üblich.* Aber es war schon richtig, daß mehr U-Boote beim Einlaufen von Flugzeugen überrascht wurden als beim Auslaufen.

»Das U-Boot liegt noch da auf Grund?« fragte Winters.

»So ist es«, seufzte der Operationsoffizier. »Die Deutschen können sich nicht um die Bergung kümmern, sie haben andere Sorgen. Aber das Wrack ist ein Risiko. Passen Sie gut auf, überprüfen Sie so oft wie möglich Ihren Standort. Prägen Sie sich alle Einzelheiten gut ein, so daß Sie eine Landmarke erkennen, auch ohne immer wieder zur Karte laufen zu müssen.«

Allenby richtete sich auf und rieb sich das Kreuz. »Einen Vorteil hat's ja, alter Knabe. Es ist nicht so weit wie nach Norwegen.« Kichernd fuhr er fort: »Letzte Woche haben wir uns noch beklagt, daß wir aus dem Spiel sind. Und jetzt stecken wir bis zum Hals drin.«

In fleckigem Seepäckchen stand Niven in der Werft am Telefon und hörte seinem Vater zu. Für alle anderen waren Privatgespräche mit diesem streng geheimen Stützpunkt nicht erlaubt, und Niven war es unangenehm, daß sein Vater seine hohe Stellung dazu benutzte, um mit ihm aus London zu telefonieren.

In der behelfsmäßigen Fernmeldezentrale beobachteten ihn ein Funker und zwei Wrens mit unverhüllter Neugier. Sie wußten, wer anrief, und auch, wer er selbst war. Also würden sie nun auch wissen, wohin er auslief.

»Natürlich bin ich nicht beunruhigt«, sagte sein Vater. »Ich wollte dir nur sagen, daß ich hoffe, alles kommt wieder in Ordnung. Du weißt schon.«

»Ja.« Niven sah zu Boden. »Danke.«

Pause. »Mein Gott, ist das alles, was du mir zu sagen hast?«

Nein, keineswegs. Wie wär's damit: Decia hat ein Verhältnis mit Geoffrey Drake. Sie kann eben die Finger nicht von Männern lassen, und nun schreibt sie ihm auch noch.

Beklommen antwortete er: »Tut mir leid.«

Irgend etwas in seiner Stimme veranlaßte seinen Vater zu der Frage: »Hör zu, Richard, ist etwas nicht in Ordnung? Wir alle haben unsere Hochs und Tiefs gehabt, ich weiß das wohl. Alle Familien machen das mal durch . . .«

»Wir sind keine Familie«, stammelte Niven. »Wir sind ein verdammter, hoffnungsloser Schlamassel.« Eine der Wrens hielt sich prustend den Mund zu. »Also dann, Vater. Sag Decia, er hat ihren Brief bekommen, ja?« Er knallte den Hörer auf.

Mit bleichem, übermüdetem Gesicht wandte Niven sich um und blickte in die Runde. »Tut mir leid, das war so nicht beabsichtigt. Aber Sie sehen . . .«

Eine der Wrens sprang auf. »Ist schon in Ordnung, Sir, wirklich!« Dann beugte sie sich vor und küßte ihn schnell auf die Wange. »Von uns allen, Sir. Viel Glück! Die Dinge werden sich schon wieder einrenken.«

Ein rotgesichtiger Signalmeister platzte durch die andere Tür und erstarrte. »Was ist hier los? Gibt's Probleme?«

Niven gab dem Mädchen die Hand. »Vielen Dank!« Und zu dem Signalmeister gewandt: »Probleme? Keineswegs, nicht der Rede wert.«

Die Tür schloß sich hinter ihm. Die Wren, die Niven davor bewahrt hatte, seine Haltung zu verlieren, brach in Tränen aus.

»Großer Gott«, sagte der Signalmeister verzweifelt, »das war ein schwarzer Tag, an dem man Weiber in die Marine übernahm!«

Seaton stellte mitten bei den letzten Vorbereitungen erschreckt fest, daß sich der Tag bereits seinem Ende näherte.

Auf den Pontons und der Hafenmole huschten Handlampen hin und her, Barkassen röhrten durch die Dunkelheit, und von draußen im Kanal hörte Seaton den unheimlichen Schrei einer Zerstörersirene.

Um die *Cephalus* hing der Qualm von Dieselmotoren. Ingenieure nahmen letzte Überprüfungen auf den Kleinst-U-Booten und den drei größeren U-Booten vor, die sie so nahe wie möglich an das Zielgebiet heranschleppen sollten.

Er versuchte, sich zu konzentrieren, um noch Schwachpunkte zu entdecken. Diesmal mußte er auch die latente Gefahr einkalkulieren, die an Bord wegen der Spannung zwischen Drake und Niven bestand. Drake hatte er verwarnt, warum nicht auch Niven? Er war der jüngste an Bord und konnte doch, wie sich gezeigt hatte, schnell der wichtigste werden. Verzweiflung, Haß oder Erniedrigung konnten sich da ebenso tödlich auswirken wie eine Kugel.

Ein Seemann tauchte aus dem Dunkel auf, sein Ölzeug glänzte wie schwarzes Glas.

»Sir? Der Kommandeur möchte Sie sofort im Stützpunkt sprechen.«

»Was, zum Donnerwetter, will er denn noch?« Als er die Verwirrung des Mannes bemerkte, tat es ihm leid. »Schon gut. Lassen Sie das Dienstboot klarmachen.«

Der Seemann schien erleichtert. »Liegt schon bereit, Sir.« Er zögerte. »Viel Glück für die Unternehmung, Sir. Ziemlich dicker Hund, würde ich sagen.«

Seaton mußte lächeln. »Danke.«

Vielleicht wollte ihm der Kommandeur in letzter Minute noch etwas mitteilen? Jedenfalls lenkte es ihn ab. Zusammengekauert saß er in dem tanzenden Motorboot und überdachte noch einmal seine letzten privaten Verfügungen. Briefe an Nina und seinen Vater. Einen an Captain Trenoweth mit den notwendigen Vollmachten, damit er über seine persönlichen Effekten verfügen konnte. Es war nicht viel, konnte aber Nina Zeit geben, ein anderes Glück zu finden.

Rein in einen Wagen und die kurvenreiche Straße zum Stützpunkt hinauf. Beim Hasten durch Drehtüren fiel sein Blick auf die leeren Gestelle vor der Messe, die noch vor kurzem mit Marinemützen gefüllt gewesen waren. Britische, amerikanische, französische – Mützen fast jeder Nation, deren Land von Deutschen besetzt war. Wo mochten ihre Träger jetzt sein?

Ein Pförtner geleitete ihn in ein Dienstzimmer, in dem er zu seiner Überraschung Air Marshal Ruthven mit dem Stützpunktkommandeur beim Kaffee fand.

Der Air Marshal erhob sich und schüttelte ihm herzlich die Hand. »Hallo, junger Mann, Sie sehen besser aus als bei unserer letzten Begegnung.« Er sah zum Kommandeur hinüber. »Ich muß nun bald los. Zurück nach Sussex, um die Dinge im Auge zu behalten.« Und als der andere Offizier zur Tür ging, wandte sich Ruthven an Seaton: »Ihnen wird eine schwere Last auferlegt. Schwerer, als eigentlich irgend jemand sie tragen kann. Wenn ich einen anderen Weg sähe . . .« Er zuckte die Schultern. »Doch wir haben jetzt die Bestätigung. Der neueste Bericht besagt, daß von dieser Stellung aus eine Rakete zum Probelauf startete. Offensichtlich hatte sie keinen scharfen Gefechtskopf, aber sie ging im Bristol-Kanal nieder, das ist eine Entfernung von dreihundertfünfundsiebzig Kilometern.« Müde rieb er sich die Stirn. »Sie fiel mitten zwischen einen aus Cardiff auslaufenden Küstengeleitzug.

Ohne das Kombinationsvermögen des für den Geleitschutz zuständigen Offiziers hätte ich möglicherweise gar nichts davon erfahren. Aber als er mir von der riesigen Wassersäule berichtete, größer als alles, was er bisher gesehen hatte, die fast einen Küstenfrachter zum Kentern brachte, da wußte ich Bescheid.«

Ihre Blicke trafen sich, dann sagte Seaton: »Sie werden also jetzt dabei sein, die nächste zusammensetzen, diesmal mit scharfem Gefechtskopf und auf ein wirkliches Ziel gerichtet. Möglicherweise auf London.«

Vor seinem geistigen Auge zogen Gesichter vorbei: sein Vater im Pub; die Frauen Londons als Schaffnerinnen in Bussen, in Zügen, an den Maschinen der Fabriken, bei der Pflege der Verwundeten.

»So sieht es aus.« Ruthven schritt zur Tür. »Ich muß gehen. Viel Glück.« Er zeigte auf die andere Tür. »Sie wartet drin. Fünf Minuten.«

Da stand Nina in der Mitte des Raumes mit gefalteten Händen, die blaugrünen Augen auf die Tür gerichtet. Und in der nächsten Sekunde lagen sie einander in den Armen und küßten sich, daß rund um sie alles versank.

»Ich hätte nicht mal im Traum daran gedacht, daß ich so ein Glück haben könnte«, sagte er leise. Er hob ihr Kinn, und alles, was zwischen ihnen gewesen war, tauchte wieder in seiner Erinnerung auf.

Sie hatte ihre Uniformmütze abgenommen, und als er ihr Haar mit den Fingern berührte, schlang sie ihm die Arme um den Hals. Ihr Duft, der Druck ihres Körpers, das konnte keine Uniform beeinträchtigen. »Ich warte auf dich, David. Danach kann uns nichts mehr geschehen. Wir werden leben – zusammen.«

Ihr Mund begann zu zittern, aber Seaton wußte, sie würde nicht die Haltung verlieren. Oder erst, wenn die Tür sich hinter ihm schloß. Besser als die meisten wußte sie, wie wichtig dieser letzte Augenblick für ihn war – für sie beide.

Draußen röhrte ein Horn wie ein waidwunder Hirsch.

»Fünf Minuten«, sagte sie. »Kurz wie unsere sieben Tage, David. Nur für uns gehen sie so schnell vorbei.«

»Warte hier.« Er küßte sie weich und mit großer Zärtlichkeit. Als ihre Lippen sich trennten, trat er zurück. »Ich werde immer an dich denken.«

Sie strich sich das Haar aus dem Gesicht. »Du siehst wunderbar aus, David. Ich bin so stolz auf dich.«

Schnell schloß er die Tür und eilte davon, ohne zurückzuschauen.

Der Fahrer stand bereit. »Alles klar, Sir?«

»Ja.«

Schweigend saß er im Wagen, vor sich noch ihr Gesicht, als er die Tür geschlossen hatte.

Auch an Ruthven mußte er denken. Für einen Mann, der sie in den fast sicheren Tod schickte, hatte er ihm viel Gutes getan.

Der Wagen beschrieb eine scharfe Kurve, vor ihm dehnte sich der Hafen.

Nun lag alles andere hinter ihm.

17 *Goliath*

Die Überfahrt ins Zielgebiet schien Seaton mehr Nerven zu kosten als alles andere. Wegen der Entdeckungsgefahr oder der Möglichkeit, von einem der vielen, die Invasionsstreitkräfte sichernden alliierten Kriegsschiffe gerammt zu werden, machten die schleppenden U-Boote von Portsmouth aus einen großen Umweg.

Es ging den Kanal hinunter, dann südlich mit Kurs auf die Biskaya, und mit jeder Meile empfand Seaton seine Verantwortung bei dieser Unternehmung stärker. Diesmal drehte es sich nicht nur darum, einfach Kopf und Kragen zu riskieren und sich hinterher nicht anmerken zu lassen, welche Sorgen und Ängste man ausgestanden hatte. Diesmal kam es wirklich auf sie an, und es war ihm schier unmöglich, Schlaf zu finden.

Der Kommandant ihres Schlepp-U-Bootes erledigte seinen Teil wie ein Könner. Vielleicht gab er sich besondere Mühe, weil er wußte, was Seaton und den drei winzigen X-Booten bevorstand. Zu festgelegten Zeiten ging er auf Sehrohrtiefe und fuhr den Schnorchel aus, um Frischluft anzusaugen. Gleichzeitig nahm er dann auch den ständigen Strom von Funksprüchen der fernen Admiralität auf. Er war der einzige an Bord, dem Seaton seine Gedanken anvertraute.

Jeder Funkspruch war für sie wie ein Schlag ins Gesicht. Ein weiterer Probeschuß war von der verborgenen Raketenstation abgefeuert worden und westlich von Southampton aufs flache Land niedergegangen. Die Rakete hatte sich selbst völlig zerstört und auf einem Acker einen Krater gerissen, in den mehrere Panzer hineingepaßt hätten. Mit einem Gefechtskopf mußte ihre Wirkung entsetzlich sein.

Im Lauf eines ihrer Gespräche hatte der Kommandant des U-Bootes bemerkt: »Anscheinend brauchen sie zum Zusammenbau einer Rakete etwa zwei Tage. In Zukunft geht das wahrscheinlich schneller. Jetzt haben sie die Erfahrung und das Wissen, sie auf ein spezielles Zielgebiet einzustellen. Das werden wir in den nächsten Tagen wohl erfahren.«

Seaton lag hinter seinem Kojenvorhang und starrte an die tropfende Decke.

Die Armee würde nicht rechtzeitig nach Brest vorstoßen, und die Royal Air Force hatte zwar einen weiteren schweren Angriff auf das Zielgebiet geflogen, doch nichts erreicht, sondern durch Flak und Jäger schreckliche Verluste erlitten.

Wenige Stunden, bevor sie auf XE 16 übergesetzt werden sollten, versammelte Seaton seine Crew in der Messe. Der Kommandant hatte ihm versichert, sie würden nicht gestört werden, und sogar die Freiwächter mußten sich einen anderen Platz zum Schlafen suchen.

Wie früher saßen sie rund um den kleinen Tisch, und doch war es diesmal anders; zwischen ihm und den anderen lag eine Schranke.

Bei der Nachricht über den zweiten Probeschuß des Gegners las er den Schrecken von ihren Gesichtern ab. Sie hatten wohl wie er selbst noch auf einen Ausweg, auf ein Wunder gehofft.

»Die Entladung der Raketenteile und ihr Transport in den Bunker erfolgen anscheinend nachts«, sagte er. »Das ist sinnvoll. Wir werden also in der Morgendämmerung hineingehen. Greifen wir nachts an, dann ist die Rakete, wenn unsere Sprengladungen hochgehen, vielleicht noch nicht drin. Also wird es eine harte Sache, ohne Zeit für Murks. Die Luftlandetruppen machen einen Ablenkungsangriff, sonst aber können wir von keiner Seite auf Unterstützung rechnen. Sie oder wir!«

Drake legte die Hände flach auf den Tisch. »Scheint mir ein ziemlicher Hammer zu sein.«

Seaton beobachtete ihn. »So ist es. Aber überleg' mal. Der erste Testschuß ging über dreihundertsiebzig Kilometer. Man hat mir gesagt, daß die Rakete noch zweihundert Kilometer weiter fliegen kann, und das mit voller Ladung.«

Seine Blicke gingen von einem zum anderen. Niven, schmal lippig, verbarg seine Gefühle. Jenkyn ließ die Schultern hängen, als sei ihm jetzt erst aufgegangen, was ihm bevorstand. Drake war wie üblich verbissen und argwöhnisch.

Der Vorhang bewegte sich leicht. »Noch zehn Minuten, Sir.«

»Schön. Ihr wißt nun, was vor uns liegt.« Seaton klopfte seine Taschen ab. In der neuen Uniform fühlte er sich steif und ungewohnt. »Wir müssen alles versuchen, um nach dem Angriff wieder herauszukommen, und uns gegenseitig dabei unterstützen, so gut wir können.« Vermutlich sagten Allenby und Winters ihren Besatzungen in diesem Moment genau das gleiche.

Jenkyn reckte sich gähnend. »Die haben 'ne Menge in dieses Unternehmen gesteckt, Sir. Wir dürfen den Steuerzahler nicht enttäuschen, stimmt's?«

Draußen, in einer anderen Welt, krächzte ein Lautsprecher: »Decksmannschaft ans Vorluk. Flakbedienungen in die Zentrale, aber schnell!« Eine kleine Pause. »Klar zum Auftauchen!«

»Ich bin froh, daß es nun endlich losgeht«, meinte Niven. Er lächelte Seaton an, sein Blick galt nur ihm. »Machen Sie sich keine Sorgen, Sir.«

Seaton sah zur Seite. *Er weiß, daß ich im Bilde bin.* Er will mir in der ihm eigenen linkischen Art sagen, daß er mich nicht im Stich lassen wird.

Sie hörten das Einströmen der Preßluft, das Klicken beim Öffnen des Luks.

Seaton wartete und balancierte die Bewegungen aus, während das große U-Boot, nur wenige Grade schlingernd, nach oben schoß.

Dann hasteten sie zum Vorluk, durch das die Seeleute bereits ein Gummiboot ausgesetzt hatten.

Ein paar schnelle Blicke, nach oben gerichtete Daumen, ein kurzes Grinsen. Dann waren sie mit dem Leinentrupp auf dem Oberdeck und sogen nach der Enge des Bootes tief die salzige Luft ein.

Seaton wartete, bis die anderen ins Dingi gesprungen waren, und wandte sich dann grüßend zum dunklen Umriß des Turms. Ihm war klar, daß der Kommandant ihn beobachtete.

Von Land her stand eine gleichmäßige Dünung, geringer, als Seaton erwartet hatte. Sie hatten Ostkurs gesteuert, immer den achtundvierzigsten Breitengrad entlang. An Backbord lag eine Reihe von Felsen und kleinen Inseln und dahinter, weiter im Nordosten, der befestigte Hafen von Brest.

Seaton klammerte sich an das dümpelnde Dingi, das an der Schleppleine zum aufgetauchten X-Boot geholt wurde. Schlingernd wartete der schwarze Schatten, um seine rechtmäßige Mannschaft aufzunehmen.

Die Morgendämmerung brach früh an, und sie hatten noch zwanzig Meilen bis zum Ziel. Im Geist sah er die französische Küste vor sich, die sich wie eine schützende Schulter vor den Golf von Biskaya legte. *Pointe du Raz.* Eine gefährliche Gegend, die so manche Seeleute das Leben gekostet hatte. Nelsons Kapitäne mußten sie gehaßt haben, wenn sie im Blockadedienst mit ihren vom Wetter mitgenommenen Schiffen daran vorbeizogen: Brest, Belle Ile, Ouessant – alles historische Namen.

Seaton sah zu, wie der Seemann das Dingi bei XE 16 festmachte, und richtete sich darauf ein, hinüberzuspringen.

Der Lieutenant der Überführungscrew rief: »Keine besonderen Vorkommnisse, David.« Nacheinander tauchten auch seine Kameraden auf und übergaben so schnell wie möglich an Drake und die anderen. Irgend jemand rief: »Alles Gute!«, dann war das Dingi frei und verschwand wie ein unförmiger Wasserkäfer zum U-Boot.

Seaton warf die Schleppleine los und eilte zum Luk. Sobald er in der Zentrale war, schien es ihm, als seien sie seit dem letztenmal überhaupt nicht weggewesen.

Er sah zu, wie die Crew ihre Checks absolvierte, und freute sich über die gute Arbeit, die das Mutterschiff auf XE 16 geleistet hatte: frische Farbe, ein Ölschimmer auf allen beweglichen Teilen, das Boot war wie neu.

Von draußen hörte er, wie das Schlepp-U-Boot seine Tanks flutete und tauchte, um in sicherere Gewässer zu verholen. Die beiden anderen X-Boote mußten jetzt bereits unterwegs sein und den letzten Treffpunkt vor dem Angriff ansteuern.

»Checks beendet, Skipper«, meldete Drake.

»Danke.«

Seaton warf seine Mütze auf ein neu angebrachtes Waffengestell. Jetzt nennt er mich nur noch selten bei Namen, dachte er.

»Tauchen! Auf zehn Meter gehen! Acht-fünf-null Umdrehungen. Kurs null-neun-fünf Grad!« Jenkyn öffnete die Entlüftungen. »Meldung, wenn Boot eingesteuert!«

Drake und Jenkyn hatten mittlerweile so viel Übung und Erfahrung, daß Seaton sich kaum darum kümmerte, wenn sie Wasser nach vorn oder achtern pumpten, um das Boot so zu trimmen, daß es auf Tiefen- und Seitenruder leicht reagierte.

Niven beugte sich mit vor Konzentration schmalen Augen über die Karte und schirmte sich mit dem Rücken gegen die anderen ab, so wie auch Seaton es häufig tat.

»Boot ist eingesteuert«, meldete Drake.

Seaton zog den Kopf ein und ging zum Kartentisch. »Bis zur ersten Standortbestimmung bleiben wir bei dieser Tiefe und Geschwindigkeit.«

Der große Maßstab der Karte faszinierte Niven. Wie ein Spalt reichte die enge Einfahrt in die Küste, die Wassertiefe war nur gering, und beiderseits der Einfahrt lagen Untiefen.

»Ich wette«, meinte Seaton leise, »daß schon mancher U-Boot-Kommandant den verflucht hat, der diesen Platz aussuchte.«

Niven fuhr mit einem Finger über ihre mit Bleistift eingezeichnete Kurslinie. Ostwärts bis zur Einfahrt, dann scharf nach Norden, Auftrag ausführen und wieder hinaus. Über ihren Auslaufkurs führte er den Finger langsamer, als schätze er ihre Chancen ab.

»Der Auslaufkurs ist fast genau Süd, Sir. Vierkant über die Baie d'Audienne.«

»Wenn wir erst mal so weit sind, geht's uns besser«, erwiderte Seaton und folgte Nivens Finger. Die inneren und äußeren Kurse bildeten einen großen rechten Winkel wie ein Zweispitz. Die drei Schlepp-U-Boote waren nun bereits auf dem Weg zu dem Gebiet, wo sie sie wieder aufnehmen sollten.

»Und dort ist das Schloß, das sich die Luftlandetruppe vornehmen wird.«

Es lag etwa fünfzehn Kilometer landeinwärts und war nach Venables' Aussagen bis auf einen schönen Glockenturm aus dem siebzehnten Jahrhundert nicht sonderlich bemerkenswert. Nach diesem Überfall würde es erheblich bekannter sein, ging es Seaton durch den Kopf.

»Wenigstens gibt's hier keine Minen«, meinte Niven. »Südöstlich von hier, in Richtung auf Lorient, haben sie eine ziemlich große Sperre gelegt.«

»Bei den Felsen an Backbord und dem für U-Boote sehr flachen Wasser bestand für Minen auch keine Notwendigkeit.«

An die Möglichkeit, daß die Lage der Felsen auf der Karte nicht stimmte, verbot Seaton sich zu denken. Wenn er sein Boot auf Grund setzte, war alles zu Ende.

Niven wandte sich nach ihm um. »Diesen Einsatz hätte ich unter keinen Umständen verpassen wollen.« Er sah Seatons Erstaunen. »Beim erstenmal dachte ich, es sei reine Angabe meinerseits. Dann glaubte ich, ich wolle damit etwas überspielen, und mein Kampf mit dem deutschen Froschmann sei ein Zufallserfolg gewesen, ganz wider meine Natur.«

»Und jetzt?«

»Schwer zu erklären. Zum ersten Mal in meinem Leben möchte ich etwas besser machen als jeder andere. Nicht nur gut oder – wie mein Vater sagen würde – ›na schön, ganz gut‹, sondern gut genug für«, er schlug die Augen nieder, »für Sie.«

Seaton mußte lächeln. »Danke. Aber in Wirklichkeit wollen Sie Ihren Vater beeindrucken, stimmt's?«

»Früher war das so. Mein Bruder . . .« Er zuckte die Schultern. »Sie wissen schon.«

»Größtenteils.«

»Das Seltsame ist, daß mein Vater eigentlich nie zur Marine wollte. Das hat mir mein Großvater erzählt. Sehen Sie, in unserer Familie wurde einfach erwartet, daß die Söhne zur Royal Navy gingen. Das war überhaupt keine Frage.« Er seufzte wie ein alter Mann. »Vielleicht nimmt er mir das heimlich übel: daß ich die Marine wirklich mag. Seine ursprüngliche Weigerung, als man ihn nach Dartmouth schickte, kann nämlich gar nichts, nicht einmal sein Erfolg, ungeschehen machen.«

»Verstehe. Und seit der Zeit kommen Sie nicht miteinander aus?«

»So wird's wohl sein. Decia, meine Frau, ist ein Teil davon.« Er hatte die Stimme gesenkt, wohl wegen Drake.

Seaton wußte nicht, was er sagen sollte. »Im Krieg ist Trennung immer eine schwierige Sache.« Er dachte an das, was Nina ihm von Trevor erzählt hatte: ein Paar, doch nicht verliebt.

Niven nickte. »Als ob ich das nicht wüßte.«

»Kann mich mal jemand ablösen?« rief Jenkyn. »Ich will Tee machen.«

Niven richtete sich auf. »Ich übernehme.«

Von seinem Platz aus sah Drake ihm teilnahmslos zu. Auf seinen Schultern glitzerten Kondenstropfen, als habe er im Sommerregen gestanden.

Seaton schlug sein Notizbuch auf. Der Deckname für XE 16 sprang ihm ins Gesicht: *Goliath.* Auch das war wahrscheinlich Venables' Idee. David und Goliath.

Was wohl Nina jetzt tat? Lag sie schlafend da, wie er sie so oft in diesen wunderbaren sieben Tagen gesehen hatte? Ihr makelloser Körper im Mondlicht, ihr sanftes Atmen . . .

Er schlug das Buch zu. Daran durfte er nicht mehr denken. Schon jetzt war sie fast unerreichbar, und jede Schraubenumdrehung brachte ihn der endgültigen Trennung näher.

Seaton sah auf die Uhr. Noch zwanzig Minuten, dann war es Zeit für einen Rundblick. Er wandte sich wieder der Karte zu, doch statt dessen sah er Ninas Gesicht im Augenblick des Abschieds.

Ich will nicht sterben, gerade jetzt nicht. Aber wie viele hatten das schon gesagt oder gedacht?

Jenkyn tauchte wieder auf. »Tee, meine Herren! Billiger als bei Lyon's!«

Seaton drehte sich um, er durfte sich jetzt nicht gehenlassen, das war er diesen Männern schuldig.

»Wenn's vorbei ist«, grinste er, »leisten wir uns was Stärkeres.«

Jenkyn verzog das Gesicht. »Das sagen Sie! Ich könnt's schon jetzt verdammt gut gebrauchen!«

Seaton fuhr sich mit der Zunge über die Lippen und fröstelte. Nach dem anstrengenden Warten tat ihm alles weh, die Verletzungen aus Bergen machten sich wieder bemerkbar.

Kaum zu glauben, daß die beiden anderen Kleinst-U-Boote so nahe waren. Sie mußten jetzt südlich der letzten Landzunge vor der Einfahrt auf Position gehen.

Er kostete Jenkyns Tee. Anscheinend hatte er den Becher halb voll Zucker gemacht. Ein dickes Corned-beef-Brot war ihr Frühstück. Oder ihre Henkersmahlzeit?

»Alles klar?« Er griff zum Sehrohr. Die Beleuchtung war bis auf die wichtigsten Lampen über den Schaltern und der Karte gelöscht.

»Alles klar, Skipper.«

»Gut. Dann zwei-fünf-null Umdrehungen, auf Sehrohrtiefe gehen.«

Mit vibrierendem Motor kippte XE 16 leicht nach oben.

»Boot ist auf drei Meter.«

Seaton lag bereits auf den Knien; seine Hände führten das langsam ausfahrende Sehrohr, und als es die Oberfläche durchbrach, folgte sein Körper den Bewegungen.

Als erstes sah er den Himmel: sehr klar, mit nur wenigen Sternen. Das Land, eine dunkle Masse über dem öligen Schimmer der See, konnte er trotzdem erkennen. Mein Gott, sah das hart und unfreundlich aus!

»Die Landzunge sollte etwa in Rot vier-fünf liegen«, hörte er Niven sagen.

Seaton drehte das Sehrohr und spürte, daß das Boot in der Dünung jetzt merkbar schwankte.

Das Land war ein ferner Schatten, aber das würde nicht mehr lange so bleiben. Hinter ihm murmelte das neu eingebaute Sprechgerät im Selbstgespräch zum Zeichen, daß es eingeschaltet war. Es war, als höre man die Fische reden.

Seaton straffte sich, irgend etwas bewegte sich auf dem Kamm einer langen Welle.

»Klar zum Tiefergehen!« Er packte die Handgriffe und murmelte leise: »Allmächtiger Gott!«

Die anderen hüteten sich zu sprechen, aber er konnte ihre Ängste fühlen.

»Da ist ein Mann im Wasser«, sagte er.

Er folgte dem tanzenden Kopf, der langsam auf das Sehrohr zutrieb. Der Lederhelm und die leuchtendbunte Schwimmweste verrieten, daß es sich um einen abgesprungenen Flieger handelte, wahrscheinlich vom letzten großen Luftangriff auf die Raketenbasis.

Er hatte ihn nun gut in der Optik und konnte sehen, daß er mit ausgebreiteten Armen auf der Oberfläche trieb. Den Kopf zurückgeworfen, den Mund weit geöffnet, lag er da wie beim Appell, einen letzten Fluch auf den Lippen für die, die ihn zum Sterben hierhergeschickt hatten.

Seaton hätte am liebsten das Sehrohr eingefahren, aber das wäre eine Flucht gewesen, eine Beleidigung für den Mann, der hier allein gestorben war. Nun hatte er das Gesicht genau im Fadenkreuz, die toten Augen beachteten ihn nicht.

Niven stöhnte, als etwas am Rumpf vorbeischrammte.

»Seine Stiefel«, bemerkte Seaton. Dann drehte er das Objektiv auf die leere See.

»Übernehmen Sie bitte«, sagte er zu Niven. »Ich möchte mal sehen, ob das neue Funkgerät funktioniert.«

Als Niven sich zum Sehrohr bückte, trafen sich ihre Blicke. »Armer Teufel«, sagte der Taucher. »Es ist eigentlich nicht recht, ihn einfach zurückzulassen.«

Seaton setzte sich neben das kleine Stahlgehäuse mit den beiden roten Lichtern, nahm den Hörer vom Halter und drückte den Knopf.

In wenigen Stunden würde Niven wahrscheinlich selbst tot sein. Aber er empfand Mitleid für einen, der keiner Hilfe mehr bedurfte.

»Hallo *Dodo* – hallo *Dodo*«, rief Seaton ins Mikrophon. »Hier Goliath. Können Sie mich hören? Ende.«

Nach einigem Krachen und Klicken erklang eine Stimme, erst ganz schwach, doch unverkennbar Allenby.

»Hallo *Goliath*, hier *Dodo*. Höre Sie laut und klar. Ende.«

Deckname von X 26 war *Auster*, Winters Antwort klang noch klarer.

Sie waren alle auf Station. Keine Störungen, keine Ausfälle.

»Hier *Goliath*. Weiter nach Plan. Keine Änderungen. Alles Gute. Ende und aus.«

Es hatte keinen Sinn, in diesem Stadium nutzlose Bemerkungen auszutauschen. Doch es tat gut zu wissen, daß alle in der Nähe waren.

Immer und immer wieder hatten sie es durchgesprochen: Gervaise Allenby würde mit XE 19 der erste sein. Ihm gebührte die Ehre, so hatte er es ausgedrückt. Er war erfahren und äußerst tüchtig, wenn auch auf andere Art als Seaton. Wenn es einen erwischte, dann den Mann an vorderster Stelle. Das wußten sie alle und keiner besser als Allenby.

Winters hatte erst einen Einsatz als Kommandant hinter sich. Er sollte als letzter einlaufen oder zurückbleiben, wenn das Schlimmste passierte, abwarten und es später noch einmal versuchen. Das hatte bei der Einweisung alles ganz leicht geklungen.

»So, als warte man auf die Öffnung der Kantine«, hatte Jenkyn bemerkt.

»Sehrohr ein. Auf zehn Meter gehen«, befahl Seaton.

Er krabbelte zum Tisch, der leicht erzitterte, als Drake Tiefenruder legte. Mit den Parallellinealen prüfte er erneut die Peilungen, obwohl er wußte, daß das nicht nötig war.

»Kursänderung, Alec. Auf null-fünf-null Grad gehen.«

»Boot ist auf zehn Meter, Skipper.«

»Acht-fünf-null Umdrehungen.« Er warf Niven einen Blick zu. »Geben Sie die Maschinenpistolen aus. Und auch die Handgranaten. Paßt auf, daß die Zünder eingesetzt sind.« Niven sah Seaton fragend an. »Ich weiß, aber prüfen Sie das alles noch mal nach.«

Abgesehen von den mächtigen Sprengladungen an beiden Bordseiten waren dies die einzigen Waffen, über die XE 16 verfügte.

Sie würden herzlich wenig nutzen, dachte Seaton. Aber Niven war erst einmal beschäftigt, und es gab denen, die daran glaubten, ein bißchen Sicherheit.

Er versuchte, nicht nach der Uhr zu schauen. Noch eine Stunde. Dann auftauchen – und viel Glück.

Jenkyns Blick war auf den Kompaß gerichtet, mühelos hielt er das Boot auf Kurs. Kaum eine Bewegung war zu spüren, selbst auf Sehrohrtiefe war es ruhig wie im Dorfteich gewesen. Die Fahrt zur Hölle wurde ihnen leichtgemacht. Er mußte an den armen Kerl denken, der da oben trieb. Irgendwo wartete bestimmt jemand auf ihn, hoffte auf die Rückkehr des Ehemannes, des Sohnes, des Geliebten.

Wir werden jedenfalls zusammensein, wenn es passiert, dachte er. Alle in einem stählernen Sarg.

Hoffentlich nimmt sie's nicht zu schwer, wenn sie die Nachricht erhält. Wir werden das Viktoriakreuz dafür bekommen, dann hat sie was in der Hand. Um es Gwen zu zeigen, wenn sie erwachsen ist und wissen will, warum die Welt damals vollkommen verrückt wurde.

Drake hörte ihn seufzen und rückte sich auf dem harten Sitz zurecht. Es beunruhigte ihn, daß alles so glatt lief. Wenn man eine Menge zu tun hatte, wie damals in Italien oder beim Vorstoß auf Bergen, verging die Zeit schneller.

Er dachte an Decia und den Brief. War sie wirklich besorgt und reuig? Oder sagte sie das bloß, um ihn erneut zu verlocken? Allein der Gedanke an ihren geschmeidigen, sinnlichen Körper, an ihr

Verlangen und ihre Hingabe brachten seine Gedanken ins Schwimmen.

Er hörte ein Klicken, wandte sich um und sah Niven, eine Maschinenpistole in der Hand, die Mündung auf seinen Bauch gerichtet.

»Kein Magazin drin«, sagte Niven leise. Er wandte sich ab. »Diesmal.«

Drake starrte ihn an. Er wollte es erklären, ihm alles sagen. Aber wie konnte er das vor allen anderen? Wie sollte er es anfangen?

Niven sah auf die Uhr. Noch dreißig Minuten. Er fühlte sich ausgedörrt, obwohl er seinen Tee und eine Menge Wasser getrunken hatte. Ausgedörrt und krank.

Drakes Gesicht, das Schuld, Erstaunen, momentane Angst verriet, hatte ihm keine Befriedigung gebracht, nur Abscheu vor sich selbst. Denn er wußte, daß er Drake hätte erschießen können. Plötzlich war ihm alles klar, sein blinder Haß verriet es ihm: Er liebte Decia immer noch, und nichts von dem, was Drake getan hatte, würde das ändern. Aber zu wissen, daß er bei ihr gelegen hatte . . .

Seine Worte fielen wie Steine in die stille Zentrale.

»Mir geht's jetzt wieder besser.« Er wartete, bis Drake ihn ansah. »Aber bilde dir nicht ein, daß ich's nicht fertigbringen würde. Ich würde. Zuerst wollte ich dich nur zusammenschlagen.« Niemand sprach oder rührte sich, als er matt fortfuhr: »Aber ich wußte, dabei würdest du gewinnen, das war also keine Lösung.«

»Richard, laß mich erklären!«

»Sollte es den Herren vielleicht entgangen sein«, sagte Seaton ruhig, »daß wir kurz vor einem Angriff stehen?«

Niven sah ihn flehentlich an. »Gerade darum, Sir. Sie sollen nicht glauben, wir lassen Sie wegen unserer privaten Probleme im Stich.« Und zu Drake gewandt: »Ich brauche keine Erklärungen, nicht mehr. Ich bin erwachsen. Zu spät vielleicht, aber immerhin. Glaubst du wirklich, es ist bei ihr mehr als das Körperliche? Mein Gott, du tust mir leid, wenn du glaubst, sie würde ihr Leben deinetwegen aufgeben, mein Freund.«

Drake atmete ganz langsam aus. »Ich weiß. Das stand in dem Brief. Am Schluß. Ich wollte es dir sagen.« Er zuckte mit den Schultern. »Ich weiß nicht, was ich dir antworten soll.«

Jenkyn nahm den Blick nicht vom Kompaß. »Ich glaube, du

hast schon genug gesagt, Kumpel. Eine ganze Menge. Aber jetzt laßt uns um Himmels willen tun, wozu wir hier sind, und einen klaren Kopf behalten.«

»Gut gesagt, Alec.« Seaton sah die anderen an. Es hatte beide eine Menge gekostet, aber letztlich hatte es die Luft gereinigt. »Wir haben als Team begonnen, also laßt uns dabei bleiben.«

Eine knappe halbe Stunde später erreichte XE 16 die Untiefen bei der Einfahrt und drehte nach Norden auf.

In seinem Bunker unter dem Bauernhaus in Sussex saß Air Marshal Ruthven, das Kinn in die Hand gestützt, und beobachtete das Treiben im Lageraum hinter der Scheibe. Auf seinem Schreibtisch brannte nur eine Leselampe, und er konnte das Spiegelbild des Mädchens sehen, als sie Kaffee für ihn eingoß.

Sie war bewundernswert, belastet bis an die Grenzen, manchmal den Tränen nahe, aber mit einer inneren Stärke, auf die jeder Mann stolz sein konnte.

Ein Telefon summte, er nahm ab. Es war Venables, und seine Stimme klang munter, zuversichtlich. Doch Ruthven war ein guter Menschenkenner. Er wußte, Venables hätte sich niemals eine Schwäche anmerken lassen, auch nicht bei vorgehaltenem Messer.

»Nach letzten Meldungen läuft alles gut, Sir. Schlepp-U-Boote und Zerstörer zur Unterstützung sind auf Position Zebra.«

»Gut.«

Ruthven hatte das Gefühl, Konteradmiral Niven sitze bei Venables, sagte aber nichts. Wahrscheinlich war der Admiral wieder angetrunken. Ruthven hatte von einer Auseinandersetzung mit seinem Sohn gehört – ein schlechter Start für das Unternehmen Zitadelle; doch das hatte er seit langem kommen sehen.

Ruthven bemerkte, daß einige Mädchen unten blaue Markierungen über den Kanal in Richtung Frankreich schoben. Es lief ihm kalt über den Rücken. Die Luftlandetruppen waren also unterwegs. Er hörte, wie das Mädchen eine frische Tasse Kaffee neben ihn stellte, wußte, daß ihr Blick an der Karte hing. Nicht die Zitadelle interessierte sie, sondern einzig und allein die kleine Metallflagge mit dem Namen Goliath.

»Danke, Walter. Halten Sie mich auf dem laufenden.«

Die Erwiderung kam schnell und trocken. »Ich nehme an, Sie werden es vor mir wissen, Sir.«

Ruthven wandte sich in seinem Stuhl um und sah Nina an. Daß sie darum bitten würde, hier zu arbeiten, das hatte Ruthven nicht erwartet. Er hatte ihr Urlaub angeboten oder Dienst an anderer Stelle, doch sie hatte darauf bestanden. Nun wollte er sie nicht durch Mitleid kränken. Sie stand es durch, das hatte sie bei ihrer Arbeit mit Trevor viele Male bewiesen.

Nina setzte sich auf Ruthvens kleines Ledersofa, streifte die Schuhe ab und zog die Beine neben sich hoch, ohne sich dessen bewußt zu werden.

Sie wollte nicht reden und wußte, daß Ruthven das auch nicht von ihr verlangen würde.

Sie wollte nur die kleine Flagge beobachten und beten.

18 Verwegener Einsatz

Das Geräusch des ausfahrenden Sehrohrs wirkte ohrenbetäubend.

Seaton beobachtete das Wasser, das, ehe das Sehrohr die Wasserfläche durchbrach, immer heller, fast hellblau wurde. Er hielt den Atem an, entspannte sich bewußt und lockerte den Griff am Sehrohr, das er zuvor mit aller Kraft gepackt hatte.

Die Einfahrt in die schmale Bucht war kaum eine halbe Meile breit, zu beiden Seiten standen gischtüberspülte steile Felsen. Ein breiter Streifen nassen Gesteins zeigte, wie stark das Wasser in der letzten Stunde abgelaufen war.

Langsam drehte er das Sehrohr. Anhöhen hinter der Küste, ein paar Bäume, einige verlassene Häuser direkt am Wasser.

»Sieht aus wie ein Schrottplatz.«

Er hatte es sich angewöhnt, den anderen mitzuteilen, was er sah. Beim Hellerwerden bemerkte er auch das Chaos, das die wiederholten Luftangriffe angerichtet hatten: leere Häuser ohne Dächer, ein Bombentrichter am anderen, verbogene Träger und zusammengefallenes Mauerwerk. Auf dem Hang markierten verbranntes Gras und Gebüsch den Weg eines abgestürzten Bombers. Etwas weiter auf derselben Anhöhe lag ein Flugzeug mit abgerissenen Tragflächen auf dem Rücken.

»Fall ab nach Steuerbord, Alec.« Er beobachtete das Heck eines halbversunkenen Wracks, an dem XE 16 nun vorbeizog. »Recht so.«

Treibgut und loser Draht kratzten am Rumpf. Seaton kam sich vor wie im Totenreich. Nichts rührte sich am Ufer, nicht einmal ein Hund. Über die Hänge verstreut lagen mehrere Betonunterstände, und er stellte sich einen verschlafenen Posten vor, der jetzt auf das winzige Sehrohr hinabschaute.

Ohne auf die Uhr zu sehen, wußte er, daß die Luftlandetruppen ihren Angriff nun begonnen hatten. Fünfzehn Kilometer entfernt, aber nach der Totenstille, die hier herrschte, hätten es tausend Meilen sein können.

»Hallo *Goliath,* hier *Dodo.*« Allenbys Stimme klang ungewöhnlich beklommen. »Ich nähere mich dem gesunkenen U-Boot. An beiden Enden scheinen Barren zu sein. Die Deutschen haben die Lücken benutzt, um Schutt abzuladen.«

Niven nahm den Hörer. »Hier *Goliath.*« Er blickte Seaton erlaubnisheischend an, bevor er erwiderte: »Hallo *Dodo,* was haben Sie vor?«

Durch starke Nebengeräusche antwortete Allenby: »Ich glaube, das verdammte Ding blockiert die ganze Einfahrt. Ich muß drüber weg.«

Schnell warf Seaton einen Blick auf den Tiefenanzeiger. Dazu mußte Allenby auftauchen, verdammt! Daran hatte niemand gedacht, und es war doch so einleuchtend. Die Deutschen brauchten gar keine Zufahrt mehr von See her, die Raketenteile wurden auf der Straße herangeschafft und mit Leichtern in den Bunker transportiert. Das schloß die Gefahr eines Angriffs von See her aus.

Wieder Allenbys Stimme, ruhig und unbewegt. »Hab' das Ziel gesichtet. Kein Wunder, daß sie's nicht zerstören konnten.« Nach einer langen Pause: »Ich mach' mich jetzt fertig. Wünscht mir Glück. Ende und aus.«

Seaton bückte sich, die Finger am Ausfahrknopf, und zählte die Sekunden. Jetzt!

Er bückte sich wieder zum Sehrohr. »Ein Dez mehr Backbord.«

Er vergaß Jenkyn am Ruder, vergaß alles außer dem, was er durch sein Okular sah. Der U-Boot-Bunker sperrte das Ende der Bucht ab wie ein riesiger Damm. Der hohe Betonaufbau über dem ursprünglichen Dach verband die Hänge beiderseits miteinander; dahinter erhob sich, rund und in Tarnfarben wie auf dem Modell, die große Schutzkuppel. Es war ein grotesker, düsterer Anblick, um so mehr, als keinerlei Lebenszeichen zu bemerken waren. Aber es war alles da, auch die kleine Landungsbrücke dicht an der Einfahrt zum Bunker, wo die Raketenteile entladen wurden. Vermutlich waren die Leichter an der U-Boot-Aufschleppe tief innerhalb der Zitadelle festgemacht.

»Sagt *Auster,* ich habe das Ziel in Sicht«, befahl Seaton. »Er wird wissen wollen, wo wir sind.«

Nun konzentrierte er sich auf beide Ufer. Das Gewirr von zerstörten Fahrzeugen und Gerät, das die Deutschen einfach ins Wasser geschoben hatten, bezeichnete Bug und Heck des gesunkenen U-Bootes besser als jede Boje.

Er fuhr das Sehrohr so weit ein, bis das Objektiv zeitweise überflutet war, denn er hatte eine Bewegung bemerkt. Auf dem Weg bei den zerstörten Häusern lief – sichtlich aufgeregt – ein Soldat; das war trotz der schwachen Beleuchtung und der Entfernung deutlich zu erkennen.

Seaton beobachtete ihn. Natürlich hörte der Soldat auf fünfzehn Kilometer Entfernung das Gefecht der Luftlandetruppe. Nur für das getauchte X-Boot blieb alles still.

Von irgendwoher war ein zweiter Soldat mit umgehängtem Gewehr aufgetaucht, der einen Becher in der Hand zu halten schien.

Die beiden hatten sich fast getroffen, als der eine erregt über die Bucht zeigte; der Becher zerschellte zu seinen Füßen. Der andere Soldat fuhr herum und erstarrte.

Ehe er es selbst ins Bild bekam, wußte Seaton, was geschehen war. Zuerst langsam, dann mit zunehmender Geschwindigkeit begann Allenbys Boot aufzutauchen, der schwarze Rumpf glitzerte wie Kohle im Morgenlicht. Auch er mußte die Soldaten gesehen haben, denn er begann bereits wieder zu tauchen, während er über das versunkene Wrack fuhr.

Seaton holte das Sehrohr ein, das Bild der beiden entsetzten Soldaten noch deutlich vor Augen. Einer oder beide würden nun zum nächsten Telefon laufen, doch wegen des Angriffs der Luftlandetruppen war hoffentlich jede Leitung besetzt. Möglicherweise waren auch einige der hiesigen Einheiten für das Gefecht abgezogen worden.

»Klarmachen zum Auftauchen. Ich gehe über das Wrack.« Und zu Niven gewandt: »Sagen Sie *Auster,* er soll wegbleiben. Er hat jetzt keine Chance, liegt zu weit zurück.«

Nun mußte alles schnell gehen. Wieder fuhr Seaton das Sehrohr aus, prüfte Schutt und Schrott beiderseits des Wracks und befahl dann scharf: »Noch fünfzig Meter, klar zum Auftauchen.«

Nur noch ein Soldat war zu sehen, er kniete, das Gewehr an der Schulter. Ein kurzes Aufblitzen, dann schlug eine Kugel gegen ihren Rumpf, der Soldat hatte sie gesehen. Seaton drückte den Knopf, er durfte das Sehrohr nicht riskieren.

»Auftauchen!«

Das Boot stieß gegen einen Teil des Wracks und erbebte. Das Knirschen hörte nicht auf, nur der Aufschlag von zwei weiteren Geschossen übertönte das scheußliche Geräusch.

»Wir sind drüber!« Seaton wischte sich das Gesicht. »Wieder auf Sehrohrtiefe, aber schnell!«

Ein dumpfes Donnern ließ das Boot wie trunken von einer Seite zur anderen taumeln. Das klang nicht nach einer Wasserbombe, war jedoch stark genug, um alarmierend zu sein.

Seaton fuhr das Sehrohr wieder aus, seine Finger waren glitschig vor Schweiß. Aus dem Eingang des Bunkers quoll Rauch, und jetzt trieb eine weitere Explosion eine Reihe von Wellen ins Freie.

»Hallo *Goliath*! Hier *Dodo.* Hört ihr mich?« Es klang verzweifelt.

Seaton schnappte sich den Hörer von Niven. »Hier *Goliath.* Bitte kommen.«

»Die Schweine haben Sprengladungen geworfen«, kam es von Allenby. »Ich bin mitten im Objekt. Schlage vor, du haust ab, alter Knabe. Wir werden wohl nirgendwo mehr hinkönnen.« Seaton hörte jemanden husten und würgen. »Wir haben die Seitenladungen gelöst, mein gutes altes Boot ist hin.«

»Steig aus!« drängte Seaton.

Die Sprechverbindung wurde schwächer. »Kann ich nicht, Junge, die Luken sind verklemmt. Ich erwarte . . .« Die Verbindung brach ab.

»Was für ein Ende!« stöhnte Jenkyn.

Mit einem Blick auf Drake sagte Seaton: »Wir gehen rein, vielleicht können wir noch was tun.«

Nur Minuten waren vergangen, und doch waren sie ihm wie eine Ewigkeit erschienen.

Ein weiterer kurzer Blick durchs Sehrohr. Erstaunlich, daß sie schon so weit gekommen waren. Quer vor ihnen dräute die hohe

Einfahrt zum Bunker, und drinnen konnte er neben einer Rampe einen Leichter erkennen sowie einige Gesichter, die nach draußen aufs Wasser starrten. Wahrscheinlich stammte die Explosion von Sprengladungen, die zufällig zur Hand gewesen waren, aber sie reichten aus, um Allenbys Boot in ein Grab zu verwandeln.

Irgend etwas bewegte sich am Rand seines Gesichtsfeldes. Ein Stahlgerüst setzte sich langsam von einer Seite der Einfahrt her in Bewegung. »Sie schließen die Tore!«

Was er nun tun mußte, war klar. »Auftauchen!« stieß er hervor, war schon am Luk, löste die Verriegelung und schrie: »Gib mir Deckung, Richard!«

Als sei es sich der Dringlichkeit bewußt, tauchte XE 16 wie ein plumper Tümmler prustend an die Oberfläche. Sein Bug schnitt durch Öl und Schmiere und ließ den festgemachten Leichter heftig taumeln. Die Männer an Bord verloren den Halt.

Oben an Deck registrierte Seaton nur das kühle Metall der Maschinenpistole in seinen Händen und die ekelhaft feuchte Luft. Dann hörte er Schreie vom Leichter, sah sie erneut zum Schanzkleid rennen, auf das aufgetauchte U-Boot zeigen und sich wieder ducken. Bei seinem gezielten Feuerstoß fiel ein Mann über Bord und verschwand, die anderen blieben in Deckung.

Niven hatte sich durch das Luk gezwängt und trat an seine Seite. »Hier, Sir, eine Handgranate.«

Beide rissen sie die Haltestifte heraus, schmissen die Granaten in den offenen Leichter und warfen sich platt an Deck; ihre Trommelfelle wurden durch die Doppelexplosion fast zerrissen. Splitter stanzten Löcher in die Bordwand des Leichters, zischten ins Wasser oder pfiffen über den Beton.

Als sich der Rauch verzog, hörte Seaton jemanden schreien. Es war ein gequälter, unmenschlicher Ton, der plötzlich wie durch eine schalldichte Tür abgeschnitten verstummte.

XE 16 war endlich zum Stehen gekommen und dümpelte nun provozierend, als überlege es, was zu tun sei.

»Ich höre Artillerie!« Niven lachte und sah dabei unglaublich jung aus. »Die Luftlandetruppe!« Er fuhr herum und feuerte aus der Hüfte auf einen Schatten, der eine Stahlleiter zu erreichen versuchte.

Die Tore vor dem Eingang bewegten sich nicht mehr. Der laufende Mann glitt aus und stürzte kopfüber die Stufen herab. Vermutlich war er es gewesen, der den Mechanismus in Gang gesetzt hatte.

Irgendwo in weiter Ferne hörte man eine Sirene schrillen. Der Alarm aber kam zu spät.

»Versuchen Sie noch mal, Allenby zu rufen«, bat Seaton.

Er streckte sich, um einen herunterhängenden Draht zu packen, und legte ihn lose um einen Poller. Derweil schrie Niven gellend durch das Luk nach Drake. Allenby und seine Crew mußten ganz nahe sein, nur wenige Meter entfernt. Seaton wagte nicht, die Ladungen zu lösen, ehe er nicht sicher war, daß zu *Dodos* Rettung nichts mehr getan werden konnte.

Es herrschte Totenstille. Seaton erhob sich auf ein Knie und richtete die Maschinenpistole auf die Treppe und eine Türöffnung beim U-Bootslip. Er vergewisserte sich, daß die Reservemagazine greifbar waren.

Niven steckte den Kopf aus dem Luk. »Ich hab' *Dodo* erreicht, Sir. Sie hörten das Schießen und glaubten, wir seien geschnappt.«

»Halten Sie die Augen offen«, sagte Seaton. »In Kürze bekommen wir Gesellschaft. Wahrscheinlich glauben sie, hier sind noch mehr von uns.« Dann fragte er: »Was halten Sie davon, Richard? Sie sind der Taucher.«

»Ich würde es riskieren, vor allem in diesem Fall. Eine Handgranate unter dem vorderen Luk müßte es lösen. In der Zentrale sind sie wahrscheinlich vor der Explosion sicher.« Nach einem langen Feuerstoß ins Dunkle sagte er: »Mist! Keiner da!« Er legte ein neues Magazin ein. »Auch ohne Tauchretter müßten sie da rauskommen, es ist ja ganz flach hier. Wir könnten ihnen dabei helfen.« Er fuhr herum. »O Gott, was ist das?«

Vor dem Eingang ratterten Maschinenpistolen; fassungslos sahen sie Winters' Boot durch die Lücke kommen, aufprallende Kugeln schlugen Funken aus seinem Rumpf.

»Und ich habe ihm befohlen . . .« Er packte Niven am Arm. »Gehen Sie runter und sagen Sie Nummer Eins, was zu tun ist.«

Das dritte X-Boot kam näher. Winters' Kopf und Schultern schoben sich durch das achtere Luk, seine Hand umklammerte bereits die Maschinenpistole.

Beim Anblick Seatons grinste er. »Ich wollte ein bißchen mitmischen.«

»Wir müssen die andern rausholen, wenn's möglich ist.«

Seaton sah hoch, über seinem Kopf donnerten Stiefel über einen der Laufstege, die offenbar zur Abschußplattform der Rakete führten.

»Laß deinen Taucher hochkommen. Wenn wir die Niedergänge und die Türen unter Feuer halten, sollten wir erst mal sicher sein. Von hier aus kann man eine ganze Armee aufhalten. Unter ihrer kostbaren Rakete werden sie schwereres Kaliber nicht einsetzen.«

An Seatons Kopf vorbei zischte eine Kugel und bohrte sich in den Beton, ein Weitschuß von außerhalb. Er spähte nach achtern und sah Gestalten am Ufer entlanghasten. Das mußte ja ein feines Durcheinander in ihrer Befehlsstelle sein!

Niven tauchte wieder auf. »Ich bin zu ihnen durchgekommen, Sir.« Trotzig hob er das Kinn. »Ich hab's Nummer Eins klargemacht, und er ist einverstanden.«

Vom Dach erklangen mehrere Rufe, und aus der Dunkelheit fielen Schüsse. Männer mußten durch einen Luftschacht hinaufgeklettert sein und waren nun durch die Höhe im Vorteil.

Winters riß seine Maschinenpistole hoch und bestrich den Metallschacht von einem Ende zum anderen; auch Niven beteiligte sich mit seiner Waffe. Ein kurzer Schrei, das Geräusch eines stürzenden Körpers, dann hörten sie nichts mehr.

Auf einmal schien das Wasser aufzuleuchten. Eine schreckliche Sekunde lang glaubte Seaton, eine von Allenbys Ladungen sei zu früh hochgegangen.

Ein greller, orangefarbener Blitz erlosch so schnell, wie er aufgeflammt war, nur noch ein großer, blubbernder Tümpel war zu sehen.

»Sie haben's geschafft!«

Ohne sich die Zeit zu nehmen, sich ihrer Stiefel zu entledigen, sprangen Niven und der andere Taucher in das dreckige Wasser.

Aus einer Ecke des Tors schoß ein Feuerstoß mit Leuchtspurmunition. Winters, der ins Wasser gespäht hatte, wurde kopfüber an Deck geschleudert. Blut quoll aus Brust und Bauch, sein durch die Leuchtspur aufgerissener Körper qualmte. Gurgelnd trommelte er mit den Absätzen auf den Stahl, wie um dem Tod zu wehren. Dann strich ein weiterer Feuerstoß über sein Boot und warf ihn ins Wasser. Eine Blutspur hinter sich herziehend, trieb er davon.

Seaton legte die hohlen Hände um den Mund. »Bleibt unten! Euren Skipper hat's erwischt!« Beinahe hätte der Feuerstoß sie beide erledigt.

Aus Angst vor einem plötzlichen Angriff über die Slipanlage wagte er nicht, nach Niven und Driscoll zu sehen. Er hörte sie jedoch zappeln und planschen und dann Allenbys unverkennbare Stimme: »Meine Numer Eins ist tot. Auch Martin ist schlimm dran.«

Martin war der Taucher, ein stiller Mann, wortkarg, selbst wenn sich Allenby über seine Fähigkeiten lustig machte.

Seaton merkte, wie sie sich an Bord zogen, ihre Körper stanken nach Öl. Jemand stöhnte, sicher der Taucher.

Allenby legte Seaton eine nasse Hand auf die Schulter, ehe er zum Luk kroch. »Danke, alter Knabe, das werde ich dir nie vergessen.«

»Sag ihnen, sie sollen die Seitenladungen lösen«, erwiderte Seaton. »Gib es auch an *Auster* durch.«

Er wischte sich mit der Hand über die Stirn und packte die Maschinenpistole fester. Eigentlich war man davon ausgegangen, daß nur ein Boot eindringen würde. Nun hatten sie es alle geschafft. Trenoweth konnte stolz sein.

Niven packte Driscoll an den Handgelenken und zog ihn an Deck.

»Gut gemacht«, sagte Seaton. »Nun wollen wir raus.«

Er merkte, wie XE 16 beim Lösen der beiden Sprengladungen erzittterte.

Sechs Ladungen insgesamt. Damit konnte man den Petersdom umlegen.

»Jemand auf dem Laufsteg!« Niven hob seine Pistole und stöhnte: »Ladehemmung!«

Seaton spähte in die Dunkelheit und sah eine Bewegung. Sein langer Feuerstoß ließ die Funken fliegen; seltsam, daß der verborgene Mann nicht zuerst geschossen hatte.

Irgend etwas schlug klappernd auf dem anderen Boot auf. »Eine Handgranate!« schrie Niven.

Erst nach der ohrenbetäubenden Explosion begriff Seaton, was geschehen war. Die Handgranate war durch das offene Luk von XE 26 gesprungen und in der Zentrale detoniert. Mit zischendem Geräusch stieg eine Feuerzunge fast bis zum Dach des Bunkers auf; wie Preßlufthämmer hörten sich die durch Flammen und Funken krachenden Splitter an.

Driscoll, der gerade einen Fuß auf das Boot setzen wollte,

wurde herumgewirbelt; seine nasse Uniform sog das aus seiner Brust quellende Blut auf. Würgend wandte Niven den Blick ab.

Das Krachen der Funken auf der Schalttafel des anderen Bootes erinnerte Seaton daran, daß es nur eine Frage der Zeit war, bis XE 26 ausbrannte und sein Treibstoff hochging. In dem Moment würden sie neben Allenbys Boot auf dem Grund liegen, bei den Sprengladungen, die sie von so weit hergebracht hatten.

»Oberdeck räumen!« Zwischen ihm und Niven wimmerte eine Kugel hindurch. »Sagen Sie Nummer Eins, wir laufen über den Achtersteven aus.«

Das Deck erzitterte, achtern sah er Schraubenwasser aufwirbeln.

Niven warf den Festmacher los und bückte sich, um seine Maschinenpistole aufzuheben, stürzte aber im selben Augenblick vornüber und hielt sich den Bauch. Er starrte Seaton an, seine Augen glänzten in dem schwachen Licht.

»O Gott . . .« Er rollte herum, als das Boot Fahrt aufnahm. »Es hat mich erwischt.«

Seaton eilte ihm zu Hilfe, stieß Maschinenpistole und Magazin mit dem Fuß über Bord und schaffte ihn zum Luk, in dem Allenby auftauchte, Nivens Füße ergriff und hinunterzog.

Seaton sprang hinterher; die Schatten auf der Slipanlage wurden zu rennenden Gestalten, die beim Näherkommen feuerten.

Die Zentrale unten war gedrängt voller Menschen: Allenby und sein Mechaniker, sein Taucher mit verbundenen Augen und Händen, doch glücklicherweise schmerzfrei, da ihm Morphium das Bewußtsein genommen hatte. Niven lag mit weit offenen Augen neben dem Kartentisch, Allenby riß ihm die Kleider auf und versuchte, die Blutung zu stoppen. Doch Seaton hatte schon das klaffende, an den Rändern geschwärzte Loch gesehen. Leuchtspurmunition.

Niven keuchte vor Schmerzen.

Jenkyn kämpfte mit dem Ruder; metallische Schläge prallten gegen die Bordwand.

»Das wird schon wieder«, sagte Jenkyn zu Niven. »Sie haben versprochen, mich nachher zu einem Bier einzuladen, erinnern Sie sich?«

»Diesmal . . . wohl . . . nicht, Alec.« Nivens Kkopf fiel zur Seite. »Bin . . . erledigt.« Die Stimme wurde schwächer, als das Schmerzmittel zu wirken begann.

Jenkyn starrte Seaton an. »Er hat mich Alec genannt, und ich dachte, er würde nie ...«

Er wandte sich wieder dem Kompaß zu, doch Seaton hatte die Tränen in seinen Augen gesehen.

»Dreht das Boot«, befahl Seaton. Weitere Geschoßgarben rasselten den Rumpf entlang. Wenn die auch nur *eine* lebenswichtige Stelle trafen ... »Wir werden aufgetaucht auslaufen.«

»Dann putzen sie uns weg«, sagte Drake verzweifelt. »Wir haben keine Chance.«

Allenby deckte Niven zu und schob ihm eine Schwimmweste unter den Kopf.

»Falsch, alter Knabe. Aufgetaucht ist das Boot schneller. Außerdem besteht die Möglichkeit, daß ein heller Deutscher uns sieht. Dann weiß er, was für Dinge wir zurückgelassen haben, und wird nicht gern in der Nähe sein und warten, bis der große Knall kommt.« Seine Stimme wurde härter. »Ziemlich einleuchtend, nicht?«

Ganz in der Nähe eine scharfe Explosion, dann krachten schwere Splitter gegen den Rumpf.

»Da hat sich scheint's ein Mörser auf uns eingeschossen«, meinte Allenby.

Seaton nickte. »Zickzack fahren, Alec.«

Ein weiterer dumpfer Schlag drang vom Grund herauf. Wenn die Schraube einen Splitter abkriegte, war es aus mit ihnen.

»Drehen Sie auf, was drin ist. Und scheren Sie sich einen Dreck um die Manometer.«

Der Diesel wurde lauter, und das Boot bebte so stark, daß Ausrüstungsstücke ratterten oder herumrollten.

Seaton drückte den Sehrohrschalter und hatte gerade sein Auge ans Okular gepreßt, als weitere Maschinengewehrgarben ohrenbetäubend über Deck fegten. Plötzlich ruckte das Sehrohr heftig, und das Bild des nahen Küstenstreifens verschwand; über Seatons Handgelenke spritzte Wasser.

Schnell wandte er sich dem feststehenden Suchsehrohr zu und starrte zu den Schrottbarren hinüber, von denen niemand gewußt und die das Unternehmen beinahe zum Scheitern gebracht hatten.

Über den holprigen Weg sauste ein kleiner Streifenwagen, von dessen hinterem Sitz ein Maschinengewehr feuerte.

»Nun mach schon, *Goliath*!«

Mit den Fäusten schlug er gegen den kalten Stahl und beobachtete, wie das Wasser vom stumpfen Bug nach achtern schäumte; das kleine U-Boot mühte sich freizukommen.

»Wir sind über das Wrack!«

Eine weitere Explosion ließ XE 16 taumeln, als spiele eines Riesen Hand mit ihm. Seaton suchte Halt an dem beschädigten Sehrohr.

»Auf fünf Meter gehen! Nicht tiefer, sonst rammen wir irgendein Hindernis.«

Er hörte das Wasser in die Tanks strömen, die Diesel stoppen und wie die Kupplung gelöst wurde, damit der Elektromotor den Antrieb übernehmen konnte. Es war ein zermürbendes Abenteuer, durch diese Bucht zu jagen, nichts zu sehen und nicht einmal zu wissen, was oben passierte.

Aus größerer Entfernung kamen weitere dumpfe Explosionen, und Seaton überlegte, ob tatsächlich noch Aussicht auf Entkommen bestand.

»Ich vermute, daß die Deutschen jetzt Reißaus nehmen«, meinte Allenby. »Wäre die Rakete startbereit gewesen, hätten sie sie ziellos abgefeuert. Aber sie waren noch nicht ganz fertig.« Er wischte sich Öl aus Gesicht und Nacken. »Jetzt wissen sie, was ihnen bevorsteht. Das müßte schon ein sehr viel tapferer Mann sein als ich, der sich jetzt hinsetzt und die Rakete startklar fummelt, mit all dem Sprengstoff unterm Hintern.«

Petty Officer Turbett, der Mechaniker, rief: »Martin atmet nicht mehr, Skipper.«

Allenby griff nach dem Taucher mit den verbundenen Augen und fühlte seinen Puls. Halb zu sich selbst sagte er: »Martin hat die Handgranaten angebracht, um das Luk zu sprengen. Eine ging fast vor seinem Gesicht hoch. Er wollte, daß ich ihn zurücklasse.«

Seaton versuchte, sich das vorzustellen: Das Luk weggesprengt, das Boot voller Splitter. Wassereinbruch, der Druck wird stärker. Doch Allenby hatte die kostbaren Sekunden benutzt, um Martin einen Behelfsverband anzulegen. Er war auch selbst ganz schön tapfer gewesen.

»Und was ist mit Richard?« fragte Drake dumpf.

Allenby schaute noch immer auf den Toten herab. Er lag da, als schliefe er.

»Das kommt darauf an. Wenn alles gutgeht, bringen wir ihn

vielleicht rechtzeitig ins Lazarett.« Er gähnte, die Anstrengung hatte Furchen in sein Gesicht gegraben. »Doch selbst dann . . .«

Drake blinzelte, um besser zu sehen. »Ich wollte ihm noch den Brief vorlesen. Es war nur eine dumme Entgleisung, das ist ihr hinterher klargeworden.«

»Zu einer Entgleisung, wie du das nennst, gehören zwei«, meinte Seaton. Er wandte sich um und sah in Nivens wächsernes Gesicht. »Ich wünschte, sie könnte ihn jetzt sehen, und auch sein Vater.«

»Was nun, David?« warf Allenby ein. »Legen wir uns auf Grund, oder laufen wir weiter, solange wir können?« Er grinste schwach. »Du bist hier der Boss.«

Seaton stieg über Niven hinweg und sah auf die Karte.

»Wir laufen weiter, wie verabredet.« Und mit einem Blick auf den anderen Mechaniker: »Können Sie so guten Tee machen wie Alec?«

»Besser, Sir«, grinste der Mann.

»Und tun Sie ein bißchen was Starkes rein«, setzte Seaton hinzu.

Er sah an ihren Gesichtern, daß sie Bescheid wußten. Beim nächsten Auftauchen von XE 16 konnte es das letzte Mal sein. Der Gegner war auf ihre Vernichtung aus.

Eine Stunde, nachdem sie aus dem U-Boot-Bunker entkommen waren, donnerte die Kombination von Sprengladungen und Sprengstoff los. Im Wasser hörte es sich an wie das Bellen eines phantastischen Ungeheuers. Obwohl XE 16 – nun in der freien See – so tief wie möglich gegangen war, um die Wirkung der schweren Explosion zu mildern, wurde es aus der Kursrichtung geworfen, ging steil nach unten und geriet völlig außer Kontrolle.

Funken tanzten über die Schalttafel, und ein Manometer zersprang mit einem Knall.

Das Tiefenmanometer schwankte um dreißig Meter. Drake und Jenkyn arbeiteten wie die Verrückten, um das Boot zu halten; endlich brachten sie es wieder in ihre Gewalt. Noch ein paar Meter, und sie hätten sich mit dem Bug voran in den Meeresboden gebohrt.

Vor Angst schwitzend stiegen sie wieder auf zehn Meter hinauf. Jenkyn überprüfte den Motor, Seaton übernahm das Ruder und fühlte, daß das Boot noch reagierte.

Seltsam, dachte er, er hatte die große Rakete gar nicht gesehen. Nun würde sie hoffentlich niemand mehr zu Gesicht bekommen.

Als es wieder Zeit zum Auftauchen war, sagte Seaton leise: »Was nun auch passiert, ich möchte euch allen danken.« Und mit einem Blick auf den Toten am Schott: »Auch denen, die nicht bis hierher gekommen sind.«

Er sah Drake an. »Fertig, Geoff?«

»Immer, Skipper«, nickte Drake knapp.

»Auftauchen!«

Er kauerte sich vor das Suchsehrohr, halb geblendet von einem Streifen Sonnenlicht. »Flugzeuge!« rief er. »Sechs Stück.« So hatte man sie also doch noch erwischt.

Eine rote Leuchtkugel sank auf die See nieder.

Seaton preßte die Stirn fest an das kalte Metall. Endlich konnte er ohne Erregung sprechen: »Aber es sind unsere! Dem Himmel sei Dank! Captain Venables hat sein Versprechen gehalten.«

Er drehte sich um. »Luk öffnen!«

Der Motorenlärm der Flugzeuge, die über dem Boot kreisten, war ohrenbetäubend.

Jemand berührte Seatons Bein, und als er nach unten sah, begegnete er Nivens Blick. Die Erleichterung, entkommen zu sein, konnte noch warten. Er kniete nieder und ergriff Nivens Hand. Der starrte auf das offene Luk, das runde Stück blauen Himmels und die vorbeizischenden Schatten der sichernden Flugzeuge.

»Wir haben's geschafft«, sagte Niven. Er sprach so leise, daß Seaton sich herabbeugen mußte. »Das hätte ich um nichts in der Welt verpassen mögen. Sagen Sie's Decia, sie soll es von Ihnen erfahren.«

Seaton packte seine Hand fester. »Sie werden es ihr selbst sagen.« Er warf Allenby einen Blick zu, der kurz den Kopf schüttelte.

»Mich friert«, murmelte Niven. Er wandte den Kopf, um ein weiteres Flugzeug, das über das Boot hinwegdonnerte, zu erkennen. »Ich wünschte . . .« Dann wurde sein Blick starr.

Seaton ließ vorsichtig seine Hand los und stand auf.

Jenkyn beugte sich über das Ruder und legte die Stirn in die Hände. Drake starrte Nivens Leiche an, unfähig zu begreifen, daß dies nach allem, was sie gemeinsam geschafft hatten, noch geschehen konnte.

Der andere Mechaniker sagte leise: »Sie warten auf unser Signal, Sir.«

Seaton nickte. Dann löste er die Morselampe vom Gestell und kletterte hinauf, so daß er bis zur Hüfte aus dem Luk ragte.

Er blickte über sein verschrammtes und angeschlagenes Boot. Da drüben lag die französische Küste, von der eine steile, schwarze Rauchwolke höher und höher gen Himmel stieg.

Zwischen ihm und dem Land kreisten die Flugzeuge.

Dann wandte Seaton sich um, schirmte die Augen ab und erkannte die dunkleren Umrisse von Schiffen; von der Kimm her liefen Zerstörer auf ihn zu.

Im Sonnenschein konnte er kaum das grelle Licht der Signallampe erkennen. Wie Dunst schoben sich die Gesichter der Toten davor: Winters und seine Besatzung, Allenbys Nummer Eins, sein Taucher und nun auch Richard Niven.

Seaton drückte auf den Morsehebel, nannte seine Nummer und dann den Decknamen *Goliath.*

Als sie bestätigt hatten, signalisierte er noch einen letzten Spruch: *Aus der Tiefe kommen wir.*

Es war geschafft. Nina wartete auf ihn.

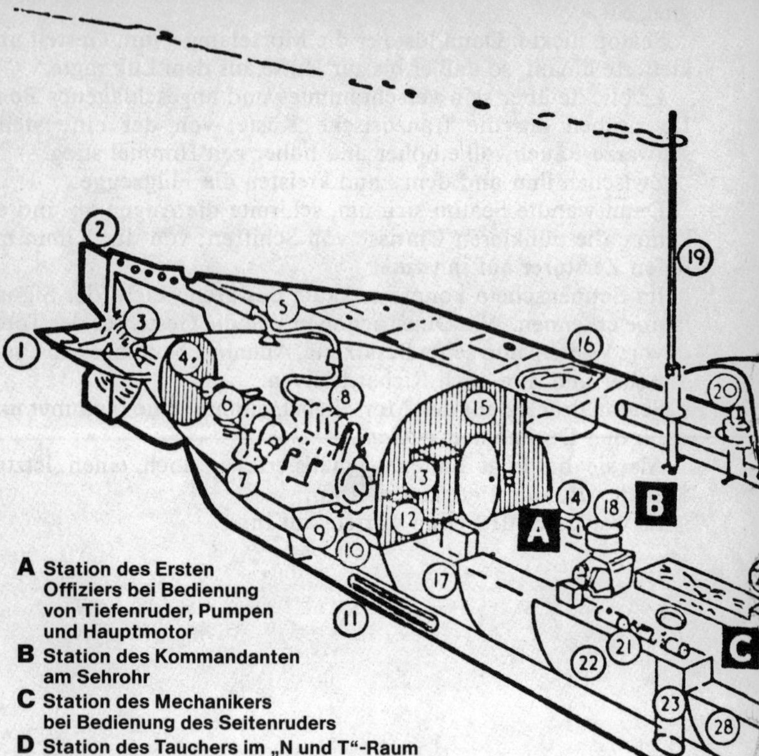

A Station des Ersten Offiziers bei Bedienung von Tiefenruder, Pumpen und Hauptmotor
B Station des Kommandanten am Sehrohr
C Station des Mechanikers bei Bedienung des Seitenruders
D Station des Tauchers im „N und T"-Raum

1 Tiefenruder
2 Seitenruder
3 Schraube
4 Achterer Trimmtank
5 Auspuff-Schalldämpfer
6 Hauptmotor
7 Luftkompressor
8 Diesel
9 Brennstofftank
10 Sauerstoff-Zylinder
11 Zylinder für Preßluft im Kiel
12 Werkzeugkasten
13 Frischwassertank
14 Verschiedene Apparate, wie Luftreiniger, Kühlanlage, Kompensierungspumpe usw.
15 Magnetkompaß
16 Achtere Luke
17 Haupt-Ballasttank Nr. 3
18 Kreiselkompaß
19 Gefechtssehrohr
20 Suchsehrohr mit Schutzgitter
21 Ausfahrmotor des Sehrohrs
22 Kompensierungstank
23 Sehrohrschacht
24 Koje und Kartentisch
25 Zuluftrüssel
26 Vordere Luke
27 Tür zum Kontrollraum
28 Schnelltauch-, Q-Tank
29 Tür zum Batterieraum
30 Haupt-Ballasttank Nr. 2
31 Vorräte
32 Batterieüberdachung (vorderer Schlafplatz)
33 Hauptbatterie (darunter Brennstofftank)
34 Vorderer Trimmtank
35 Haupt-Ballasttank Nr. 1
36 Ventilöffnung
37 Kollisionsraum

Schnitt (vereinfacht)
durch ein Kleinst-U-Boot vom Typ „XE“

Alexander Kent

Die Richard-Bolitho-Romane

ein Ullstein Buch

Die Feuertaufe
Ullstein Buch 3363

Klar Schiff zum Gefecht
Ullstein Buch 3376

Die Entscheidung
Ullstein Buch 3402

Zerfetzte Flaggen
Ullstein Buch 3441

Bruderkampf
Ullstein Buch 3452

Der Piratenfürst
Ullstein Buch 3463

Strandwölfe
Ullstein Buch 3495

Fieber an Bord
Ullstein Buch 3522

Nahkampf der Giganten
Ullstein Buch 3558

Feind in Sicht
Ullstein Buch 20006

Der Stolz der Flotte
Ullstein Buch 20014

Eine letzte Breitseite
Ullstein Buch 20022

Galeeren in der Ostsee
Ullstein Buch 20072

Kanonenfutter
Ullstein Buch 20144

Admiral Bolithos Erbe
Ullstein Buch 20485

Der Brander
Ullstein Buch 20591